KB131509

러시아 소설

UN ROMAN RUSSE

러시아 소설

엠마뉘엘 카레르 장편소설
임호경 옮김

UN ROMAN RUSSE
by EMMANUEL CARRÈRE

Copyright (C) P.O.L éditeur, 2007
Korean Translation Copyright (C) The Open Books Co., 2017
Cover Artwork Copyright (C) Dirk Lebahn for Matthes & Seitz Berlin, 2017
All rights reserved.

This Korean edition is published by arrangement with the author
c/o The Wylie Agency (UK) Ltd.

이 책은 실로 꿰매어 제본하는 정통적인 사철 방식으로 만들어졌습니다.
사철 방식으로 제본된 책은 오랫동안 보관해도 손상되지 않습니다.

일러두기

1. 본문에 나오는 러시아어는 음역하지 않고 원어와 뜻을 제시했다.
2. 키릴 문자의 전사는 원서의 프랑스식이 아닌 미국 의회 도서관 방식을 따랐다.

제1부

열차가 달린다. 밤이다. 나는 침대칸의 간이침대에서 소피와 섹스를 즐긴다. 분명히 그녀이다. 보통 나의 에로틱한 꿈들에 등장하는 파트너들은 누군지 확인하기 쉽지 않다. 그들은 동시에 여러 사람이면서도, 그 누구의 얼굴도 지니지 않는다. 하지만 이번에는 아니다. 난 소피의 목소리를, 그녀가 쓰는 말들을, 그녀의 벌린 두 다리를 알아본다. 이때까지 우리만 있던 열차의 침대칸에 또 다른 커플이 불쑥 나타난다. 후지모리 씨 부부다. 후지모리 부인은 스스럼없이 우리에게 합류한다. 우리는 웃는 가운데 금방 의기투합한다. 소피의 도움을 받아 곡예사 같은 자세를 취한 후지모리 부인 속으로 나는 꿰뚫어 들어가고, 그녀는 이내 절정에 이른다. 이때 후지모리 씨는 열차가 나아가지 않는다고 우리에게 알린다. 열차는, 아마도 얼마 전부터인 듯, 역에 멈춰 서 있다. 소듐 등(燈)으로 밝혀진 플랫폼 위에 한 경찰이 꼼짝 않고서 우리를 주시하고 있다. 우리는 급히 커튼을 내린다. 그리고 경찰이 우리의 행실에 대한 해명을 요구하고자 객차에 올라오리라 확신하고는, 서둘러 모든 것을 정돈하고 다시 옷을 입는다. 그가 침대칸의 문을 열었을 때, 〈당신이 본 것은 아무것도 없소, 당신은 단지 꿈을 꿨을 뿐이오〉라고 태연히 말하기 위해서다. 우리는 그의 분해하는 얼굴을, 의심에 찬 얼굴을 상상해 본다. 이 모든 것은 두려움과 폭소가 뒤섞이는 짜릿한 분위기 속에서 진행된다. 하지만 나는 지금 웃고 있을 때가 아니라고 설명한다. 우리는 체포되어, 열차가 다시 출발할 때 초소로 끌려갈 수도 있어. 그때부터는 우리에게 어떤 일이 닥칠지 아무도 몰라. 우리는 흔적도 없이 사라져 버려, 러시아 오지에 처박힌 이 진흙투성이 외딴 마을의 지하 감옥에서 죽어 버릴 수도 있다고. 비명을 질러도 아무도 듣지 못하는 지하 감옥에서 말이야. 이렇게 불안해하는 나의 모습에 소피와 후지모리 부인은 더욱 배꼽을 잡고 웃어 대고, 결국은 나도 그들과 함께 웃는다.

꿈속에서처럼, 열차는 텅 비었지만 환하게 비추어진 어느 플랫폼에 멈춘다. 새벽 3시이고, 여기는 모스크바와 코텔니치 사이의 어느 곳이다. 목구멍이 바짝 말라붙었고 머리가 지끈거린다. 역을 향해 떠나기 전, 레스토랑에서 과음한 탓이다. 나는 물 한 병을 찾으려고, 다른 간이침대에 누워 있는 장마리를 깨우지 않으려 조심하며 침대칸에 어지러이 널려 있는 장비 박스들 사이를 요리조리 빠져 복도로 나온다. 몇 시간 전에 우리가 마지막 보드카 잔들을 털어

넣었던 스낵바에서는 더 이상 음료를 팔지 않는다. 조명으로는 테이블마다 설치된 조그만 미등이 전부다. 군인 네 사람은 아까는 그렇게 조심하더니만 아직까지도 술을 퍼마시고 있다. 내가 옆을 지나가자 그들은 술 한 잔을 권한다. 사양하고서 계속 나아가 보니, 한 좌석에 널브러져서 요란하게 코를 골고 있는 우리의 통역사 사샤의 모습이 보인다. 나는 조금 떨어진 곳에 앉아 시차를 계산해 본다. 파리는 자정이니, 아직 괜찮은 시간이다. 난 아주 좋은 징조로 느껴지는 이 꿈에 대해 얘기해 주려고 소피와의 통화를 시도해 보지만 휴대폰이 불통이다. 하여 대신 수첩을 펼치고 꿈의 내용을 적어 놓는다.

후지모리 씨 부부는 대체 어디에서 튀어나온 걸까? 의문은 금방 풀린다. 그것은 일본계 페루 대통령의 이름으로, 오늘 아침에 읽은 『리베라시옹』에 관련 기사가 떴다. 그의 실각을 초래한 부패 사건에 대해서는 난 별 흥미가 없었다. 반면, 그 옆 면에 실린 또 다른 기사는 내 관심을 끌었다. 그것은 납치되어 북한에 억류되어 — 어떤 이들은 30년 전부터 — 있다고 가족들이 확신하는 일본인들에 대한 얘기였다. 그런데 최근 들어 이 기사와 관련된 특별한 사건은 전혀 없어서, 왜 이 기사가 다른 날이 아닌 하필 이날에, 심지어 다른 해가 아닌 이해에 발표되어야 했는지 의문을 품을 수도 있는 일이었다. 가족들이 시위를 벌인 일도 없었고, 어떤 기념일도 아니었으며, 이것을 하나의 공식적인 사건으로 취급하기나 했는지 모르겠지만 오래전에 종결된 이 사건에 추가된 새로운 요소도 없었다. 내 느낌으로는, 기자가 1960년대에 아들이나 형제가 행방불명된 사람들과 지하철이나 술집 같은 곳에서 우연히 연결된 게 아닌가 싶었다. 이 사람들은 불확실성의 끔찍한 고통에서 벗어나고자 이런 식의 이야기를 지어내어 자신에게 들려주었다. 그리고 오랜 시간이 흐른 후에 이 이야기를 어느 낯선 이에게 들려주었고, 또 이 낯선 이가 다시 누군가에게 이 이야기를 했던 것이다. 이게 과연 수긍이 가는 이야기인가? 꼭 확실한 증거가 아니라도 이를 뒷받침할 수 있는 어떤 타당한 추론, 최소한 어떤 논거라도 있었을까? 내가 만일 편집장이었다면, 기자에게 좀 더 조사해 보라고 지시했을 것이다. 하지만 아니었다. 기자는 그저 사람들이, 그리고 가족들이 그들의 실종된 친지들이 북한의 수용소에 갇혀 있다고 믿는다고 전하고 있을 뿐이었다. 그들이 살았는지 죽었는지, 어떻게 알 수 있겠는가? 굶주림으로, 혹은 간수에게 폭행당해서 죽었을 가능성이 더 크다. 설사 살아 있다고 해도, 30년 전에 마지막으로 보았던 그 젊은이들과는 아무런 공통점이 없을 것이다. 만일 그들을 되찾게 된다면, 그들에게 무슨 말을 할 것인가? 또 그들은 무슨 말을 하겠는가? 그들을 되찾기를 원하는 게 과연 옳은 일일까?

열차는 다시 출발했고, 숲들을 가로지른다. 눈은 보이지 않는다. 네 군인은 결국 자러 들어갔다. 미등들이 깜빡거리는 스낵바에 이제 나와 사샤만 남았다. 밤의 어느 순간에 사샤는 부르르 떨더니 몸을 반쯤 일으킨다. 머리칼이 부스스한 그의 커다란 머리통이 좌석의 등받이 뒤로 불쑥 올라오는 게 보인다. 그는 테이블에 앉아 글을 쓰고 있는 나를 보고 눈살을 찌푸린다. 내가 〈괜찮아, 아직 시간이 남았으니 계속 자라고!〉라고 말하듯 살짝 손짓하자 그는 털썩 다시 몸을 눕힌다. 아마도 자기가 꿈을 꾼 것이라 확신하고 있으리라.

내가 25년 전에 해외 협력 파견원[1]으로 인도네시아에 가 있었을 때, 마약 소지죄로 체포된 사람들을 가두는 감옥들에 대한 무시무시한, 하지만 사실인 이야기들이 여행자들 사이에 떠돌았다. 자기는 체포의 손길을 아슬아슬하게 피했지만, 좀 더 운이 없는 자기 친구 중 하나는 방콕이나 쿠알라룸푸르에서 150년 동안 〈서서히 죽어 가는 형벌〉을 치르고 있다고 말하는 민소매 티셔츠 차림의 턱석부리가 발리의 술집들에는 어디에나 하나쯤 있었다. 어느 날 저녁, 사람들이 이에 대해 몇 시간 전부터 지독히도 매가리 없이 얘기하고 있었는데, 내가 모르는 어떤 사내 하나가 어쩌면 지어낸 것일 수도 있고, 어쩌면 아닐 수도 있는 또 다른 이야기를 들려주었다. 그때는 러시아가 아직 소비에트 연방이었던 시절이었다. 사내의 설명에 따르면, 시베리아 횡단

---

1 선진국에서 개발 도상국의 발전을 원조할 목적으로 파견하는 전문 인력으로, 프랑스에서 군 복무를 대신할 수 있다. 이하 모든 주는 옮긴이의 주임.

열차로 여행할 때는 도중에 기차에서 내리는 것, 예를 들면 다음 열차를 기다리며 관광을 즐기고자 어떤 역에서 쉬어 가는 게 엄격히 금지되었다. 그런데 철길을 따라 서 있는 어떤 후미진 마을들에 환각 작용을 일으키는 굉장한 버섯들이 있는 모양이다(청중에 따라 미끼는 아주 희귀하면서도 저렴한 양탄자, 보석, 귀금속 등으로 바뀔 수 있다). 그래서 이따금 대담한 사람들은 금지 사항을 어기기도 한다. 열차는 시베리아의 어느 조그만 역에 3분간 정차한다. 지독하게 추운 날씨에 마을은 없고 허름한 가건물 몇 채만 달랑 서 있다. 진흙만 질척거릴 뿐, 사람은 살고 있을 성싶지 않은 을씨년스러운 장소이다. 모험가는 사람들의 눈에 띄지 않게끔 살그머니 열차에서 내린다. 열차는 다시 출발하고, 그만 혼자 남는다. 그는 어깨에 가방을 둘러메고서 역사(驛舍), 다시 말해서 썩은 널판으로 이루어진 플랫폼을 떠나, 지금 자신이 잘하고 있는 건지 자문하면서 판자 울타리와 철조망 사이의 웅덩이들을 철벅철벅 걷는다. 그가 처음 마주치는 인간은 끔찍한 구취를 얼굴에 뿜어 대는 일종의 최하 질의 훌리건인데, 그가 늘어놓는 말의 세세한 뉘앙스는 모르겠지만(여행자는 러시아어를 몇 마디밖에 못 하는 수준이고, 지금 훌리건이 쓰는 것은 어쩌면 러시아어가 아닐 수도 있다) 전반적인 의미는 명확하니, 이런 식으로 돌아다니면 안 된다, 잘못하면 경찰에게 잡힌다는 것이다. 밀리치아! 밀리치아! 그러고 나서 이해할 수 없는 말들이 폭포수처럼 이어지는데, 그의 손짓 발짓을 통해 여행자는 사내가 다음 기차가 올 때까지 묵을 곳을 제의하고 있음을 깨닫는다. 아주 매력적인 제의는 아니지만, 선택의 여지가 없을 뿐아니라, 어쩌면 버섯이나 보석에 대해 얘기해 볼 수 있는 기회일지도 모른다. 집주인의 뒤를 따라 어느 찌그러진 오막살이 안으로 들어가 보니, 연기를 내뿜는 난로 하나로 덥혀지는 집 안에는 한층 살벌한 인상의 다른 사내들이 모여 있다. 그들은 싸구려 독주 한 병을 꺼내고, 건배를 하고, 여행자를 쳐다보면서 자기들끼리 얘기를 나눈다. 〈밀리치아〉라는 말이 자주 나오는데, 유일하게 알아들을 수 있는 이 단어는 그로 하여금 만일 자기가 경찰의 손아귀에 들어가면 벌어질 일에 대해 그들이 얘기하고 있다는, 옳을 수도 있고 틀릴 수도 있는 상상을 하게 만든다. 저 친구는 거액의 벌금을 낸다 해도 무사히 빠져나오지 못해. 아하, 천만의 말씀이지! 모두가 박장대소를 한다. 종착역인 블라디보스토크에서 누군가가 기다리고 있다 해도, 이 친구가 없다는 사실을 확인하게 될 뿐이야. 가족들과 친구들이 별 난리를 친다 해도 그가 어디서 사라졌는지 절대로 알아내지 못해. 아니, 알아내려는 시도조차 않겠지. 여행자는 좀 더 이성적으로 생각해 보려고 한다. 이들이 얘기하고 있는 것은 전혀 이게 아닐 거야, 어쩌면 자기 할머니들이 담그는 잼에 대해 얘기하고 있는지도 몰라……. 아니, 그는 그렇지 않다는 걸 잘 알고 있다. 사내들이 그가 겪을 운명에 대해 얘기하고 있다는 것을 잘 알고 있고, 이들이 그를 겁주려고 킬킬대며 들먹이는 그 썩어 빠진 경찰들에게 잡히는 편이 차라리 나았다는 것을, 사실은 **그 어느 것도** 판자로 얼기설기 지어진 이 오두막집보다는, 그의 주위로 원을 좁혀 오는, 그리고 이제 장난삼아 그의 볼을 꼬집고, 손가락으로 튕기고, 거칠게 떠밀며 경찰이 그에게 어떻게 할 것인지 보여 주기 시작하고 있는 이 이빨 빠진 쾌활한 친구들보다는 차라리 나았다는 것을 이미 깨닫는다. 결국 그들은 그를 쓰러뜨리기에 이르고, 그는 얼마 후 어둠 속에서 깨어난다. 그는 맨흙바닥에 알몸으로 누워 추위와 두려움으로 덜덜 떤다. 팔을 뻗어 본 그는 자신이 일종의 헛간 같은 곳에 갇혔으며, 이제는 만사 끝이라는 걸 깨닫는다. 이따금 문이 열리고 킬킬대는 농부들이 들어와 자기를 때리고 짓밟고 비역질하리라. 요컨대 자기를 가지고 조금 즐기리라. 이 시베리아에서는 재미난 일이 그리 많지 않으므로. 자기가 어디서 내렸는지 아무도 모르고, 자기를 구하려고 오는 사람도 아무도 없을 것이고, 자기의 운명은 순전히 저들의 손에 달려 있다. 저들은 어떤 열차가 올 시간에 맞추어 역사 근처에서 어슬렁거렸으리라. 어떤 멍청이가 금지 사항을 위반하기를 바라면서 말이다. 그 멍청이는 저들을 위한 것이니까. 저들은 그를 가지고 별짓을 다 하며 놀다가 결국 그가 뎌져 버리면, 다음 놈을 기다린다. 물론 그는 이렇게 이성적으로 차근차근하게 생각하지는 않을 것이다. 그는 아무것도 보이지도 들리지도 않으며 몸을 꼼짝할 수도 없는 어떤 궤짝 속에서 정신을 차리게 된, 그리고 얼마 후에는 자신이 생매장되었음을, 자신의 삶이라는 꿈이 결국 이른 곳은 여기이며, 이것이 바로 현실, 그가 결코 깨어나지 못할 마지막의, 진정한 현실이라는 사실을 깨닫게 된 사람처럼 중얼거릴 것이다.

그는 거기에 있는 것이다.

어떤 의미에서는 나도 거기에 있다. 평생 거기에 있었다. 나는 나의 상황을 머릿속에 그려 보기 위해, 이런 종류의 이야기들에 도움을 청했다. 아이였을 때 이런 이야기들을 즐겨 들었고, 나중에는 내가 사람들에게 들려주었다. 이런 이야기들을 책들로 읽었으며, 나중에는 직접 그런 책들을 쓰게 되었다. 오랫동안 난 이것을 좋아했다. 난 나로서는 뭔가 특이하게 느껴지는, 그리고 나를 작가로 만든 이런 방식으로 고통받는 것을 즐겼다. 지금은 더 이상 그것을 원치 않는다. 이런 음울하고도 한결같은 시나리오에 갇히는 것을 더 이상 견딜 수가 없다. 나로 하여금 또다시 광기와 얼어붙음과 감금의 이야기를 만들게 하고, 나를 기진맥진하게 만들 덫의 도면을 그리게 하는 출발점이 무엇이든 간에 항상 똑같은 이런 시나리오에 말이다. 몇 달 전, 나는 책을 한 권 출간했다. 『적(敵)』이라는 제목의 이 책에 나는 7년 동안 갇혀 있었고, 탈진하여 빠져나왔다. 나는 생각했다. 이젠 끝났어. 이제 난 다른 것으로 넘어갈 테야. 난 바깥으로, 다른 사람들에게로, 삶으로 가겠어. 그러기 위해서는 다시 르포르타주를 쓰는 것이 좋겠어.

난 이런 생각을 주위 사람들에게 얘기했고, 얼마 되지 않아 르포르타주 제안이 하나 들어왔다. 그런데 그 내용이 좀 특별했다. 제2차 세계 대전 말엽에 포로가 되어, 러시아 한 오지의 정신 병원에 갇혀 무려 50년을 보낸 한 불행한 헝가리 남자의 이야기였다. 이건 딱 너를 위한 주제라고 모두가 생각했어, 이렇게 한 기자 친구가 흥분하여 떠들어 댔다. 물론 난 짜증이 치밀었다. 평생 정신 병원에 갇혀 지낸 어떤 친구 얘기만 나오면 날 생각하는 것, 바로 이런 것을 난 더 이상 원치 않는 것이다. 더 이상 이런 이야기에 관심을 갖는 인간이 되고 싶지 않은 것이다. 그럼에도 불구하고, 물론 나는 이 이야기에 흥미를 느꼈다. 더구나 이야기의 배경은 러시아였다. 러시아는 거기서 태어나지 않았기 때문에 어머니의 나라라고는 할 수 없지만, 주민들이 어머니의 언어를, 나도 어렸을 때 조금 말하다가 완전히 잊어버린 그 언어를 말하는 나라였다.

나는 하겠다고 말했다. 하겠다고 말하고 나서 며칠 후에 난 소피를 만났는데, 이 사건은 내가 다른 것으로 넘어갔다는 느낌을 또 다른 방식으로 주었다. 모베르 부근의 타이 식당에서의 저녁 식사 내내, 난 그녀에게 헝가리인의 이야기를 들려주었다. 그리고 오늘 밤, 코텔니치로 향하는 열차 안에서 나는 내 꿈에 대해 다시 생각해 보면서, 이 꿈에는 섹스 중인 내게 꽂히는 경찰의 시선, 감금과 함정의 위험, 아니 그 확신 등 나를 마비시키는 요소들이 모두 들어 있지만, 이 가운데서는 소피와 신비스러운 후지모리 부인과 즉흥적으로 벌이는 그 난교 파티처럼 모든 게 경쾌하고도 즐겁다고 중얼거린다. 그래, 난 감금의 마지막 이야기를 들려

주겠어, 그리고 이것은 또한 나의 해방의 이야기가 될 거야, 하고 중얼거린다.

이 헝가리 남자에 대해 내가 아는 내용은 2000년 8월과 9월에 AFP 통신이 전한 몇 개의 단신으로부터 얻은 것이다. 이 열아홉 살 젊은 농부는 퇴각하는 독일 국방군에게 끌려갔고, 1944년에는 소련군에게 붙잡혔다. 먼저 한 포로 수용소에 갇힌 그는 1947년, 모스크바에서 북동쪽으로 8백 킬로미터 떨어진 소도시인 코텔니치의 정신 병원에 이감되었다. 그는 모든 사람에게서 잊힌 채로 거기서 53년을 보냈다. 말은 거의 하지 않았는데, 주위에 헝가리어를 알아듣는 사람이 하나도 없었고, 너무나도 이상하게 느껴질지 모르겠지만, 그 또한 러시아어를 배우지 않았던 것이다. 그는 아주 우연하게 올여름에 발견되었고, 헝가리 정부는 그의 귀국을 준비했다.

그의 도착은 TV에서 30초 동안 다뤄져 난 그 몇 장면을 볼 수 있었다. 부다페스트 공항의 유리문이 양쪽으로 열리면서 겁에 질린 한 불쌍한 노인네가 몸을 잔뜩 오그리고 앉아 있는 휠체어가 나타난다. 둘러싼 사람들은 반팔 셔츠 차림이지만, 그는 굵은 양모로 짠 비니 모자를 쓰고서 여행용 모포 밑에서 덜덜 떨고 있다. 바지 한쪽은 속이 텅 비어 있는데, 그 밑단을 접어 올려 옷핀으로 고정시켜 놓았다. 사진 기자들의 플래시가 번쩍번쩍 터지면서 그의 눈을 부시게 한다. 그를 태우는 자동차 주위로는 나이 든 여자들이 몰려들어 크게 손짓하며 다양한 이름들을 외친다. 샨도르! 페렌치! 언드라시! 8만 명이 넘는 헝가리 병사가 제2차 세계 대전 중에 실종된 이후로 사람들은 계속 그들을 기다려 왔는데, 이렇게 56년이 지난 지금 한 명이 돌아온 것이다. 그는 다소 기억 상실 증세가 있고, 심지어 그의 이름조차 수수께끼이다. 그의 신원 확인을 위한 유일한 자료라 할 수 있는 러시아 병원의 장부들은 그를 언드라시 터머시András Tamas, 언드라시 토머시András Tomas, 혹은 토머시 언드라시Tomas András 등으로 아무렇게나 부르고 있지만, 앞에서 이 이름들을 발음해 보이면 그는 고개를 젓는다. 자기 이름을 말하려고 하지도 않고, 할 수도 없는 상태이다. 이런 상황이었기 때문에 그의 귀국이 헝가리 언론에 의해 국가적 사건으로 다뤄지자, 수십여 가족들이 그가 실종된 삼촌 혹은 형제라고 믿은 것이다. 귀국하고 나서 몇 주 동안, 언론은 거의 매일 그와 조사에 관련된 소식들을 보도했다. 사람들은 한편으로는 그가 자기네 식구라고 주장하는 가족들에게 질문을 했고, 다른 한편으로는 그에게 질문하고, 또 그의 기억을 되살려 보려고 했다. 그의 앞에서 마을들과 사람들의 이름을 반복해 보았다. 한 간추린 뉴스가 전하는 바에 따르면, 그를 관찰하고 있는 부다페스트 정신 의학 연구소에서는 의사들이 부른 골동품 상인들과 수집가들이 군모, 견장, 옛날 동전 등 그가 살았던 시대의 헝가리를 상기시킬 수 있는 물건들을 그에게 보여 주고 있다고 한다. 그는 거의 반응하지 않고, 말한다기보다는 뭐라고 웅얼대고만 있단다. 그의 언어라는 것은 진정한 헝가리어라기보다는 일종의 개인적 방언, 즉 그가 반세기에 걸쳐 고독하게 살아오면서 끊임없이 되뇌었을 내적 독백의 언어이다. 어쩌다 가끔씩 짤막한 문장들이 튀어나오기도 하는데, 드네프르 강 도하(渡河), 도난당했거나 도난당할까 봐 두려워하고 있는 신발, 그리고 특히 저쪽, 러시아에서 절단된 다리 같은 것들이 그 내용이다. 그는 잘린 다리를 돌려받기를, 혹은 대신 다른 다리를 받기를 원한단다. 단신 뉴스의 제목은 〈제2차 세계 대전의 마지막 포로는 의족을 요구한다〉이다.

어느 날, 사람들이 그에게 『빨간 두건』을 읽어 주자, 그는 흐느껴 운다.

한 달 후, 조사 결과가 나왔고, 그 내용은 유전자 검사로 확인되었다. 귀환자의 이름은 언드라시 토머András Toma 이다(하지만 헝가리에서는 일본에서처럼 〈버르토크 벨러〉 같이 성을 이름보다 먼저 부르므로 〈토머 언드라시〉라고 부른다). 그에겐 남동생과 여동생이 하나씩 있는데, 이들은 그가 56년 전에 전장으로 떠나면서 이별한 헝가리 동쪽 끝의 한 마을에 살고 있다. 그들은 기꺼이 그를 자기네 집에 받아들이려고 한단다.

나는 관련 정보를 수집하고 다니면서, 한편으로는 그가 부다페스트에서 고향 마을로 이송되는 일은 앞으로 몇 주 동안은 없을 것이며, 다른 한편으로는 오는 10월 27일은 코텔니치 정신 병원의 창립 90주년 기념일이라는 사실을 알게 된다. 거기부터 시작해야 한다.

코텔니치 역에서는 2분밖에 정차하지 않는데, 우리의 장비 박스들을 내리기에는 너무 짧은 시간이다. 보통 르포 기사를 글로 쓰는 나는 단독으로 작업하고, 가끔씩 사진 기자 한 명과 함께 작업하기 때문에, 텔레비전 촬영 팀은 곧바로 거추장스럽게 느껴졌다. 역에서 내리는 승객은 우리가 전부이고 승차하는 사람도 없지만, 플랫폼은 꽤 많은 사람들로 북적인다. 주로 스카프와 펠트 구두 차림의 노파들로 우리에게 월귤로 채운 양동이들을 팔고 싶어 하는데, 우리가 이것만 해도 너무 짐이 많다고 장비들을 가리켜 보일라치면 대뜸 욕설을 퍼붓는다. 주위의 풍경은 내 이야기에 등장한 시베리아 횡단 철도의 그 역과 상당히 비슷하다. 흙땅, 물웅덩이, 거칠거칠한 목재로 만든 울타리 뒤에서 결코 상냥해 보이지 않는 호기심을 드러내며 우릴 지켜보는 빡빡머리 사내들……. 장마리가 카메라를 집어 들고, 알랭은 장대 위에 마이크를 고정시키자 노파들은 한층 고약한 기분을 드러낸다. 사샤는 자동차를 한 대 찾으려고 역사 쪽으로 갔다가, 얼마 안 있어 비탈리라는 친구와 함께 돌아오는데, 이 친구는 낡아 빠진 지굴리 승용차로 우리를 시의 유일한 호텔인 〈비아트카〉로 데려다준다. 〈비아트카〉는 이 지역의 주도(州都)이며, 다음번 철도역인 키로프의 옛 이름이자 새 이름이기도 하다. 출발하기 며칠 전 난 부모님 집에서 저녁 식사를 하며 그분들과 함께 르포르타주 작업을 할 장소를 지도상에서 찾아보았다. 그때 어머니는 키로프라는 이름은 암살됨으로써 1936년의 대숙청을 촉발한, 혹은 그 구실이 된 그 위대한 볼셰비키에 대한 경의로서 소련 시절에 붙여졌다는 사실을 알려 주었다. 그리고 아버지 — 어머니의 가문에 관심이 깊은 분이다 — 로부터는 이 도시가 아직 비아트카라고 불리던 1905년에 나의 종조부님, 빅토르 코마롭스키 백작은 이 지방의 부지사였다는 사실을 알게 되었다. 어쨌든 이 비아트카는 러시아를 여행하는 사람들이 잘 아는 그런 종류의 호텔들, 즉 난방이고 전화고 승강기고 간에 제대로 작동하는 게 하나도 없을 뿐 아니라, 심지어 개업 당일에도 제대로 작동하는 게 하나도 없었을 거라고 짐작이 가는 그런 호텔들 중의 하나이다. 전등 세 개 중 두 개는 불이 들어오지 않는다. 피복도 온전치 않은 전선들이 어지러이 말려져 곰팡이 슨 벽들을 따라 사방으로 뻗어 있다. 차가운 라디에이터들은 여느 곳에서처럼 벽에 붙어 있지 않고 방 한복판께에, 똑바르지 않고 이상하게 구부려진 긴 관들의 끝부분에 수직으로 서 있다. 너무도 작아서 수건과 구별하기 힘든 닳아 빠진 회색빛 침대 시트는 한쪽이 푹 꺼진 침대를 반쯤 덮고 있고, 가구랍시고 가져다 놓은 것들에는 끈적이는 먼지의 막이 달라붙어 있다. 온수도 나오지 않는다. 전날 내가 호텔에서 신용 카드로 지불할 수 있느냐고 순진하게 묻자 사샤는 고개를 흔들며 빈정거리듯이 나를 쳐다보았다. 신용 카드……? 풋……! 그리고 내가 러시아어를 조금, 그러니까 *chut-chut*(아주 조금) 할 줄 알기에, 그는 러시아어로 논평했다. *Tut, my vo dne*(여긴 깡촌이라고요).

언드라시 토머가 살았던 장소들의 순례는 병원장인 페투호프 박사의 사무실에서 시작되며, 또한 이 방에서 끝나게 된다면 아주 좋겠다고 그는 분명하게 말한다. 그가 이렇게 말하는 것은 유리 레오니도비치(그는 자신을 이렇게 불러 달라고 한다)가 기자들에게 반감이 있어서가 아니다. 오히려 그는 이즈베스티야, CNN, 로이터 같은 러시아와 외국의 다양한 미디어들의 대표자들이 남긴 명함 한 뭉치를 자랑스럽게 펼쳐 보인다. 이것은 그가 이 헝가리인의 스토리를 나름대로 정리했고, 우리가 그 이상을 원하게 될 이유가 전혀 없다고 믿기 때문이다. 그러니까 1947년 1월 11일, 환자는 여기서 40여 킬로미터 떨어져 있고 1950년대에 사라진 비스트리아그 포로수용소에서 이 코텔니치 정신 병원으로 이송되었다. 바로 이곳에서, 난방이 잘되고, 반들반들하게 왁스 칠되고, 예쁜 파스텔 색조로 칠해진 이 조그만 예쁜 관사에서 여자 의사 코즐로바 박사가 그를 맞았고, 그의 진료 파일을 쓰기 시작했다. 유리 레오니도비치는 과장적인 몸짓으로 그 진료 파일을 펼치면서 장마리로 하여금, 먼저 온 사진 기자들도 그리했겠지만, 코즐로바 박사가 작성한 최초의 메모를 확대 촬영할 수 있게끔 해주었다. 누런종이, 흐릿하게 퇴색한 잉크, 조그맣게 또박또박 쓴 글씨. 환자는 1925년생이고, 마자르 국적인 토마스 안드레아스 Tomas Andreas라는 이름으로 기재되었다. 잘못 덧붙여진 s와 e는 그가 헝가리에 귀국했을 때 많은 혼란을 야기했지만, 코즐로바 박사에게 책임을 돌리기는 힘든 것이 환자는 그녀의 질문에 전혀 답변하지 않았던 것이다. 심지어 질문을 듣지 못하는 것처럼 보였다는 것이고, 따라서 그를 데려온 병사들이 대신 답변해 준 것으로 추정된다. 그가 걸친 의복은 더럽고, 해졌고, 너무 작았으며, 특히나 계절에 맞지 않게 너무 가벼운 것이다. 그는 고집스레 함구하고, 이따금 까닭 없이 웃는다. 포로수용소에 부속된 군사 병원에서 그는 식사를 거부하고, 자지 않고, 울곤 했으며, 때로는 사나운 모습을 보이기도 했다. 이런 행동은 〈정신 신경증〉 진단의 근거를 이루며, 그를 민간 병원으로 이송한 것을 정당화한다. 나는 코즐로바 박사가 아직 생존해 계시냐고, 별 기대 없이 물어본다. 유리 레오니도비치는 고개를 젓는다. 아뇨, 언드라시 토머의 도착이나 그의 입원 초기에 대해 증언해 줄 수 있는 사람은 더 이상 없어요. 10여 년 전 그 자신이 이곳에 부임해 왔을 때, 환자는 정신과 의사의 관점에서 볼 때 관심을 끌 만한 게 전혀 없었다는 것이었다. 평화롭고 조용하며, 자신만의 세계 속에서 살고 있었다. 1997년에는 그의 한쪽 다리를 절단해야 했다. 그러고 나서 1999년 10월 26일, 그러니까 불과 1년 전, 보건부의 고위 관리 한 사람이 병원을 방문했다. 이 손님을 모시고 다니다가 외다리 노인의 앞을 지나게 된 유리 레오니도비치는 그를 환자들 중 가장 연장자라고 소개했다. 그는 그때의 장면을 회상하니 가슴이 뭉클해지는 듯 미소를 머금는다. 나는 나폴레옹이 근위병들에게 그랬듯 그가 노인의 귀를 짓궂게 꼬집는 모습이 상상이 간다. 자, 아주 조용하고도 착한 노인네입니다. 2차 대전 때부터 쭉 여기에 있었는데 헝가리어밖에 할 줄 몰라요, 으이그……! 그런데 지역의 한 여기자가 고관의 방문을 취재하러 왔다. 그런데 이 방문 자체는 그다지 흥미롭지 않았으므로 그녀는 〈제2차 세계 대전의 마지막 포로가 우리 가운데 있다〉라는 주제로 기사를 썼다. 이 문구가 나갔고, 한 통신사가 그걸 그대로 받아썼고, 또 다른 통신사가 받아썼고, 결국 모든 매체들에 돌게 되었다. 신고를 받은 헝가리 영사가 부랴부랴 모스크바에서 내려왔고, 그러고는 부다페스트의 정신과 의사들이 와서 올해 여름에 그를 데려가기에 이르렀다. 유리 레오니도비치는 그 이후로 그에 대한 아주 좋은 소식들을 듣게 되었고, 헝가리 동료 의사들이 정기적으로 전해 주는 그가 호전돼 가고 있다는 소식들에 기뻐했다. 이런 내용을 아주 태연하게 얘기하는 유리 레오니도비치의 모습은 나로서는 약간 놀랍게 느껴진다. 한 남자가 껍데기만 남은 자기 병원에서 53년을 보낸 후에 단 두 달 만에 다시 살아났다는 사실이 그로서는 조금도 당혹스럽지 않은 듯하며, 이런 식으로 기자들을 받으면 그들이 넓게는 자기 나라의, 좁게는 자기 병원의 정신 의학에 대해 잔인한 결론들을 끄집어낼 거라는 생각은 아예 떠오르지도 않는 모양이다. 이 진료 파일을 우리에게 요약해 주는 그의 태도에서는 조금도 방어적인 면이 느껴지지 않으며, 우리가 이 파일을 직접 열람하는 것을 거부하는 것은 우리에 대한 불신 때문이라기보다는 코텔니치에 유일하게 출현한 미디어적 흥밋거리에 대한 독점권을 지니기 위함이라는 느낌마저 든다.

병원의 수석 의사이자 행정관이며, 나중에 알게 된 바이지만 지방 의회 의원이기도 한 유리 레오니도비치는 그의 안락한 목조 주택에서 거의 나오는 법이 없고, 환자들은 아주 가끔씩만 볼 뿐이다. 좀 더 둘러보고 싶다는 우리의 강력한 요청에 결국 그가 우리를 맡긴 블라디미르 알렉산드로비치 말코프는 진료 의사이며 토머가 지난 수십 년을 보낸 병동의 책임자이기도 하다. 굉장히 장신이고, 굉장히 금발이고, 굉장히 피부색이 희고, 흰 가운과 옅은 색안경을 걸친 그는 만일 19세기 소설에 등장했더라면 〈그는 독일 사람같이 생겼다〉라고 표현되었을 법한 차가운 외모를 지녔다. 척 보기에 상관보다 덜 쾌활하고 덜 협조적인 그는 상관이 부지런히 명함을 수집하고 있는 다양한 기자 팀들에 대해 별로 유쾌하지 못한 기억들을 갖고 있는 모양이다. 온

수도 없이 어떻게 살 수 있습니까? 하고 한 카메라맨이 그에게 물었단다. 이에 자신은 어깨를 으쓱해 보이며, 당신들은 살고 있지만, 우리는 이곳에서 생존해 나가고 있습니다, 라고 대답했단다.

제2호실. 아홉 개의 병상. 그의 침대는 문에서 왼쪽으로 첫 번째에 있는 것으로, 한쪽 모퉁이의 벽에 붙어 있다. 요 몇 년 동안 변동이 없었고, 그가 떠난 이후로도 다른 환자들은 이동이 없었으니, 이들은 그와 병실을 함께 쓴 이웃들이다. 추리닝, 슬리퍼, 모든 걸 박탈당한 사내들의 휑한 얼굴들…… 침대들 사이의 통로로 창문에서 방문까지 걷는 이들이 보인다. 몇 시간이고 침대 끄트머리에 앉아 있는 이들, 그리고 누워 있는 이들도 보인다. 한 사람은 이불을 뒤집어쓰고 있어 우린 그 얼굴을 절대로 볼 수 없을 것이고, 다른 한 사람은 묘석의 횡와상처럼 가슴에 두 팔을 교차시키고 똑바로 누워 있는데, 얼굴은 그의 유일한 표정인 일그러진 미소 가운데 굳어 있다. 이들은 외부의 삶이 너무 힘들어서, 알코올의 힘이 너무 강해서, 머릿속에 위협적인 목소리들이 너무 우글대서 이곳까지 오게 되었지만, 위험하지도 않고, 심지어 불안한 상태도 아니다. 〈안정적입니다〉라고 블라디미르 알렉산드로비치가 설명한다. 지난 10년 동안 병원 예산이 계속 감축되어 직원도 줄여야 했고, 상태가 호전된 사람들, 받아 줄 수 있는 가족들이 있는 사람 등 내보낼 수 있는 사람은 모두 내보냈다. 하지만 이들은 아무것도, 그 누구도 없는 사람들이어서, 어쩌겠는가, 그냥 데리고 있는 수밖에. 그들을 제대로 치료하는 것도, 그들과 제대로 대화하는 것도 아니고, 그냥 이렇게 데리고 있는 것이다. 별것은 아니지만, 그래도 대단한 것이다.

이들은 언드라시 토머를 데리고 있었다. 하지만 그에게는 가족이, 돌려보낼 수 있는 조국이 있었고, 모스크바에 있는 헝가리 영사관에 그의 존재를 알리는 게 이론적으로 불가능한 것은 아니었으나, 아무도 그런 생각을 하지 못했다. 헝가리는 고사하고 모스크바만 해도 너무 먼 곳이다. 그는 어쩌다가 여기에 흘러들어 왔고, 인수자가 인수해 가지 않은 소포처럼 남게 되었으며, 조금씩 조금씩 고통도 흐려져 갔다.

그는 와병 환자가 아니었다. 그가 하루를 보내는 곳은 침대가 아니라 목공실, 열쇠 제작실, 차고였다. 병원이 외부 농장을 가지고 있던 시절에는 거기에 처박혀 살았다. 솜씨가 좋고 항상 바지런한 그는 자유롭게 왔다 갔다 했으며, 이 때문에 블라디미르 알렉산드로비치는 그를 제2차 세계 대전의 마지막 포로로 소개한 문구가 약간 과장되었다고 말한다. 그는 결코 포로가 아니었으며, 심지어 환자도 아니었단다. 그는 여기에 살았을 뿐이고, 여기가 그의 집이었을 뿐이란다. 환자도 아니었다고요? 정말로요? 하고 사샤가 되묻는다. 그 이상이에요. 여기 도착했을 때 정신 분열증 진단을 받았지만, 사실 그는 전쟁에서 참혹한 일들을 겪고, 포로수용소들에서 3년을 보낸 끝에 쇼크 상태에 빠진 사람일 뿐이었어요. 그가 잠시 앓은 그 정신병은 이런 트라우마들에 대한 반응이었고, 그 이후로는 한 번도 재발한 적이 없어요. 그는 의식적이든 무의식적이든 속으로 이렇게 생각했겠죠. 다시는 이런 일이 없으려면 끽소리 없이 얌전히 지내는 게 나아. 사람들 눈에 띄지 않고, 말하지도 말고, 무슨 소리를 해도 못 알아듣는 척하고, 있는 듯 없는 듯 조용히 사는 거야, 하고요.

유리 레오니도비치의 사무실에서부터 벌써 나는 아는 러시아 단어가 몇 개만 귀에 들어오면 대뜸 통역을 끊고 나서서는 *da, da, ia ponimaiu*(예, 예, 무슨 말인지 알겠습니다)라고 말했다. 그러자 짜증이 난 사샤는 사무실에서 나오면서 〈이봐요, 당신이 그렇게 말을 잘 알아들으면 날 그만두게 하든지, 아니면 그냥 내가 일을 하게 놔둬요, 알았어요?〉라고 항의했다. 난 알았다고 대답했지만, 블라디미르 알렉산드로비치와의 대화 중에 또 그 버릇이 튀어나온다. 난 그에게 나의 어머니는 러시아 태생이고, 나 자신도 어렸을 때 러시아어를 했으며, 지방의 한 정신병 요양원이 무대인 체호프의 중편소설 「6호실」을 원어로 읽었노라고 나름껏 설명한다. 내 어학적 진보에 사샤는 짜증이 나서 오만상을 짓고, 알랭과 장마리는 깜짝 놀란다. 한편 블라디미르 알렉산드로비치로 말할 것 같으면, 그는 마음이 완전히 녹아 버린다. 아니, 저이가 러시아어를 하다니! 체호프의 「6호실」을 읽었다니……! 이렇게 우리는 친구가 되었고, 내친김에 나는 용기를 내어 묻는다. 혹시 헝가리인의 진료 파일을 열람

할 방법이 없을까요? 그것의 사본을 한 부 얻을 수 있다면 더 좋겠고요……. 그러자 블라디미르 알렉산드로비치는, 〈아마 가능할 거예요, 유리 레오니도비치에게 물어봐야 해요〉라고 대답한다. 〈문제는 유리 레오니도비치가 원치 않는다는 거예요〉라고 내가 다시 설명하자 블라디미르 알렉산드로비치는 얼굴을 찌푸린다. 흠, 만일 유리 레오니도비치가 원치 않는다면, 그건 정말 문제네요.

러시아어로 몇 마디를 한 것은 말 그대로 나를 도취시켰고, 이날 저녁 이 도시에서 유일하게 열려 있는 식당에서 우리 넷이 다시 모였을 때, 난 어떻게 해서라도 그 짓을 계속하고 싶어 한다. 이 식당 〈트로이카〉는 지하에 위치한 일종의 지저분한 바로, 거나하게 취해 있으며, 적어도 사내 녀석들만큼은 위험할 수도 있겠다고 느껴지는 젊은 친구들이 모이는 장소다. 여기서 제공되는 음식은 러시아식 만두인 펠메니뿐인데, 나는 여기에 보드카를 곁들이자고 강력하게 주장한다. 전날 진탕 퍼마셨음에도 불구하고, 두주불사의 알랭이나 술만 제안하면 갑자기 너그러워지는 사샤를 설득하기란 그리 어렵지 않다. 오직 장마리만이 전날처럼 미소를 지으며 사양한다. 그는 술을 입에 대지 않는 친구이다. 한편 나로 말할 것 같으면, 입에 한 잔 털어 넣기도 전에 잔뜩 흥분해서는, 내 어학상의 진보를 그냥 담소나 나누기에 적합한 옆 테이블의 못생긴 두 아가씨에게 시험해 보려고 한다. 난 이 도시의 유명 인사가 된 우리의 주인공과 관런하여 내 엉터리 러시아어로 질문을 던진다. 내가 그들의 답변을 정확히 이해했다고 보장할 수는 없지만, 한 아가씨의 말에 따르면 — 내가 수첩에 적어 놓았다 — 그는 이곳을 떠나려 하지 않아서 강제로 헝가리로 데려가야 했으며, 또 한 아가씨의 말로는 그는 전혀 미치지 않았으며, 시베리아로 끌려가지 않으려고 미친 척했다는 것이다. 얼마 후, 여기서 내 기억은 약간 흐릿한데, 내가 사샤에게 호텔에서 프랑스로 전화를 걸 수 있겠느냐고 묻자 그는 낄낄댔고(당신의 그 신용 카드로 말인가요?), 그러고 나서 그와 함께 비틀거리며 인적이 없는 거리를 걸어, 늦게까지 열려 있어 〈트로이카〉처럼 별로 까다롭지 않은 술집들에서도 쫓겨난 주정뱅이들을 받아들여 주는 우체국까지 갔다. 여기에서는 약간의 인간적 훈기와 한바탕 싸움질을 할 수 있는 기회 (사샤도 상당히 용의가 있어 보인다)를 얻을 수 있고, 부수적으로 전화도 한 통 걸 수 있다. 사샤는 누군가와 첫 문장부터 아주 험악한 상황으로 흐를 수 있는 대화를 이어 가면서, 내가 국제 전화를 신청하는 것을 마지못해 도와준다. 나는 나무로 된 전화 부스로 가서 통화를 기다리는데, 거기서는 누군가가 최근에 오줌을 갈겨 놓은 탓에 둘 중의 하나를 선택해야 하는 상황이다. 하나는 욕지기를 꾹 참으며 문을 닫아 놓는 거고, 다른 하나는 문을 열어 놓는 건데, 그러면 멀리서 들리는 흐릿한 통화음이 바깥의 소음에 덮여 버린다. 마침내 소피가 전화를 받았을 때, 내겐 다른 선택이 없다. 그녀의 말을 알아듣기 위해 문을 닫아 버리고, 곧바로 그녀에게 이 전화 부스 겸 변소와 우체국과 도시와 정신병 요양원을 묘사해 주기 시작한다. 그녀로서는 우리의 첫 번째 데이트 때, 즉 모베르의 타이 레스토랑에서 함께 저녁 식사를 했을 때 내가 들려준 그 음울한 시베리아 횡단 철도 이야기가 생각날 뿐이다. 하지만 난 한껏 들떠서 설명을 계속한다. 오늘 난 러시아어를 말하기 시작했어, 난 계속할 거고, 아주 진지하게 다시 시작할 거야, 이것은 내게는 자기를 만난 것만큼이나 중요한 일이야, 어쩌면 이 두 개의 사건이 연달아 일어난 것은 우연이 아닐 거야, 등등. 난 그녀에게 기차에서 꾼 꿈에 대해 얘기해 준다. 그것이 담고 있는 해방의 약속은 약간 무거울 정도로 강조하는 반면, 소피를 알게 된 지 불과 2주밖에 되지 않았지만 그녀가 얼마나 질투심이 강한지 알기 때문에 후지모리 부인의 이야기는 대충 건너뛰면서. 난 전화를 걸면서 지금 저쪽은 늦은 저녁 시간이라고 생각했다. 어쩌면 그녀는 잠자리에 들었고, 알몸으로 내 요구에 따라 자기 몸을 애무할 준비가 되어 있으리라. 하지만 난 시차 계산에 헷갈린 거고, 사실은 지금 파리는 저녁 7시여서 그녀는 아직도 사무실에 있다. 통화가 시작되었을 때 그녀는 내가 혹시 어떤 위험에 처한 거나 아닌지 걱정했지만, 이제는 난 단지 술에 취해 한껏 들뜬, 행복하다고까지 할 수 있는 상태이고, 지금 전화로 말하고자 하는 요점은 내가 자기를 사랑한다는 것이라는 사실을 이해한다. 그러자 그녀는 내 남근에 대해 말하기 시작한다. 난 정말로 남자들의 그것을 좋아하고, 지금까지 많은 것들을 경험해 봤지만, 그중에서 자기 것이 가장 좋아, 그걸 지금 내 안에 넣어 줬으면 좋겠지만, 그럴 수 없으니 대신 자기가 자위를 시작해. 난 사무실 문을 닫았고, 손을 치마 아래로, 스타킹 아래로, 팬티 아래로 집어넣고 있어. 손가락 끝으로 그 민감한 부분을 매만지고 있어⋯⋯. 나는 팬티 아래 갇혀 있을 그 기막힌 금발의 거웃이 떠오르지만, 내가 당장 여기서 자위하는 것은 말도 안 된다고 말해 줄 수밖에 없다. 이곳의 분위기는 아까 내가 묘사한 그대로야. 또 지금 유리창 너머로는 한판 벌일 기회를 참을성 있게 엿보고 있는 사샤와 사내의 모습이 보이고, 저들도 나도 훤히 볼 수 있기 때문에 호텔에 들어갈 때까지 기다려야겠어. 호텔은 난방도 안 되고, 침대 시트는 불결하기 짝이 없어 도저히 그 안에 기어들어 가지 못할 것 같아. 그래서 그냥 옷을 껴입은 채로, 시트 대용으로 쓸 수 있는 것은 모조리 찾아서 켜켜이 덮고 자야겠지. 난 그럼에도 자위는 하겠다고 약속했고, 호텔로 들어와 그렇게 했다.

코텔니치는 벽촌이긴 하지만 철도 교통의 요충지여서, 아주 긴 경우가 많은 열차들이 지나가는 소리가 10분마다 우리가 묵은 방들의 유리창을 진동시킨다. 하지만 나는 잠을 잘 잤다. 알랭은 그러지 못했다. 그리고 오늘 아침, 호텔의 카페 레스토랑, 그러니까 두 사내가 분명 그들의 첫 번째 잔이 아닐 맥주를 말없이 들이켜고 있으되 우리는 천신만고 끝에 차 한 잔을 얻어 마실 수 있었던 그곳에서, 그는 평소보다도 형편없는 꼬락서니지만 기분만은 최상이다.

간밤에 자기가 불면증을 달래고자 기차들이 지나가는 소리를 녹음했다며, 몇 개의 견본을 내게 들려준다. 내가 두 견본 사이의 차이를 분간하지 못하자, 그는 화물 열차의 축, 축, 축 하는 소리와 급행열차의 칙, 칙, 칙 하는 소리를 구별하여 듣게 하여 내 귀를 교육시키려 한다. 내가 고개를 끄덕이며 그렇군, 그렇군, 하고 대답하자, 그는 웃는다. 나중에 보라고, 편집할 때 이것들이 있어서 자넨 아주 흐뭇할 거라고.

제일 늦게 내려온 사샤는 거의 뒷걸음치다시피 하며, 다른 곳을 보듯이 연신 외면을 하면서 우리에게로 온다. 그리고 마침내 우릴 정면으로 쳐다보기로 결심했을 때, 우린 그의 얼굴이 심각하게 망가져 있는 것을 발견한다. 눈은 시커멓게 멍들었고, 광대뼈는 팅팅 부어올랐으며, 입술을 찢어졌다. 그는 창피한지 횡설수설 설명을 시작한다. 나를 우체국에서 데려다주고 나서 자기는 다시 바람 좀 쐬려고 나갔단다. 그의 표현에 따르면 〈몇 수저 뜨려고〉 한 카페에 들어갔는데, 알고 보니 그게 건달들이 모이는 카페였단다. 거기서 어떤 친구들 때문에 뚜껑이 확 열려 버렸다는 건데, 그의 이야기를 들어 보면 그게 건달들이었는지, 아니면 경찰들이었는지 확실치 않다. 어쨌거나 그는 오늘 오전에 다시 병원으로 가는 우리와 동행하지 못하는데, 왜냐하면 우리의 여권 문제로 FSB의 어떤 친구와 만나기로 했다는 것이다 (이것은 어젯밤의 일과 전혀 상관없는 일이라고 우릴 납득시키려 든다). FSB는 전에 KGB로 불리던 기관인데, 어떤 프랑스 촬영 팀이 코텔니치 같은 조그만 소도시에 여러 날 동안 박혀 있으면 FSB의 입장에서는 뭔가 특별하게 취급해 주고 싶지 않겠는가? 따라서 우리의 서류상에서 필연적으로 발견될 문제점들에 눈감아 주게 하려면 뇌물을 좀 준비해 두는 게 좋겠다고 느낀단다. 나는 사샤에게 1백 달러를 건네고, 그는 시작으로는 이걸로 충분할 거라고 말한다.

우리는 하루 종일 병원을 촬영한다. 식사하는 장면, 그리고 일상적인 광경들. 제2차 세계 대전으로 거슬러 올라가는 군용 열차가 뻘겋게 녹슬어 가는, 마당을 대신하는 공터. 비 내리는 도로 쪽으로 열려 있는 철책 문, 이 도로로 가끔씩 지나가는 버스들, 그리고 뿌연 김으로 덮인 유리창들. 정원을 가꾸거나, 뭔가를 하거나, 휠체어로 돌아다니거나, 담배를 피우거나, 몇 시간이고 벤치에 앉아 있는 환자들. 그리고 트란실바니아를 상기시키는 어떤 울타리 둘린 소유지가 보이기 때문에 언드라시 토머가 특별히 좋아했다는 벤치. 이것은 블라디미르 알렉산드로비치가 하는 말이다. 어쨌든 난 그렇게 이해하는데, 왜냐면 사샤가 FSB와 협상을 위해 시내에 붙잡혀 있어서 오직 내 언어적 밑천에만 의지해야 하는 상황이기 때문이다. 취기는 내 러시아어를 불타오르게 했지만, 숙취는 꽁꽁 마비시킨다. 이 친구는 어제는 껴안아 주고 싶었고, 또 날 인정해 주어 너무도 자랑스러웠지만, 지금은 무슨 말을 해야 할지도, 어떻게 말해야 할지도 모르겠다. 도무지 단어들이 생각나지 않는다. 난 토머가 일하기를 좋아했다는 목공실에서 의사가 이해할 수 없는 염불처럼 들리는 얘기들을 단조로운 음성으로 늘어놓는 것을 그저 듣고 있을 뿐이다. 나는 맥없이 *da, da*(네 네)라고, 때로는 〈물론이죠〉라는 뜻인 *konechno*라는 말로 장단을 맞추지만, 더 이상은 끼어들지 않는다. 한편 그는 나의 무기력한 모습에 실망한 모양으로, 체호프와 러시아와 프랑스에 대해 다시 얘기하고 싶어 한다. 자기는 언젠가 프랑스에 가보는 게 꿈인데, 문제는 프랑스어를 한 마디도 할 줄 모른단다. 하지만 라틴어는 조금 할 줄 안다며 *de gustibus non est disputandum*(취미는 서로 다툴 문제가 아니다)라고 암송해 보인다. 그러자 〈라틴어를 하면 프랑스에서 그럭저럭 지낼 수 있을 거예요〉라고 FSB와의 면담을 잘 치렀는지 다시 쾌활해진 모습으로 돌아온 사샤가 의사를 격려한다. 그가 설명하기를, 코텔니치에서 FSB 조직을 대표하는 중령은 자기처럼 이름이 사샤인데, 이 사실 자체는 남, 여성 모두 몇 개의 애칭들이 딸린 15개 남짓한 이름을 사용하는 나라에서는 전혀 기적이랄 것도 없지만, 알고 보니 두 사람 다 체첸에서 전쟁을 치렀다는 것이다. 중령은 러시아군으로, 우리의 사샤는 한 프랑스 텔레비전 팀의 통역으로 말이다. 이렇게 맺어진 인연은 몇 잔의 술로 한층 돈독해진 모양이고, 이제 사샤는 블라디미르 알렉산드로비치가 우리에게 소개할 만하다고 판단한 환자들을 인터뷰하는 나를 활기차게 도와준다. 모두가 그들의 옛 동료에 대해 똑같은 말을 한다. 조용하고도 친절한, 그리고 말은 한

마디도 하지 않는 친구였단다. 그는 러시아어를 알아들었을까? 거기에 대해선 아무도 몰랐고, 사실 그런 의문을 품은 사람도 없었다.

저녁에 우리가 병원을 나설 때, 블라디미르 알렉산드로비치는 *do svidania*가 아니고 *do zavtra*라고, 즉 〈잘 가요〉가 아니라 〈내일 또 봐요〉라고 작별 인사를 했다. 그리고 내가 지굴리의 차 문을 닫기 직전에 예의 그 무심한 태도로 크라프트지 봉투 하나를 슬그머니 건네고는 후딱 발길을 돌린다. 나는 차 안에서 봉투를 열어 본다. 의료 파일의 사본이다. 〈와, 저 친구, 당신을 되게 좋아하나 보네요!〉라고 사샤가 낄낄댄다.

오늘 저녁에는 일찍 잠자리에 들고 술도 마시지 말아야 한다. 병원 창립 기념일인 내일을 위해 좋은 컨디션을 유지해야 하기 때문이다. 사샤가 알아본 바에 의하면 우리가 묵는 호텔 식당에서 축하연이 있을 예정이란다. 나는 이 축하연에 대한 기대가 크다. 진정한 러시아를 엿볼 수 있는 둘도 없는 기회가 되리라. 열광적인 축배들과 숨 가쁜 춤들 가운데, 한 은퇴한 늙은 간호사와의 만남이 그 절정이 될 수도 있으리라. 1947년에 헝가리인이 처음 도착했던 때의 이야기를 우리에게 들려주면서, 그는 아무 말도 하지 않았지만 사실은 속이 빤한 능구렁이였다는 식으로 꾀바른 눈을 반짝이며 말해 줄 그런 걸걸한 러시아 노파 말이다. 하지만 우선은 음식점 영역에서의 유일한 대안이 사샤가 얻어맞았다는 그 건달들의 카페밖에는 없었으므로, 우리는 다시 트로이카로 돌아가 오늘의 수확물을 검토하며 펠메니를 먹었다.

여러 사람이 쓴 다양한 글씨들로 채워진 총 44쪽의 언드라시 토머의 의료 파일은 53년에 걸친 그의 코텔니치 체류를 다루고 있다. 최초의 메모들은 우리가 이미 읽었고, 유리 레오니도비치가 설명했던 코즐로바 박사의 것들이다. 메모들은 처음 몇 주 동안은 상당히 수도 많고 상세했다가 곧 드물어지는데, 이를 통해 우리는 병원 규정상 의사들은 환자 상태에 대한 메모를 보름에 한 번씩만 간단히 남기면 된다는 사실을 알게 된다. 사샤가 번역해 주기 시작하는 이 메모들에 의거하여 한 인생의 굴곡을 살펴볼 수 있는데, 언드라시 토머의 삶은, 많은 다른 이들의 삶도 그랬겠지만, 처참한 것이었다. 그것은 짧고, 건조하고, 반복적인 문장들로 묘사되는 가차 없는 파괴의 과정이었다. 예를 들면,

1947년 2월 15일. 환자는 누워 있다. 그는 뭔가를 말하려 하지만, 아무도 알아듣지 못한다. 〈안녕하세요?〉 같은 질문에 그는 〈토머시, 토머시〉라고 대답한다. 그는 검사를 받으려 하지 않는다.

1947년 3월 31일. 그는 이불을 머리 위까지 뒤집어쓰고 누워 지낸다. 그는 화를 내며 자기 나라 말로 뭔가를 지껄이며 자신의 두 발을 가리킨다. 그는 호주머니 속에 음식을 감춘다. 신체적으로는 건강 상태가 양호하다.

1947년 5월 15일. 환자는 뜰에 나가곤 하지만, 아무에게
도 말하지 않는다. 그는 러시아어를 하지 않는다.

1947년 10월 30일. 환자는 일하려 하지 않는다. 억지로
방을 나가게 하면 그는 소리를 지르고 사방으로 달린다.
자기 장갑과 빵을 베개 밑에 감춘다. 낡은 헝겊들로 몸을
감싼다. 헝가리어로만 말한다.

1948년 10월 15일. 환자는 성적(性的)인 성향으로 보인
다. 자기 침대 위에서 킬킬댄다. 병원의 지시를 따르지 않는
다. 그는 길리치나 간호사에게 추근댄다. 볼투스 환자가 질
투심을 보인다. 그는 토머를 때린다.

1950년 3월 30일. 환자는 완전히 자신 속에 틀어박힌다.
침대에서만 지낸다. 창밖을 내다본다.

1951년 8월 15일. 환자는 간호사들에게서 연필을 훔친
다. 헝가리어로 벽과 문과 창문에 글을 쓴다.

1953년 2월 15일. 환자는 더럽고, 화를 잘 낸다. 쓰레기들
을 모은다. 복도, 벤치, 침대 밑 같은 적절치 못한 장소에서
잠을 잔다. 이웃들의 생활을 방해한다. 헝가리어만 한다.

1954년 9월 30일. 환자는 멍청하고도 부정적이다. 헝가
리어만 한다.

1954년 12월 15일. 환자의 상태에 변화가 없다.

파일의 6페이지밖에 되지 않았는데 의사들은 지루해하
고, 사샤와 나도 그렇다. 그다음 부분들은 후딱후딱 넘어
간다. 사샤는 웅얼거리듯, 흥얼거리듯 읽어 가다가, 곧 알아

들을 수 없는 염불로 변한다. 환자 상태에 변화가 없다 ─ 헝가리 말만 한다 ─ 환자 상태에 변화가 없다 ─ 헝가리 말만 한다……. 아, 아니, 그래도 여덟 페이지 뒤, 1965년에는 뭔가가 일어난다. 환자는 병원의 여자 치과 의사에게 애착을 보이고, 그녀를 다시 볼 기회를 얻기 위해 계속 자기 치아를 보여 준다(〈바보 같은 미소를 지으며〉라고 파일은 분명하게 묘사한다). 치과 의사는 그를 다시 검사해 보지만, 아무 이상이 없다. 하지만 그는 ─ 보름마다 같은 메모가 반복된다 ─ 계속 치아를 보여 준다. 그는 그녀가 자기 치아를 뽑아 주기를 바란다는 뜻을 몸짓으로 전한다. 그녀와 관계를 맺기 위해 그가 찾을 수 있는 최선의 방법이다. 그녀는 건강한 치아를 뽑는 것을 거부한다. 그러자 그는 망치로 자기 턱뼈를 깬다. 운이 없게도 그는 치료를 받지만, 담당자는 그가 사랑하는 여자 치과 의사가 아니다. 불쌍한 친구…… 하고 사샤가 한숨을 내쉰다. 만일 이랬다면 이 친구는 그 세월 동안 한 번도 여자와 자보지 못한 거야. 그리고 헝가리에서도 했다는 보장이 없고, 어쩌면 평생 한 번도 못 해봤을지도 모르지…….

이렇게 또 20페이지가 넘어가고, 또 30년이 흘러간다.

1996년 6월 11일. 환자는 우측 발에 통증을 호소한다. 동맥염 진단. 절단과 관련하여 환자 가족의 의견을 물어야 한다. 환자에게는 가족이 없다.

1996년 6월 28일. 환자는 우측 대퇴부의 3분의 2가 절단된다. 합병증은 없다.

1996년 7월 30일. 환자는 불편을 호소하지 않는다. 그는 흡연을 많이 한다. 목발을 짚고 걷기 시작한다. 아침마다 그의 베개는 눈물로 축축이 젖어 있다.

다음 날 아침, 우리가 병원에 도착하자, 한 간호사가 페투호프 박사께서 우리를 보고 싶어 하신다고 쌀쌀맞게 말한다. 그는 우리를 한참 동안 기다리게 한다. 장마리는 시간을 보내려고 폴리네시아 초호(礁湖)가 바탕 화면인 컴퓨터와 창밖의 칙칙한 풍경 사이를 몇 컷 파노라마 촬영한다. 그러는 그에게 여비서는 그만 좀 하시고, 카메라를 좀 집어넣으시라고 부탁한다. 몇 분 후, 여비서가 걸려 온 전화에 응답할 때, 나는 그녀가 무슨 말을 하는지 잘 이해할 수 없는데 사샤는 담배를 피우려고 밖에 나가 있다. 하지만 그녀는 목소리를 낮추어 프란추스키(프랑스인)라는 단어를 반복하고, 우리는 그들이 이제 이 프란추스키들을 귀찮게 여긴다는 것을 느낀다. 마침내 유리 레오니도비치가 관리로 보이는 한 방문객과 함께 그의 사무실에서 나온다. 그는 우리가 길목을 막고 있는 것에 놀라고도 짜증이 난 모양으로, 우리에게 이제 그만 떠나 달라고 뜸도 들이지 않고 불쑥 말한다. 다른 조(組)들은(그는 〈팀〉이라고 하지 않고, 〈조

〈組〉라는 단어를 사용한다) 모두 몇 시간만 있다가 떠났는데, 우린 벌써 이틀이나 여기 있는데, 대체 더 이상 무얼 원하느냐는 것이다. 사샤는 2분짜리 TV 뉴스와 52분짜리 르포르타주 영화 사이의 차이점을 설명하려 해보지만, 아무 소용이 없다. 유리 레오니도비치는 — 혹은 누군가가 그를 대신하여 — 이미 결정을 내린 것이다. 이젠 충분하단다. 우리의 존재는 환자들의 치료를 방해하고 있으며, 창립 기념일 축하연에도 우린 초대받지 못할 거란다. 이건 사적인 일, 병원 직원들끼리의 파티이며, 헝가리인과는 아무 관계도 없는 일이란다.

하지만 유리 레오니도비치, 우리는 영화를 통해 병원의 분위기를 보여 주고 싶어요…….

오, 그렇겠죠! 그렇다면 내일 당신들은 병원 분위기를 보여 주겠다는 미명하에 내가 목욕하는 광경을 촬영하겠다고 요청할 거요? 아, 미안하지만, 안 돼요.

속이 상하고, 할 일도 없어진 우리들은 시내를 어슬렁거린다. 도로의 한쪽 끝, 즉 초입 부근에는 낫과 망치를 나타낸 약 2미터 높이의 콘크리트상이 서 있고, 다른 쪽 끝에는 이것들보다 훨씬 옛날부터 코텔니치의 상징이었던 거대한 솥이 하나 서 있다. 러시아어로 *kotel*의 뜻이 바로 이거예요, 라고 사샤가 설명해 준다. 〈솥〉 혹은 〈가마솥〉이라는 뜻이죠. 이 안에서의 체류는 일테면 우울한 유배 감정을 진국으로 맛볼 수 있는 별 다섯 개짜리 레스토랑을 체험하는 것이라 할 수 있다. 괜찮은 건더기들은 — 그런 건더기들이 한 번이라도 존재했는지나 의문이지만 — 모두 오래전에 사라져 버리고, 차갑게 굳어 버린 수프로만 채워진 솥 밑바닥에 정지하여 머물러 있는 듯한 이러한 느낌은 러시아 오지의 인구 2만 정도 소도시들의 일상이 아닐까, 하고 충분히 생각해 볼 수 있다. 사람들은 이런 종류의 도시들에 가지 않는다. 그것들에 대해 얘기하지도 않는다. 그러다 어느 날 사람들은 체르노빌이라는 이름의 외딴 도시가 존재했다는 사실을 알게 되었고, 제2차 세계 대전의 마지막 포로가 발견되고 나서 코텔니치에도, 덜 끔찍하고도 더 범용한 양상으로, 같은 일이 일어난 것이다.

축하연은 우리 호텔에서 열리고, 또 그들이 우리의 접근을 금지할 수는 없는 노릇이기 때문에, 알랭은 장렬한 옥쇄 작전을 한판 벌여 보기로 마음먹었다. 우리 네 사람이 식당에 들어섰을 때, U 자형으로 배열된 테이블들 주위에는 남은 자리가 하나도 없이 50여 명이 앉아 있었고, 페투호프는 우리가 마주 보이는 곳에 서서 건배를 들고 있었다. 그는 우리를 봤지만 못 본 척해 버린다. 이쯤 되면 우리는 퇴각해야 옳겠지만, 알랭은 홀의 중앙으로 뚜벅뚜벅 걸어가고, 장마리와 나도 기죽은 모습을 보이고 싶지 않아 그 뒤를 따른다. 몇몇 아는 얼굴이 보인다. 헝가리인의 병동의 담당 간호사들, 우리의 친구 블라디미르 알렉산드로비치, 오늘 아침 페투호프와 같이 있던 관리 등. 모두가 어리둥절한 얼굴로 한마디도 못하고 우리를 쳐다본다. 페투호프는 건배를 제의하다가 동작을 딱 멈추고 있다. 그러자 코미디 영화의 한 장면이 펼쳐진다. 우리는 점잖은 미소를 희미하게 머금고서, 마치 〈우린 그냥 지나가기만 할 거니까 조금도 신경쓰지 마시고, 하시던 일 계속들 하세요〉라고 안심시키듯이 부드럽게 손짓하며 홀을 가로지른다. 그들은 멍한 눈으로 우릴 쳐다보는데, 이때의 우리의 행동은 너무도 어처구니없는 것이어서 우리에게 덤벼들 생각조차 하지 못한다. 영화에서는 최면의 효력이 멈추어 떼거리들이 죽이려고 달려들면, 주인공들은 걸음아 나 살려라 토끼들처럼 내달리리라. 페투호프가 여전히 잔을 쳐들고서 입을 딱 벌리고 서 있는 중앙의 테이블과 그 옆에 늘어선 테이블들 사이에 운좋게도 우리가 지나갈 수 있는 공간이 나 있다. 알랭은 그 사이로 들어가고, 나도 그 뒤를 따른다. 다시 운이 좋게도 홀의 저쪽 끝에 다른 문 하나가 뚫려 있어서, 우린 유턴하여 반대 방향으로 홀을 가로지를 필요 없이 밖으로 나갈 수 있게 되었다. 컴컴하고도 퀴퀴한 복도를 통과하여 거리로 나왔고, 거기서 우릴 맞이한 사샤는 고개를 절레절레 흔든다. 당신들 완전히 바보요, 뭐요? 밤이고, 춥다. 뿌옇게 김이 서린 유리창들 뒤에서 병원 직원들은 술을 마시기 시작하고, 우린 트로이카로 향하는 것밖에 별수가 없다.

　아마도 실망감과 피로 때문이리라. 묵묵히 펠메니 그릇을 비우면서, 또 다른 이들이 비우는 것을 보면서, 나는 사홀 만에 우리가 이곳 사람들처럼 되었다는 사실을 깨닫는다. 등은 잔뜩 구부리고, 모가지는 음식을 핥으려 쭉 빼고, 한 손으론 양철 수저를, 그리고 다른 손으론 빵 조각을 꼭 쥐고, 두 팔은 음식 주위로 마치 누가 그걸 훔쳐 가기라도 하듯이 어깨까지 빙 둘러서 장벽을 만든다. 계산대 위의 텔레비전에서는 모스크바와 상트페테르부르크의 어떤 젊은 이들이 영위하는 동화 같은 삶을 환기하는 광고들이 끊임없이 흘러나온다. 멋진 옷과 헤어스타일로 멀끔하게 꾸미고, 야심만만한 미소를 머금은 그들은 최고급 승용차에서 내리면서 이곳에서는 몇 년 치의 봉급에 해당할 액수를 황금빛 신용 카드로 척척 지불한다. 여기에 살면서 저런 영상들로 눈을 두드려 맞으면 과연 어떤 기분이 들까? 엎지른 싸구려 음료로 끈적끈적하게 된 이 테이블들에 쭈그려 앉은 젊은 친구들은 저런 사치와 오만함의 통렬한 과시를 모욕으로 느낄까, 아니면 어떤 평행 우주에서 일어나는 SF 영화로 받아들일까?

갑자기 옆 테이블에서 누군가가 우리를 프랑스어로 부른다. 고개를 돌려 보니 스물다섯 살가량의 아가씨가 정면으로 보인다. 코는 뾰족하고 눈이 약간 튀어나왔지만 모종의 매력이 없지 않은 그녀는 나이가 훨씬 많아 보이는 한 남자 옆에 앉아 있다. 스리피스 정장 차림에 술에 전 소련 공산당 간부처럼 생긴 그는 그녀에게 바짝 몸을 붙이고 있다. 그녀의 이름은 〈아냐〉고, 프랑스 사람들과 프랑스어로 얘기할 수 있게 되어 좋아 미칠 지경이란다. 내가 기억하기로는, 그녀는 〈좋아 미칠 지경 *folle de joie*〉이라는 표현을 썼다. 그녀는 어린아이처럼 흥분해서 눈을 반짝거리며 우리 세 사람을 쳐다본다. 자칫하면 손뼉까지 칠 기세다. 그녀는 우리에게 접근하고 싶었지만 감히 그러지 못했단다. 우리가 도착했을 때부터 우리의 존재를 알고 있었단다. 사실 이 도시의 모든 사람이 우리의 존재를 알고 있단다. 모두가 우리 얘기뿐이고, 우리에 대한 온갖 종류의 소문들이 돌고 있단다. 소문들이라고요? 예를 들면요? 에 그러니까, 방금 전에 당신들이 병원 축하연에서 사고 친 일이요. 그녀는 풋 하고 웃음을 터뜨린다. 그녀는 우리가 병원 축하연에서 사고를 친 게 아주 마음에 드는 모양이다. 그러고 말이죠 — 그녀는 좀 더 심각하게 말한다 — 당신들이 그리 아름답지 못한 것들을 촬영하고 있다고요. 네? 아름답지 못한 것들이라고요? 노파들, 가난한 사람들, 술 마시는 사람들, 이런 것들은 아름답지 못하죠. 이 도시에 대해 좋은 이미지를 주지 못하죠. 또 당신들에게 너무 나쁜 인상을 주지 않기 위해 호텔에 온수가 다시 나오도록 조치했다는데, 이걸 좋게 생각하지 않는 사람들이 많아요. 이 나라가 경제적 파국을 맞은 이후로 (이곳에서는 모두가 지난 10년은 역사적 파국이었다고 아주 당연한 듯이 말한다) 코텔니치에서 온수를 쓰는 사람은 거의 한 사람도 없는데, 왜 당신들에게는 주고 러시아 사람들에게는 안 주느냐는 거예요. 우리는 이 점에 대해서만큼은 우리도 다른 사람들보다 전혀 나을 게 없다고 확실하게 얘기해 줄 수 있었다. 아냐는 말을 많이 했고, 그녀가 사용하는 프랑스어는 약간 머뭇거리면서도 꼼꼼한, 그리고 요즘에는 쓰지 않는 옛날 표현들로 가득한 (〈나는 궐련을 한 개비 피울래요〉) 약간 기묘한 것이었지만, 사용할 기회가 그리 많지 않았다는 그녀의 말이 사실이라면 자못 훌륭한 것이었다. 그녀는 이 프랑스어를 비아트카의 한 군사 통역 학교에서 배웠다고 주장하는데, 사샤는 완전히 수사관 같은 어조로 꼬치꼬치 캐묻는다. 몇 년도에요? 무슨 섹션이었죠? 그녀는 거북해하면서, 화제를 바꾸려고 자기 친구를 소개한다. 대화가 진행되는 내내, 그리고 마치 우리의 존재를 알아채지 못한 듯이 그녀의 몸을 슬슬 어루만지고, 또 뿌리침당하기를 계속하고 있던 남자는 그녀의 소중한 벗이며, 코텔니치 제빵 공장의 소장인 아나톨리 이바노비치란다. 우리는 한 명 한 명 아나톨리 이바노비치의 방정맞은 손과 악수를 나눈다. 그는 모두를 위해 보드카를 주문해서는, 기어코 그걸 강술로 마시게 하고는 곧바로 다시 술잔을 채워 준다. 이렇게 우리 그룹에 합류한 그는 대화가 프랑스어로 진행됨에도 불구하고 무슨 말이 나오든 힘차게 고개를 끄덕인다. 잠시 후에 금발에 상당히 잘생긴 외모의 남자가 하나 오는데, 아냐는 〈사샤〉라고 그를 우리에게 소개하고, 우리의 통역 사샤는 내게 귀엣말로 이 사람이 바로 체첸에서 전쟁을 치른 FSB의 중령이며, 지금은 코텔니치의 실력자인 자신의 새 친구라고 알려 준다. 이어진 아냐의 얘기들을 들어 보면, 이 사샤는 그녀의 연인이기도 하며, 그녀 때문에 처자식까지 버렸다는데, 그럼에도 점점 더 끈적거려지는 아나톨리의 무람없는 태도에 크게 개의치 않는 듯하다. 반면 만일 우리가 아가씨를, 진짜 러시아 애인을 원한다면, 자기가 구해 주겠단다. 이곳 사람들이 보았는데, 당신네는 착실한 사람들이랍디다. 지난달 왔던 CNN의 미국 놈들과는 달리 호텔에 자러 들어올 때 여자들을 끼고 오지 않았다대요. 착실한 건 좋지만, 우린 사나이 아닙니까? 사나이라면 술도 마시고, 여자하고 그 짓도 할 줄 알아야지 않겠습니까. 그는 이 말을 물론 러시아어로 하는데, 통역은 이제 두 사람이 되었다. 하나는 아냐로, 얼굴을 붉히며 풋 하고 웃음을 터뜨리면서, 〈아뇨, 이 말은 통역하지 않는 게 좋겠어요, 이건 좋은 얘기가 아니에요〉라고 말하는데, 다른 통역인 사샤는 한술 더 떠 음담패설까지 곁들인다. 보드카 한 병이 배 속에 들어감에 따라 갈수록 친근하게 굴던 FSB 요원 사샤는 딱 한 번 얼굴이 굳어지는데, 그것은 장마리가 이런 상황을 대비하여 보충으로 가지고 다니는 소형 DV 카메라를 호주머니에서 꺼냈을 때다. 〈난 절대 촬영하면 안 돼요〉라고 그는 경고한다. 다른 사람들은 찍든 말든 상관 않겠지만, 자기는 절대로 안 된단다. 이렇게 금지하는 게 개인적인 강박증 때문인지, 아니면 그의 직무 규정 때문인지 모르겠지만, 어쨌든 그는 취했음에도 불구하고 장마리의 카메라에서 한순간도 눈을 떼지 않으며, 금지 사항이 지켜지게끔 철통같이 경계한다. 장마리는 사람들의 신뢰감을 얻기 위해 검증된 트릭을 하나 사용하는데, 그것은 카메라를 손에서 손으로 전달케 하여 각자가 옆 사람을 찍어 보기도 하고, 거꾸로 돌려진 모니터 화면에 비친 자신의 모습을 들여다보기도 하고, 필름을 되감아 촬영된 이전 영상들을 보게 하기도 하는 것이다. 이 아마추어들의 촬영이 이어지고 있는 동안, 화제는 우리의 르포르타주 대상 쪽으로 옮아갔고, 여기서도 아냐는 우리를 깜짝 놀라게 하는 소문들을 들려주었다. 그녀의 말에 따르면, 이 도시에서는 모두가 언드라시 토머를 아주 잘 알고 있었단다. 그에게는 친구들도 있었고, 보호자들도 있었으며, 사실 그는 전혀 미치지 않았고, 사람들은 우리에게 진실을 감추고 있다는데, 프랑스어로 보호되는 그녀는 이 진실을 우리에게 밝힐 뜻이 있는 듯하다. 또 병원 측의 공식적 버전과는 완전히 다른 사실들을 얘기해 줄 사람들을 소개해 줄 뜻도 있는 듯하다. 예를 들면 그에게 꿀을 가져다주곤 했던 어떤 노부인과 그에 관련된 자료를 가지고 있는 전쟁 박물관 관장이 있단다. 물론 사샤도 포함되는데, 그는 직업의 특성상 이곳에서 일어나는 일들을 다 알고 있단다. 사샤는 자기 얘기를 하고 있다는 것을 알아채고는 눈살을 찌푸리며 통역을 요구한다. 그런 다음, 헝가리인에 대해 뭐라고 늘어놓는데, 나는 한 30퍼센트밖에 이해하지 못하지만, 페투호프가 한 말과 똑같은 얘기인 것 같다. 이 대목에서 아냐는 날 놀라게 한다. 그녀는 통역을 하는 척하면서 고개를 설레설레 저으며 자기는 아주 실망했다고, 자기 애인이 하는 말은 다 허튼소리, 정치적인 발언에 불과하다고 우리에게 말한다. 그런데 이것은 정말 폭발력 있는 사안이기 때문에 자신으로선 당연한 일로 느껴진다. 하지만 다행스럽게도 우린 자기만 믿으면 된단다. 단지 아주 조심스럽게 행동할 것이며, 그러고 있으면 자기가 내일 아침 우리 호텔로 찾아올 거란다. 사샤는 마치 통역이 맞는다고 확인하듯 고개를 끄덕거리고, 아나톨리는 쓰러져 빈 술병 사이에 머리를 처박고 있으며, 우리는 물론 극도로 흥분한다. 얼마 후, 우리는 춤을 추는데, 나는 하도 취해서 우리가 살바토레 아다모의 「선생님, 괜찮으시다면Permettez, monsieur」과 「눈이 내리네Tombe la neige」에 맞추어 춤을 추고 있다는 사실을 조금도 이상하게 느끼지 않는다. 그리고 다시 얼마 후, 나는 또 우체국으로 가서 이 밤에 일어난 일을 소피에게 얘기하고, 〈이런 게 바로 르포르타주야〉라고 흥분하여 떠들어 댄다. 이런 게 바로 르포르타주라고! 만인에게 제공된 거짓말을 사흘 동안 순진하게 듣고 있었는데, 어느 날 저녁, 어느 음침한 선술집에서 완전히 다른 이야기를 들려주는 여자를 다소 우연히 만나게 되는 거야! 〈다소 우연히〉라고? 소피는 되물으면서, 그 여자가 어떻게 생겼는지 알고 싶어 한다. 그렇게 나쁘진 않아, 하지만 어떻게 얘기해야 할까, 좀 특이해. 이 말은 소피를 안심시키지 못한다. 또 일의 추이상 여기에 며칠 더 머물러야 할 것 같다고 알리자 더욱 불안해한다.

다음 날 아침, 우리는 아냐를 기다리면서 심각하게 고민한다. 그녀는 10시에 온다고 했는데, 정오가 되어도 모습을 보이지 않는다. 사샤의 의견으로는, 술이 깬 다른 사샤가 그녀를 여기에 못 오게 하는 거란다. 만일 그렇다면, 오늘 저녁 시간으로 되어 있는 우리의 귀국 티켓을 바꿀 필요가 없지 않은가. 실망스러운 일이긴 하지만, 우리의 탐사에 더 이상 극적인 변화가 없다는 것, 우리는 코텔니치와 이곳의 지저분한 강아지들과 트로이카 식당의 펠메니와 우릴 원치 않는 축하연들에 조금 염증이 일었다는 것, 이게 바로 진실이다. 별다른 할 일이 없으므로 우린 아냐가 얘기해 준 전쟁 박물관으로 가서 남는 시간을 보내기로 한다. 사샤는 1918년의 내전 이후로 아무런 무장 분쟁이 없었던 외진 고장에 전쟁 박물관이 있다니, 참 희한한 일이라고 논평한다. 아닌 게 아니라 박물관의 수집품이라고 해봤자 잡다한 동물 박제들, 안드레이 루블료프의 「삼위일체상」을 복제한 포스터들, 별로 오래되지도 않은 경작기들, 샵코프라는 이름의 이 지방 작가의 사진들이며, 타자기 롤러에 끼워져 영원히 고정되어 있는 이 작가 작품의 한 페이지, 그리고 이 도시의 오래된 상징을 나타낸 다양한 형태의 냄비며 솥단지 따위일 뿐이다. 우리를 기꺼이 영접해 준 관장은 언드라시 토머에 대해서는 아무 할 말이 없으며, 관장 다음으로 우리가 거리에서 붙잡고 질문한 행인 몇 사람은 더욱 할 말이 없단다. 질문에 응해 준 사람들은 TV 뉴스로밖에는 그에 대해 들어 본 적이 없으며, 이것은 참 희한한 이야기라고 생각하며, 그 오랜 세월 동안 그가 러시아어를 배우지 않았다는 것은 더욱 희한한 일이라고 입을 모은다.

우리는 객실들보다는 조금 덜 추운 호텔 로비에서 짐 꾸러미 위에 앉아 출발 시간을 기다린다. 로비 문이 열리는데, 바로 아냐다. 뭐라고요? 떠난다고요? 정말 유감이네요! 그녀는 토머가 오랫동안 일했던 소시지 공장에 내일 우리를 데려갈 생각이었단다. 소시지 공장? 이때 우리 네 사람의 뇌리에는, 만일 우리가 더 머무르면 이 여자는 매일 저녁 우리를 속이고, 매일 아침 우리를 바람맞힐 거라는 생각이 스친다. 그녀는 오늘 아침의 일을 용서받기 위해 우리에게 노래를 한 곡조 불러 주고 싶다고 제의한다. 이를 위해 기타까지 들고 왔단다. 처음에는 로비에서, 그러고 나서는 투숙객들이 빈병들이 달그락거리는 비닐봉지를 들고 오르락내리락하는 층계에서 그녀는 한 시간가량 감상적인 노래들이며 애국적인 노래들을 부르는데, 여기서 우리는 정말로 깊은 감명을 받는다. 그녀는 노래를 잘 부르지만, 단지 그것만은 아니다. 그녀는 아무도 모방하지 않고, 자신의 영혼으로 노래를 부른다. 그녀의 존재 전체가 노래를 부르는 것이다. 이로 인해 약간 못생긴 그녀의 얼굴이 환하게 빛난다. 그녀는 우리를 위해 노래를 하는데, 이는 정말로 귀한 선물로 느껴진다. 이렇게 리사이틀이 한창일 때, 그녀의 애인 사샤가, 우리 통역사 사샤의 표현을 빌자면 〈흐트러진〉 모습으로, 도착한다. 끊임없이 카메라 렌즈 쪽을 흘끔거리며 그도 노래를 부르기 시작하는데 그녀보다는 훨씬 못한 수준이다. 술 한 잔씩 들자고 제의한 그는 결국에는 우리를 따라 역까지 왔고, 우리는 FSB와의 더없이 화기애

애한 관계 속에서 코텔니치를 떠나게 된다. 만일 다시 오게 되면 이게 도움이 될 거야, 라고 내가 말한다. 여기에 다시 오게 될 위험은 별로 없겠죠, 라고 사샤가 낄낄대자, 난 그에게 묻는다. 앞일을 누가 알아요?

기차 안에서 장마리는 전날 밤 트로이카에 촬영한 것을 내게 보여 준다. 카메라의 조그만 모니터 화면에 잡힌 술판의 혼란스럽고도 어둑하고도 떨리는 영상들은 내 마음에 쏙 든다. 이것들은 우리의 르포르타주에 삽입될 가능성은 별로 없지만, 완전히 다른 어떤 이야기, 완전히 다른 어떤 영화로 발전될 수 있으리라. 코텔니치로 한 번 더 와서, 나 홀이 아니라 한두 달을 머무는 거야, 라고 난 동료들에게 설명한다. 이번에는 어떤 정해진 주제 없이, 이런 우연한 만남들을 포착하고, 그 만남들을 발전시키고, 우리로서는 전혀 이해하지 못하는 그 복잡한 관계의 실타래들을 풀어 나가는 것 외에는 다른 목적이 없이 말이야. 사실, 이들은 어떤 사람들이지? 이 도시에서는 누가 무엇을 하지? 누가 누구를 지배하고 있지? 반쯤은 포주 같은 그 FSB 요원은 도대체 뭐지? 또 천사처럼 노래를 부르고, 아마도 그 꼼꼼하고도 구식인 프랑스어를 쓸 수 있기 위해 어딘가로 떠나기를 꿈꾸고 있을, 하지만 지금으로선 아무도 타지 않는 기차들만 지나가는 이 벽촌에서 시들어 가고 있는 그 아가씨는? 게다가 주민들은 우리가 돌아온 것을 보고 깜짝 놀랄 거고, 우리가 자기들 가운데 파고드는 것을 보면 더욱 놀라겠지. 우리에 대한 새로운 소문들이 퍼지겠지. 그 소문들을 추적해 보고, 또 옮겨 보면 아주 재미있지 않겠어? 대부분의 다큐멘터리들에서 마치 촬영 팀이 현지에 존재하지 않는 것처럼 되어 있어. 하지만 우리는 그와는 정반대로 하는 거야. 즉 주제는 이 도시가 아니라, 이 도시 안에서의 우리의 체류, 우리의 체류가 야기하는 반응들이야. 어떤 외국 팀이 두 달 동안 코텔니치에 머무는 것은 코텔니치 역사상 유래가 없는 큰 사건이야. 우리는 바로 이 사건을 촬영하는 거고, 이것은 굉장한 것이 될 수 있어.

난 흥분하고, 이 도전을 제대로 수행할 수 있기 위해 다시 러시아어를 공부하리라 결심한다. 내 열광에 전염된 내 동료들도 프랑스에 돌아가면 저마다 입문용 러시아어 교본을 구입하겠노라 약속할 기세이다. 요컨대 우리는 완전히 의기투합한다. 또다시 함께 작업하게 되면 얼마나 즐거울까? 그리고 이를 기념하기 위해 우리는 스낵바가 있는 칸으로 옮겨가 보드카 몇 잔을 마시면서 우리의 미래의 영화에 〈코텔니치에 돌아오다〉라는 제목을 붙인다.

2주 후, 우리는 언드라시 토머가 그의 고향 마을에 돌아오는 광경을 촬영한다. 〈여기는 헝가리예요, 자, 어서 오세요!〉라고 그와 동행한 젊은 정신과 의사가 되풀이한다. 젊은 정신과 의사는 동그란 안경을 쓴 것이 꼭 존 레넌같이 생겼다. 그는 매우 부드러운 어조로 마치 어린아이에게처럼 환자에게 말한다. 하지만 노인은 좀처럼 승합차에서 내리려 하지 않는다. 그로서는 이곳이 정말로 헝가리인지 전혀 확신할 수 없는 것이다. 러시아에서 데려올 때부터 그를 보살펴 온 이들은 여기가 헝가리라고 끊임없이 되풀이하며 그를 안심시켜 줘야 했다. 저쪽 러시아에서 사람들은 그에게 헝가리는 더 이상 존재하지 않는다고 말했다. 지도에서 깨끗이 지워져 버렸다고 했다. 그렇다면 이 사라진 언어로 말하는 이 사람들은 대체 누구인가? 마치 그를 알고 있는 것처럼 구는 사람들, 그에게 꽃다발을 내밀고, 손짓으로 키스를 보내는 사람들은 대체 누구란 말인가? 여기에 또 어떤 새로운 함정이 숨겨져 있는 것은 아닐까?

헌팅캡 밑으로 보이는 얼굴은 완전히 망가져 있다. 〈제크〉(굴라크의 수인들이 스스로에게 붙인 별명이다)의 얼굴, 솔제니친이나 샬라모프[2]가 그 파괴된 삶들을 절절히 이야기해 준 바 있는 사람들의 얼굴이다. 젊은 정신과 의사는 그에게 두 개의 목발을 내밀고, 그것을 양팔 밑에 끼우도록 도와준다. 그는 5분이 지난 뒤에야 외발로 땅을 딛는다. 그는 치아도 없어서 침을 많이 흘리고, 가래침도 연신 뱉어 댄다. 그는 사람들의 인도를 받아 앞으로 거주하게 될 누이와 매제의 집까지 절뚝거리며 걸어간다. 가족들은 환영 잔치를 준비했다. 그들은 축배를 나눈다. 사진 기자의 플래시들에 그는 겁을 집어먹는다. 그가 전장으로 떠났을 때 아직 어린아이였던 남동생은 참을성 있게 형에게 여러 가지 질문을 던지는데, 아마도 그에게 대답할 능력이 있다는 것을 우리에게 보여 주고 싶은 듯하다. 동생은 어떤 추억이 되살아나기를 기대하면서 옛적의 이름들을 되풀이한다. 학교 선생님 산도르 벤쾨……. 그의 옛날 학급 친구 스몰러르……. 그러자 형은 헌팅캡 아래로 침을 뱉고는 고개를 돌려버리고, 이따금 아무도 이해하지 못하는, 이제는 어느 언어에도 속하지 않는 문장의 조각들을 웅얼거린다. 마치 일흔다섯 살의 카스파어 하우저를 보는 기분이다.

끔찍이도 슬픈 광경이다.

---

2 Varlam Shalamov(1907~1982). 러시아의 작가. 자신의 굴라크 체험을 바탕으로 한 단편소설집 『콜리마 이야기』가 유명하다.

식사하는 동안, 나는 그의 소싯적 급우였던 스몰러르와 얘기를 나눈다. 그의 말로는, 열여덟 살 때 언드라시 토머는 아주 잘생긴 청년이어서, 모든 동네 처녀들이 그에게 연정을 품었다고 한다. 하지만 그는 마을의 수탉은 아니었다. 그는 마음이 섬세하고도 정중했으며, 수줍음이 많았다고 한다. 스몰러르는 신나게 인생을 즐겼지만, 그는 그렇지 못했단다. 여자를 경험해 보지도 못한 채로 전장으로 떠났을 것이라는 게, 스몰러르의 의견이었다.

스몰러르는 그가 전쟁터로 떠난 일에 대해서도 들려줬는데, 그의 이야기는 그의 입대가 강제로 이루어졌다는 공식적인 버전과는 약간 달랐다. 1944년 가을, 공산군이 헝가리에 진주하고 독일군이 퇴각하기 시작했을 때 몇 주 동안의 극도의 혼란기가 있었는데, 이때 친(親)나치 세력이며 아직 권력을 쥐고 있던 화살 십자당은 그들 또래 소년들의 징집을 지시했다. 스몰러르와 토머는 둘 다 소환장을 받고서 징집 사무실로 갔는데, 스몰러르는 이게 단지 사격하고 행군하는 훈련 정도로 끝나는 문제가 아니라는 사실을 깨닫고는, 화장실에 간다고 말하고 창문을 통해 도망쳐 나온 반면, 얌전하기만 하고 담력은 없었던 토머는 앉아서 자기 군복이 나오기만을 기다렸다는 것이다.

그렇다면 결국 그는 자의로 독일군에 입대했다는 얘기인가? 스몰러르는 어깨를 으쓱한다. 그들은 둘 다 전쟁의 의미에 대해 무지했던, 그리고 조국이 그쪽 진영에 섰기 때문에 독일 편이 된 하찮은 시골 사람들이었을 뿐이란다. 한 사람은 순종하고 다른 사람은 도망침으로써 그들의 삶이 완전히 달라졌지만, 여기에 정치는 아무 상관이 없으며 양자의 성격이 모든 것을 결정했단다. 학교에 다닐 때 토머는 벌로 받은 문장들을 정성껏 베껴 쓴 반면, 스몰러르는 학교에서 도망쳐 나오기 일쑤였단다. 바로 이게 그를 구했지만, 이런 걸 가지고 뻐기고 싶지는 않단다.

그의 말을 듣고 있으니 떠나기 전에 소피와 벌였던 토론이 생각난다. 그녀는 우연이나 무지에 의해 친독 의용 대원이(혹은 레지스탕스가) 될 수 있었다는 것을 보여 주는 「라 콩브, 뤼시앵」 같은 영화에 대해 발끈한다. 그녀는 주장하기를, 이런 이야기들은 허위와 날조이며, 자유를 부정하고, 우파에 속하는 것이란다. 나는 이런 이야기들이 옳다고 생각한다. 그녀는 그것은 내가 우파이기 때문이며, 그녀는 날 사랑하지만, 내가 우파인 것에는 짜증이 난단다.

그가 떠난 날인 1944년 10월 14일과 코텔니치에 도착한 날인 1947년 1월 11일 사이에 그의 자취는 사라져 버린다. 2년 3개월의 공백이 생기는 것이다. 나는 스몰러르 다음에 존 레넌처럼 생긴, 그리고 헝가리군의 협조를 받아 언드라시 토머의 여정을 재구성해 보려 시도했던 젊은 정신과 의사에게 물어보았다. 그의 생각으로는 — 왜냐면 이게 가장 개연성 있는 스토리이므로 — 토머는 폴란드에서 생포되어 레닌그라드 근처의 어떤 포로수용소에 갇혔다가, 이 수용소가 채워져 감에 따라 새로 들어오는 포로들을 위해 자리를 만들어야 할 필요가 있기 때문에 동쪽으로 이송되었다는 것이다. 그런데 이런 집단적 이송에 대해서는 증인이 존재하지 않는다. 하지만 그는 혼자 있지 않았다. 그에겐 분명히 동료들이, 폴란드의 전투에서, 그다음에는 소련의 수용소에서 만난 친구들이 있었다. 내게 놀랍게 느껴지는 것은, 전쟁이 끝난 후 그의 고향에 찾아와 가족들에게 그에 대해 얘기해 주고, 어쩌면 그가 돌아올지도 모른다는 희망을 남겨 놓은 사람이 아무도 없었다는 사실이다. 또 반세기가 지난 뒤, 신문마다 그의 이름과 그의 이야기와 노인이 된 그의 얼굴과 청년이었을 때의 그의 얼굴이 실렸을 때, 그를 안다고 나서는 재향 군인이 한 사람도 없다는 사실이다.

그래요, 이 친구를 알아보겠어요. 우리는 같은 대대 소속이었고, 막사도 같이 썼어요. 어느 날 내가 몸이 아파서 몸을 일으키지도 못하는데 이 친구가 자기 수프를 조금 나눠 주었어요. 그가 아니면 난 죽었을 거예요. 그리고 또 하루는 내가 먹을 걸 찾아왔어요. 꽁꽁 언 감자 한 부대를 슬쩍 해왔죠. 우린 그걸 녹이려고 그 위에 몸을 깔고 누웠죠. 또 그를 마지막으로 보았을 때가 마치 어제 일처럼 생생해요. 우리는 함께 가게 되리라 생각했죠. 그게 어디가 될지는 몰랐어요. 그런 것은 한 번도 안 적이 없었으니까요. 하지만 중요한 것은 우리 헝가리 사람들끼리 함께 있다는 거였어요. 함께만 있으면 살아남을 수 있다고 확신했으니까요. 그런데 마지막 순간에 놈들이 우릴 나눠서는 각자 다른 객차에 처넣은 거예요. 서로에게 행운을 빌어 줄 시간조차 없었죠. 그리고 사흘 후, 저쪽 우랄에 있는 다른 수용소에 이르러 열차에서 내려 보니 그가 보이지 않았어요. 사람들에게 물어봤지만, 아무도 아는 이가 없었어요. 그래요, 기억나는데, 그날 난 펑펑 울었어요. 이젠 다 끝났다고 생각했죠. 난 돌아가지 못할 거야, 둘이서 이렇게 떨어져 버렸으니 난 집에 돌아가지 못할 거고, 그 친구도 마찬가지야……. 하지만 난 돌아왔죠. 그리고 이제 그 친구도 돌아왔어요. 그리고 보세요, 난 이렇게 늙었고 병도 들었지만, 지금까지 살아남은 게 너무 기뻐요. 살아남아서 둘이 다시 만날 수 있게 되어 너무 기쁘단 말입니다. 내 손주 애들이 말하길 사람들이 그를 내게로 데려온답니다. 신문에서는 그가 미쳤다고, 사람들을 알아보지 못한다고 말하지만, 난 그가 분명히 날 알아볼 거라고 확신해요. 난 그에게 〈언드라시〉라고, 그는 내게 〈게저Géza〉라고 할 거예요. 그 친구 역시 언 감자를 기억할 거고, 또 열차에 오르기 전의 그 마지막 순간도 기억할 거예요. 난 그에게 말할 거예요. 자, 보라고, 결국 그것은 마지막이 아니었어……. 이렇게 말하는 사람은 아무도 없는 것이다.

마치 그 모든 세월 동안 그는 혼자였던 것처럼…….

사람들은 그가 쉴 수 있게끔 아주 이른 시간에 누이가 준비해 놓은 침실로 데려다주었지만, 사람들의 식사와 대화는 밤이 될 때까지 계속되었다. 호텔에 돌아온 우리는 조금 취해 있고, 배는 잔뜩 부른 데다가, 특히나 모두들 무거운 슬픔에 잠겨 있다. 아무도 얘기하고 싶은 기분이 아니므로, 우리는 저녁 식사도 하지 않은 채로 자러 들어간다. 여기는 코텔니치 같지 않아서 객실은 난방이 지나쳐 숨이 막힐 정도이다. 나는 잠이 오지 않아 손에 잡히는 유일한 인쇄물인 진료 기록 번역본을 훑어본다. 그리고 지금까지 놓쳤던 뭔가를 발견한다.

입원하고서 처음 10년 동안, 언드라시 토머는 심술궂고, 거칠고, 반항적인 환자였다. 싸움을 일삼고, 메시지를 담은 유리병을 바다에 던지듯 벽에다 뭔가를 써넣고, 간수들의 면전에 대고 욕설을 퍼붓는 건장한 청년이었다. 다루기 힘든 케이스였다. 하지만 1950년대 중반에 그는 변했고, 이 변화는 그의 고국 헝가리에서 일어난 어떤 일, 젊은 정신과 의사가 내게 들려준 어떤 일과 동시에 일어났다.

그의 고향과 나라 전체에 평화가 찾아왔다. 전쟁 포로들이 하나씩 둘씩 돌아왔다. 그리고 돌아오지 않는 이들은 사망한 것으로 선언하지 않으면 안 되었다. 그것은 괴롭지만 심리적으로 꼭 필요한 일이었다. 실종자는 일종의 유령, 여러 세대를 감염시킬 수 있는 정체 모를 고통의 근원인 반면, 사망자는 장례를 치르고 애도할 수 있고, 마침내 잊어버릴 수 있기 때문이다. 1954년 10월 14일, 그가 떠난 지딱 10년이 되는 이날, 언드라시 토머의 사망 증서가 가족들에게 교부되었다. 코텔니치에서 그는 이 사실을 알지 못했지만, 기이하게도 일은 마치 그가 아는 것처럼 진행되었다. 어느 날 갑자기 그는 포기해 버렸다. 아주 온순한 환자가 된 것이다. 여전히 자기 속에 틀어박혀 아무와도 상대하지 않고 헝가리어로 뭐라고 웅얼대긴 하지만, 별문제를 일으키지 않았다. 사람들은 그를 중환자 병동에서 안정된 상태의 환자들이 있는 병동, 블라디미르 알렉산드로비치가 우리를 둘러보게 해준 그곳으로 옮겼고, 이때부터 진료 기록부에는 그 다리 절단 수술이 있을 때까지 아무런 특기 사항이 없다.

사망 선언이 내려지자, 그는 죽은 것이다.

제2부

편집 작업이 진행되는 동안에 나의 43회 생일이 있었다. 2000년 12월 9일이었던 이날, 어머니는 내게 말했다. 그런데 말이야, 참 기분이 묘하네. 네가 우리 아버지의 나이가 되었어……. 그녀는 마치 그리스도의 나이, 다시 말해서 그리스도가 죽었을 때의 나이를 말하듯 이렇게 말했다. 난 그 즉시는 반응하지 않았다. 그러고 나서 내가 얼마 전부터 나의 조부와 관련하여 모아 온 메모들을 들여다보았다. 그는 티플리스, 그러니까 지금의 트빌리시에서 1898년 10월 3일 태어났다. 그가 언제 죽었는지는 아무도 모르지만, 그는 1944년 9월 10일, 그러니까 마흔여섯 살이 되기 얼마 전에 보르도에서 실종되었다. 나는 어머니가 범한 이 계산 착오가 내게 유예 기간을 준 것이라 생각했다. 내게는 이 유령에게 묘소를 지어 주기 위해 2003년 가을까지 대략 3년이 남은 거고, 이를 위해서는 다시 러시아어를 공부해야 했다.

간략하게 요약해 보자. 나의 외조부, 조르주 주라비슈빌리는 먼저 독일에서 공부한 후 1920년대에 프랑스로 건너온 조지아 출신 이민자이다. 그는 힘든 삶을 살았으며, 까다로운 성격 탓에 더욱 힘들게 살았다. 그는 총명하긴 하지만, 동시에 어둡고도 까칠한 사람이었다. 자신만큼이나 가난했던 한 러시아 귀족 출신 아가씨와 결혼한 그는 이런저런 잡일을 했지만, 어디에서도 제대로 자리 잡지 못했다. 나치 점령 시대의 마지막 2년 동안, 그는 보르도에서 독일군 통역으로 일했다. 해방이 되자, 낯선 남자들이 찾아와 그를 자택에서 체포하여 어디론가 데리고 갔다. 당시 나의 어머니는 열다섯, 외삼촌은 여덟 살이었다. 그들은 아버지를 다시는 보지 못했다. 그의 시신도 발견되지 않았다. 이후 그의 사망 선고는 내려지지 않았다. 그의 이름이 새겨진 무덤은 존재하지 않는다.

자, 이렇게 요약되었다. 이렇게 요약되고 보니, 별게 아니다. 비극이긴 하지만, 내가 개인적으로는 별 어려움 없이 얘기할 수 있는 진부한 비극이다. 문제는 이게 나의 비밀이 아니라, 내 어머니의 비극이라는 점이다.

제대로 발음할 수조차 없는 이상한 성(姓)을 가진 가난한 소녀는 성인이 되어 남편의 성을 쓰며 — 엘렌 카레르 당코즈 — 대학교수가 되었고, 또 공산주의 시대, 공산주의 이후 시대, 제국 시대의 러시아에 대한 베스트셀러들을 쓴 저술가가 되었다. 또 프랑스 학술원 회원으로 선출되었고, 지금은 종신 원장이다. 자신의 아버지가 천민으로 살고 또 사라졌던 사회에서의 이러한 예외적인 성공은 아버지에 대한 침묵 위에서, 그리고 거짓말은 아니라 할지라도 최소한 부인(否認) 위에서 이뤄진 것이었다.

이 침묵, 이 부인은 그녀에게는 말 그대로 생사가 걸린 문제이다. 이것들을 깨는 것은 그녀를 죽이는 일이다. 적어도 그녀는 그렇게 확신하고 있다. 한편, 내 쪽에서는 그녀를 위해서나 나를 위해서나 이것을 반드시 해야 한다고 생각한다. 그녀가 죽기 전에, 그리고 내가 실종된 분의 나이에 이르기 전에 말이다. 그렇지 않으면 나도 그분처럼 사라져 버려야 할까 봐 두려운 것이다.

나의 조부는 살아 있다면 지금 백 살이 넘었을 것이고, 사라지고 나서 몇 시간 후에, 며칠 후에, 혹은 몇 주 후에 총살되었을 가능성이 높다. 하지만 여러 해 동안, 아니 수십 년 동안, 어머니는 상상할 수도 없는 것을 상상하려고 애썼다(혹은 그런 말을 못 하게 했는데, 결국은 같은 얘기이다). 그가 어딘가에 살아 있다고, 아마도 포로가 되었고, 언젠가는 돌아올 거라고 말이다. 심지어 지금까지도 그녀는, 그녀가 말해 주었기 때문에 내가 아는데, 가끔씩 그가 돌아오는 것을 꿈꾸곤 한다.

나는 헝가리인의 이야기가 내게 그렇게 큰 충격을 준 것은, 이것이 이 어머니의 꿈에 실체를 부여했기 때문이라는 사실을 깨달았다. 그 역시 1944년 가을에 사라졌고, 그 역시 독일 편에 섰었다. 하지만 그는 56년이 지난 후에 돌아왔다. 그는 코텔니치라는 곳에서 돌아왔고, 나는 그곳에 갔으며, 또 한 번 가야 할 거라고 느끼고 있다. 왜냐하면 내게 있어서 코텔니치는 사라진 누군가가 머무는 곳이기 때문이다.

내가 어렸을 때 러시아어를 했다는 것은 지나친 말이지만, 어쨌든 난 어렸을 때 주위에서 러시아어로 말하는 것을 들었고, 이 언어 속에 잠겨 살았다. 그래서 내게는 어떤 억양이 남아 있어, 나와 대화하는 사람들은 내 러시아어가 아주 훌륭하다고 입을 모은다. 첫 문장을 들은 사람들은 내가 러시아어를 아주 유창하게 구사한다고 생각한다. 이 첫 문장은 대개 *ia ochen' plokho govoriu po russkii*(나는 러시아어를 아주 못합니다)인데, 내가 이것을 제법 훌륭하게 발음하므로 상대방은 내가 괜한 겸손으로 이렇게 말한다고 생각한다. 하지만 두 번째 문장이 나오는 순간, 그들은 내 말이 옳았음을 인정할 수밖에 없게 된다. 난 고등학교에서 러시아어를 배우긴 했지만 실력이 형편없었고, 그 후 20년 동안은 거기에 대해 더 이상 생각하려 하지도 않았다. 하지만 몇 해 전부터 나는 러시아어를 배우는 것은, 혹은 다시 배우는 것은 어떤 결정적 변화를 위한 열쇠라고 확신해 왔다. 러시아어를 하면서, 혹은 다시 하면서 나는 내 목소리를 옥죄는 수치심으로부터 벗어나고, 마침내 1인칭으로 말할 수 있게 되리라고 말이다. 러시아에서는 〈어떤 언어를 유창하게 구사한다〉라고 말할 때 〈자유롭게〉라는 의미인 *svobodno*라는 표현을 사용하는데, 이는 내가 상상하고 있는 바, 즉 러시아어를 하는 것은 나를 자유롭게 해줄 것이라는 생각과 정확히 일치한다.

나는 이미 5년 전에 시도해 본 바 있다. 나는 아버지가 범죄자인 어떤 아이에 대한 이야기를 시작했었는데, 본격적으로 집필할 수 있기 위해서는 1년이 필요했고, 이 힘겨운 준비 작업의 대부분의 시간은, 무엇이 나를 그렇게 하게끔 만들었는지는 모르겠지만, 러시아어를 공부하며 보냈다. 내가 원한 것은 러시아어로 말하는 게 아니었다. 아니, 감히 그럴 생각은 하지도 못했다. 난 그저 읽기만 했다. 금방 나는 그리 어렵지 않은 텍스트들을 해독할 수 있게 되었다. 우선은 「6호실」 같은 체호프의 중단편들이었고, 그러고 나서는 레르몬토프의 『우리 시대의 영웅』이었는데, 난 이 책을 파키스탄 북부의 카라코람 산맥에 가지고 갔다. 내 친구 에르베와 함께 그곳으로 도보 여행을 떠났던 것이다. 우리는 트래킹 여행자들을 위한 조그만 여관들에서 잤는데, 거기에는 전기가 들어오지 않아 저녁이면 촛불을 밝히고 읽곤 했다. 19세기 초반의 캅카스 산맥을 여행한 이야기인 그 책의 내용에 딱 어울리는 분위기였다. 특별히 기억나는 구절이 하나 있는데, 내가 느끼기로는 묘사적 효율성의 측면에 있어 가히 걸작이라 할 만하다. 화자는 이렇게 말한다. 산들이 너무 높아 아무리 눈을 올려 보아도 하늘에 새들의 그림자를 찾아볼 길 없노라…….
내가 가지고 다닌 책에는 단지 이 유명한 소설만 있는 게 아니었다. 거기엔 시도 몇 편 모아 놓았는데, 이 시들을 별 생각 없이 뒤적거리던 나는 다음의 구절 앞에서 딱 멈췄다.

Spi, mladenets moi prekrasnyi,
Baiushki-baiu.

잘 자라 내 아이, 나의 보물,
잘 자라, 내 아이, 잘 자라······.[3]

난 곧바로 이 구절을 알아보았다. 그리고 가락도 떠올랐는데, 이것은 단지 시만이 아니라, 자장가이기도 했던 것이다. 러시아 아이들은 모두 아는, 그리고 내가 아이였을 때 누군가가 내게 불러 주었던 코사크의 자장가였다. 불러 준이가 누구였던가? 나의 어머니? 나의 *niania*(냐냐)?[4] 난 모른다. 지금까지도 이 노래를 들을 때 울고 싶어진다는 사실만을 알 뿐이다(사실은 이 노래를 들을 때가 아니라, 내가 이 노래를 자신에게 나지막이 불러 줄 때. 왜냐면 내게 이 노래를 불러 줄 이가 이제 아무도 없으므로). 그리고 내가 지금 여기서 해보려 하는 것은, 내가 이 자장가를 흥얼거릴 때, 다시 말해서 아무것도 생각나지 않는 어린 시절이

3 저자가 인용한 러시아어 구절은 원전과 쉼표의 위치 등이 다르다. 여기서는 원전에 맞추었다. 한국어 역은 카레르의 프랑스어 번역에 따랐다.
4 러시아어 〈냐냐〉의 의미에 대해서는 이 책 중간에 저자가 설명하고 있다. 〈냐냐는 가정부를 지칭하지만, 사실은 가정부 훨씬 이상의 것, 즉 상당한 권위를 인정받는 가족의 한 구성원을 뜻한다.〉

내 안에서 다시 살아날 때, 가슴에 차오르는 그 감동에 어떤 형상을 부여하는 것이라는 사실만을 알 뿐이다.

나는 이 자장가를 외우고 싶었다. 그래서 매일 되풀이해 보았고, 히말라야 산맥을 걸으며 이것에 보조를 맞춰 보기도 했지만, 결국은 성공하지 못했다. 하지만 그것은 그리 긴 시가 아니다. 여섯 개의 연(聯)이고, 각 연은 여섯 행으로 이루어져 있으니, 다 해서 서른여섯 행이다. 또 내가 그 뜻도 다 알고 있기 때문에, 멜로디의 도움을 받으면 평범한 기억력의 소유자라도 충분히 외울 수 있는 것이다. 내 기억력은 뛰어난 편이건만, 러시아어로는 그게 좀처럼 되지 않는다는 사실이 드러난 것이다. 내 안에서 무언가가, 혹은 누군가가 이 선물을 거부하고 있었다.

그리고 5년이 지난 지금, 나는 다른 아파트에서, 다른 여자와 함께, 다른 서가에서 체호프와 레르몬토프의 책들을, 그리고 『겨울 아이』를 마친 후로는 더 이상 손대지 않은 문법 연습서를 다시 꺼내고 있다. 전에 나는 이 문법 연습서를 첫 문제부터 마지막 문제까지 연필로 풀었는데, 책을 다시 사용하기 위해 써놓은 답들을 고무지우개로 지운다. 난이 작업을 침대 위에서 한다. 한 페이지 한 페이지 지우다 보면 이따금 종이가 구겨지기도 하고, 고무 가루가 시트 위에 우수수 떨어지기도 한다. 이런 나를 소피는 재미있다는 표정으로 쳐다본다. 그녀가 그렇게 쳐다보고 있으면, 내가 살아 있는 것처럼 느껴진다.

소피는 내가 헝가리에서 돌아왔을 때 블랑슈 가(街)의 내 집에 같이 살러 들어왔다. 그녀는 우리가 함께 새 아파트를 얻으면 더 좋아했겠지만, 난 내 아파트는 아주 괜찮고, 아주 널찍하고, 내 아들들 집에서도 그리 멀지 않고, 내가 그 애들의 어머니와 헤어진 이후로 혼자 살고 있기 때문에 과거나 망령 같은 것도 없다는 장점들을 내세웠고, 〈내 집〉은 아주 쉽게 〈우리 집〉이 되었다. 소피는 〈우리 집〉, 혹은 〈집에서〉라고 말하기를 좋아했다. 그녀의 휴대폰의 주소록에서 나의 전화번호는 우리의 전화번호가 되었고, 그녀는 〈엠마뉘엘〉을 〈집〉이라고 고쳐 썼다. 13년 동안의 결혼 생활을 겪은 나로서는 새로운 공동생활을 다시 시작하는 게 어렵지 않을까 걱정이 되기도 했지만, 그녀와는 너무도 좋다. 일단 그녀와 섹스하는 게 좋다. 또 그녀와 함께 잠들고, 그녀와 함께 잠에서 깨어나고, 그녀와 함께 침대에서 뭔가를 읽고, 그녀를 위해 아침 식사를 준비하고, 그녀가 퇴근하여 목욕을 하고 있을 때 대화를 나누고, 르피크 가가 내려다보이는 테라스에서 그녀와 함께 식사를 하고, 함께 장을 보는 게 좋다. 그녀와 함께 장을 보는 일은 내가 살면서 경험한 가장 에로틱한 일 중의 하나이다. 야채 시장에 같이 가서 나는 과일을, 그녀는 샐러드거리를 고르며 각자의 일을 하고 있다가 문득 고개를 들면 서로의 시선이 마주친다. 난 그녀가 날 지켜보고 있다는 걸 깨닫고, 우린 서로에게 미소를 보낸다. 그녀의 말로는, 이럴 때면 마치 내가 모든 사람이 보는 앞에서 자기 안으로 들어오는 것 같단다. 나는 그녀와 그녀의 미모에 상인들과 카페 종업원들이 던지는 은근한 시선이 좋다. 그녀는 후리후리한 키, 금발, 긴 목, 목덜미의 곱슬곱슬한 솜털, 당당한 자태의 소유자인 동시에 뭔가 아주 개방적이고 친근한 면이 있어서 모두가 그녀에게 꽃을 선사하거나, 신파 조에 가까운 찬사를 던지고 싶어 한다. 〈눈부신〉이라는 형용사는 바로 그녀를 위해 만들어진 말인 것 같다. 나는 사람들의 부러움을 받는 게 좋은데, 그녀가 사랑하는 남자는 바로 나이기 때문이다. 난 살아오면서 지금까지 사랑에 있어서 완전히 행복한 적이 없었지만, 이번에는 그렇다는 느낌이다.

하지만 그렇지 않다. 나와는 절대로 그렇게 되지 못한다. 절대로 오래가지 못한다. 어떤 사랑이 가능해지기만 하면, 행복해지기만 하면, 난 그것의 불가능성을 찾아낸다. 내가 사랑하는 여인에 대해 나는 그녀는 내게 적합지 않다고, 내가 실수를 했다고, 다른 곳에 더 나은 가능성이 있을 거라고, 그녀와 함께 살면서 다른 모든 여자들을 포기하고 있다고 생각하기 시작한다. 그리고 소피 쪽에서는 곧바로 모욕감을 느낀다. 이 〈모욕감〉은 그녀에게 있어서는 오래된 이야기이다. 그녀는 왕족처럼 우아하지만, 동시에 천민이기도 하다. 그녀의 아버지는 그녀가 태어나고 나서 한참 후에야 그녀의 어머니와 결혼을 했다. 그녀의 어머니는 병원에서 혼자였고, 아기를 보여 줄 사람이 아무도 없었기 때문에 울었다. 소피는 자신을 버려진 사생아로 느낀다. 난 얼마간의 시간이 흐른 후에야 이 사실을 깨달았다. 또한 그녀의 눈에는 내가 매력적인 동시에 가증스럽기도 한 금수저들의 무리에 속한다는 사실도 알게 되었다. 그녀의 말로는, 나는 태어나면서 모든 걸 받았단다. 교양, 처세술, 각종 사회적 코드들을 능숙하게 다루는 법 등을 받았고, 그 덕분에 자유롭게 진로를 선택하고, 마음에 드는 리듬에 따라 원하는 것을 하며 살 수 있게 되었단다. 우리는 서로 삶이 다르고, 친구들도 다르다. 내 친구들의 대부분은 예술적 활동에 종사하며, 만일 그들이 책을 쓰거나 영화를 제작하지 않는다면, 혹은 예를 들어 출판 일을 하지 않는다면, 그것은 그들이 어떤 출판사를 경영하고 있다는 뜻이다. 내가 어느 곳에서 그곳 사장과 친구라면, 그녀는 그곳 전화 교환원과 친구이다. 그녀와 그녀의 친구들은 매일 아침 출근을 위해 지하철을 타고, 대중교통 정기권과 식권을 사용하고, 이력서를 보내고, 휴가를 신청하는 사람들에 속한다. 나는 그녀를 사랑하지만 그녀의 친구들은 좋아하지 않고, 그녀의 세계, 즉

빠듯한 봉급을 받는 사람들의 세계, 〈파리에 대해〉[5] 얘기하고, 회사에서 단체로 해외여행을 가는 사람들의 세계에서는 불편함을 느낀다. 나는 이러한 판단들로 나 자신을 판단하게 된다는 것을, 이로 인해 나 자신의 매우 불쾌한 초상이 그려진다는 것을 의식하고 있다. 난 단지 마음이 넓지못한 차갑고도 옹졸한 사내인 것은 아니다. 난 타인들에게 마음을 열 수도 있는 사람이지만, 갈수록 그들에 대해 적대적인 모습을 보이고 있고, 그녀는 이런 나를 원망한다.

우리는 마레 지구에 있는 내 친구들의 집에 놀러 간다. 모두 서로를 잘 아는 사이이다. 모두가 어느 정도 영화계에 몸담고 있고, 어느 정도 성공했고, 명성도 누리고 있다. 나의 새 약혼녀와 함께 그곳에 가면, 뭔가가 일어난다. 매번 뭔가가 일어나고, 난 이것을 짜릿하게 즐긴다. 마치 창문들을 활짝 열어 놓은 것 같다. 마치 그녀가 들어가기 전에는 방이 더 좁고, 더 어둡고, 더 답답했던 것 같은 느낌이다. 그녀는 대번에 중심에 서게 된다. 그녀 옆에 있으면 여자들은 모두가, 가장 예쁜 여자들까지도, 콤플렉스를 느끼는 기색이 된다. 나는 사내들이 나를 부러워하는 것을, 이 친구가 대체 어디서 저런 여자를 찾아냈을까, 속으로 자문하는 것을 느낀다. 그리고 그녀가 우리의 작은 그룹의 규범들에 딱

5 파리에는 온갖 화려한 곳들이 많지만 모든 서민들이 다 누릴 수 있는 것은 아니다. 서민들에게 파리는 체험의 대상이라기보다는 선망 어린 대화의 대상일 뿐이라는 의미.

맞지는 않는다는 사실은 오히려 정체된 분위기를 약간 휘저어 놓고, 내가 얼마나 우리들을 지배하는 근친상혼에서 벗어난 자유로운 인간인지를 보여 준다.

하지만 식탁에 앉아 누군가가 소피에게 어떤 일을 하느냐고 물어보고, 그녀는 자기가 학교 교재, 음, 그러니까 사실은 과외 학습 교재를 만드는 출판사에 근무한다고 대답해야 하는 순간이 온다. 난 그녀가 이렇게 대답하는 걸 힘들어 한다는 것을 느끼며, 나 역시 그녀가 〈난 사진작가예요〉 혹은 〈현악기 제조인, 혹은 건축가예요〉라고 대답할 수 있다면 더 좋겠다. 반드시 어떤 근사하거나 화려한 직업은 아닐지라도, 최소한 자기가 선택한 어떤 직업, 자기가 좋아서 하는 어떤 일 말이다. 과외 학습 교재를 만든다고, 혹은 사회 보장 공단의 창구에서 일한다고 말하는 것은 〈나는 선택하지 않았어요, 나는 먹고살기 위해 일해요, 난 필요성의 법칙에 묶여 있어요〉라고 말하는 것이다. 이것은 대부분의 사람들에게 해당되는 얘기지만, 이 식탁에 둘러앉은 이들은 모두 거기서 벗어나 있으며, 대화가 계속될수록 그녀는 소외감을 느낀다. 그녀는 공격적이 된다. 그리고 타인들의 시선에 잔인할 정도로 묶여 있는 나로서는 그녀의 가치가 확연히 줄어든 것처럼 느껴진다.

우리의 관계를 좀먹는 이 사회적 사안에 대해 난 내 자신에게, 그리고 그녀에게 약간 위선적인 말을 한다. 이것은 그녀에게는 문제일지 모르지만, 내 문제는 아니라고 말하는 것이다. 나는 그녀를 있는 모습 그대로 사랑하며, 누군 가가 솔 벨로Saul Bellow의 작품들에 대해 전염력 있는 열 정으로 얘기를 한 어느 저녁 식사 후에 그녀가 수첩에 〈솔 벨로Solbelo를 읽을 것〉이라고 메모했다 해도 내겐 별 상 관없다고 말이다. 나를 골치 아프게 하는 것은 자기가 기분 나빠 하는 것, 항상 모욕감을 느끼는 거야. 자꾸 그러니까 이젠 나도 힘들어. 난 하찮은 것 때문에 싸워야 했던 일이 한 번도 없는 부잣집 도련님 역을 떠맡아야 하고, 자기는 늘 반감에 찬 프롤레타리아의 역할을 맡는 게 이제는 지겹 다고. 일단 그것은 사실이 아니야. 나도 싸워야 했어. 아주 힘겹게 싸워야 했다고. 비록 그게 사회적 영역에서는 아니 었지만 말이야. 자기는 프롤레타리아가 아니야. 자기는 조 금 이상한 부르주아 가족 출신이라고. 자기 아버지는 사르 트에 있는 3백 헥타르에 달하는 소유지에서 숲속 생활을 하고 있는 일종의 우파 아나키스트야. 그리고 나는 덧붙인 다. 설사 당신 말이 사실이라 하더라도, 세상에는 자유라는 게 존재해. 우리는 완전히 결정된 존재는 아니란 말이야. 부르디외식의 그 엿 같은 소리들은 대체 뭐냐고?

나는 그녀를 속이고 내 자신을 속였으니, 무엇보다도 나 는 깊은 속에서 자유를 믿지 않는 것이다. 나는 그녀가 사 회적 불행에 의해 결정된 것만큼이나 내가 정신적 불행에 의해 결정되었음을 느끼며, 아무리 누가 와서 이 불행은 순 전히 상상적인 것이라고 말해 준다 해도, 그것은 엄연히 내 삶을 무겁게 짓누르고 있다. 내가 하는 또 하나의 거짓말은 지금 그녀만이 부끄러워하고 있다고 말하는 것이다. 물론 그렇지 않다.

어느 날 그녀는 충격적인 말을 한다. 자기는 결혼할 만한 여자가 아니라는 것이다. 나는 〈난 당신과 결혼할 거야〉라고 속으로 중얼거린다.

난 이렇게 속으로 중얼거리지만, 그녀에게는 말하지 않는다. 오히려 어느 날, 그다지 자랑스럽지 못한 다른 말을 했다. 한 칵테일파티 후에 저녁을 차려 먹이려고 즉흥적으로 집에 사람들을 데려왔을 때였다. 우리가 데려온 10여 명의 사람들은 내가 파스타를 요리하고 있는 주방과 살롱 사이를 오갔다. 내 등 뒤에서 누군가가 병마개를 따면서 우린 정말로 좋은 커플이며, 우리 집에 오면 기분이 좋다고 말하자, 이에 동을 달아 어떤 얼간이 같은 작자가 〈그럼, 둘이 아이는 언제 만들 건가?〉라고 묻는 것이었다. 난 대꾸 없이 넘어갈 수도 있었지만, 망설임 없이 고개도 돌리지 않은 채로 대답했다. 아, 그런 일은 없을 거야. 소피가 아이를 갖고 싶다면 그 마음은 이해하겠지만, 이 경우 그녀는 나 말고 다른 사람과 만들어야 할 거야. 〈흠, 자네 말이 최소한 명확하긴 하구먼……〉이라고 얼간이는 약간 숨찬 목소리로 대꾸했다. 그런데 이 얼간이는 사실은 얼간이가 아니라, 파리 동부의 살인마 기 조르주같이 생겼을 뿐만 아니라, 척 봐도 연쇄 살인마가 연상되는 약간 이상하고도 수상쩍은 친구였다. 내 대답을 듣고서 소피가 그녀의 가치에 걸맞게 사랑받지 못하고 있다는 결론을 이끌어 낸 그는 당장 다음 날부터 구애를 시작했으며, 시간이 감에 따라 이것은 성희롱으로 변해 갔다. 그는 매일 그녀에게 전화를 걸어 댔고, 그녀의 직장 맞은편 카페에서 그녀를 기다렸다. 그녀는 이에 대해서도 내게 불평을 늘어놓았지만, 무엇보다도 내가 그 사내에게 〈그녀는 묶인 몸이 아니다〉라는 식으로 말한 것에 대해 불평했다.

나는 어머니에게 내가 러시아어 공부를 다시 시작했으며, 내 러시아적 뿌리들과 관련하여 막연하게나마 어떤 계획이 있다고 말한다. 어머니는 〈그래, 괜찮구나〉라고 대꾸하지만, 난 그녀가 불안해하는 게 느껴진다. 아닌 게 아니라 내 러시아적 뿌리들에 대해 얘기하는 것은, 즉 모두가 대공, 백작, 황궁의 시종장, 혹은 황후의 시녀였던 그녀의 어머니 쪽 러시아 조상들에 대해 얘기하는 것은 아주 괜찮은 일일 것이다. 난 레누아르 가(街) 아파트의 벽들에서 번쩍거리는 훈장들을 단 그들의 초상화를 보며 자랐다. 또 부모님들이 콘티 가로 이사한 지금, 이 초상화들은 거기에 걸린 과거의 학술원 회원들의 초상화들과도 썩 잘 어울린다. 이 그림들의 모델들이 저지른 스캔들이며 돌출 행동들은 흥미롭기 그지없다. 파닌 대공비는 상트페테르부르크의 사교계 살롱들에 늑대들을 데리고 다녀 큰 화제를 불러일으켰다. 비아트카의 부지사였던 코마롭스키 백작은 화가 치밀면 대화 상대들, 특히 이슬람교도들을 창밖으로 집어

던지는 버릇이 있었다고 한다. 또 트란스발, 만주, 발칸 등지에서 전쟁을 치른 호전적 인물이며, 보통 말을 탄 모습으로 포착된 사진들이 내게는 늘 큰 호감으로 다가왔던 또 다른 코마롭스키 백작은 결국 혁명군에 의해 우물 속에 던져졌다고 한다. 그의 운명은 비극적이지만, 영광스러운 것이었다. 모두가 귀족 연감에 나오는 이런 이채로운 인물들이 대상이라면 어떤 근사한 역사 소설을 쓸 수 있을 것이나, 어머니는 내가 쓰려고 하는 것은 이런 근사한 역사 소설이 아니며, 오히려 말해서는 안 되는 것에 흥미를 느끼고 있다고 짐작하는 것이다.

난 니콜라 외삼촌을 찾아간다. 이것은 아마도 진실이 아니겠지만, 내가 할아버지에 대해 아는 모든 것은 이 외삼촌을 통해 알게 된 것 같다. 어머니가 내게 전해 준 것은 바로 내가 모르는 부분, 수치심과 두려움을 느끼게 하는 것, 그녀의 시선과 마주칠 때 나를 얼어붙게 하는 것이다. 우리 가족 전체에서 나와 가장 가까운 사람은 이 니콜라 외삼촌이다. 또 이런 이유도 있다. 외할머니가 돌아가셨을 때 그는 겨우 열네 살이었고, 세상에는 그와 그의 누나, 달랑 두 남매만 남았으며, 그녀가 그를 키웠다. 그녀는 그의 누나이자 어머니였고, 이 때문에 그는 나의 외삼촌이자 형 같은 존재가 된 것이다. 우리는 할아버지와 비밀에 대해서, 그리고 이 비밀로 인해 내가 쓴 책들에서 스며 나오는 것들에 대해 자주 대화를 나눴기 때문에, 그날 내가 다시 그 얘기를 꺼내도 별로 놀라지 않는다. 그는 내 앞에 신발 상자 하나를 내려놓는다. 자기가 지닌 가족에 대한 문헌들, 특히 *perepiska roditelei*, 즉 자신의 부모님의 서한들을 모두 모아 정리해 놓은 상자이다. 난 이 자료들을 뒤지기 시작한다. 그리고 메모를 한다.

조르주 주라비슈빌리는 티플리스의 한 교양 있는 부르주아 가정에서 태어났다. 그의 아버지 이반은 법률가이고, 어머니 니노는 조르주 상드를 조지아어로 번역한 분이다. 가족사진들에서는 콧수염들과 머릿수건들을 볼 수 있으며, 손가락 사이에서는 호박(琥珀) 염주들이 분간된다. 이 모든 것들에서는 동방의 냄새가 풍기지만, 또한 식민지 지식인 특유의 심각한 분위기도 느껴진다. 오랫동안 터키와 페르시아의 싸움터였던 조지아는 한 세기 전부터는 제정 러시아의 일부가 되어 있었다. 1917년 혁명 때에 멘셰비키가 장악한 조지아는 1920년에 독립을 선언했고, 서방 민주국들에 의해 정식으로 인정받았다. 주라비슈빌리가(家) 사람들은 기뻐서 어쩔 줄 모른다. 열렬한 애국자들인 그들은 이 독립에 따른 책임들에 대한 첨예한 의식이 있다. 그 책임들 중 첫 번째는 그들의 나라말을 완벽하게 구사하는 것이다. 〈독립한 나라에서 외국어로 말한다는 것은 부끄러운 일이야〉라고 니노는 그녀의 세 아들 중 맏이이며, 당시 프랑스 그르노블에서 공학을 공부하고 있던 아르칠에게 보낸 한 편지에서 쓰고 있다. 그리고 같은 편지에서 그녀는 막내 조르주가 한 강연회에서 영어를 조지아어로 옮기는 통역을 하며 느낀 수치심에 대해서도 언급하고 있다. 조지아어에 서툰 그는 러시아어로 통역을 이어 가야 했던 것이다. 사실 이 일로 수치심을 느낀 사람은 그녀 자신이지, 그는 아닌 것 같다. 그는 조지아의 언어와 문화와 애국주의를 아주 촌스러운 것으로 여겼던 것이다. 가족들 모두가 조지아어로 글을 썼지만, 그는 러시아어를 사용했다. 이 무렵 그가 형 아르칠에게 보낸 편지가 한 장 있다. 여기서 그는 다른 가족들에게는 너무나도 소중한 서방국들의 정식 인정까지를 포함한 모든 것에 대해 짐짓 비웃는 듯한 어조로 얘기한다. 스물세 살의 그는 냉소적인 외교관, 모든 종류의 애수와 감상을 경멸하는 가벼운 댄디의 흉내를 내고 있으며, 스스로를 〈복잡하고, 진지함이라곤 거의 없고, 피상적인〉 존재로 여기고 있다. 이러한 태도는 물론 가족들에게 충격을 주었다. 니노는 그르노블의 장남에게 편지를 쓸 때, 자기가 얼마나 〈나의 사랑하는 아들〉을, 〈나의 귀여운 아칠리코〉를(이 아버지와 어머니는 아들에게 편지를 쓸 때 감동적인 애정을 표현하고 온갖 애칭을 남발한다) 굳게 믿고 있는지를 끊임없이 되풀이한다. 그는 성실하고도 확실한 아들인 것이다. 반면 그녀는 이기적이고, 게으르고, 빈정대기 좋아하는 성격인 조르주에 대해서는 걱정이 많다. 다른 사람들뿐만 아니라 스스로도 이런 점들이 있다고 인정하는 이 청년은 이런 나쁜 평판을 오히려 자랑스러워했고, 이것을 자신의 예외적인 개성의 표시로 여긴다. 그는 자신이 형제들보다 우월하다고, 모든 사람보다 우월하다고 느끼는 듯하다. 그로부터 10년도 못 되어 부모의 불길한 예감은 실현되어, 셋 중 가장 총명하던 아들이 가문의 실패작으로 전락하게 될 것이다.

조지아가 독립을 선포했을 때, 소비에트 지지자들은 세계 혁명과 제 민족의 해방을 믿었다. 하지만 독일에서의 스파르타쿠스단 반란의 피비린내 나는 실패는 레닌으로 하여금 교조를 수정하게 만들었다. 혁명은 오직 한 나라에서 이뤄질 것이고, 따라서 이 나라는 크면 클수록 좋았다. 조지아는 1921년에 다시 소련에 병합된다. 민주주의자들의 항의는 미온적이었다. 주라비슈빌리 가족은 망명 길에 오른다. 그들은 콘스탄티노플에서 3년을 보내는데, 조르주는 베를린으로 유학을 떠난다. 거기서 무엇을 공부했는지, 그게 정치 경제학이었는지, 상업이었는지, 철학이었는지 확실치 않고, 그의 어머니와 나눈 서신도 아무것도 명확히 밝혀주지 않는다. 그가 무엇을 하고 있는지, 시험에 통과했는지 아닌지 아무것도 알 수 없고, 이 때문에 어머니가 책망하면 그의 얼버무리는 경향은 한층 심해진다. 이 무렵 나보코프도 베를린에 있었는데, 내 외조부의 편지들을 읽고 있노라면, 이 작가는 외조부가 개인적으로 알지도 못했고 읽어 본 작품도 없지만, 그가 되려고, 애썼던 유형의 인물이었다는 생각이 든다. 즉 그는 나보코프처럼 모든 것을 오만하게 굽어보고, 모든 것을 야유하는 댄디가 되고 싶었던 것이다.

하지만 나보코프는 자신과 자신의 천재성에 대해 확신이 있었고, 어떤 시련들을 통과하고 있든 간에 아침에 깨어날 때마다 자신이 블라디미르 나보코프라는 인간으로 태어나는 유일무이한 특권을 주신 신께 감사했다고 느껴지는 반면, 나의 외조부에게는, 심지어 청년 때부터, 바로 나 자신의 것들이기 때문에 내가 너무나도 잘 아는, 자신에 대한 불안과 불신이 도사리고 있음이 감지된다.

1925년, 그는 파리에서 가족과 합류한다. 아버지는 봉마르셰 백화점 매장 관리인으로 일자리를 구했고, 방 두 칸에 다섯 식구가 함께 살았다. 가난한 이민자들의 삶이었지만, 다른 두 형은 공학 공부를 마쳐 곧 견실한 직장 생활을 시작하게 된다. 하나는 댐을 건설하고, 다른 하나는 포드 자동차 회사에서 근무하게 될 것이다. 그들은 죽을 때까지 조지아 공동체에 든든한 두 기둥으로서 충실히 봉사하면서 프랑스 사회에 완벽하게 녹아들어 갔다. 조르주는 그러지 못했다. 나는 그가 독일에서 어떤 학위들을 땄는지 아직까지도 잘 모르겠지만, 어쨌든 그것들은 프랑스에서는 유효하지 않았기 때문에 그가 할 수 있는 일은 잡일밖에 없었다. 형들은 그를 도우려 했지만, 그는 돕기가 쉬운 사람이 아니었다. 너무 오만하고, 너무 까다롭고, 너무 화를 잘 냈다.

한동안은 택시 기사로 일했다는데, 이것은 나의 어머니가 그에 대해 기꺼이 얘기하려 드는 몇 안 되는 것 중의 하나, 어렸을 때 내가 할아버지에 대해 알았던 드문 사실들 중의 하나였다. 1920년대에 파리의 택시 기사는 상당히 멋

진 직업이었다. 러시아 대공만큼이나 폼이 났다. 그녀의 말
로는, 그는 대부분의 시간을 택시 안에서 철학책을 읽으며
보냈고, 누군가가 택시를 탈 수 있느냐고 물으면, 그는 〈아
뇨, 읽고 있는 장(章)을 끝내야 해요〉라고 대꾸하곤 했단
다. 그는 사상(思想)을 좋아했고, 소설보다는 에세이를 즐
겨 읽었다. 그리고 그에게는 어떤 책을 읽는다는 것은 그
저자와 토론을 벌이는 일이었다. 그는 저자에게 동의하거
나 욕설을 퍼부었고, 여백에다는 열띤 메모들을 휘갈겼다
(야, 이 음침한 멍청아, 네가 이걸 혼자서 찾아냈냐? 응?).
그리고 자기에게 필적할 만한 대화 상대를 만나게 되면, 차
를 끝없이 들이켜면서, 또 줄담배를 피우면서 밤새워 격렬
한 정치적, 철학적 토론을 벌이는 것만큼 좋아하는 일이 없
었다. 일상 잡사 위에 높직이 떠서 독수리처럼 유유히 선회
하는 진짜배기 러시아 지식인이었다.

때가 구체제 시대였다면, 나의 외조부모는 절대로 결혼
하지 못했을 거고, 어쩌면 서로 만나지도 못했을 것이다. 그
는 조지아에서 온 평민이었고, 그녀는 유럽의 대귀족 가문
출신이었다. 그녀의 아버지는 프로이센인, 어머니는 러시아
인이었는데, 나의 아버지가 세상에서 가장 좋아하는 일은
각종 작위와 드넓은 영지들과 휘황한 이름들로 가득한 그
들의 가계수도(家系樹圖)를 작성해 보고, 또 이에 대해 논평
하는 것이었다. 빅토어 폰 펠켄 남작과 코마롭스키 백작 부
인으로 태어난 그의 아내가 산 곳은 프로이센도 러시아도

아니었다. 그들은 이탈리아 토스카나의, 나도 한 번 방문해 본 적이 있는 멋진 저택에서 살았다. 그들의 결혼 생활은 불행했던 듯하다. 나의 외증조모가 남편이 아닌 정원사의 씨인 두 번째 아이를 출산했을 때 그들은 이혼하는데, 이는 그 시대나 그들의 계층에서 유래가 없는 일이었다. 폰 펠켄 남작은 베를린으로 돌아가고, 그의 딸은 딱딱한 어머니와 어머니가 선호하는 이부동생, 그리고 수많은 하인들 틈에서 아주 우울하게 성장했다. 이 작은 무리는 러시아에 있는 드넓은 영지들에서 나오는 수입으로 살아갔는데, 혁명으로 이 영지들이 압수되고 수입이 끊기자, 나의 외증조모는 우선은 하인들을 내보냈고, 그다음에는 저택을 팔았으며, 그러고 나서는 집 판 돈을 잘못 투자하는 바람에 단 몇 년 만에 완전히 파산하고 만다. 서로에 대한 애정이 없었던 가족 세 사람은 뿔뿔이 흩어진다. 행복한 소녀는 아니더라도 적어도 부유한 상속녀는 되어야 마땅했을 나탈리 드 펠켄은 이렇게 빈털터리에 혈혈단신으로 1925년에 파리에 도착한다. 그녀가 이곳에서 어떻게든 헤쳐 갈 수 있는 무기가 하나 있다면, 그것은 러시아어, 이탈리아어, 영어, 독일어, 프랑스어 등, 5개 국어를 유창하게 구사한다는 점이었다. 이것 외에도 그녀는 수채화를 공부한 바 있었다. 완벽한 계란형의 얼굴, 가운데 가르마를 탄 머리, 귀족이지만 가난하고 몸이 허약한 이 러시아 아가씨는 캐서린 맨스필드 소설의 여주인공들이 사는 하숙집에 데려다 놓으면 딱 어울릴 법한 인물이었다. 〈우리의 나탈리아 빅토로브나는……〉

이런 그녀에게 외조부는 25쪽, 30쪽에 달하는 장문의 편지를 보냈다. 그는 그들의 사랑을 먼지 날리고, 시끄럽고, 적대적인 도시에서 먹이를 찾아 헤매는 뇌 없는 동물처럼 정신없이 달리며 보내야 하는 삶의 신산 난고에 대한 피난처를 찾을 수 있는 어느 정원에 비유했다. 이 놀라운 정원에서, 다시 말해서 그의 나타샤 곁에서 그의 영혼은 짧은 순간 휴식을 맛보지만, 이러한 가끔씩 보이는 서정(抒情)과 자신감에도 불구하고 그는 약혼녀에게 자신을 소개하기를, 결국에는 치명적인 무기력에 사로잡히는, 안에서 끊임없이 솟아올라 태양을 가리고 음향들과 색채들을 질식시키고 삶을 부패시키는 끔찍한 슬픔의 물결에 파묻혀 버리는 〈치유 불가능하게 썩어 버린 것〉이라고 말한다. 니콜라 삼촌은 이 편지들을 모두 번역해 주었고 내가 다시 옮겨 적었지만, 그 내용을 정리하기란 쉽지 않으니, 여기서 중요한 것은 불안스럽게 뭔가를 계속 곱씹는 움직임이기 때문이다. 그래도 샘플을 하나 소개하자면 다음과 같다.

〈내 마음은 강철처럼 단단하고 차갑게 변해 버렸다오. 그리고 만일 이것이 아직 느낄 수 있는 유일한 것인 당신의 작은 손과의 접촉이 없었더라면, 이것은 투쟁의 개념마저 까맣게 잊어버렸을 거요. 만일 이 심장이 이처럼 강철처럼 단단하고 차갑지 않고 다른 이들의 그것처럼 살아 있고 따뜻하고 피로 채워져 있다면, 이것은 이미 오래전에 산산이 부서져 피가 다 빠져나가고, 그 빠져나간 피는 차가운 회색빛 바이스처럼 꽉 죄어 오는 이 끔찍한 사막에 흩뿌려져 있을 거요. 나토치카, 만일 살아 있고 따뜻한 하나의 평범한 심장이 거기서 흉측한 유령 떼거리만 솟구쳐 나오는 이 차가운 회색빛 바이스에 갇히게 된다면 과연 어떻게 되겠소? 이 유령들은 흉측하고 추악하면서도 말이 없는데, 그 침묵 자체로, 그 킥킥거리는 비웃음으로, 그 윙크로, 그 뻔뻔스러울 정도로 조롱기 어린 태도로 우리에게 너무나도 분명하고도 똑똑하게 얘기한다오. 살해된 혹은 망가진 희망들의 유령들, 우리 소년기의 순수한 영혼들이 빚었던 믿음들의 유령들, 삶의 모든 거짓된 한심한 것들의 유령들, 이 모든 유령들은 그들의 말없는 입술로 우리에게 아주 분명하게 말한다오. 자, 넌 뭘 얻었지? 네가 원하던 것들 중에서 뭐라도 하나 얻었나? 넌 절대로 아무것도 얻지 못할 거야. 절대로. 내 말 듣고 있나? 절대로. 넌 이 〈절대로〉라는 말이 무슨 뜻인지 알아? 대체 왜 소리 지르는 거야? 〈나와! 네놈들 모두 나오라고! 난 누구도 두렵지 않아! 난 네놈들을 하나하나 보고 싶어. 낯짝들을 하나하나 보고 싶다고!〉라고 왜 소리 지르느냔 말이야? 아무도 나오지 않을 거야. 왜 우리가 그리하겠어? 우리는 조그만 놈들, 하찮은 놈들이야. 우린 자존심이 없어. 우리는 싸우려 하지 않아. 그럴 필요가 없지. 그렇게 하지 않아도 너 같은 조그만 매 새끼를 산 채로 씹어 먹을 수 있거든. 우린 너보다도 훨씬 덩치 큰 매들도 잡아먹었어. 우릴 하나하나 보고 싶다고? 우리가 왜 그걸 받아들이리라고 생각하는 건데? 도대체 왜? 우리의 힘은 그런 데 있지 않아, 우리는 잔걸음으로 조금씩, 조금씩 슬그머니 나아가지. 우리는 수가 많아. 우리는 군대들로 이뤄진 군대들이지. 우리는 이 세상 전체라고. 그런데 넌, 넌 뭐야? 넌 혼자야. 우린 세상 전체인데, 넌 혼자라고. 이해하겠어? 그래, 그렇게 흥분해서 팔다리를 휘둘러 가며 난리를 쳐봐. 지랄하고 난리를 쳐보라고. 우린 기다려. 우린 급하지 않아, 우린 하찮은 놈들이거든. 자, 그러니까 소리질러 보라고. 조그만 매 새끼야, 소리 지르고, 난리를 쳐봐. 우린 그냥 기다려. 우리는 자존심도 없고, 우린 너 같지 않거든. 넌 이 세상이 네가 거기서 네 꿈들을 이루기 위해 창조되었다고 상상하지. 하하, 세상에, 정말 똘똘하기도 하지! 이봐, 친구, 우리의 힘은 그런 데 있지 않아. 우리는 슬그머니, 느긋하게 나아간다고. 우리는 너한테 먼저 하나를 보내. 그리고 또 하나를, 그리고 세 번째를, 그리고 열 번째를 보내지. 그러면 넌 문득 우리가 우글거린다는 것을 알아채는 거야. 그러니까 우린 이런 식으로 네 위에 올라타는 거야. 모두가 함께, 무리 지어 올라타서 널 깔아뭉개는 거지. 그리고 모든 사람이 우리와 함께할 거야. 심지어 너하고 가장 가까웠던 이들까지 우리와 함께할 거라고. 그런데 친구, 자네와는 누가 함께할까? 아무도 없어. 왜냐면 멋들어진 거창한 꿈들로는 아무도 배부르게 해줄 수 없거든. 그리고 심지어 너 자신도 네 꿈들을 믿었어? 적어도 자기 꿈을 정말로 믿고 있기나 한 거야? 정말로 자기가 강의 흐름을 바다에서 산 쪽으로 돌릴 수 있다고, 해를 서쪽에서 떠서 동쪽으로 가게 할 수 있다고 믿는 거야? 넌 그걸 믿어?

만일 믿는다면 네 슬픔은 대체 어디서 오는 거지? 네 영혼이 죽을 듯이 기진맥진하는 것은 어디서 오지? 그리고 네 입가의 그 절망 어린 주름은 대체 어디서 오는 거냐고? 넌 몰랐어? 네가 손을 대는 모든 것은 파괴와 불행으로 변한다는 사실을? 조그만 매 새끼야, 그걸 아직도 못 깨달아? 넌 혼자야, 완전히 혼자라고, 아무도 너와 함께하지도, 널 따르지도 않아. 아직도 흥분하여 팔다리를 휘둘러 가며 난리를 치고 있나? 하지만 넌 이미 알고 있어, 네가 더 이상 난리 칠 수 없게 되면, 그때 우리가 모두 모인다는 것을, 아주 싱싱하고도 가뿐하게 모여서 우리의 거대한 무게와 수효로써 널 짓뭉개 버린다는 것을. 그러면 누가 널 방어해 주지? 아무도 널 방어해 주지 않아. 왜냐면 넌 너의 그 지독한 오만함으로 그들을 무시했거든. 넌 그 거창한 꿈들만 있을 뿐, 완전히 혼자야. 반면 우리는 어쩌면 작을지 모르지만, 우리는 수가 많아. 아, 어마어마하게 많지! 그런데 너, 너 조그만 매 새끼는 그저 흥분하여 팔다리를 휘둘러 가며……〉

약혼녀에게 보내는 연서에 이런 말들을 쓴 남자는 불과 서른 살이었다. 그는 벌써부터 스스로를 어떤 폐기물, 파멸한 인간으로 여긴다. 그리고 이 파멸은 단지 사회 안에서 자신에게 걸맞은 자리를 찾을 수 없게 하는 불운 때문만이 아니라, 자기 안에 병적이고도 썩어 빠진 뭔가가, 그가 〈내 체질적 결함〉이라고, 혹은 보다 친숙하게는 〈천장에 붙은 내 거미〉라고 부르는 뭔가가 있기 때문이기도 하다고 믿는다. 악운이 그를 따라다니고, 사람들이 모두 그의 적이었지만, 무엇보다도 그 스스로가 자신의 적이었다. 그는 끊임없이 이런 말들을 늘어놓는데, 나는 이런 구절들을 옮겨 적으면서 그 어조와 리듬이 도스토옙스키가 그 불안과 궤변과 자신에 대한 끔찍한 증오를 생생히 묘사한 바 있는 지하 생활자의 그것들과 정확히 일치한다는 사실을 깨달았다.

아주 이상하게도, 내 외조부모 간의 이런 서신 교환은 그들의 약혼 기간이 끝난 후에도 계속되었다. 그들은 1928년 10월에 결혼했고, 그들의 딸 엘렌, 즉 나의 어머니는 1929년 6월에 태어났는데, 그로부터 1년도 못 되어 서신 교환은 한층 거센 기세로 재개되었다. 그것은 그들이 곧바로 떨어져 살게 되었기 때문이다. 이 별거는 부분적으로는 물질적 이유들로 설명된다. 그들은 너무나 가난해서 콧구멍만 한 아파트 하나 임대할 능력이 없었고, 인정 많은 친구들이 나탈리와 그녀의 딸이 지낼 수 있게끔 골방을 하나 내주곤 했지만, 거기에 조르주가 발붙일 공간은 없었다. 그는 호텔이나 친구들의 소파 같은 다른 거처를 찾아냈고, 또 그의 형편없는 일거리들 때문에 오랜 기간 지방을 떠돌아다니곤 했는데, 이에 대해서는 그가 쓰디쓴 자조를 섞어 가며 상세하게 묘사하고 있다. 하지만 가장 근본적인 이유는 그가 가정생활을, 특히 빈곤한 가정생활을 견뎌 내지 못했다는 점이다. 일상은 그의 자존심에 상처를 주었고, 그는 자신이 꼼짝없이 묶여 있다고 느꼈다. 이제 여러 가지 책임을 짊어진 그는 자신의 열망들을 포기해야 했으며, 몇 푼을 벌기 위해 비루하고도 고단한 삶을 살아가야 했던 것이다.

하지만 그의 열망들이란 게 무엇이었던가? 세상의 적의와 그 자신의 본성이 그 실현을 가로막는 거창한 꿈들이란 과연 무엇이었던가? 그는 결국 무엇을 하고 싶었던가? 문학? 정치? 저널리즘? 그건 분명치 않고, 내 느낌으로는 삶이 그가 어떤 특정한 직업을 갖는 것을 방해했던 것 같지는 않다. 가난은 그에게 모욕감을 주었지만, 그는 큰돈을 벌겠다는 꿈은 꾸지 않았다. 그는 열에 들떠 장문의 편지들을 썼지만, 내가 아는 한에 있어서는 한 번도 어떤 출판사에, 심지어 어떤 신문사에도 투고한 적이 없었다. 나는 그가 원한 것은 무엇보다도 존중받는 것이었다고 생각한다. 뭔가 중요한 사람, 사람들의 눈에 띄는 사람이 되고 싶었을 것이다. 다른 사람들의 눈에 존재하고 싶었을 것이다. 낙오자로, 평생을 가난에 허덕이는 사람으로 비치고 싶지 않았을 것이다.

그는 편지를 아내에게만 쓴 것도 아니었고, 러시아어로만 쓴 것도 아니었다. *perepiska roditelei*(부모님의 서한) 상자에는 프랑스어로 써진 편지들도 한 묶음 들어 있는데, 니콜라 외삼촌이 특히 여성이 많은 서신 교환자들에게서 끈기 있게 수집해 온 것들이다. 프랑스 양갓집의 두세 명의 부인들에게 그는 때로는 주눅이 든 연인의 어조로, 때로는 폭군적인 멘토의 어조로, 그리고 대개는 이 둘이 섞인 어조로 글을 쓴다. 나의 어머니는 그가 바람둥이였다고 너그럽게 인정하지만, 그가 구한 것은 정부(情婦)라기보다는 속내를 털어놓을 수 있는 친구, 인간의 품위를 떨어뜨리는 빈곤의 굴레에 그보다는 덜 사로잡혀 있다는 공통점을 지닌 여성들과의 애정의 감정이 섞인 우정의 관계였다. 그는 그들의 우아한 거동과, 꼭 호화롭지는 않다 하더라도 쓰러져 가는 오막살이는 아닌 그들의 아파트를 좋아했다. 낙오자의 삶은 그에게 끔찍한 중압감으로 다가왔으며, 그가 프랑스어로 이 모든 무게를 쏟아 낸 편지들은 이내 러시아어 편지들만큼이나 복잡하면서도 뒤틀린 양상을 띠게 된다. 어떤 생각을 표현하려고 애쓰며 줄표와 괄호를 연발하는 길고 구불구불하고 반복적인 문장들은 위태롭게 절뚝거리다가는 잔인한 자조를 터뜨리며 가까스로 다시 균형을 잡고 일어서는 듯한 느낌을 준다.

카페 테이블에서 연필로 휘갈겨 쓴 이 편지들은 택시 기사 시절 후에는 프랑스와 벨기에의 도처에서 발송되었다. 그는 정확히 어떤 일을 했을까? 세일즈맨? 길바닥에서 호객하는 장사꾼? 그는 시장에서 조립하고 분해하는 진열대들, 그리고 자신을 착취하는 사장들에 얘기한다. 처음에 그는 이런 고되면서도 돈은 몇 푼 못 받는 경험들을 말 그대로 하나의 〈경험〉으로, 성격을 단련하는 하나의 스포츠로 간주하려고 마음먹는다. 그는 자신이 정력적이고도 니체적이기를 원하지만, 얼마 안 가 낙담이 찾아온다. 모든 게 복잡했다. 그는 파리에 있을 때면 말트 가에 있는 어떤 쥐구

멍 같은 골방에서 묵었고, 나탈리와 어린 엘렌은 뫼동에 있는 어떤 애매한 지인들의 집에 얹혀살았다. 하지만 이 애매한 지인들은 이런 상황이 영원히 계속될 수는 없다고 말하고, 그는 가족과 다시 합쳐야 할지 모른다고 걱정한다. 그는 위에 말한 서신들 중 하나에서, 〈이것은 모두에게 가장 불쾌한 해결책이 될 것〉이라고 털어놓는다.

이 시절의 어린 엘렌, 즉 나의 어머니에 대해 내가 아는 것은 무엇인가? 사람들은 그녀를 푸시라고 불렀고, 그녀의 총명함에 경탄했다. 그녀의 사진은 드물지만 — 당시에 사진은 사치품이었다 — 이 몇 안 되는 사진들에 나타난 그녀의 모습은 너무나도 예쁘다. 그녀가 내게 말해 준 바에 의하면, 그녀는 네 살이 될 때까지 프랑스어를 할 줄 몰랐다. 그녀가 자라난 이민자 사회에서는 러시아어를, 오직 러시아어만을 사용했다. 심지어 그녀는 자신이 러시아에 살고 있다고 믿는다. 뫼동은 러시아식으로 〈메돈스크〉로, 클라마르는 〈클레마르〉로 발음되었다. 그녀의 회상에 따르면, 어느 날 아버지가 그녀를 불로뉴 숲으로 데려가 거기서 어떤 프랑스 부인과 함께 보트 놀이를 즐겼다. 부인은 러시아어를 할 줄 모르고, 계집아이는 프랑스어를 할 줄 몰라 두 사람은 서로 눈짓만 교환했다. 집에 돌아왔을 때, 아버지는 어린 엘렌에게 그녀는 곧 이 프랑스 부인의 가족과 함께 휴가를 떠나게 될 거라고 설명한다. 부모가 아무 데도 데리고 갈 여력이 없는 엘렌은 이미 거의 모르거나 전혀 모르는 사람들과 휴가를 보내는 일에 익숙해져 있었지만, 그들은 보통 러시아인들이었다. 그녀는 군소리 없이 그해 여름을 브르타뉴에서 보내며, 그녀로서는 전혀 알아들을 수 없는 언어를 말하는 사람들에게 둘러싸인다. 이 언어를 그녀는 금방 습득했고, 9월에 돌아왔을 때는 러시아어를 거의 다 잊어버렸다고 한다(며칠 만에 다시 회복하기는 했지만).

어렸을 때 나는 어머니가 들려주는 이 이야기를 너무도 좋아했고, 어머니 또한 조르지 않아도 기꺼이 들려주었다. 난 이 이야기의 모든 부분들이 좋았다. 하지만 지금에 와서는 그녀가 그 브르타뉴에서 지내기 전에는 프랑스어를 전혀 못했으며, 자기가 러시아에서 사는 줄 알았다는 말이 좀처럼 믿기지가 않는다. 어떻게 똑똑하고도 호기심 많은 아이가 거리에서, 공원에서, 상점에서, 도처에서 사람들이 집에서와는 전혀 다른 언어를 사용하고 있다는 사실을 알아차리지 못했단 말인가?

조르주가 쥐꼬리 같은 급료를 받으며 지방의 이름 없는 도시들에서 시장 진열대를 설치하고 철거하기를 계속하고 있는 동안, 나탈리는 우울했고, 미래에 대한 불안감에 사로잡혀 있었다. 그녀의 유일한 기쁨은 그녀의 딸, 그리고 그녀가 노래하는 교회 성가대였다. 그녀는 편지에서 이렇게 말한다. 〈나는 성탑의 가장 높은 곳에 갇혀 아무도 보지 못해요. 아무도 날 찾아오지 않고, 나도 누구의 집에도 가지 않아요. 난 점점 더 거칠어지고, 우리끼리 하는 말인데, 점점 더 지쳐 가고 있어요.〉 하지만 1936년에 그녀는 두 번째 아이를 기다리고, 니콜라가 태어났을 때 조르주는 다시 가족과 합친다. 그는 파리에서 일자리를 얻는데, 메지스리 강변로에 위치한 종묘 회사 빌모랭의 판매원 자리였다. 가족은 방브에 있는 방 두 칸짜리 아파트에서 살게 된다. 나탈리는 친구 중의 하나가 니스에 며칠간의 휴가를 떠나는 기회를 이용하여, 〈리케라크〉라는 괴상한 이름을 가진 그곳의 허름한 호텔에서 살고 있는 어머니를 방문하기로 한다. 모녀는 여러 해 전부터 소식이 완전히 끊겨 있었다. 〈어머니는 내 삶에 대해 아무런 진실도 모르고 계시다는 점을 기억해 주렴. 그녀는 이해하시지 못할 거고, 얘기해 봤자 쓸데없이 심려만 끼쳐 드릴 거야. 그러니 공식적으로는 아주 행복한 가정이라고 말해 줘.〉

공식적으로는 아주 행복한 가정⋯⋯.

1936년 7월 18일, 프랑코군이 스페인 인민 전선에 맞서 군사 반란을 일으킨다. 이 인민 전선을 돕기 위해 이른바 〈국제 여단〉이 결성된다. 하지만 조르주는 만일 그에게 — 그의 표현을 빌자면 — 〈보살펴야 할 나타샤와 계집애〉가 없었더라면 합류하고 싶은 것은 전혀 다른 여단이었다. 즉 프랑코를 지지하고, 〈순수와 기사도 정신, 위계와 질서, 무사 무욕한 헌신을 사랑하는 마지막 사람들〉을 결집한 〈라반데라〉였다. 그는 이미 여러 해 전부터 무솔리니와 히틀러

를 숭배했으며, 그와 서신을 교환하는 여성들에게는 프랑
스 파시즘의 동지들인 베로,[6] 케리이스,[7] 보나르[8] 등을 읽으
라고 권한다. 그는 그녀들을 위해 〈기생충〉, 〈부패〉, 〈퇴폐〉
같은 단어들이 가득한 인용문들을 옮겨 적고, 또 1922년
그의 작은 조국에 볼셰비키가 침입하는 것을 수수방관한
민주주의 국가들을 지칭하기 위해 〈음녀(淫女)〉와 같은 표
현을 사용한다. 파시즘의 모든 테마들이 그의 서신들에 나
타난다. 의회주의와 아메리카와 물질주의와 상점과 소시
민들에 대한 혐오, 그리고 권위와 힘과 의지에 대한 숭배.
하지만 서신을 보내는 사람이 누구이든 간에, 여기에 유대
인 배척주의의 흔적은 전혀 없다는 점이 눈에 띈다. 논리적
으로 보자면, 이 유대인 배척주의는 그의 강박적이고도 신
랄하고도 반복적인 사고에 이상적인 배출구가 되었을 것
이다. 하지만 매우 기이하게도, 그는 결코 자신의 불행의
책임을 유대인들에게 덮어씌우려 하지 않은 것 같다. 어쩌
면 나라를 잃은 조지아인으로서 이 박해받는 민족에게 동
병상련의 감정을 느낀 건지도 모르겠다. 하지만 반대의 경

6 Henri Béraud(1885~1958). 프랑스의 작가, 언론인. 1922년 공쿠르상
을 받았다. 나치 독일에 부역했기 때문에 종전 후 사형 선고를 받았다가, 종
신형으로 감형되었다.

7 Henri de Kérillis(1889~1958). 프랑스의 언론인, 정치가. 우파 민족주
의자. 무솔리니의 파시스트 운동을 찬양하였으나 친독파는 아니어서 독일에
대한 유화 정책은 반대했다. 독일의 프랑스 침공 후 미국으로 망명했다.

8 Abel Bonnard(1883~1968). 프랑스의 시인, 정치가. 우익 운동에 관여
하다가 비시 정권에서 교육부 장관을 지냈다. 종전 후 궐석 재판에서 사형 선
고를 받았으나 스페인으로 망명했다.

우가 일어날 수도 있는 일이었다. 사회의 밑바닥에 놓여 만인의 모욕을 당하는 인간은 자신보다 더 낮은 이를 찾아내어 모욕을 가하는 게 보통의 경우 아니던가? 하지만 그런 일은 일어나지 않았다.

정치적 면에서 보자면, 1930년대 말엽에 그는 점점 더 과격해지고, 유럽의 부활에 대한 (이미 완전히 망해 버린 자신에 대해서는 아니고) 모든 희망을 스페인, 이탈리아, 그리고 특히 독일의 독재 체제들에 건다. 하지만 그는 그와 같은 영혼이 기댈 수 있는 마지막 수단으로서의 기독교 신앙 주위를 맴돌기도 한다. 그가 잠겨 들기를 열망하는 이 신앙은 집안에서 물려받은 평온하고도 체념 어린 아내의 신앙, 정교회 성가대에서 찬송하면서 표현되며, 삶의 풍파 속에서 그녀의 유일한 의지가 되었던 신앙은 아니었다. 그의 신앙은 신비주의적 충동이었고, 부드러운 위안물이라기보다는 격렬한 불이었으며, 어떤 경건한 신앙인이 〈축복이 아닌 저주로서의 선택〉에 대한, 혐오받는 자에 대한, 〈신이 잠시도 가만히 놔두지 않는 병자들과 성자들〉에 대한 클로델의 한 문장을 인용하자, 그는 이 작가가 사실을 〈밖에서부터〉 얘기할 뿐이라고 비난하면서 신랄한 조롱을 쏟아붓는다.

〈영혼 가운데 한 방울 한 방울 떨어지는, 그리고 당신의 골수까지 파고드는 어떤 산(酸)과도 같은 진정한 절망에 대해 그가 대체 무엇을 안단 말인가? 그는 그것에 대해 잘 애기한다. 아주 잘 애기한다. 왜냐면 그는 위대한 예술가이기 때문이다. 위대한 예술가로서 그는 《그것》을 정확하게, 놀라울 정도로 신빙성 있게 상상할 능력이 있다. 생의 남은 시간을 지하 감옥에 갇혀 지내야 하는 어떤 사람의 정신 상태를 상상하고 또 묘사할 수 있을 것이듯이 말이다. 하지만 그가 그것에 대해 정말로 무엇을 아는가? 그가 내게 그의 손가락 끝을 보여 주길 바란다. 만일 내가 거기서 아주 세련된 손톱들 대신에 돌밭을 파헤치느라 피범벅이 된 뭉툭한 살덩어리들을 본다면, 그 자신의 이빨로 찢어발겨진 손목들의 뼈를 본다면, 난 그를 믿으리라. 하지만 그 전에는 아니다.〉

그는 자신은 절망에 대해 말할 자격이 있다고 믿었고, 바로 이 절망에 자신의 신앙의 뿌리를 내리려고 애썼다. 기독교 호교론인 동시에 집요한 자기 설득이라 할 수 있는 위의 문장들과 또 다른 문장들은 내게는 친숙한 울림으로 다가온다. 이것들은 내가 끔찍한 불행 속에서 기독교인이 되려고 시도했던 시절을 상기시킨다. 여기에는 내 자신이 체험한 것들이 그대로 들어 있다. 극심한 불안감을 어떤 확신에 얽어매기 위해 믿고 싶은 욕구, 지성과 경험이 반발하는 어떤 교리에 굴복하는 것은 지고의 자유의 행위라는 역설적인 논리, 견딜 수 없는 삶에 의미를 부여하는 방식, 즉 삶을 고통을 통해 깨닫게 하는 고도의 교육법을 사용하는 신이 부과하는 시련의 연속으로 간주하기.

그의 아내 나탈리는 남편의 인생을 다음과 같이 요약한

다. 〈그 삶 가운데 신이 억지로 들어앉은 사람이자, 그로 인한 난맥상.〉

이 장면은 대체 어디에서 내게 온 것일까? 어린 소녀였던 나의 어머니는 그녀의 아버지와 함께 지하철 안에 있다. 그의 옆 좌석에, 혹은 각자 서로 다른 접이식 보조 좌석에 앉아 있다. 그는 초라하면서도 단정한 양복 차림이다. 어두운색의 재킷, 넥타이, 깨끗하지만 낡아 빠진 셔츠, 굵은 양털실로 짠, 그리고 아마도 자카르 무늬가 들어갔을 편물 상의…… 이 모든 것들은 그를 정확하게 실제의 그처럼, 다시 말해서 어떤 가난한 이민자처럼, 어떤 이민 노동자처럼 보이게 한다. 당시에 이민 노동자라는 말은 아직 존재하지 않았지만, 좁다랗고도 근심으로 깊게 패인 얼굴, 거무튀튀한 안색, 검은 머리칼과 눈, 그리고 검은 콧수염을 한 그의 모습은 20~30년 후였다면 어떤 아랍인과 쉽게 혼동이 될 것이다. 그의 얼굴 역시 어둡고, 그의 목소리도 탁한 음색이다. 그는 화를 내면서, 그리고 부끄러워하면서 어린 딸에게 자신의 삶을 이야기한다. 그는 모든 일에 실패했고, 그는 낙오자이다. 하지만 그는 똑똑하고, 교양이 있고, 독일의 대학들에서 철학을 공부했고, 난해한 책들을 읽으며, 5개 국어를 유창하게 구사한다. 그러나 이 모든 것들은 그에겐 아무 쓸모가 없고, 그를 한층 깊은 수렁으로 밀어 넣을 뿐이다. 그의 형들은 요령 있게 헤쳐 나왔다. 그들은 둘 다 엔지니어이고, 뭔가 쓸모 있는 학위가 있으며, 견실한 기업에 자리 잡았고, 아무 문제 없이 가족들을 부양하고 있다. 그들은 분별 있는 유형들, 신뢰할 만한 유형들이다. 물론 천재는 아니다. 그는 다르다. 가장 재능이 뛰어나고, 가장 총명하다고 모두의 의견이 일치했지만, 그럼에도 불구하고, 아니 어쩌면 바로 그 때문에 그는 아무것도 이루지 못했다. 프랑스 사회에서 그는 아무것도 아니다. 정말 아무것도 아니다. 그는 말 그대로 존재하지 않는다. 사용하고 난 전철 티켓, 혹은 땅바닥의 반짝이는 운모 조각들 사이로 보이는 뱉어 놓은 가래침이라고나 할까? 그는 지하철에서 볼 수 있는 저 천민의 무리에 돌이킬 수 없이 속해 있다. 눈빛은 흐릿하고, 그들이 아무것도 선택하지 않은 삶의 무게에 짓눌려 어깨가 축 처져 있는 저 가난하고도 우중충한 사람들, 자신이 하찮은 존재임을, 이 세상에 없어도 상관없는 존재임을, 멍에에 매인 가련한 축생들임을 잘 알고 있는 저 사람들 말이다…… 가장 슬픈 사실은 어쨌거나 이 사람들에게도 자식들이 있다는 점이다. 정말 끔찍한 일이다. 남자라면 적어도 자신의 아이들에게만큼은 강하고, 똑똑하고, 존경받는 사람이어야 한다. 〈아빠〉라고 말하는 사내아이나 계집아이는 아빠는 영웅이고, 씩씩한 기사라는 확신이 있어야 하고, 자식들의 눈에 그렇게 보일 수 없는 아버지는 아빠라고 불릴 자격이 없다.

이 말들은 내가 상상한 것이다. 그리고 어쩌면 이런 상황까지 상상했는지도 모른다. 하지만 내 느낌으로는 어머니가 언젠가 이런 종류의 이야기를 내게 들려준 것 같다. 내게는 지하철에서 아버지 옆에 앉아 이 쓰라리면서도 흐릿한 독백을 들으며 울지 않으려고 애를 쓰는 그녀의 모습이 보인다. 그녀의 옷차림은 남루하고, 신발은 마치 사회적 참상을 고발하는 소설들에 나오는 것 같은 밑창에 구멍이 난 형편없는 것이다. 난 딸에게 새 신발 한 켤레 사줄 수 없는 그의 부끄러움이 상상된다. 끝없이 계산을 해야 하고, 딸에게 신발을 사주기 위해 절약해야 하고, 또 그렇게 사줘 봤자 그 같은 사람들은 자식에게 볼품없고 형편없는 것들밖에 사줄 수 없기 때문에 어차피 볼품없고 형편없는 신발을 신길 수밖에 부끄러움 말이다. 이 장면은 내 의식 가운데 아주 선명하게 새겨져 있지만, 난 언제 어머니가 — 그게 분명히 어머니라면 — 이걸 얘기해 주었는지는 기억할 수 없다. 확실한 것은 자기 아이와 함께 지하철에 탄 어떤 불쌍한 사내를 볼 때마다 그의 부끄러움과 모욕감이, 그리고 이 부끄러움과 모욕감을 의식하는 아이의 마음이 상상이 되고, 더불어 나 자신도 울고 싶어진다는 사실이다.

봄이 시작될 즈음, 나는 내 책들에 대해 얘기하기 위해 암스테르담에 초청된다. 보통 나는 이런 종류의 초청에 대해서는 조심스러운 편이지만, 이것은 소피와 달콤한 사흘을 보낼 수 있는 기회였다. 난 수락했다. 출발 전날, 점점 더 빈번하게 일어나는 일이지만, 우린 격렬한 말다툼을 벌이고, 난 혼자 떠난다. 하지만 도착하자마자 후회한다. 매력적인 호텔의 킹사이즈 침대에 앉으니, 여기서 함께 섹스를 즐기면 얼마나 즐거울 것인지 느껴진 것이다. 멍청이! 한심한 멍청이! *bednyi durak*(한심한 멍청이)!

난 창피함 같은 것은 내던져 버리고 소피에게 전화를 건다. 자기가 없어서 내가 얼마나 불행한지 모른다, 지금이라도 여기로 달려와라, 내가 전화를 걸어 기차표를 예약하겠다. 그녀는 말없이 내 말을 듣더니 차분하게 대답한다. 난 자기를 사랑하지만, 이랬다저랬다 하는 자기의 변덕스러운 기분에 휘둘리고 싶지는 않아. 자기는 자신이 무얼 원하는지도 정확히 모르고, 극도로 집착적인 욕망과 지독한 상처를 주는 거부 사이를 끊임없이 오가지. 난 그저 나일 뿐이야. 요란스럽게 웃음을 터뜨리고, 교외에 사는 별 볼 일 없는 친구들을 가진 그냥 나일 뿐이라고. 자기는 이런 날 바꾸지 못해. 그리고 내가 싫은 것은 말이야, 내가 사랑에 빠진 재미나고 매력적이고 용기 있는 남자가 차갑고, 신랄하고, 잔인한 옹졸남으로, 날 가차 없이 판단하다가 결국은 스스로를 판단하게 되고, 스스로를 단죄하게 되는 그런 사람으로 변해 버리는 거야. 자, 이상이야!

저녁 7시고, 난 아무런 계획이 없다. 강연회 주최 측은 다음 날 전까지는 나를 위해 아무런 계획도 세워 놓지 않았으므로, 다른 사람들은 거리를 산책하고, 바에서 만나고, 수다 떨고, 미소 짓고, 키스하고, 한마디로 정상적인 사람들이라면 대도시의 토요일 저녁에 하는 모든 것들을 하고 있을 때, 나 혼자 침대에 누워 있는 고독한 저녁의 불안스러운 전망이 그려진다. 난 평생 동안 스스로를 정상적이지 않고 예외적인 인간으로, 굉장한 동시에 흉측한 존재로 여겨 왔다. 청소년기에는 흔히 있을 수 있는 일이지만, 내 나이에는 우려스러운 일이어서 매주 세 번씩 정신 분석의를 찾아가고는 있지만, 이런 성향이 고쳐져야 할 이유를 갈수록 못 느끼고 있다.

당연히 그래야 하겠지만 완벽하게 낭만적인 운하변에 위치한 호텔에서 나오다 보니, 옆 건물 1층에 마사지 살롱이 하나 눈에 띈다. 가까이 다가가 보니 이 마사지 살롱이 제공하는 서비스로는 마사지만 있는 게 아니라, 〈플로

팅floating〉요법이라는 것도 있다. 소금물로 채워진 통 속에 둥둥 떠 있는 건데, 조금도 움직이지 않아도 몸이 수면에 떠 있는단다. 진열창의 사진들에서 보니 그 통이라는 것은 크기는 대형 욕조만 하지만, 그게 시각적인 게 됐든 청각적인 게 됐든 그 어떤 외부 자극도 휴식을 방해하지 못하게끔 뚜껑으로 완전히 밀폐된단다. 머리가 그렇게 똑똑하지 않아도 알아챘으리라. 이 〈탱크〉는 어떤 무덤과 매우 흡사하고, 이런 무덤 속에서 잠시 시간을 보낸다는 전망에 내 기분이 금방 유쾌해졌다는 사실을. 난 저녁을 보낼 수 있는 방법을 찾아낸 것이다.

당장은 비어 있는 탱크가 없었으므로, 난 얼마 후로 자리를 하나 예약해 놓고는 산책을 하러 떠난다. 한 레스토랑에서 가볍게 저녁 식사를 하는데 혼자 있는 사람은 나 하나뿐, 이 상황이 견디기 힘들어진다. 다시 소피에게 전화를 하지만, 나의 오늘 저녁 계획을 얘기해 줘도 반응이 시큰둥하다. 그녀는 반문한다. 대체 무슨 생각이야? 자기 어머니의 배 속으로 돌아가겠다고? 오히려 이제는 거기에서 빠져나오는 게 더 낫지 않겠어?

탱크가 있는 방은 저쿠지와도, 자외선실과도, 장례식장과도 흡사하다. 나는 샤워를 한 뒤, 통 속에 들어간다. 그런 다음 내 위로 뚜껑을 덮는다.

나는 약간 끈끈한 촉감의 온수의 수면에 알몸으로 떠 있다. 완전한 암흑, 그리고 정맥의 피가 고동치는 소리 외에는 완전한 정적이다. 원한다면 버튼을 눌러 뉴에이지 음악을 들을 수도 있고, 부드러운 조명이 들어오게 할 수도 있지만, 난 그런 것들이 없는 게 더 낫다. 이게 마음에 드는 건지, 아닌 건지, 뭐라고 말하기 힘들다. 외부 세계는 존재하지 않는다. 스트레스를 주는 직장 생활의 끊임없는 분주함 속에서 나날을 보내는 사람들, 조용함과 내적인 삶을 꿈꾸는 사업가들에게는 이게 유익한 경험이 될 수도 있다고 생각한다. 나의 문제는 이와는 정반대이다. 나는 외부 세계, 즉 현실적 삶과 많이 접촉하지 않고, 대부분의 시간을 나 자신의 내부의 세계 속에서 보내는데, 바로 이 내부 세계에 대해 난 지쳐 있고, 그 안에 갇혀 있다고 느끼고 있다. 나는 이 감옥을 떠날 생각만 하면서도 좀처럼 그러질 못하는데, 그건 대체 왜일까? 왜냐하면 나는 그걸 두려워하기 때문이며, 또한, 이는 가장 인정하기 불쾌한 진실인데, 사실은 내가 그걸 좋아하기 때문이다.

소피의 말이 옳다. 난 성인이고, 마흔다섯 살이나 되었지만, 아직도 어머니의 배에서 나오지 않은 듯이 살고 있다. 나는 몸을 웅크린다. 몸을 바짝 오그리고서 잠과 무기력과 따스함과 부동성 가운데로 피신한다. 행복하면서도 겁에 질린 상태이다. 이게 바로 내 삶이다. 그런데 갑자기 난 더 이상 견딜 수가 없다. 이번에는 진짜로 더 이상 참을 수가 없다. 이제는 나가야 할 때가 왔다고 생각한다. 평생을 누워서, 헛되이 한탄하면서 지낸 복음서의 마비증 환자처럼, 일어나 걸어라, 하고 명하니 벌떡 일어나 걸었던 그 사람처럼 말이다.

난 일어난다. 통의 뚜껑을 들어 올리고 밖으로 나온다. 샤워를 하고, 다시 옷을 입는다. 접수처의 아가씨가 내가 그렇게 빨리 나오는 것을 보고 놀라자, 난 설명한다. 아뇨, 이게 내게는 그렇게 좋진 않았어요, 오늘은 이걸 하기에 그다지 좋은 날은 아닌 것 같아요, 어쩌면 나중에 또 기회가 있겠죠.

어쩌면요, 언제든 환영합니다, 하고 그녀가 대답한다.

밖에는 비가 내리지만, 내 안은 에너지가 충만한 게 느껴진다. 나는 〈자 됐어, 난 이제 자유로워〉라고 속으로 되풀이한다. 난 일어났고, 감옥 문을 열었고 — 그러면서 그게 한 번도 잠긴 적이 없었다는 사실을 발견했지 —, 그리고 지금 거리를 걷고 있어. 이렇게 활기차고 가벼운 걸음으로 걸으며, 평생을 마비 환자처럼 자빠져서 보냈으니, 이제는 만회해야 한다고 중얼거린다. 자, 걷는 거야, 앞으로 똑바로 걷는 거야, 무엇보다도 절대로 뒤돌아 가지 않는 거야. 이게 내 새로운 삶의 규칙이 되어야 해. 발길이 이끄는 대로, 뒤돌아 가지도 후회하지도 않고, 앞으로 똑바로 가야 해.

앞으로 똑바로 간다. 좋다. 하지만 어디까지? 도시의 끝까지? 바다까지? 항구까지? 항구라는 말이 마음에 든다. 왜냐면 이 말에서는 뭔가 막연한 위험의 분위기가 느껴지기 때문이다. 항구에서는 다른 곳에서보다 쉽게 고약한 만남들이 일어날 수 있다. 예를 들면 걸핏하면 칼을 빼어 드는 술 취한 선원들을 만날 수 있다. 난 이런 종류의 만남을 마다하지 않는 나 자신을 보고 놀란다.

잠깐, 난 싸움을 즐기는 사람은 아니다. 난 신체적 대결을 몹시 두려워하며, 10년 전에 무술을 하나 연마하기로 마음먹었을 때는 마치 우연인 것처럼 태극권을, 적수도 없이 혼자서 수련하는, 일종의 군사적 자위행위라 할 수 있는 무술을 선택했다. 하지만 이날 밤에는 누군가와 맞붙어 싸우고 싶다. 내가 때리든지 혹은 맞든지 그런 것은 별로 중요치 않다. 물론 맞아 죽고 싶지는 않고, 심지어 중상을 입고 싶지도 않지만, 이게 어떤 마조히즘 때문에 그런 것은 전혀 아니로되 누군가에게 기꺼이 얻어터질 준비가 되어 있다. 이것은 진심이고, 난 내가 평생 동안 그토록 피하고 싶어했던 것, 즉 격투가 한바탕 벌어지기만을 흥분하여 기다리고 있다. 처음으로 나는 위험을 향해 똑바로 나아가고 싶고, 그 위험과 정면으로 맞서기 전에는 멈추고 싶지 않다.

하지만 안심하시라 — 혹은 실망을 달래시든지 — , 이날 밤 아무 일도 일어나지 않았다. 난 다만 암스테르담의 이 구역 저 구역을 배회하는 것으로 만족했다. 도중에 아무 일도 일어나지 않았고, 거리들과 운하들이 마치 달팽이 껍질처럼 빙빙 도는 도시에서 앞으로 똑바로 가는 게 어렵다는 점 외에는 별로 걱정거리도 없었다. 나는 길을 잃어 보려고 나름대로 애써 보았지만, 그러기 위해 아주 멀리 가지는 않았다는 것을 고백해야겠다. 나의 야간 방황은 불과 몇 시간밤에 이어지지 않았고, 교외의 평화로운 동네들을 돌아다닌 후, 동이 틀 무렵에 택시 한 대가 보이자 잡아타고 호텔로 돌아왔다. 거기서 코텔니치가 다시 생각났다.

내가 생각한 것은 코텔니치는 싸움을 위한 장소라는 것이었다. 러시아 전체가 위험한 나라로 통하지만, 특히나 코텔니치가 그렇다. 르포르타주 작업을 마친 후, 나는 다시 돌아와 더 오래 머물며 어떤 특별한 주제가 없는 다큐멘터리를 만든다는 아이디어에 장마리, 알랭, 사샤 등과 함께 한껏 달아올랐었다. 그것은 헤어지기 전에 주소를 교환하면서 나중에 다시 보자고 약속하듯이, 장난하듯 한번 해보는 생각이었다. 이 생각이 귀국 열차에서의 우리의 취기가 가신 뒤에도 계속될 가능성은 별로 없었는데, 암스테르담의 밤거리를 걷고 나서는 이게 너무도 당연한 일로 다가온 것이다. 그래, 물론이지! 난 코텔니치로 돌아갈 거야! 어쩌면 영화를 한 편 찍을 수도 있고, 어쩌면 책을 한 권 쓸 수도 있고, 또 어쩌면 전혀 이런 것들이 아닐 수도 있다. 어쩌면 그냥 거기 가 있는 것만으로도 좋은 일일 수도 있으리라.

나는 파리에 돌아와 소피에게 이 모든 것을 얘기해 준다. 통에 들어간 일, 양수에서 빠져나온 일, 앞만 보고 똑바로 걸은 일, 한바탕 싸워 보고 싶은 욕구, 그리고 그 논리적 귀결인 코텔니치……. 다른 이들에겐 이게 좀 억지스러운 얘기로 들릴지도 모른다. 하지만 그녀에게는 내게 있어서만큼이나 자연스러운 얘기이다. 그녀는 맞아, 좋은 생각이야, 라고 맞장구친다. 동시에 그녀는 불안해한다. 이 얘기는 내가 다시 떠나겠다는, 그녀 없이 오랫동안 떠나 있겠다는 뜻이다. 내가 이제 어떤 언어뿐만이 아니라, 어떤 나라에, 그녀로서는 나를 따라올 수 없는 어떤 세계에 이끌리게 되리라는 뜻이다. 더구나 러시아 여자들은 아주 예쁘다고 하지 않은가? 그녀는 질투심을 느끼고, 자신의 질투심에 대해 농담을 한다. 나 역시 그것에 대해 농담한다. 하지만 결국 우리 사이는 통 사건 이전보다 훨씬 좋아졌다고 할 수 있다.

나는 내 외조부에 대해 적어 놓은 메모들에서 출발하여 뭔가를 써보려고 했으나 잘되지가 않았고, 그냥 포기해 버리니 마음이 홀가분하다. 난 평상시에는 양수로 채워진 것 같은 통에서 빠져나왔을 때처럼 에너지 넘치는 인간은 아니므로, 나 혼자서만 코텔니치로 가겠다는 생각도 슬그머니 내려놓는다. 대신 마치 『20년 후』에서 다르타냥이 흩어진 총사들을 불러 모으듯 장마리와 알랭에게 전화를 건다. 그들은 원칙적으로는 함께 갈 용의가 있지만, 우리에게는 어떤 작업의 배경이, 어떤 주문이 있어야 하는데, 난 주제조차 모르는 다큐멘터리로 주문을 얻어 내기가 그리 쉽지 않다는 것을 금방 깨닫게 된다. 난 방송계와 영화계에서 일하는 사람들을 만난다. 그들에게 내 르포르타주를 보여 주면서, 난 코텔니치라는 외딴 도시로 돌아가 한 달간 지내면서, 거기서 일어나는 일들을, 보장할 수는 없지만 만일 뭔가가 일어난다면, 촬영하고 싶다고 설명한다. 그들은 내 접근법을 좀 더 다듬고, 어떤 특정한 관점을 찾는 게 좋겠다고 대답한다. 사실 그들의 말은 개요를 하나 작성하라는, 다시 말해서 영상물에 들어가게 될 것들을 요약하라는 뜻이다. 난 나는 그 안에 뭐가 들어가게 될지 잘 모르겠다, 알고 싶지도 않다, 내가 영상물을 만들고 싶다면 그건 바로 그걸 알아내기 위해서이다, 하고 대답한다. 대화 상대자들은 한숨을 내쉰다. 그것 참 첨단적인 프로젝트네요…….

　이것은 내가 생각했던 것보다 시간이 더 걸릴 것 같다. 상관없다. 난 이 시간을 러시아어 실력을 쌓는 데 사용할 거고, 또 본격적인 등반을 하기 전에 야트막한 산에서 훈련하듯이 한 친구가 내게 자기 아파트를 빌려준 모스크바에서 8월을 보내기로 마음먹는다. 소피는 7월 14일부터 3주간의 〈휴가 신청을 올려놨으므로〉(난 그녀가 이런 식의 표현을 쓰는 게 마음에 들지 않는다), 나는 우리는 스페인 포르멘테라 섬에서 보름을 함께 보낼 것이며, 그러고 나서 난 러시아로 날아갈 거라고 선언한다. 그리고 그녀는? 자기가 등산을 좀 하고 싶다고 말했으므로, 내가 한 번 가본 바 있는 알프스 지방 케라스에서의 등산을 권한다. 거기라면 그녀의 친구 발랑틴과 함께 갈 수 있을 거라고 설명하면서. 그러자 그녀는 〈자기, 조금 일방적인 것 같지 않아?〉라고 말한다. 나는 놀라서 그녀를 쳐다본다. 난 모든 것을 최선의 방향으로 조정한 건데…….

6월의 어느 날 저녁, 발랑틴이 저녁 식사를 위해 방문한다. 난 레저용품점에서 국립 지리 연구소가 발행한 지도와 장기 산행 코스 안내서를 샀다. 내가 두 여자에게 권하는 엿새간의 코스는 나 자신이 6월에 했던 것으로 이때는 사람이 아무도 없어서 너무나도 환상적이었다. 8월 첫째 주는 당연히 그렇게 좋지는 않을 것이지만, 난 그걸 말하지는 않는다. 언제나 기분 내키는 대로 훌쩍 떠날 수 있는 나 같은 자유로운 특권층과, 다른 중생들과 동시에 움직일 수밖에 없는 자기 같은 저주받은 인생이라는 주제로 길게 늘어놓기 시작할 빌미를 소피에게 주고 싶지 않아서이다. 대신 나는 그녀가 민박집을 예약해야 할 거라고 말해 준다. 난 두 여자를 위해 산행 코스를 하나 준비해 놓았는데, 그 클라이맥스는 아벨 고개가 될 것이었다. 거기에는 내게는 좋은 추억으로 남아 있는 대피소가 하나 있다. 두 병째 딴 생 베랑 와인을 마시면서, 나는 〈케라스 산길에서의 소피와 발랑틴의 모험〉이라는 주제로 즉흥적으로 지껄여 댄다. 난 이 예쁜 갈색 머리와 금발의 두 아가씨를 등에 배낭을 메고, 티셔츠는 땀으로 흠뻑 젖었으며, 반바지의 실이 풀린 밑단과 올이 굵은 양말(난 물집을 예방하기 위해 꼭 올이 굵은 양말을 신어야 한다고 강조한다) 윗부분 사이로 늘씬한 금갈색 다리들이 드러난 모습으로 상상해 본다. 너희들은 따가운 햇볕 아래 어느 긴 고갯길의 정상에 이르게 될 거야. 거기에는 어떤 분수대 혹은 식수대 같은 것이 있어서, 떨어져 내리는 물줄기 아래로 목을 쭉 내밀어 꿀꺽꿀꺽 물을 마시고 또 몸에 물을 뿌리면서 햇빛 아래 깔깔대고 웃겠지. 산꼭대기들마다 흰 눈이 반짝이고, 소 목에 맨 종들이 땡그랑거릴 때, 원하는 것은 단 하나, 목초지 풀 위에 벌렁 드러눕는 거고, 그렇게 누워 사르르 눈을 감으면 세상에 천국이 따로 없을 거야. 장거리 산행에서 마주치는 여자들은 대부분 못생긴 편이어서, 너희 같은 미인들은 등산객들에겐 꿈같은 존재들이지……. 발랑틴이 대마초 궐련을 말고 있을 때, 난 한술 더 떠 근육질의 목동들을 달려오게 만든다. 그리하여 아녤 고개 대피소에도 내 꿈에서 질펀한 섹스 파티의 무대였던 모스크바-코텔니치 간 열차가 부럽지 않은 에로틱한 불꽃이 일게 된다. 지금은 자세히는 기억나지 않는 나의 이런 이야기에 소피와 발랑틴은 눈물을 흘릴 정도로 깔깔댄다. 그리고 우리가 이러고 있을 때 자기는 러시아 여자들을 꼬시겠지. 소피는 이렇게 말하지만 그 어조는 조금도 날카롭지 않다. 이날 저녁에는 모든 게 재미있고 달콤하기만 하다. 난 자기가 날 이렇게 돌봐 주는 게 참 좋아, 하고 그녀는 덧붙인다.

일기를 쓰겠다는 계획으로 모스크바에 가져간 검정 노트의 맨 앞부분에 나는 두 장의 사진을 붙였다. 왼쪽 페이지에는 삐딱하게 기운 얼굴, 근심 어린 이마, 그리고 검은 눈을 가진 나의 조부가 있다. 오른쪽 페이지에 있는 것은 포르멘테라의 별장 테라스에 벌거벗고 있는 소피이다. 그녀는 명랑하며 활짝 열려 있다. 내게 미소를 짓고 있다. 서로 마주 보고 있는 이 두 장의 사진은 내 삶의 그늘과 빛을 대립시키고 있다.

그다음 페이지에는 아넬 고개 대피소의 전화번호와 두 여자가 등산하며 그곳에 들르게 될 날짜를 적어 놓았다. 그리고 그날, 저녁 시간에 딱 맞춰서 전화를 건다. 내가 왜 수화기에서 잡음이 들리는지 설명하기 위해 모스크바에서 전화를 거는 거라고 말하자, 대피소지기가 깜짝 놀라면서, 모스크바에서 어떤 분이 전화로 소피 L. 양을 찾는다고 큰 소리로 알리는 것을 들으며 나는 빙그레 미소를 짓는다. 손님 테이블에 앉은 소피와 발랑틴이 놀란 눈빛을 교환하는 모습이, 벌떡 일어나 홀을 가로지르는 소피의 모습을 쫓는 다른 등산객들의 시선이 선히 상상이 되고, 그녀가 수화기를 집어 들었을 때 연인이 모스크바에서 케라스 산속 어느 대피소까지 전화를 해주는 여자가 느끼는 자부심이 그대로 느껴진다. 난 모든 게 내가 말한 대로냐, 발랑틴과 그녀가 미모로 그곳을 완전히 휩쓸고 있느냐고 묻는다. 그녀는 웃으면서, 산행이 너무나도 좋았고, 하산할 때는 무릎이 끔찍이 아팠고, 내가 전화해 주어 기분이 좋으며, 날 사랑한다고 대답한다.

노트를 손에 든 나는 통화하면서 그녀의 사진을 보는데, 갑자기 옆 페이지에 붙은 나의 조부도 그 냉소적이면서도 초조한, 그 너무나도 어두운 시선으로 그녀를 쳐다보고 있는 것처럼 느껴진다. 그는 날 시샘하고 있고, 내게 나쁜 일이 일어나기를 바라고 있다. 하지만 그 순간, 그는 우리에게 어떤 짓도 할 수 없다는 생각이 든다. 난 이 여자를 사랑하고, 이 여자는 날 사랑한다. 난 더 이상 혼자가 아닌 것이다.

나는 8월에 써간 이 일기를 다시 읽어 본다. 나는 전반적으로 만족하고 있다. 내가 소개받은 사람들은 이른바 신(新)러시아인들도, 소련 시대 노인들도 아니고, 그 부상(浮上)이 이 나라로서는 더할 수 없는 다행이었던 중산층의 대표자들, 『엘르』 러시아판을 읽고 이케아 가구로 집을 꾸미는 30대의 사람들이다. 물론 이것은 음침한 교외 지역에서의 훌리건들과의 주먹다짐과는 거리가 멀지만, 나로서는 이런 식으로도 나쁘지 않다. 나는 이 새 친구들을 서점과 화랑을 겸한 카페에서 만나고, 그들은 일요일마다 나를 근교의 별장에, 또 내가 작가이기 때문에 톨스토이의 영지가 있는 야스나야 폴랴나에 데리고 간다. 이런 식으로 내 러시아어는 조금씩 늘고, 내게는 이게 무엇보다 중요하다. 이 일기에 기록된 몇 개의 우울한 에피소드는 언어적 자신감의 저하에 직접적으로 연결되어 있다. 나는 대부분의 경우에는 사람들이 말하는 것을 알아듣고, 이따금 생각도 표현할 줄 알며, 활기차게 건배를 외치기도 한다. 나 자신을 포함한 모두가 날 매력적인 벗으로 생각한다. 난 앞으로의 내 삶을 행복과 승리의 연속으로 상상한다. 하지만 어떤 대화 상대자들과는 그렇게 편하지가 않다. 난 꿀 먹은 벙어리가 되어, 태연한 체하려 미소만 지으면서, 내가 대화를 잘 따라가고 있다고 보이기 위해 이따금 *konechno, konechno*(물론이죠, 물론이죠)를 반복한다. 이럴 때면 지금 내 러시아어가 정체된 건가, 혹은 더 고약하게도 퇴보하는 건가, 그렇다면 어제의 내 열광은 환상에 불과했던 건가, 그래, 지금 내 삶은 파국을 향해 치닫고 있어, 하는 생각이 고개를 쳐든다. 알고 보면 아주 간단한 일이다. 러시아어를 하면 난 행복해지고, 그러지 못하면 불행해진다.

야스나야 폴랴나에 나를 데려간 가이드의 말에 따르면, 톨스토이는 고대 그리스어를 단 두 달 만에 습득하여, 아이소포스를 읽고 또 번역했을 뿐만 아니라, 말로도 유창하게 구사했다고 한다. 이러한 쾌거는 10년 전부터 같은 언어를 배우려고 죽을 똥을 싸고 있는 시인 페트를 아주 불쾌하게 만들었다고. 난 차라리 페트 쪽에 가까운 것 같다.

하지만 난 기회가 닿는 대로 러시아어를 사용하고, 혼자 있을 때도 사용한다. 러시아 단어들을 되뇌면서 모스크바 거리들을 걷는다. 잠을 청할 때는 러시아어로 써진 이야기들뿐 아니라, 사전까지 읽어 본다. 또 어떤 공통적인 어근에다 접두사들을 붙여 이룰 수 있는 모든 종류의 변이형들을 조사해 보려고 하기도 한다. 이런 작업은 종종 사람을 의기소침하게 만드는데, 예를 들면, *nakazyvat'*(징벌하다), *otkazyvat'*(거절하다), *pokazyvat'*(보여 주다), *prikazyvat'* (명령하다) 간의 논리적 연관성을 좀처럼 이해할 수 없기 때문이다. 하지만 나는 고집스레 계속해 나가고, 무엇보다도 거기서 쾌감을 느낀다. 러시아 단어들은 내 입 속에서 편안하게 자리 잡기 시작하고, 난 그것들을 입 안에서 달콤하게 굴려 본다. 프랑스어와는 한 번도 이런 관능적인 관계를 가져 본 적이 없는 것 같다.

갈랴는 스물세 살이다. 그녀는 신문 기자이며, 아마추어 농구 챔피언이다. 우리는 자주 함께 산책을 하고, 그녀는 나를 멜리호보로 데려가 체호프의 다차[9]를 보여 주기도 한다. 난 볼 키스를 나눌 때 그녀의 팔이나 어깨를 살짝 잡기

9 러시아인들의 여름 별장.

도 하는데, 그럴 때마다 그녀의 살이 너무도 단단하고 치밀한 데 놀란다. 어느 일요일 오후, 그녀에게서 전화가 온다. 내가 무얼 하고 있는지 묻는다. 난 지금 작업 중인데, 그녀가 들르고 싶다면 나로서는 즐거운 일이라고 대답한다. 그녀는 자기도 해야 할 작업이 있다, 월요일 아침까지 기사를 한 편 올려야 한다, 하지만 그걸 내 집에서도 쓸 수 있을 것 같다고 말한다. 마침내 도착한 그녀는 여기서 밤을 보낼 수 있게끔 필요한 것들을 가지고 왔다고 설명한다. 나는 응접실을 내주고, 그녀는 거기서 노트북에 전원을 연결한다. 그러고 나서 나는 침대 위에서 뭔가를 읽고 있던 침실로 돌아온다. 반쯤 열린 문틈으로 그녀가 규칙적으로 자판을 두드리는 소리가 들린다. 얼마 후에 나는 주방에 가서 차를 끓여 그녀에게 한 잔 가져다주면서 그 너무나도 탄탄한 어깨에 손을 가볍게 올려놓는다. 그녀는 잠시 내 손 위에 자기 손을 역시 가볍게 올려놓은 다음, 다시 작업을 시작한다. 아파트 안에는 부부 생활의 그것과도 같은 평온함이 감도는데, 이것은 내가 문을 열어 주자마자 둘이 서로에게 허겁지겁 달려드는 것보다 상황을 훨씬 더 섹시하게 만든다. 우리는 피차 무슨 일이 일어날지 알고 있다. 그녀는 기사 작성을 끝내고 나면 클릭하여 파일을 닫을 것이고, 노트북은 작별을 고하는 작은 신호음을 낼 것이며, 그러고 나서 그녀는 편안히 내 침대로 오리라. 난 느긋하게 그녀를 기다린다. 내 노트를 펼치고 다시 일기를 쓰기 시작한다. 하지만 몇 줄을 썼을 때, 어떤 생각이 떠오르며 마음에 불편해진다. 나는 소피가 이 일기장을 읽게 되고, 또 이 구절을 발견하는 상황을 상상한다. 그러면 오랫동안 이 갈랴라는 여자에 대해 잔소리를 늘어놓을 위험이 있다. 이에 나는 당시에는 아직 그 중요성을 깨닫지 못했던 어떤 행동을 한다. 앞서 얘기한 내용을 러시아어로 쓴 것이다. 나는 이렇게 쓴다. *I vot, Galia pishet stat'iu v salone, a ia v komnate ee zhdu, i my skoro budem zanimat'sia liubov'iu*(자, 이렇게 갈랴는 응접실에서 기사를 쓰고, 난 침실에서 그녀를 기다리고 있으며, 우린 곧 섹스를 하게 되리라.)

그녀를 껴안았을 때 느껴지는 것은 처음으로 사해에서 헤엄을 치는 사람이 느꼈을 그것, 즉 밀도의 변화이다. 농구 선수인 그녀의 몸은 믿을 수 없을 정도로 단단하여 난 마치 어떤 조각상을 껴안는 느낌이 든다. 다만 따뜻하고, 살아 있고, 매우 부드럽다는 점이 다를 뿐이다. 그 뒤에 이어진 모든 것은 달콤하기 이를 데 없지만, 내게 있어서 가장 달콤한 것은 그녀가 하는 말이다. 내가 러시아어로 사랑을 나누는 것은, 상대 여자가 러시아어로 탄성을 발하는 것은 처음인 것이다. 그녀에게서 나오는 소리들에 나는 말할 수 없이 깊은 감동을 느낀다. 난 그녀에게 고맙다고 말하고, 그녀도 내 말에 기쁨을 느낀다.

하지만 이틀 후, 나라는 어쩔 수 없는 인간은 죄책감에 사로잡힌다. 갈랴와 나는 다정하게 서로를 감싸 안고서 『거장과 마르가리타』의 첫 번째 장의 무대인 파트리아르흐

연못가를 산책하고 있었다. 그녀를 벤치 위에 앉게 했을 때, 나는 갑자기 뚱딴지처럼 그녀에게 아주 도덕적인 소리들을 늘어놓는다. 난 지금 프랑스에서 어떤 여자와 함께 살고 있으며, 따라서 이 아주 유쾌하고도 즐거운 관계에는 미래가 없다, 등등……. 그녀는 마치 미친 사람 보듯 날 쳐다본다. 그녀는 대꾸한다. 나도 애인이 있어요, 지금 미국에 있죠, 그리고 당신의 여자는 프랑스에 있고요, 그들은 이 사실을 알 까닭이 없고, 그들에겐 아무런 해가 될 게 없어요, 그리고 우리에겐 즐거운 일이고요, 자, 대체 뭐가 문제죠? 난 그녀의 건강한 윤리가 감탄스러웠지만, 〈이게 내게는 그리 간단치가 않다〉라고 되풀이하고는, 얼간이처럼 그녀와의 관계를 끊어 버린다. 그녀의 단단한 몸은 너무도 매력적이고, 그녀의 외설적인 밀어들은 너무도 달콤하지만, 난 그냥 소피의 사진이나 들여다보고 있는 편을 택한다.

이제는 습관이 들어 버렸다. 난 러시아어로 일기 쓰기를 계속한다. 형편없지만, 어쨌든 러시아어로 쓴다. 처음에 쓴 것은 일기였지만, 곧 거기에 꿈 이야기, 어린 시절의 추억, 외조부에 대한 메모 같은 것들이 섞여 든다. 아주 멀리서부터 와서 의식의 수면에 떠오르는, 그리고 프랑스어로는 쓸 수 없었으리라 생각되는 것들이다.

러시아어로 나는 내가 원하는 것들이 아니라, 내가 쓸 수 있는 것들을 쓴다. 일테면 나의 언어적 빈약함이 역설적으로 나를 도와준다고 할 수 있다. 난 더 이상 무엇을 쓸 것인가를 생각하지 않고, 어떻게 쓸 것인가를 생각한다. 말이 되는 문장을 하나 만드는 것, 그것만 해도 너무나 멋진 일이다. 그리고 나는 1인칭 단수로 쓰는 것을 좋아한다. *V pervom litse edinstvennogo chisla*(1인칭 단수로). 난 이 표현을 너무나 좋아한다. 러시아어 덕분에 나의 최초의 얼굴[10]이 드러나는 느낌이다.

내 친구 파벨은 내게 어떤 유대 이야기를 들려주었다. 아브라함이 야훼에게 간청했다. 야훼여, 야훼여, 난 정말이지 언젠가 로토에 한 번 당첨되기를 간절히 원합니다! 당신께 간청합니다, 야훼여, 당신께 애원합니다, 정말이지 아주 오래전부터 당신께 부탁드렸습니다, 내 청을 제발 들어주시옵소서, 이것 하나만 들어주시옵소서, 단 한 번만 들어주시면 난 당신께 더 이상 아무것도 요구하지 않겠습니다. 야훼여, 나로 하여금 로토에 당첨되게 해주시옵소서! 그는 울며불며, 무릎을 꿇고, 두 손을 맞잡고 뒤틀었다. 결국 야훼가 구름에서 솟아 나와 말했다. 아브라함아, 내가 네 말을 들었고, 내 소원을 들어주려 한다. 하지만 제발 말이다, 내게도 기회를 한 번만 다오. 네 평생에 단 한 번만이라도 로토 티켓을 한 장 사보란 말이다!

항상 해방되기만을 갈구하는 나는, 그렇다면 러시아어

10 위의 러시아어를 단어 뜻 그대로 직역한다면 〈단수의 첫 번째 얼굴로〉가 될 것이다. 인칭을 뜻하는 *litso*의 본래 뜻은 〈얼굴〉이다.

로 글을 쓰는 것은 티켓 한 장을 사는 것, 신에게 나를 구원할 기회를 한 번 주는 것이 되겠군, 하고 중얼거린다.

파리에 돌아온 나는 당장 첫날 저녁에 소피에게 키릴 문자들로 채워진 내 노트를 자랑스럽게 보여 주었다. 거기에 갈랴와의 일은 잘 감춰졌고, 결별하고 2주가 지난 지금 그녀는 그다지 중요하지 않게 되었고, 내가 원하는 것은 내가 이룬 멋진 일로 소피를 감탄시키는 것이었다. 나는 페이지들을 넘기면서 프랑스어에서 러시아어로 넘어오면서 얼마나 내 글씨가 변했는지, 얼마나 더 큼직큼직해지고 더 예리해졌는지를 주목하게 했다. 그로부터 1년 후, 이번에는 내가 그녀가 가끔가다 한 번씩 일기를 쓰곤 하는 노트를 떨리는 손으로 넘겨보다가, 이 재회에 대해 그녀가 적어 놓은 글을 발견했다. 그때 난 오로지 내 얘기만 했단다. 내 삶에서 러시아어가 갖는 의미에 대해서만, 러시아어로 내 어린 시절을 쓰겠다는 계획에 대해서만 말하고, 마치 그녀는 존재하지 않는 것처럼 굴었다는 것이었다. 그해 여름에 그녀에 무슨 일이 일어났는지는 신경도 쓰지 않았다는 것이었다. 난 그녀를 보고 있지도 않았다는 것이었다.

하지만 이것은 나중의 일이다.

2001년 10월 10일인 오늘, 내가 소년이었을 때 너무나도 사랑했던 마르틴 B.의 장례식이 있었다. 그녀는 내 부모님의 친구였다. 좀 더 정확히 말하자면 내 부모님의 한 남자 친구의 연하의 아내였다. 그녀는 금발이었고, 눈부시게 아름다웠고, 소피를 보고 있노라면 그녀가 떠오르는 일이 종종 있다. 훨씬 나중에, 그러니까 그녀가 이혼하고 나서 한참 후에 난 그녀와 잠시 관계를 가졌으며, 그것에 종지부를 찍은 후에는 항상 그렇듯이 죄책감을 느꼈다. 마지막으로 보았을 때, 그녀는 이미 암에, 후에 그녀의 눈부신 아름다움을 파괴해 버리고(〈난 예쁜 여자의 껍데기를 쓰고 45년의 삶을 살았으니 그것만 해도 상당히 괜찮은 것 아냐?〉라고 그녀는 한 번씩 거칠 때마다 얼굴을 점점 더 망가뜨린 그 헛된 수술들 중 하나를 받은 후에 나의 어머니에게 말했단다) 결국 그녀의 생명을 앗아갈 하악골 암에 걸려 있는 상태였다. 나는 불편해했지만, 그녀는 전혀 그렇지 않았다. 항상 솔직하고, 친절하고, 사려 깊은 그녀는 내가 불편해하는 모습에 놀라고, 또 물론 그것을 용서했다. 내가 지금 그녀를 이상화하는 것처럼 보일지 모르겠지만, 난 이 여자는 이 세상의 그 누구도 원망하지 않았다고 확신한다. 그녀는 따스하고 관심 어리고 너그러운 눈으로 날 바라보았지만, 나는 이 시선에 그냥 단순하게 화답하는 대신에, 〈날 사랑하는 이들을 모두 실망시키는 게 내 운명이야, 정말이지 나란 놈은 지금도 그렇고 앞으로도 영원히 그렇겠지만 신뢰할 수 없는 인간, 배신 잘하는 놈, 음흉한 놈이야〉 등, 항상 늘어놓는 넋두리를 속으로 되풀이할 뿐이었다. 정말 앞으로도 영원히 그럴까? 만일 내가 기도할 수 있다면, 난 죽은 마르틴에게 기도하리라. 그녀에게서 발산되는 그 따뜻함과 기쁨과 사랑을, 〈이것들이 없으면 너희가 무엇이 될지라도 너희는 아무것도 아니다〉라고 성 바울이 말했던 그것들을 조금이나마 나누어 달라고 말이다. 나는 내가 처음 그녀와 키스했을 때를 기억한다. 그것은 어느 가을, 퐁투아즈 부근의 숲에서였다. 그리고 그녀가 랑시엔코메디 가의 나의 아파트 침대에 알몸으로 누워 있던 것도 생각난다. 하지만 난 그보다 훨씬 이전, 그녀가 집을 한 채 갖고 있던 그라스에서의 그녀를 떠올리는 게 더 좋다. 나와 어머니와 나의 누이들은 거기서 1주일을 보냈다. 그녀는 몇 살이었던가? 서른 살 아래? 그리고 나는 열넷? 열다섯? 우리는 빌리 홀리데이의 음반을 함께 들었고, 나는 그녀와 단둘이 있게 될 기회를 호시탐탐 노렸다. 어느 날 저녁, 우리는 저녁 식사를 하러 모두 함께 어느 조그만 마을에 갔는데, 어떻게 그렇게 됐는지 모르겠지만, 그녀와 나는 다른 사람들과 떨어져서 둘이서, 단둘이서, 어느 구불구불하고 경사진 길에서 산책을 하고 있었다. 우리는 어느 집의 입구 아래에 멈춰 섰다. 난 그녀를 쳐다봤다. 그녀의 얼굴과 그녀의 미소와 그녀의 환희를 보았다. 내 가슴은 세차게 두근거렸고, 그녀도 마찬가지일 거라고 생각하고 싶었다. 물론 나는 감히 그녀를 품에 안지 못했지만, 내가 그렇게 했다고 꿈꾸면서, 오늘 매장한 그녀의 몸을 꿈꾸면서 그다음 날들을, 또 어떤 의미에서는 생의 나머지 시간을 보냈다.

우리가 장례식이 시작되기를 기다리고 있는 동안, 어머니는 내게 이렇게 말했다. 그런데 말이야, 다행스럽게도 필리프가 마지막 밤 내내 그녀와 함께 있어 주었다는구나.

필리프는 마르틴의 장남이다. 나는 장례식이 진행되는 내내 울고 싶은 심정이었는데, 그것은 나와 몇 미터 떨어진 관 속에 그녀가 누워 있기 때문이라기보다는, 어머니의 죽음과 그녀가 방금 전에 내게 암묵적으로 부탁한 것을 생각했기 때문이었다. 내가 이에 대해 한 번도 생각해 본 적이 없었던 것은 아니다. 나는 비록 우리 사이가 소원해지긴 했지만, 어머니는 자기가 죽을 때 내가 옆을 지켜 주기를 기대하고 있을 거라 오래전부터 짐작해 왔고, 그때가 왔을 때 내가 준비되어 있기만을 바랄 뿐이다. 내가 이 글을 쓰는 것도 거기에 대해 준비하기 위함이다. 어머니의 눈을 똑바로 마주 볼 수 있기 위해서, 우리 사이의 사랑을 덜 두려워하기 위해서이다.

장례식 날 저녁, 난 소피에게 마르틴에 대해 얘기했고, 어머니가 내게 한 말도 들려주었다. 소피는 어머니의 말을 끔찍한 것으로, 일종의 협박으로 여겼다. 하지만 난 의견이 달랐다. 난 어머니의 말에 충격을 받지는 않았다. 내가 어머니 곁에서 마지막 밤을 보낼 수 있을지는 모르겠지만, 어쨌든 그것은 옳은 일이라고 생각했다. 그게 내 자리이리라.

다음 날, 어머니는 내게 전화를 걸어 와 이런저런 일들을 조금은 부자연스럽게 얘기했다. 그러다가 불쑥 말하기를, 외조부의 편지 한 장을 내게 읽게 해주고 싶다고 하는 것이었다. 그리고, 〈시작하기엔 그게 좋을 거야〉라는 말까지 덧붙였다. 나는 〈네, 그게 좋겠죠〉라고 대답했다.

외조부는 그의 어머니에게 보내는 이 편지를 1941년에 썼다. 평소 사용하던 러시아어가 아니라 프랑스어로 썼는데, 아마도 독일 점령 시대에 검열을 피하기 위해서였던 듯하다. 당시 나의 어머니는 파리에, 그는 보르도에 있었다. 그의 대부분의 편지들과 마찬가지로 아주 긴 이 편지는 왜 자신이 더 이상 삶에서 아무것도 기대하지 않는지에 대한 설명이 처음부터 끝까지의 내용이다. 그는 이 주제를 특유의 반복적인 방식으로, 그야말로 신물이 날 정도로 전개해 나간다. 자신은 선천적, 후천적으로 형성된 성격 탓에 이

현대 사회에서 아무런 자리도 찾을 수 없었고, 또 앞으로도 찾을 수도 없을 것이다. 자신은 고통스럽고도 비루하며 희망이 없는 삶, 물질적 생존으로 환원된 삶의 형벌을 결정적으로 선고받았다. 자기가 이런 말을 하는 것은 어머니에게 하소연을 하거나 걱정을 끼쳐 드리고 싶어서가 아니라, 단지 그녀가 알 수 있게끔 자신의 삶의 적나라한 현실을 명확하게 보여 주고 싶어서이다. 아니, 이것은 결코 불평이 아니라 ── 그는 끊임없이 되풀이한다 ── 다만 사실을 설명하는 말, 그로서는 피할 가능성이 전혀 없고, 아무것도 바꿀 수 없는 어떤 현실을 설명하는 말일 뿐이다.

나는 콩티 강변로에 위치한 어머니의 호화로운 서재의 한 소파에, 그녀를 마주 보고 앉아 있다. 그녀는 내가 편지를 읽는 모습을 지켜본다. 난 이미 이와 비슷한 편지들을 읽은 적이 있지만, 그녀는 이게 내가 처음 접하는 편지라 생각하고, 난 감히 그녀의 오해를 바로잡을 생각을 하지 못한다. 난 니콜라 외삼촌이 나를 위해 열어 준 신발 상자에 대해 그녀에게 아무 말도 하지 않은 것이다. 그녀도 신발 상자 하나에다 그녀의 보물들을 간직하고 있다. 그녀의 말로는, 그녀가 레누아르 가에서 학술원으로 이사할 때 이 상자를 다시 찾아냈다고 한다. 다시 찾아냈다고요? 어머니는 이게 어디 있는지 정말로 몰랐어요? 그녀는 정말로 몰랐어, 뭐, 아마 그랬을 거야, 하고 대답한다. 지금은 내 부모님의 삶에서 일상이 되어 버린 사교계의 성대한 만찬들에서 돌아온 저녁 늦은 시간이면 이따금 이 상자를 열고 편지를 한 두 장 읽어 보곤 한단다. 그러면서 운다는데, 이렇게 내게 고백하는 그녀의 눈가에 눈물이 맺혀 있다.

그녀는 실종되었을 때의 그녀의 아버지보다 서른 살이 더 많은 나이이다. 그리고 그의 삶을 생각하며 그녀는 생각한다. 가엾은 분…….

어머니가 내게 말한다. 시간이 갈수록 넌 점점 더 네 할아버지를 닮아 가. 사실이다. 내 얼굴은 그의 얼굴처럼 움푹움푹 패어 간다. 그리고 내 운명도 그의 운명과 비슷해질까 두렵다.

난 어머니에게 계속하자고, 매주 한 번씩 와서 몇 시간 동안 함께 이 편지들을 읽자고 제안한다. 우리는 이 읽은 것으로 내가 나중에 무엇을 할 것인지는 명확히 얘기하지 않았지만, 언젠가 내가 그녀의 아버지에 대해 책을 한 권 쓰리라는 것을 그녀가 짐작하지 못할 리 없다. 난 그녀가 살아 있는 한 그것은 말도 안 되는 일이라고 오랫동안 생각해 왔으나, 이날 학술원에서 나오면서 생각이 바뀌었다. 난 그녀가 죽기 전에 이것을 쓰고 또 출판하리라. 바로 그녀를 위해 쓰리라. 그녀를 해방시켜 주기 위해, 단지 나만이 아니라 그녀를 말이다.

난 이것을 기억한다. 몇 해 전 어머니는 정치를 해볼 것

을 심각하게 고려했다. 그녀는 유럽 의회 선거에서 공화국
연합[11]당의 비례 대표 1번으로 올라가는 것을 받아들였고,
외무부 장관 후보로도 물망에 올라 있었다. 그런데 『프레
장』이라는 조그만 극우 성향 신문에 그녀의 아버지를 암시
하는 기사 한 편이 나타났다. 거기에는, 그녀는 대독 협력
자였다가 좌파의 보복으로 희생된 아버지를 두었으니 위
선적인 중도 우파보다는 우리 편에 서야 옳다라는 식의 주
장이 실려 있었다. 『프레장』을 읽는 사람은 아무도 없었고,
일은 더 이상 발전되지 않았으나, 난 신문을 두 손으로 펴
들고 기사를 읽은 어머니가 어린 계집아이처럼 우는 모습
을 보게 되었다. 그녀는 고소를 할 생각도 했지만, 그것이
자기가 묻어 버리고 싶은 것에 오히려 세상의 이목을 쏠리
게 하는 짓이라는 것을 깨달았다. 그녀는 결국 정계 투신을
포기했는데, 난 그 일 때문이었다고 생각한다. 그녀의 아버
지가 대독 협력자들 중에서 최악의 인물이었다 해도, 그녀
와는 아무 상관없는 일이라고 아무리 설명해도 소용없었
다. 그녀는 자신의 것이 아닌 이 과거가 자신을 파괴해 버
릴 수 있다고 계속 믿은 것이다.

난 생각한다. 가엾은 분…….

1940년 가을, 가족이 보르도에 도착했을 때, 그녀는 열

11 Rassemblement pour la République. 약칭 RPR. 프랑스의 드골주의 보수
정당. 2002년 다른 보수 정당들과 함께 대중운동연합Union pour un Mouvement
Populaire으로 합쳐짐.

한 살, 니콜라는 네 살이었다. 나의 외조부는 처음에는 그곳의 〈어떤 커다란 차량 정비소에서 통역으로〉 일했다. 외할머니의 한 편지에서 이 표현을 처음 접했을 때, 내게는 이것이 꿈속에서 들은 어떤 어처구니없는 문장처럼 들렸다. 어떤 커다란 차량 정비소에서 통역으로 일하다니, 이게 대체 무슨 말인가? 사실 그것은 아주 간단했다. 이 차량 정비소는, 〈말빌과 피종 정비소〉로, 주로 점령군을 위해 작업했고(사실 당시의 대부분의 정비소들이 그랬다), 여기서 외조부는 독일어 서신들을 취급하기 위해 고용되었다. 처음으로 외국어 지식이 그에게 도움이 된 것이다. 하지만 1942년 초, 그는 이 자리를 잃게 됐는데, 이때 마리오 씨가 독일 경제국(局)을 위해 일하는 친구들에게 그를 소개시켜 주겠다고 제안했다.

마리오 씨는 외조모 나탈리의 친구인 한 러시아 여성과 결혼한 사람이었다. 그는 조금의 거리낌도 없이 독일군 강점 상황을 이용하여 암시장에서 재산을 불리는, 사람은 사근사근하지만 썩어 빠진 사업가였다. 나의 어머니와 니콜라 외삼촌은 마리오 씨의 집에 갈 때면 버터를 바른 빵이며 초콜릿, 그 외에 다른 귀하고도 맛난 것들을 실컷 먹을 수 있었다고 회상한다. 그들의 부모는 평소에는 쫄쫄 굶는 아이들이 양껏 먹는 것을 보고 좋아했으나, 그들 자신은 암시장을 비난했고, 그것을 이용하는 것을 거부했다. 마리오 씨 집에는 독일군 장교들도 와서 유쾌한 파티를 벌이곤 했다. 물론 마리오 씨는 해방이 됐을 때 약간의 고역을 치렀으나

처형은 면했고, 단지 감옥 생활만 했다.

　나의 외조부는 망설였을까? 그랬을 수 있다. 그의 형들과 아내는 그의 생각을 바꿔 보려고 했던 것 같다. 자신을 받아들여 준 나라를 점령한 자들을 위해 일할 수는 없는 법, 그것은 환대의 법칙들에 어긋나는 짓이다. 하지만 이러한 원칙들은 그 나라에 잘 편입될 수 있었던 사람들에게나 적용되는 것이었다. 그는 이 나라에서 쓰라린 환멸만을 맛보지 않았던가? 더구나 그는 독일인들을 존경했다. 볼셰비키가 그의 조국을 침범했을 때 수수방관한 서방 민주국들을 경멸했다. 그리고 부패한 의회주의와 공포스러운 공산주의 사이에서 휘청대는 유럽에 히틀러는 르네상스의 길을 제시하고 있다고 진심으로 믿었다. 그가 대독 협력을 했다면, 그것은 기회주의가 아니라 확신에 의한 행동이었고, 그가 보기에 현대의 모든 야비함을 체현하고 있으며, 당연히 하는 일마다 성공하고 있는 마리오 영감 같은 투기꾼들과 같은 편에 속하는 것이 그에게는 가장 불쾌한 일이었을 것이다.

　프랑스 고용주들과는 달리, 독일인들은 그를 존중해 주었다. 그는 단지 독일어를 잘했을 뿐 아니라, 독일의 위대한 작가들과 사상가들도 아는 사람이었다. 프랑스 사회에서는 하나의 핸디캡처럼 느껴졌던 그의 교양에 독일인들은 경의를 표했다. 그는 그 독일인들 중 어떤 이들과 친분을 맺게 되었을까? 성탄절 날, 가족의 식탁에서 제복 차림의 온화해 보이는 독일군 장교 하나와 찍은 사진이 한 장 있다. 아마 이 일 때문에 같은 건물 사람들이 쑥덕거리게 되었을 것이다. 건물 1층에는 어떤 알 수 없는 이유로 4층의 어느 가족을 좋아하지 않는 가족이 하나 살고 있었다. 1층의 남자는 나의 외조부에게 4층 사람들을 건물에서 쫓아 버리거나, 필요하다면 체포하도록 손을 써달라고 요구했던 것 같다. 할아버지는 분개하며 거절했고, 그 1층의 이웃에게 만일 계속 우겨 대면 바로 당신을 체포하게 만들겠다고 위협했다. 해방이 되었을 때 그를 고발한 사람이 바로 그 이웃이었을 것이다. 이 모든 이야기는 증명이 되지는 않았지만, 전혀 근거 없는 것만은 아니다. 이 가설은 불행에 빠진 나의 어머니와 할머니에게 약간의 위안이 되었을 것이다. 그들의 남편과 아버지는 악하게 행동해서가 아니라, 오히려 어떤 죄 없는 사람(유대인이었을까? 나로서는 전혀 알 수 없다)을 고발하기를 거부했기 때문에 고발당했을 것이니까.

그는 정확히 어떤 일을 했을까? 그는 통역이었고, 경찰이 아니라 경제국을 위해 일했다. 그렇다면 어떤 강압적인 취조 같은 일에 참여하는 일은 없었을 거라고 생각한다. 하지만 고약한 일에 직접적으로 관여하지 않는 기관일지라도, 그는 자신이 일하는 기관이 재산을 압수하는 그 유대인들에게 일어나는 일들을 모르고 지낼 수는 없었다. 자신이 사랑하는 독일인들, 공산주의에 맞선 문명의 수호자인 그들

135

이 하는 일을 이해하지 못했을 리 없었다. 어머니 회상에 따르면, 이때부터 그는 일종의 유령이 되어 버렸단다. 마지막 2년 동안 그는 완전히 기가 꺾여 버린 남자, 자신이 파멸했음을 아는 남자, 그리고 이 파멸을 자신의 어긋난 삶의 논리적인 귀결, 자신의 운명의 상징으로 받아들이는 남자로 지냈단다.

그는 거기서 떠날 수도 있었다. 진영을 바꾸어 레지스탕스에 가담할 수도 있었다. 하지만 그렇게 하지 않았다. 그는 악당이 아니었지만 — 난 그렇게 확신한다 — 돌로 굳어 버린 사람처럼 꼼짝도 하지 않았다. 마치 자기가 어쨌든 죄인인 것처럼, 언제나 죄인이었던 것처럼 말이다. 마치 징벌의 칼날이 머리 위로 떨어질 때까지 기다리는 게 자기가 할 수 있는 전부인 것처럼 말이다.

1944년 6월 15일, 그는 한 친구에게 다음과 같이 시작되는 편지를 보낸다. 〈가을에는 내가 더 이상 살아 있을 수 없다고 생각하는 내 나름의 이유들이 있기 때문에······.〉
이것은 그의 손으로 써진 것들 중, 내가 읽은 마지막 메시지이다.

어머니가 그의 마지막 모습을 본 것은 외조모 나탈리와 그녀의 아이들이 임대한 방갈로에서 휴가의 마지막 주들을 보내고 있던 아르카숑 해안에서였다. 나의 외조부는 해방된 지 얼마 안 된, 따라서 그에게는 위험한 장소인 보르도에 남아 있었다. 어느 날, 그가 가족들을 보러 와서는 그들에게 키스를 한 다음, 당일 오후에 보르도로 돌아갔다. 이게 마지막이라는 걸 그가 알았는지는 아무도 알 수 없는 일이지만, 어쨌든 어머니가 내게 해준 말에 따르면, 그가 다가왔을 때, 어머니는 처음에는 그를 알아보지 못했다. 그를 쳐다보고 있으니까 마치 그가 어떤 낯선 사람이 된 것처럼 몹시 불편한 느낌이 들었다고 한다.

그는 스무 살 때부터 길러 왔으며, 그것을 달지 않은 모습은 그녀가 한 번도 보지 못한 콧수염을 깨끗이 밀어 버렸던 것이다.

내 확신이 얼마만큼의 가치를 가질 수 있을지는 모르겠지만, 난 이 콧수염 이야기를 그 전까지 한 번도 들어본 적이 없었다고 확신한다. 아무튼 20년 전 내가 주인공이 콧수염을 밀어 버린 뒤, 현실과의 접점을 점차로 상실해 버리고, 결국에는 자기 자신마저 잃어버리는 이야기를 썼을 때, 이 할아버지의 콧수염 이야기에 대한 의식적인 지식은 없었다. 사람들은 내게 이 이야기의 아이디어를 어떻게 얻게 되었는지 종종 물어 왔지만, 난 한 번도 제대로 대답하지 못했다.

난 이제 어머니를 쳐다보며 그녀에게 묻는다. 잠깐, 엄마……. 뭔가 생각나는 거 없어요?

그녀는 없다고 대답한다.

난 포기하지 않는다. 엄마, 『콧수염』 말이에요! 내가 쓴 소설!

어머니는 놀란 표정이 되더니, 고개를 설레설레 흔든다.

정말이지 정신 분석이 널 이상하게 만들어 놨어! 하고 그
녀는 결론짓는다.

그날 저녁 보르도로 돌아간 그는 정보국으로 갔다. 거기
서 한 장교가 이전의 활동들에 대해 그를 취조했고, 결국
통행증을 내주면서, 이 혼란한 시기에 시내를 돌아다니면
위험하다고 경고했다. 얼마 동안 안전한 장소에 숨어 있는
게 좋다고 충고하면서, 자기가 제안할 수 있는 가장 안전한
장소는 감옥이라며 거기에 한자리를 내주겠다고 했다. 나
의 할아버지는 이 제안을 받아들였지만, 먼저 소지품 몇 가
지를 가져오기 위해 집에 다녀오기를 원했다. 그와 동행했
고, 가족에게 이 이야기를 들려준 한 친구가 이웃들이 고발
할 수 있으니 그러지 말라고 만류했으나, 그럼에도 불구하
고 그는 갔다. 기관 단총으로 무장한 사내들이 그를 기다
리고 있었다(혹은 고발한 이웃들이 집에 돌아온 그를 보고
그들을 불렀을 것이다). 사내들은 그를 체포하여 차에 타
게 했고, 1944년 9월 10일 오후였던 이때부터 다시는 그의
모습을 볼 수 없었다.

당시 여덟 살이었던 니콜라 외삼촌은 이후의 날들을 어
렴풋이 기억한다. 그의 어머니는 울었고, 그의 누나와 뭔가
를 속삭였다. 아침마다 그녀는 남편에 대한 정보를 얻고자

여기저기 관청 사무실들을 찾아다녔는데, 그럴 때면 어린 니콜라를 데리고 가는 경우가 많았다. 두 사람은 복도와 대기실에서 몇 시간이고 기다리다가, 지켜보고 있는 문이 열리면서 바쁜 관리들이 휙 나오고 또 들어갈 때마다 그녀는 그들의 관심을 끌어 보려는 헛된 노력을 계속했다. 그들에게 감히 직접 말을 걸지는 못하고, 다만 그들 중의 하나가 조그만 사내아이와 함께 하루 종일 의자에 앉아 있는 이 초라하고 처량한, 그러나 기품이 있는 부인을 발견하고는, 자발적으로 도움을 주겠다고 나서기만을 희망했다. 남편이 실종됐다면 경찰서를 찾아가는 게 당연하다. 하지만 그녀의 상황에서는 그게 조금 복잡한 일이었다. 그녀는 누군가에게 하소연을 늘어놓는 것은 위험할 수 있으며, 어쨌든 자신을 수치에 노출시키는 짓임을 잘 알고 있었다. 그녀의 남편은 좋은 프랑스인이 아니었고, 심지어 프랑스인도 아니었다. 이름이 뭐라고 하셨죠? 주라비슈빌리? 그게 뭐죠? 조지아 사람인가요? 그를 납치해 갔다고요? 누가요? 무장한 사람들이요? 빨치산들? 레지스탕스들? ……흠, 그럼 독일 협력자였나 보군.

그러면 사내아이는? 꼬마에게는 어떻게 얘기했는가? 그에게는 아무것도 설명할 필요가 없었다. 왜냐하면 적어도 처음에는 아무것도 설명할 수가 없었기 때문이다. 사람들은 아무것도 몰랐고, 아무것도 모르는 상황에서 아이에게 그 끔찍한 불확실성을 나누게 하는 것은 잔인한 일이었을 것이다. 그때는 아직 아빠가 긴 여행을 떠났다는 거짓말은 지어내지 않았다. 왜냐하면 그가 포로가 되었거나, 어딘가에 숨어 있어서 그를 다시 만날 수 있다는 희망이 남아 있었기 때문이다. 처음 며칠 동안, 처음 몇 주 동안, 기다림은 끔찍하긴 했지만 절망적이진 않았고, 그 때문에 어머니와 딸은 아이를 보호할 수 있는 일관성 있는 계획을 세우지 않았다. 최악의 순간은 그다음에, 그러니까 아무것도 모르는 채로 다시 삶을 계속해야 한다는 사실을 받아들여야 했을 때 왔다.

그들 주위에는, 보르도와 프랑스의 도처에는 모든 사람이 동의하는 진실이 하나 존재했다. 레지스탕스들은 영웅이고, 독일 협력자들은 개자식들이었다. 하지만 어머니네 집에는 다른 진실이 통용됐다. 레지스탕스들은 독일 협력자이긴 했지만 개자식은 아니라는 것을 가족들이 잘 알고 있는 가장을 납치했고, 또 아마도 죽였을 거라는 진실이었다. 그는 성격이 까다롭고 종종 화를 내기도 했지만, 올곧고, 정직하고, 관대한 사람이었다. 그들은 이런 생각을 밖으로는 말할 수 없었다. 입을 꼭 다물고 있어야 했고, 부끄러워해야 했다.

전쟁이 끝난 후, 니콜라 외삼촌은 방학 때에 친구들의 집이나 보이 스카우트 캠프로 가서 매주 어머니에게 우편엽서를 보내곤 했는데, 그때마다 엽서의 끄트머리에다 똑같은 이야기를 반복했다.

〈아빠가 돌아오면, 똑똑, 하고 문 두드리는 소리가 들리겠지.

누구세요?

아빠야. 집에 돌아와서 엄마와 엘렌 누나와 날 다시 보게 되어 아주 좋아하는 아빠.〉

똑똑. 똑똑. 그는 언제까지 이걸 믿었을까?

우리의 편지 읽기 만남은 오래가지 못했다. 어머니는 다시 움츠러들었는데, 콧수염에 대해 내가 한 얘기가 혹시 어떤 요인이 된 게 아닐까 한다. 어쨌든 나는 다시 모스크바로 가서 러시아어로 말하고 글을 쓰면서 12월을 보내기로 마음먹는다.

그런데 출발하기 바로 전에 소피는 케라스에 등산 갔을 때 고장 나버린 한쪽 무릎을 수술받았다. 그것은 상당히 무겁고도 고통스러운 수술로, 수술 후에는 브르타뉴에 있는 한 특수 시설에서 재활 훈련이 필요했다. 어차피 나는 거기서 그녀와 함께 지낼 수가 없으므로, 나도 떠나기에 좋은 기회라고 생각했다. 둘이 동시에 집에 돌아오게 되면, 난 회복하는 그녀를 보살피리라. 이렇게 말하니 아주 합리적으로 느껴졌지만, 수술 이틀 후, 내가 심하거나 가벼운 증세의 절뚝발이들이 가득한 그 을씨년스러운 장소로 그녀를 데려다주었을 때, 그녀가 기분이 썩 좋지 않다는 것을, 대놓고 나를 책망하지는 않지만 정말 사랑이 있는 남자라면 여자를 이런 식으로 내던져 놓고 떠나지는 않는다고 생각한다는 것을 눈치챘다. 계속 거기에 머무를 수는 없을지라도, 적어도 1주일에 두세 번은 찾아오는 게 보통인데, 나는 대부분의 사람들과는 달리 그 점에 대해선 완전히 자유인 것이다. 내가 그녀 곁에서 보내는, 이미 비행기 티켓과 비자를 준비해 놨기 때문에 연장할 수는 없는 그 24시간 동안, 난 계속해서 자기 괜찮냐, 앞으로 괜찮겠느냐고 물었다. 왜냐면 괜찮지 않을 것 같으면 난 물론 계획을 바꿀 테니까, 하고 덧붙이면서. 그녀는 음, 물론이야, 괜찮을 거야, 하고 끔찍이도 설득력 없는 목소리로 대답했다.

나는 외조부에 대한 메모들이 담긴 파일을 모스크바에 가져갔고, 그의 삶에 대해 아는 것을 가지고 일종의 리포트를 써보면 어떨까 생각해 본다. 사실들, 날짜들, 추측들을 정리하고, 서신들을 발췌하여 옮기고, 아울러 언드라시 토머의 이야기도 곁들여 보는데, 이 모든 것을 러시아어로 하겠다는 것이다. 나는 이게 실현 가능한 프로젝트, 괴물을 길들이기 위한 편집 작업이라고 생각했다. 하지만 그것은 전혀 실현 가능하지 않았고, 문자 그대로 불가능했다. 난 괴물 앞에서 돌처럼 굳어져 버린다.

게다가 내 러시아어는 퇴보하고 있다. 저녁이면 프랑스 친구들, 혹은 내가 러시아어를 하는 것보다 프랑스어를 더 잘하는 러시아 친구들을 만나는데, 지난 8월에 이미 깨달았던 사실, 즉 내 기분은 내 언어적 향상에 직접적으로 연결되어 있다는 사실을 다시 한 번 확인하게 된다. 난 러시아어로 읽고 쓰기는 하지만, 말로는 좀처럼 표현하지 못한다. 누군가에게 말해야 하는 때가 되면 단어들은 어디론가 사라져 버린다.

난 매일 소피에게 전화를 건다. 이 대화들은 사람을 괴롭게 만든다. 재활 센터는 그녀를 우울하게 한단다. 또 수술이 성공하지 못했을까 봐, 잘 걷기는커녕 전보다도 못 걷게 될까 봐 겁이 난단다. 그녀는 왠지 소원하게, 뭔가 얼버무리는 것같이 느껴진다. 그녀가 나를 원망하는 게 느껴진다. 나는 속으로 중얼거린다. 난 멍청한 놈이야, 그녀가 없으니나도 여기서 별로 좋지 않아, 귀국을 앞당겨 돌아가는 게 낫겠어, 그녀에게로 달려가서 두아르느네로 데려가 함께 굴이나 먹는 게 훨씬 낫겠어······. 하지만 난 그렇게 하지 않는다.

난 오후 중반까지 침대에 머문다. 꼼짝도 하지 않고, 괴로움에 사로잡혀 몸을 바짝 웅크리고 누워 있다. 그런 자세로 스스로에게 나의 러시아어 자장가를 아주 나지막하게 불러 준다.

이 자장가는 한 코사크 어머니가 아들에게 불러 주는 노래이다. 그녀는 가장 다정하고 부드러운 단어들을 사용한다. *Spi, maliutka, bud' spokoen*······ 잘 자라, 내 아기, 편안히 쉬어라······. *Spi, moi angel, tikho, sladko*······ 평화롭게 자거라, 나의 천사, 나의 다정한······. 그리고 나에게 가장 뭉클한 부분은 다음의 구절이다. *Spi, ditia moe rodnoe*……
잘 자라, 내 배의 아이야……. 아이에게 이 노래를 불러 주
는 어머니는 마치 아이가 자신에게 속한 듯이 품에 꼭 안고
있다. 하지만 아이는 그녀에게 속하지 않았고, 그녀는 그
사실을 잘 알고 있다. 그녀는 새끼들을 보호하는 동물처럼
아이가 필요로 하는 한 그를 보호하지만, 그를 소유하지는
않았고, 그녀의 배 속에 담고 있지도 않다. 그녀의 갈망은
그가 자라나 그의 아버지처럼 용감한 사내가 되는 것이다.
그녀는 알고 있다. *vremia brannoe zhit'e*, 즉 전사의 삶을 살
아야 할 때가 오면 그는 용감하게 전장으로 떠날 거고, 자
신은 비통한 눈물을 흘려야 하고, 불안하여 잠을 못 이루게
될 것이지만, 그렇다고 하여 그 불안감을 면제받길 원하는
일은 결코 없으리라는 것을. 그가 목숨을 걸고 전장에 나가
는 대신에 그녀와 함께 집에서 따뜻하고 편안하게 지낼 수
있는 방법이 있다 해도, 그녀는 조금도 주저 않고, 심지어
화를 내면서 그것을 거부하리라. 그녀가 품에 꼭 껴안은 아
이는 겁쟁이가 아니라 그의 아버지처럼 용맹한 전사, *kazak
dushoi*, 즉 진정한 코사크가 되어야 하리라.

　이 자장가의 가사가 표현하고 있는 것, 그리고 생각할 때
마다 내 가슴이 답답해지는 것은 가족 내 관계들에 관한 어
떤 법칙, 유구하고도 보편적인 어떤 법칙이다. 즉 아비는 전
사가 되어야 하고, 어미는 아들 역시 전사가 되기를 바라야
하며, 그렇지 않으면 모든 게 잘못되었다는 법칙 말이다.
나의 경우는 모든 게 잘못되었다. 나의 아버지는 전사가 아

니며, 어머니는 내가 전장으로 떠나기보다는 자기 곁에 남아 있기를 바란다는 사실을 나는 아주 일찍부터 의식했다.

하지만 내 어린 시절에는 어머니 말고 다른 여인이 있어 내게 이 오래된 법칙이 담긴 노래를 들려주었고, 덕분에 이 노래는 러시아어와 함께 내 깊은 속에 묻혀 일종의 생명을 획득하게 되었다.

그 여인은 늙고 추했으며, 또 나를 사랑했다.

그녀는 내가 태어났을 때 우리 집에 들어왔다. 그녀의 진짜 이름은 펠라지였지만, 나의 부모님은 그녀를 폴리아로 불렀고, 난 나나로 불렀다. 〈나나〉는 러시아 말 〈냐냐〉를 프랑스식으로 바꾼 것인데, 이 냐냐는 가정부를 지칭하지만, 사실은 가정부보다 훨씬 이상의 것, 즉 상당한 권위를 인정받는 가족의 한 구성원을 뜻한다. 부모님은 그녀의 삶을, 적어도 그들이 알고 있는, 그리고 한 권의 모험 소설이 될 수 있을 만한 그녀의 삶의 부분을 기꺼이 들려주곤 했다. 그녀는 러시아 혁명 전에 상트페테르부르크의 최상류층이 출입하는 어떤 카바레에서 공연하던 아주 유명한 집시 가족 출신이었다. 심지어 톨스토이도 그들을 보러 갔고, 그들의 노래와 춤에 갈채를 보냈다고 한다. 그녀는 젊었을 때부터 용모가 추했지만, 그럼에도 불구하고 남자들로부터 엄청난 인기를 누렸다고 한다. 심지어 노년기에 이른 그녀에게서도 그녀는 그런 일에 익숙해져 있으며, 또 남자들을 좋아한다는 것을 느낄 수 있었고, 난 그녀 인생의 마지막 남자였다.

그녀가 열여덟 살이었을 때, 나카시제라는 이름의 다게스탄의 한 대공이 가족과 카바레로부터 그녀를 빼내 왔다. 그들은 러시아 혁명의 격동기에 아주 낭만적인 삶을 살다가, 결국 대공은 그녀의 눈앞에서 볼셰비키들에게 살해되었다고 한다. 그 후, 그녀는 용케 이민을 오게 되는데, 주라비슈빌리 가족과 거의 같은 도정을 따라서 콘스탄티노플을 거쳐 파리로 오게 된다. 이 파리에서, 나의 할아버지는 택시 기사 일을 하여 간신히 가족을 부양했던 데 비해, 펠라지는 그녀가 유일하게 할 줄 아는 것, 즉 카바레에서 노래를 하고 춤을 추어 훨씬 돈을 잘 벌었다. 그녀는 자신을 펠라지 나카시제, 심지어 나카시제 대공비로 부르게 했는데, 대공이 죽기 전에 실제로 그녀와 결혼했는지는 분명치 않다. 어쨌든 서류들이 모두 사라져 버린 마당에 그녀의 진짜 이름이 무엇인지, 진짜 나이가 얼마인지, 그녀가 다게스탄의 대공의 미망인이었는지 아니면 단순한 정부(情婦)였는지는 아무도 정확히 알 수 없었고, 또 알려고 애쓰지도 않았다. 단지 믿거나, 아니면 믿지 않거나 할 뿐, 조사하려 들지는 않았다. 그녀는 파리에서 꽤나 파란만장한 삶을 살았다는데, 노년에 이른 그녀가 기꺼이 들려주는 이야기들 중에는 모순적이고 앞뒤가 맞지 않는 점들도 꽤 있었지만 반드시 거짓말이라고는 할 수 없었다. 안개에 쌓인 이 시절에 속한 것들 중에서 살아남은 것은 늙은 펠라지가 우리 집에서 일할 때 아직 생존해 있었던 코코 샤넬과의 우정이었다. 펠라지는 이따금 그녀를 방문하곤 했는데, 그럴 때면 고급 핸드백이며 향수 같은 것들을 가지고 돌아와 어머니에게 선사하곤 했다. 그녀는 이 세계 — 카바레와 오트 쿠튀르, 러시아 이민자들과 파티에 중독된 프랑스인들로 이뤄진 세계 —에서 제2차 세계 대전 말엽까지 살았으리라고 짐작된다. 어쩌면 조금 더 연장됐을지는 모르지만, 많이는 아니었을 것이다. 댄스와 화류계에서의 커리어는 쉰 살이 넘어서까지 이어지기는 어려운 까닭이다. 그녀는 다른 것은 할 줄 아는 게 전혀 없었다. 프랑스어도 서툴렀고, 저축해 놓은 돈도 없었다. 그런데 그녀는 신앙심이 아주 깊어서, 심지어 파리에서 질탕하게 놀던 시절에도 〈류 다류〉[12]에 있는 러시아 정교회 성당에 발길을 끊은 적이 없었고, 거기서 대작가의 수많은 손자들 중의 하나인 세르게이 톨스토이 박사를 비롯하여 믿음직한 친구들을 많이 사귀었다. 카바레에서 그는 곧바로 교회로 넘어갔고, 거기서 한 사제 집의 가정부 자리를 찾아냈다. 불행히도 이 사제는 늙고 쇠약한 사람이었고, 1957년에 그가 사망하자 그녀는 다시는 노인네 집에서는 일하지 않고, 가능한 한 아이들이 있는 집에서 일하리라 마음먹었다. 그녀는 더 이상 가정부가 되고 싶지 않았고, 그와는 완전히 다른 것인 〈냐냐〉가 되기를 원했다. 이렇게 하여 그녀는 톨스토이가(家) 사람들의 추천을

12 Rue Daru. 다뤼 가(街). 파리 8구에 위치한 거리로, 성 알렉산드르 넵스키 정교회 성당이 있어 역사적으로 러시아 이민자, 망명객들이 모여 들던 지역이다. 〈류 다류〉라는 발음은 펠라지가 프랑스어 발음(뤼 다뤼)이 서툰 것을 드러낸다.

받아 나의 부모님이 얼마 전에 이사해 들어오고, 내가 태어난 〈류 레이누아르〉[13]로 오게 된 것이다.

어머니의 말로는, 나나가 처음 아파트에 들어섰을 때, 어머니는 그녀의 모습에 겁이 났다고 한다. 새카만 눈이 속을 뚫어 보는 듯한 느낌을 주는 것이 약간은 마녀 같은 인상이었으며, 물론 〈냐냐〉라면 응당 가져야 하겠지만 정도를 넘어서는 곤란한 어떤 권위를 내뿜고 있었다. 그녀는 대뜸 마치 자기 집에 온 것처럼 행동했으며, 출산한 어머니가 적어도 첫 번째 달에는 아기와 함께 집에 머물 거라고 말하자 불쾌한 듯한 표정을 지었다. 나는 어머니가 이렇게 집시 노파와 대화를 나눌 때, 나를 품에 꼭 안고 있었고, 어쩌면 젖을 주고 있었으리라고 생각한다. 그녀는 자신의 놀라운 아이를 빼앗길지도 모른다는 두려움에 사로잡혀 있었을 것이다. 너무나도 예쁘고 너무나도 사랑스러운 자신의 아기, 이 세상 그 누구보다도 — 어쩌면 그녀가 어렸을 때 사랑했던 아버지만은 예외이리라 — 사랑하는 자신의 엠마뉘엘을 말이다. 자신은 아버지를 빼앗겼지만, 자신의 아이는 그 누구도 빼앗아 갈 수 없었다. 그 누구도 그녀에게서 떼어 놓을 수 없었다. 절대로.

나나는 30년 전부터 프랑스에서 살았지만 프랑스어가 서툴렀다. 그녀는 프랑스어와 러시아 단어들을 뒤섞은 어

13 Rue Raynouard. 레누아르 가(街). 〈뤼 레누아르〉.

떤 괴상한 잡탕 언어를 사용했는데, 그녀가 매일 나와 누나들을 데리고 갔던 트로카데로 공원에서 그 말을 쓸라치면 사람들은 배꼽을 잡곤 했다. 하지만 어머니의 말에 따르면, 그녀는 러시아어도 잘 못했다고 한다. 아니 그보다는, 〈고운 러시아어〉를 못했다고 하는 편이 옳겠다. 나의 어머니는 유산으로 물려받았고, 사람들을 판단하는 잣대로 삼는 자신의 〈고운 러시아어〉를 자랑스럽게 여겼다. 그것은 그녀의 부모가 간직하고 또 물려줄 수 있었던 유일한 부(富)였고, 누구도 그녀에게서 이 부를 빼앗을 수 없었으니, 이것은 그들이 과거에 궁전에서 살았음을 증명하기 때문이었다. 지금까지도 어머니가 누군가에게 해줄 수 있는 최고의 찬사는 그가 〈고운 러시아어〉를, 다시 말해서 소시민의 것도, 소련 시절의 것도 아니요, 구체제 때의 러시아어를 한다고 인정해 주는 것이다. 심지어 나 자신도 러시아어를 할 줄 모르지만, 고운 러시아어는 한다. 그것은 내가 받은 유산이고, 나 역시 그것에 자부심을 느낀다. 사람들은 나의 억양을 칭찬해 주는데, 난 그들의 말이 옳다는 걸 알고 있고, 나 역시 다른 이들의 러시아어가 고운지, 그렇지 않은지 분간할 수 있다. 예를 들어 니콜라 외삼촌은 고운 러시아어를 한다. 두 사샤는 고운 러시아어를 하지 못하며, 코텔니치의 그 누구도 고운 러시아어를 쓰지 않는다. 이 고운 러시아어처럼 나를 매혹시키는 것은 별로 없으며, 이 언어를 배우고자 하는 — 지금까지는 보람이 없었지만 — 나의 노력은 내 안에 잠재적 상태로만 존재하는, 하지만 결코 양도할 수 없는 이 아름다움을 실현시키는 데에 그 목적이 있는 것이다.

내가 〈그것은 나의 유산이다〉라고 말했을 때, 이 말은 그것이 나나가 아닌 나의 어머니로부터 왔다는 뜻이다. 어머니는 이 점을 아주 분명하게 강조한다. 그녀는 고운 러시아어를 하고, 나도 고운 러시아어를 하지만, 나나는 끔찍한 러시아어를 한다.

하지만 내게 러시아어로 말해 준 이는 어머니가 아니라 나나이다.

코사크 자장가를 내게 불러 준 이는 바로 그녀이다. 내가 혼자서 나지막이 그 자장가를 부를 때 내 안에 되살아나는 이는 바로 그녀이다.

나는 그녀를 죽였다.

나는 열한 살이었다. 그리고 그날 저녁, 집에 손님들이 있었다. 우리 부모님이 응접실에서 그들을 영접하고 있을 때, 누나들과 나는 아파트 안쪽에서 놀고 있다. 나나는 늘 그렇듯 우리가 자러 들어가지 않는다고 야단을 치고 있다. 그녀는 우리를 쫓아다니며 화를 내고, 그렇게 그녀가 화를 내면 낼수록 우리는 더욱 흥분한다. 아이들은 이런 식의 흥분에 휩싸이면, 마치 다른 존재가 되어 버리는 것처럼, 마치 작은 악마들에게 사로잡히는 것처럼, 평상시에는 감히 하지 못하는 일들을 하게 되는 법이다. 나는 다음의 순간을 기억한다. 나나는 내 방 문턱에 복도를 등진 채로 서서 우리를 거세게 야단치고 있다. 나는 복도로 달려가더니 갑자기 그녀 뒤로 가서는 그녀의 등을 떠민다. 그녀는 얼굴을 바닥에 찧으며 넘어진다. 다음에 일어난 일은 잘 생각나지 않는다. 아마도 난 더럭 겁이 나서 부모님을 부르러 갔을 것이다. 손님들을 포함하여 모두가 내 방에 달려오고, 곧바로 도착한 구급차가 나나를 병원에 데려갔고, 며칠 후 그녀는 거기서 숨을 거뒀다. 그 며칠 동안, 우리, 아이들은 여러 차례 그녀에게 문병 갔다. 우리는 그녀와 얘기를 나눴다. 사람들은 우리에게 그녀한테 심근 경색이 왔다고 설명했고, 이 심근 경색이 온 상황 자체는 조금도 문제가 되지 않았다. 나나는 내게 유난히 다정하고도 따뜻한 모습을 보였던 것 같다. 마치 내가 자신의 상태에 전혀 책임이 없는 것처럼 말이다. 난 그녀를 떠밀지 않았고, 그녀는 넘어지지 않았다. 단지 그녀 연배의 사람들이 어느 날 그렇게 되듯이 병으로 쓰러졌을 뿐이다. 그녀는 잊어버린 것일까? 아니면 평생을 살인한 아이의 멍에를 쓰고 살아가지 않게 나 자신도 잊어버리기를 바라면서 그냥 잊어버리기로 결심한 것일까? 그리고 나의 부모님은? 그들은 무엇을 알고 있었을까? 무엇을 알아챘을까? 그들은 진실을 알면서도 최선을 다해서, 그리고 누구보다도 나에게, 그것을 감추기로 마음먹은 것일까? 우리 가족에는 두 번째의 비밀이, 이번에는 살해된 아버지가 아니라 살인자 아들에 관련된 비밀이 존재하는 것일까?

모스크바로 떠날 날이 얼마 남지 않았을 때, 나는 부모님을 저녁 식사에 초대했고, 화제를 나나 쪽으로 돌렸다. 그들은 따스하고도 뭉클한 마음으로 그녀를 회상했고, 그녀에 관련된 일화들을 얘기했다. 그들의 어조 가운데서 어떤 불편한 비밀을 암시하는 점은 전혀 없었다. 그녀의 죽음을 둘러싼 상황과 관련해서는 다음과 같은 설명을 내놓았다. 아침부터 나나는 몹시 피곤해했으며, 어머니는 그녀에게 침실에서 조용히 휴식을 취하라고 강하게 요구했다. 저녁에는 손님들이 왔고, 어머니는 안주인으로서의 역할에 충실하면서도, 아파트 구석에 있는 나나의 조그만 방에 규칙적으로 찾아가 그녀의 상태를 살피곤 했다. 상태는 점점 악화되었다. 가슴에 찌르는 듯한 통증을 느끼고 있었다. 사람들은 의사를 불렀고, 의사는 심근 경색 진단을 내리고는 나나를 병원으로 옮기도록 했다. 그녀는 병원에서 1주일을 보냈는데, 그동안 어머니는 매일 그녀를 보러 갔다. 우리, 아이들은 병원 안까지 들어갈 수는 없었지만, 그래도 부모님은 우리를 데려갔는데, 1층 병실의 창문으로 보이는 나나에게 정원에서 손짓을 하고 손 키스를 보낼 수 있기 때문이었다. 그러고 나서 그녀는 평화롭게 숨을 거뒀다.

난 어떤 괴로운 주제를 접근할 때 어머니가 어떤 표정을 짓는지 익히 아는 터라 지금 부모님이 거짓말하는 게 아니라고 확실히 결론을 내릴 수 있다. 만일 그들의 설명이 옳다면, 즉 지금은 나도 확신하게 된 이야기가 옳다면, 나의 이전 생각은 잘못된 것이다. 하지만 나의 기억은 정확하고도 생생하고, 뭔가 현실적인 것을 담고 있으며, 그것이 일깨우는 죄책감은 평생토록 나를 따라다녔다. 어쩌면 내가 나나를 죽이지 않았을지도 모르지만, 그렇다면 대체 누굴 죽였단 말인가? 대체 내가 무슨 죄를 저질렀단 말인가?

모스크바에서 돌아온 나는 브르타뉴로 가서 소피를 데리고 오고, 우리는 파리의 침대에서 함께 성탄절 휴가를 보낸다. 그녀는 아직도 다리가 아프기 때문에 거의 외출하지 않고, 나 혼자서 용기를 내어 먹을 것을 사러 밖으로 나갔다가는 금방 다시 들어와 그녀 옆으로 기어들어 온다. 우리는 섹스를 하고, 음악을 듣고, 몇 시간이고 얘기를 나눈다. 그해는 날씨가 몹시 추웠던가? 우린 휴가 때 어디로 떠난다고 사람들에게 말해 놓았었던가? 잘 기억이 나지 않지만, 어쨌든 난 사람들과 약속이 없고, 전화벨은 아주 드물게 울리고, 아무도 우릴 보러 오지 않으며, 따뜻하고도 은밀한 공모감 속에 하루하루가 지나간다. 저기 북극의 겨울에도 시간이 이런 식으로 흘러가리라. 침대는 배가 되고, 텐트가 되고, 이글루가 되고, 주방 또는 욕실까지의 도정은 — 비록 아파트는 완벽하게 데워져 있지만 — 하나의 작은 탐험이 된다.

　이 겨울잠이 끝나 갈 무렵의 어느 날, 우리는 예외적으로 주방에 앉아 있는데, 그녀가 갑자기 눈물이 그렁그렁한 눈으로 날 쳐다보면서 말한다. 다른 남자가 있어.

아, 이건 내가 예상치 못한 일이다. 난 입을 열지 않는다. 그냥 다음 말을 기다린다.

그녀는 말한다. 몇 주 전부터, 아니 몇 달 전부터 자기에게 말하려고 했는데, 도저히 그러질 못했어. 날 이해해 줬으면 해. 그리고 그녀는 이야기한다. 이야기하면서 울고, 말들이 두서없이 쏟아져 나온다. 그녀는 나를 사랑한단다. 그녀는 내가 내 나름의 방식으로 자기를 사랑한다는 걸 알지만, 자신이 사람을 튕겨 내는 의자에 앉아 있는 것처럼 느껴지는 것은, 언제고 내 변덕스러운 기분에 운명이 결정될 수 있는 존재처럼 느껴지는 것은 그녀에게는 끔찍한 일이란다. 그녀는 항상 두렵단다. 자기가 더 이상 내 마음에 들지 않게 될까 봐 두렵단다. 그녀를 향한 나의 가차 없는 시선이 두렵단다. 자신이 내게 걸맞지 않은 여자일까 봐 두렵단다……. 그래서 무슨 일이 일어났는가 하면, 지난여름, 내가 모스크바에 처음 체류했을 때, 그녀는 누군가를 만났다. 그의 이름은 아르노다. 나이는 나보다 적고, 그녀보다도 적다. 그는 사랑에 빠졌다. 지금까지 그녀 같은 여자를 만난 적이 없단다. 그녀가 재활 센터에 있을 때, 그는 매주 주말 그녀를 보러 브르타뉴까지 찾아왔다. 그는 상대가 만만치 않다는 걸 알고 있지만, 그가 제의하는 것은 완전히 다른 것이다. 그것은 사람을 튕겨 내는 의자가 아니요, 미래가 없는 관계도 아니다. 그는 그녀와 결혼하고 싶어 하고, 그녀와 함께 아이들을 갖고 싶어 한다. 그는 그녀가 자신의 인생의 여자라는 걸 안다. 그는 그녀를 진정으로 사랑한다.

나는 묻는다. 그래서 자기는? 자기는 그 사람을 사랑해?

모르겠어. 난 내가 자길 사랑한다는 걸 알아. 하지만 자기가 날 사랑하지 않을까 봐 두려워.

그렇다면 자기가 원하는 게 뭐지? 자기를 사랑한다는 것은 확신할 수 있지만, 자기가 사랑하는지는 확신할 수 없는 그와 함께 떠나는 것? 아니면 내가 사랑하는지는 확신할 수 없지만, 자기가 사랑한다는 것은 확신하는 나와 함께 있는 것?

모르겠어……. 하지만 끔찍해, 자기가 이 상황을 묘사하는 방식…….

이렇게 묘사한 것은 바로 자기 자신이야. 만일 원한다면 다른 식으로 묘사해 볼 수도 있겠지. 나한테 이런 얘기를 하면서, 자기는 내가 자기에게 무슨 말을 해주길 원하지? 내가 자기에게 어떻게 말해 주기를 원하느냐고? 떠나라고, 아니면 남아 있으라고?

그녀는 눈에 눈물을 가득 담고 잠시 생각하더니 대답한다. 난 자기가 내게 〈남아 있어〉라고 말해 줬으면 좋겠어.

난 말한다. 남아 있어.

그러고 나서 우린 이를 더 이상 거론하지 않는다.

하지만 그녀는 다시 그 문제를 꺼내어 이렇게 말한다. 자기는 내가 엄지에 커다란 남자 반지를 끼고 있다는 걸 못 알아챘어? 하지만 여자의 손가락에 끼워진 남자 반지는 금방 눈에 띈단 말이야. 그 사람이 내게 준 거야. 벌써 석 달 전부터 껴왔어. 석 달 동안 자기는 아무것도 알아채지 못했지.

나는 고개를 숙인다. 잠시 후, 난 그녀에게 반지를 빼어 그에게 돌려주라고 부드럽게 부탁한다. 오직 나만의 여자가 되어 달라고 부탁한다.

그녀가 말한다. 그래, 그게 내가 원하는 거야. 자기 알아? 난 정말로 그걸 원한단 말이야.

그녀는 나의 여행과 나의 부재를, 그리고 내가 없는 동안 자신이 빠지게 될 걷잡을 수 없는 동요를 두려워하는데, 나는 한 달 이상을 예정으로 떠날 준비를 한다. 나는 내 영상물 프로젝트에 관심이 있는 안도미니크라는 여성 프로듀서를 찾아냈다. 우리는 프로젝트를 프랑스 국립 영화 진흥 위원회에 함께 제출하고, 위원회는 시놉시스를 요구한다. 난 세 쪽을 쓰는데, 대략 다음과 같은 내용이다.

〈내가 지금 상상하는 바를 얘기하자면, 이 영화는 우리의 코텔니치 체류기, 우리가 거기서 만나게 될 사람들의 초상, 우리가 그들과 맺게 될 관계의 연대기적 기록 등이 될 것이며, 이 모든 것에는 내가 러시아어에 잠겨 들어가는 보다 내밀한 이야기가 곁들여질 것이다.

하지만 이것은 내가 지금 상상하는 것들이 되지 않을 수도 있다.

나는 우리가 화면에 모습을 보일 거라고 생각하지만, 결국에는 모습을 보이지 않을 수도 있다. 또 보이스 오버 방식으로 해설이 붙게 될 거지만, 결국에는 그런 게 없을 수도 있다. 어쩌면 결국에는 이 도시의 — 혹은 이웃 도시의 — 주민 한 사람만을 다루게 될 수도 있다.

난 이에 대해서는 아무것도 모르며, 내가 무엇보다 원하는 것은 아무것도 모르는 것이다.

난 그게 가능할지는 모르겠지만, 이런 열린 성격을 촬영 기간 내내 견지했으면 한다. 이 영화의 진정한 의미는 편집할 때가 되어서야 발견될 것이다. 우리에게 일어날 일이 우리에게 일어난 일이 되었을 때에 말이다.〉

위원들 중 어떤 이들은 내 논리가 너무 가볍다고 느꼈지만, 어쨌든 우리는 지원금을 받아 내어 영화 제작을 시작하게 된다. 언제나 준비가 되어 있는 사샤 외에는 처음의 팀을 다시 결성하기는 불가능하다. 장마리는 다른 일에 한 달 동안 묶여 있고, 알랭은 중병에 걸렸다고 알려 온다. 뇌종양인데, 잠시 차도가 있다가 결국엔 전이되었다고 한다. 난 소식을 들으려고 그에게 전화를 걸었는데, 어색한 분위기 속에서 지금도 생각하면 부끄럽기 짝이 없는 말을 하고 말았다. 자넨 건강이 상당히 좋지 〈않았다〉고 하던데……. 그는 조그맣게 킥킥대고는 내 말을 고친다. 오, 아니야, 좋지 않았던 게 아니라, 지금 안 좋아. 그는 농담을 하며 태연한 척하려고 애를 쓰지만, 자기가 끝장났음을 알고 있다. 난 그에게 「코텔니치에 돌아가다」 프로젝트에 대해 얘기해 준

다. 그는 참여하지 못하는 것을 유감스러워한다. 3주 후에
그는 죽는다.

나는 10년 전부터 러시아에 살고 있는 프랑스 카메라맨
인 필리프를 채용한다. 그리고 그는 음향 담당자로 자기가
보통 함께 작업한다는 류드밀라라는 여자를 소개한다. 한
가지 문제는 그녀는 러시아어밖에 할 줄 모른다는 것이다.
나는 〈그것은 문제가 아니다, 오히려 그 반대다〉라고 대답
한다.

『르 몽드』의 한 편집자가 전화를 걸어 와서는, 그들의
〈여름 시리즈〉에 실을 단편소설을 한 편 쓰지 않겠느냐고
제의한다. 그것은 주말마다 나오는 이 신문의 부록인데, 독
자가 꽤 많은 모양이다. 약 8천 단어의 범위 내에서 여행을
주제로 해달란다. 나는 별 아이디어가 없기 때문에 거절하
려고 하는데, 다음 순간 소피가 언젠가 내게 던진 질문이
떠오른다. 왜 자기는 에로틱한 이야기는 쓰지 않아? 날 위
해서 말이야……. 나는 편집자에게 한번 생각해 보겠다고
대답하고는, 실제로 한번 생각해 본다. 그리고 다시 편집자
에게 전화를 걸어 아닌 게 아니라 내가 좋은 아이디어가 하
나 있긴 한데, 이게 제대로 되기 위해서는 내 쪽에서 게재
일자를 선택할 수 있어야 한다고 설명한다. 편집자는 그건
가능할 거라고 대답한다. 그렇다면 좋다! 나는 그 이야기
를 사흘 만에, 다시 말해서 코텔니치로 떠나기 바로 전에

완성한다. 소피에게는 이에 대해 아무 말도 하지 않는다. 난 이 이야기가 내 삶을 얼마나 처참하게 파괴하게 될지 아직 전혀 모르고 있었으며, 내 평생에 이렇게 쉽고도 즐겁게 글을 쓴 적은 한 번도 없었던 것 같다. 외조부에 대해서는 더 이상 생각하지 않는다. 그저 재미있어하고, 혼자서 키득대고, 자신을 아주 만족스러워한다.

제3부

열차에 오르기 전, 자기는 역의 신문 가판대에서 『르 몽드』를 샀어. 오늘은 내 단편소설이 나오는 날이고, 오늘 아침 난 전화로 자기에게 이 사실을 알려 주면서, 그것은 여행하면서 읽기에 딱 좋은 것이라고 덧붙였지. 자기는 단편 하나 읽기에는 세 시간은 너무 긴 시간이기 때문에 책도 한 권 가져가야겠다고 대답했어. 난 자기가 뭔가를 눈치채는 일이 없도록 〈오, 그래, 아마도 그게 현명하겠지〉라고 고개를 끄덕였지만, 지금은 장담하는데 그 책이 무엇이든 간에 자긴 펼쳐 보지도 않게 될 거야.

자긴 자리에 앉았고, 다른 사람들도 자리에 앉는 걸 보았어. 아마도 꽤 많은 사람들이 있을 거야. 누군가가 자기 옆자리에 앉아 있겠지. 그게 남자인지 여자인지, 젊었는지 늙었는지, 괜찮아 보이는 사람인지 아닌지, 난 전혀 몰라. 자기는 바로 신문을 펼치지 않고 일단 기차가 출발하기를 기다려. 앞으로 시간이 얼마든지 있는 사람들이 보통 그러니까. 철로를 따라 늘어선 스프레이 낙서로 뒤덮인 벽들, 남

쪽을 향해 달리는 철로, 그리고 파리의 출구……. 자기는 신문의 제1면과 나에 대한 기사가 있는 마지막 면을 대충 훑어본 다음, 신문에 끼여 있는 별책 부록을 집어 들어. 아까 그걸 그냥 한 번 펼쳐 보았다가 다시 접어서 옆에 두었었는데, 그러면서 몇 문장이라도 읽은 게 없기를 바라. 자, 이제부터 읽기 시작하는 거야.

기분이 좀 이상하지 않아?

먼저 이상한 것은, 자기가 이 이야기에 대해 전혀 모르고 있다는 사실이야. 내가 이걸 쓸 때 우린 함께 있었지만, 난 자기에게 보여 주려 하지 않았지. 그냥 이것은 약간 SF 같은 거야, 하고 대충 얼버무리곤 했었어. 얼핏 보면 이것은 미셸 뷔토르의 소설 『변경』을 생각나게 한다고 할 수 있지. 그 작품 역시 배경이 어떤 열차 안이고, 2인칭으로 써져 있으니까. 난 여기까지 읽은 독자들 중에는 벌써 그 점을 생각한 이들이 있을 거라고 생각해. 하지만 자기는 너무 놀라서 미셸 뷔토르까지 생각할 정신이 없겠지. 지금 자기는 깨닫고 있어. 내가 단편소설 대신에 자기에게 편지 한 통을, 60만에 달하는 사람들이 —『르 몽드』 발행 부수가 60만이야 — 자기의 어깨 너머로 함께 읽을 수 있는 편지를 한 통 썼다는 사실을 말이야. 자긴 가슴이 뭉클해지고 있어. 어쩌면 조금 불편하게 느낄지도 모르지. 〈도대체 이 남자의 의도가 뭘까〉라는 생각이 들 거야.

난 자기에게 뭔가를 제의하고 싶어. 지금부터 자기는 내가 말하는 모든 것을 하는 거야. 말하는 그대로. 한 걸음 한 걸음. 만일 내가 자기에게 〈이 문장이 끝나면 읽기를 멈추고 10분 후에 다시 읽기 시작해〉라고 말하면, 자기는 이 문장이 끝나면 읽기를 멈추고 10분 후에 다시 읽기 시작해야 해. 이건 단지 하나의 예일 뿐이고, 지금 그렇게 하라는 것은 아니야. 하지만 원칙적으로는 동의하는 거지? 날 믿는 거지?

자, 이제 자기에게 말할게. 이 문장이 끝나면 읽기를 멈추고, 이 부록을 덮은 다음, 손목시계를 손에 들고서 10분 동안 대체 내 의도가 뭘까를 생각해 봐.

독자 여러분, 그리고 특히 내가 모르는 여성 독자 여러분, 내가 여러분께 명령할 권리는 없지만은, 여러분도 똑같이 해보시라고 권하는 바입니다.

자, 10분이 지나갔어.

다른 분들은 어떨지 모르겠지만, 자기는 분명히 내 의도가 뭔지 이해했을 거야.

자, 이제 정신을 집중해 주기를 바라. 너무 힘들이지는 말고. 왜냐면 앞으로도 자기에게 요구할 것들이 많기 때문에, 처음에는 부드럽게 시작해야 해. 그냥 자신의 모습을 머릿속에 시각적으로 떠올려 봐. 우선 자기를 둘러싸고 있는, 그리고 나로서는 그 변수들을 다 파악하지 못하는 주위의 환경을. 본인이 열차가 달리는 방향으로 앉아 있는지 아닌지, 좌석이 창 쪽인지 통로 쪽인지, 또 좌석이 보통 좌석인지 아니면 다른 승객들과 마주 보게 된 좌석인지(물론 이 것은 매우 중요한 디테일이지) 등등. 그다음에는 자기 자신을, 이 신문을 두 손에 펴들고 앉아 있는 자신을 떠올려 봐. 내가 자기의 모습을 묘사해서 도와줬으면 좋겠어? 아 니, 난 그게 필요하다고 생각하지 않아. 첫 번째 이유는 내 가 그렇게 묘사를 잘하는 사람이 아니기 때문이고, 두 번째 는 여기서의 목적은 단지 자기를 흥분으로 촉촉이 젖게 만 드는 것일 뿐 아니라 이 글을 읽는 다른 여자들도 다 그렇 게 만들자는 것인데, 너무 자세한 묘사는 동일시를 힘들게 만들 위험이 있거든. 그냥 키가 크고 목이 길고 날씬한 허 리와 무르익은 엉덩이를 가진 금발 여자라고만 하는 것도 너무 많이 얘기하는 것이기 때문에, 그런 것은 일절 말하지 않겠어. 옷에 대해서도 모호하게 놔두려고 해. 물론 나는 팔다리가 시원하게 드러난 여름 원피스를 선호하지만, 이 점에 대해서 자기에게 어떻게 하라고 전혀 말하지 않았고, 여행할 때 편한 복장인 바지 차림일 가능성도 충분히 있지 만, 그래도 별문제는 없어. 자기가 옷을 몇 겹을 겹쳐 입었 든 간에 — 이 계절에는 그게 단 한 겹이기를 바랄 수 있겠 지 — 한 가지 확실한 것은 그 아래는 알몸이라는 사실이 야. 지금 떠오르는 소설이 하나 있는데, 거기서 화자는 여 자들은 그 어떤 상황에서도 옷 아래에는 알몸이라는 사실 을 깨닫게 되고는 경이감에 사로잡히지. 나도 이 경이감을 느꼈고, 지금도 느끼고 있어. 자기가 이 점에 대해 잠시 생 각해 봤으면 해.

자, 그럼 두 번째 단계야. 바로 자신이 지금 옷 아래로 알몸이라는 사실을 의식하는 거야. 다음의 것들에 정신을 집중해 봐. 첫째, 천에는 닿아 있지 않고, 공기에 직접 노출되어 있는 것. 얼굴, 목, 손, 그리고 팔다리의 다양한 부분들. 둘째는 천에 덮여 있는 것들인데, 여기서는 천이 달라붙어 있느냐(속옷, 꽉 끼는 청바지), 아니면 다소 거리를 두고 떠 있느냐(넉넉한 블라우스, 종아리에 닿는 스커트)에 따라 수많은 미묘한 차이들이 있을 수 있어. 셋째, 내가 마지막에 남겨 놓은 이것은 피부의 다른 부분들과 맞닿아 있는 피부의 부분들이야. 예를 들면, 이번에도 치마 밑을 보자면, 서로 꼬여 있는 두 허벅지, 한쪽 허벅지의 윗부분에 닿아 있는 다른 허벅지의 아랫부분, 무릎 옆 부분에 닿아 있는 종아리의 윗부분 등이야. 자, 눈을 감고 이 모든 것들을, 공기, 천, 피부, 혹은 다른 물질과 맞닿아 있는(팔걸이에 걸쳐진 팔뚝, 앞 좌석 플라스틱에 닿은 발목) 모든 지점들을 차근차근 정리해 봐. 자기의 피부가 스치는 모든 것들을, 자기의 피부에 스쳐 오는 모든 것들을 검토해 봐. 자기의 표면에서 일어나는 모든 일들을 하나하나 뜯어보란 말이야.

15분.

폰 섹스를 할 때면 항상 미묘한 순간이, 짜릿하면서도 미묘한 순간이 있는데, 그건 일반적인 대화에서 본론으로 넘어가는 순간이야. 거의 항상 이것은 상대방에게 그의 공간 상의 위치를 묘사해 달라고 요청하고(〈음…… 난 지금 내 침대 위에 있어······.〉), 또 그가 지금 어떤 옷을 입고 있는지 물으면서(〈그냥 티셔츠 하나, 왜?〉) 이루어지지. 그러고 나서 그 옷들과 피부 사이의 어딘가에 손가락 하나를 집어넣으라고 부탁하지. 그런데 이 대목에서 난 망설여. 그것은 첫 수에 모든 게 달려 있는 것같이 느껴지는 체스 게임이나 어떤 정신 분석 같은 것이거든. 가장 고전적인 출발점은 아마 젖가슴일 텐데, 그게 브래지어에 감싸여 있느냐 아니냐에 따라 다른 식으로 접근되겠지. 보통 자기는 브래지어를 착용하지. 난 자기의 것들을 대부분 알고 있어. 내가 직접 선물한 것도 여럿이니까. 섹시한 란제리를 고르는 것은 내가 아주 좋아하는 일이야. 난 여점원과 함께 상의하고, 란제리를 누구에게 줄 것인지 그녀에게 묘사하는 걸 좋아해. 순전한 업무상의 대화와 성적인 암시의 정당한 혼합은 두 사람 간에 공모감을 일으켜, 이내 〈만일 이게 당신을 위한 거라면, 어떤 걸 선택하실래요?〉라는 질문까지 하게 되거든.

난 자기에서 한쪽 젖가슴을 애무하라고 부탁할 수 있겠지. 옷과 브래지어를 사이에 두고 손가락 끝으로 젖꼭지를 최대한으로 은밀하게 스쳐 보라고 말이야. 또 하나 내가 좋아하는 것은, 뭐, 이건 우리 둘 다 좋아하는 거지만, 함께 여자들을 쳐다보면서 그들의 젖꼭지를 상상해 보는 일이지. 사실 그들의 보지도 마찬가지지만, 잠깐, 너무 멀리 나가진 말자고, 지금의 주제는 젖꼭지니까. 나는 란제리 가게 여점원들이 보다 잘 조언해 줄 수 있도록 그들에게 설명해 준 적이 여러 번 있었어. 자기의 그것들은 매우 특별하다고 말이야. 그것들은 끝이 안쪽으로 파묻혀 있어서 마치 거꾸로 솟아 있는 것 같고, 흥분하면 어떤 작은 동물이 굴에서 기어 나오듯이 밖으로 튀어나오지. 난 지금 이 순간에 그것들이 아마 그러고 있을 거라고, 그러기 위해서는 자기가 그것들을 만질 필요조차 없을 거라고 생각해. 그래, 그것들을 만지지 마. 어쩌면 시작했을지도 모를 그 동작을 중단하고, 손을 허공에 늘어뜨린 채로, 그냥 자기의 젖가슴을 **생각하기만** 해. 여기서도 그것들을 머릿속에 시각적으로 떠올려 봐. 내가 이미 자기에게 설명한 적이 있지만, 몸의 어떤 부분을 시각적으로 아주 세밀하게 떠올린 다음에, 생각과 감각을 사용하여 그 안으로 몰입해 보는 것은 지극히 효과적인 요가 테크닉의 하나야(비록 이 효율성은 보통 다른 목적으로 쓰이긴 하지만). 그 무게, 온기, 살갗의 점, 유륜의 돌기, 살갗과 유륜 사이의 경계선 등 자기의 정신은 온통 젖가슴에 사로잡혀 있어. 자기가 이 글을 읽고 있는 지금, 자기 맞은편에 앉아 있는 누군가의 눈에는 (근데 정말 맞은편에 누군가가 있어?) 두 겹의 천 아래로 젖꼭지 끄트머리들이 일어서는 광경이 젖은 티셔츠를 입은 것만큼이나 선명히 보일 거야.

자, 여기서 다시 스톱. 신문을 옆에다 내려놔. 그리고 15분 동안, 오직 자기의 젖가슴만, 그리고 그것을 생각하는 나만을 생각해. 눈은 감아도 좋고, 안 감아도 좋아. 하고 싶은 대로 해.

어때, 좋았어?

자기 젖가슴 위에 있는 내 손들을 생각해 봤어? 난 그것들을 생각했어. 사실은 자기 젖가슴 **위에** 있는 내 손들이 아니라, 자기 젖가슴 **가까이에** 있는 내 손들을 생각해야 해. 자기도 알잖아, 젖가슴들 위에 그 곡선을 따라 감싸고 있는 손바닥 말이야. 1밀리미터의 4분의 1만 더 내려가도 살갗에 스치겠지만, 그렇게 안 하는 게 바로 요점이야. 스친다는 것은 〈살짝 닿는다〉는 얘기인데, 난 그렇게 하지 않아. 난 그냥 닿지 않고 최대한으로 접근할 수 있는 데까지 접근하지. 왜냐면 이 놀이의 핵심은 접촉을 피하는 동시에 일정한 거리를 유지하는 데 있기 때문이지. 젖가슴이 흥분의 결과로, 혹은 그냥 단순하게 호흡의 결과로 앞으로 불룩 솟을 때 거기에 응답하여 아주 미세하게 뒤로 빼는 식으로 말이야. 여기서 〈응답〉이란 표현을 썼지만, 사실은 그보다는 훨씬 미묘한 거야. 그것은 응답이 아니야. 그 목적이 타격을 가하는 데 있는 게 아니라, 타격을 회피하는 데 있는 무술들에서처럼, 그건 너무 늦어. 여기서 중요한 것은 예측하는 거고, 이를 위해서는 체열과 직감과 숨결에 따라 움직여야 해. 조금만 훈련하면 젖꼭지와 손바닥이 마치 가이거 계수기들처럼 작동하는 경지에 이르게 되는데, 자기와 난 여기에 충분히 훈련되어 있지. 닿으면 지는 거야. 그리고 이것은 몸의 어떤 부분들로도 할 수 있는 놀이야. 비록 손바닥과 손가락, 입술과 혀, 젖가슴, 클리토리스, 귀두, 그리고 항문은 가장 믿을 만한 조합들, 그러니까 단 몇 분 만에 비명을 지르게 하여 이웃 사람들을 열불 나게 만드는 조합들을 이룬다는 것은 확실하지만, 이런 점액성 혹은 발기성의 고전적 성감대들에 국한되어, 두피-오금, 턱-발바닥, 엉덩이뼈-겨드랑이 같은 다양한 부위들을 소홀히 하는 것은 잘못된 일이야. 난 개인적으로 겨드랑이의, 특히나 ── 그렇잖아도 얘기하려고 했었던 ── 자기의 겨드랑이의 열렬한 애호가지.

이런 말들은 자기를 미소 짓게 해. 왜냐면 자기는 내가 겨드랑이에 사족을 못 쓴다는 걸 알고 있고, 또 그걸 가지고 나한테 뭐라고 하고 싶은 마음은 전혀 없지만, 자신은 미쳐 날뛸 정도로 좋아하지는 않기 때문이지. 내가 열광하는 모습에 자기는 흥분된다기보다는 그저 마음이 애틋해질 뿐이야. 자, 그래서 자긴 지금 미소를 짓고 있어. 자기가 읽기(모든 게 순조롭게 진행되어 자기가 이걸 읽고 있다면) 두 달 전에 이 글을 쓰면서, 난 그 미소를 상상해 보려 하고 있어. 특별히 자기에게 보내진, 하지만 수많은 다른 여자들도 이 여잔 참 복도 많아, 하고 생각하면서 동시에 읽고 있을 이 포르노 편지를 어느 열차 안에서 혼자서 읽고 있는 여자가 짓는 미소를 말이야. 물론 이것은 매우 특별한 상황이고, 또 이 특별한 상황은 분명 특별한 미소를 유발하겠지만, 나는 이런 미소를 유발하는 일이야말로 신명 나는 문학적 목표의 하나라고 생각해. 난 문학이 효과적인 것을 좋아해. 이상적으로는 문학이 수행적이길 바라지. 언어학자들이 〈수행적 발화(遂行的發話)〉를 규정할 때의 그 의미에서의 수행적이길 바라. 이 수행적 발화의 고전적인 예는 〈나는 전쟁을 선포한다〉인데, 전쟁을 선포하는 순간, 바로 이 선포하는 행위 자체에 의해 전쟁은 선포되지. 우린 모든 문학 장르들 중에서 포르노그래피가 이 이상에 가장 근접해 있다고 주장할 수 있을 거야. 〈자기는 촉촉이 젖어 든다〉라는 문장을 읽는 것은 실제로 촉촉이 젖어 들게 하니까.

이건 단지 하나의 예일 뿐이야. 난 〈자기는 촉촉이 젖어 든다〉라고 말하지 않았고, 따라서 자긴 아직 젖어 들지 않았어. 만일 그렇지 않다면 거기에는 주의를 기울이지 말고, 온 힘을 집중해서 자기의 팬티 밖으로 주의를 돌리도록 해. 내가 좋아하는 이야기가 하나 있는데, 거기서 어떤 마법사가 한 친구에게 〈내가 자네의 모든 소원을 들어주겠다, 단, 조건이 하나 있으니, 5분 동안 자넨 분홍빛 코끼리를 생각하면 안 돼〉라고 말하지. 만일 그 친구가 이 말을 듣지 않았더라면, 물론 그 분홍 코끼리 생각은 머리에 떠오르지도 않았겠지만, 이제 그 얘기를 듣고, 또 금지의 말까지 들은 마당에 어떻게 다른 걸 생각할 수 있겠어? 그래도 난 자길 도와주려고 노력해 보겠어. 우린 이제 뭔가 다른 것을 생각해 볼 거야. 자기의 겨드랑이로 주의를 돌려 볼 거야. 심지어 뭔가 다른 것을 **해볼** 거야.

이제 자기는 약간의 접촉을 해볼 수 있어. 왼손으로는 계속 신문을 든 채로, 오른손은 왼쪽의 골반 부근에 올려놔. 이러면 아마도 맨살 상태일 팔뚝은 배꼽 높이의 복부에 놓

이게 되겠지. 이제는 손을 골반에서부터 출발하여 어떤 여자든지 치마나 바지 위로 불룩하게 부풀어 있는 그 부위까지 올려서는, 손바닥과 손가락들로 이 지점의 유난히 보드랍고도 탄력 있는 살을 천을 사이에 두고 쓰다듬는 거야. 거긴 너무도 따뜻하고 부드럽고 아늑해서, 그 베이스캠프에서 오래도록 머물고 싶겠지. 거기서 잠시 머문 다음, 다시 상승을 계속하여 옆구리와 브래지어의 아랫부분까지 올라가. 이 단계에서는 의복의 두 번째 겹(티셔츠 위에 걸친 블라우스나 가벼운 재킷)이 비교적 시선으로부터 보호된 상태로 활동할 수 있게 해주느냐, 아니면 완전히 노출된 상태로 진행해 나가느냐에 따라 상황이 약간 달라져. 어쨌든 자기는 신문을 쥔 손을 끌어당겨서 이제 왼쪽 젖가슴을 감싸 쥔 손을 다소 가릴 수도 있겠지. 거기서 자기는 완전히 자유야. 시간을 충분히 가지고서, 조금 아까 접촉이 금지됐을 때 자기가 하고 싶었던 것들을, 사람들의 눈살을 찌푸리게 하지 않는 범위 내에서, 마음껏 해봐. 하지만 지금 우리의 목표는 젖꼭지가 아니라, 손가락들이 향하고 있는 겨드랑이라는 사실을 잊어서는 안 되겠지. 거기엔 분명히 원피스나 티셔츠의 소맷부리 같은 맨살로 들어가는 통로가 있을 거야. 그리고 혹시 자기가 소매가 긴 블라우스 같은 것을 입고 있다면 아마도 깊이 파여 있을 네크라인을 통하는 수밖에 없겠지. 이렇게 그게 위든 아래든 어느 길을 통하든 간에 자기는 이 편지를 읽기 시작한 이래 처음으로 자신의 살을 직접 만지게 되는 거야. 이제 왼팔을 약간 벌리는데,

그러기 위해서는 좌석 팔걸이 위에 팔꿈치를 자연스럽게 올려놓기만 하면 돼. 손가락 끝으로 왼쪽 어깨 부위를 살며시 매만지다가, 겨드랑이의 움푹한 그곳을 탐험하기 시작해 봐. 7월의 어느 오후, 그리고 아마도 사람들이 북적거릴 열차 안에서 자기가 땀 몇 방울을 찾아내지 못한다면 그건 이상한 일이겠지. 난 자기가 지금부터 몇 분 안에 — 무엇보다도 서두르지 않는 게 중요해 — 그 땀방울을 손에 묻혀 코에 가져가 냄새를 맡아 보고, 입으로 가져가 맛을 좀 봤으면 좋겠어. 난 이걸 굉장히 좋아해. 난 앙리 4세를 유명하게 만든 그런 극단적인 취향까지는 아니더라도, 말끔하게 헹구어진 피부를 엄청나게 좋아하는 편은 아니고, 자기 역시 자지, 보지, 겨드랑이 같은 곳들의 냄새를 맡는 것을 좋아하지. 자기는 겨드랑이 털을 밀지 않는데, 난 그것도 아주 좋아해. 그렇다고 해서 그게 나의 일반적인 법칙이라는 얘기는 아니야. 어떤 종교까지라고는 할 수 없고, 그냥 경우에 따라 다르다고 할 수 있는데, 자기의 경우에 있어서는 난 그곳을 살짝 덮은 그 금발의 터럭들 속에서 단언컨대 몇 시간이고 보낼 수 있고, 또 실제로도 몇 시간이고 보내고 있지. 이것은 — 자기도 정확히 지적했거니와 — 나를 헬무트 뉴턴보다는 장프랑수아 종벨의 사진들 쪽에 위치시킬 일련의 성적 취향들 중의 하나라고 할 수 있어. 하이힐을 신고 목에 개 목걸이를 차고서 도도한 표정을 짓고 있는 여자 쪽보다는 손바닥만 한 팬티 한 장 걸친 차림으로 자기 젖가슴에 보습 크림을 발라 주무르며 욕실 거울을 통해 남자에게 미소를 짓는 여자를 좋아하는 쪽이라는 얘기지. 하지만 겨드랑이 털에 대한 애착에는 단지 이것만 있는 게 아냐. 거기에는, 글쎄 어떻게 표현해야 할까? 일종의 환유(換喩)적 효과(〈배〉를 〈돛〉으로 비유하는 그런 환유)가 있다고 할 수 있어. 즉 자기가 두 개의 조그만 보지를, 그 모습이 어쩔 수 없이 가랑이의 그것을 생각하게 만들지만 — 적어도 나는 어쩔 수 없이 그걸 생각하게 돼 — 이 세상 예절상으로는 공중(公衆)에 노출하고 다녀도 괜찮은 두 개의 여분의 조그만 보지를 달고서 돌아다닌다는 느낌이 드는 거야. 원칙적으로는 난 이런 종류의 논리에는 반대하는 입장이야. 일테면 난 어떤 보지 앞에서는 그 보지를 생각하고, 어떤 겨드랑이 앞에서는 그 겨드랑이를 생각해야 한다는 쪽이야. 세상 만물은 형언하기 힘든 반향과 일치의 체계 속에서 서로 상응한다고 가정하는 연상(聯想) 작용, 이내 낭만주의로 흘러 버리고, 또 낭만주의에서 보바리즘으로, 또 거기서 출발하여 결국에는 현실 전체의 부정으로 흐르게 되는 그런 연상 작용에 빠져드는 쪽은 아니지. 다시 말해서 내게는 현실이, 오직 현실만이 중요하고, 한 번에 오직 한 가지만을 다뤄야 한다고 생각하는 쪽이란 말이야. 내가 좋아하는 또 다른 이야기에서는 인도의 어떤 영적 스승이 제자들에게 끊임없이 이렇게 반복하지. *When you eat, eat. When you read, read. When you walk, walk. When you make love, make love*(먹을 때는 먹어라. 읽을 때는 읽어라. 걸을 때는 걸어라. 섹스 할 때는 그냥 섹스를 해라).

그런데 어느 날, 명상 시간이 되었을 때, 제자들은 스승이 신문을 읽으면서 아침 식사를 하고 있는 모습을 보게 된 거야. 그들이 놀라워하니까 그는 대답했어. *Where is the problem? When you eat and read, eat and read*(대체 뭐가 문제인가? 먹으면서 읽을 때는 그냥 먹으면서 읽어라). 내가 이 예를 끌어들이는 것은 나의 철학적 명제들과는 어긋나게 자기의 겨드랑이를 애무하면서, 혹은 자기로 하여금 겨드랑이를 애무하게 하면서 자기의 보지를 생각하기 위해서야. 더구나 자기도 그곳을 생각하고 있고 말이야. 또 10분 전부터 자기가 손가락을 핥는 모습을 곁눈으로 훔쳐보고 있는 옆자리의 남자에 대해서는 아무 얘기 하지 않겠어.

아니, 지금은 그에 대해선 아무 얘기 하지 않겠어.

그것 역시 결코 마르지 않는 경이의 샘이라고 할 수 있지. 여자들은 입고 있는 옷 아래로 알몸일 뿐 아니라, 두 다리 사이에는 그 기적과도 같은 것을 가지고 있어. 더욱 놀라운 것은 그것을 항상, 심지어 그것에 대해 생각하고 있지 않을 때조차 지니고 있다는 사실이야. 오랫동안 나는 여자들은 어떻게 할까, 몹시 궁금했었어. 내가 만일 그들 입장이었다면 끊임없이 자위를 하거나, 최소한 그것을 생각하고 있을 것 같았어. 자기를 보자마자 마음에 들었던 것들 중의 하나는 자기는 보통 여자들보다도 그것을 많이 생각한다는 느낌이었어. 한번은 어떤 사내가 자기에게 말했다지. 자기는 얼굴에 보지가 있다고. 자기는 이 말을 어떻게 받아들여야 할지, 터무니없이 상스러운 짓거리로 받아들여야 할지, 아니면 칭찬으로 받아들여야 할지 몰라 당황하다가, 결국에는 칭찬으로 받아들였어. 나도 같은 생각이야. 나는 어떤 여자의 얼굴을 보면서 그녀가 오르가즘을 느끼는 모습을 상상할 수 있다는 게 좋아. 그게 거의 불가능한 여자들이 있어. 전혀 빈틈이 없는 여자들이지. 하지만 자기가 몸을 움직이고, 미소 짓고, 그것과는 전혀 상관없는 것을 얘기하고 있는 모습을 보고 있노라면, 곧바로 자기는 그걸 좋아한다는 게 짐작되고, 곧바로 오르가즘을 느끼는 자기를 경험하고 싶어지며, 그렇게 자기를 경험하게 되면 결코 실망하는 법이 없어. 이게 지금 이 글의 전반적인 어조와는 좀 어긋나지만, 그래도 약간 감상적인 말을 한마디 해보자면, 난 누군가가 절정에 도달하는 모습을 볼 때 자기에게서만큼 기쁨을 느낀 적이 없었어. 물론 여기서 〈본다〉는 말은 단순히 〈본다〉는 의미만은 아니지. 이 글을 읽고 있는 자기의 모습이 상상이 돼. 자기의 미소가, 자기의 자부심이, 만족스럽게 사랑받는 여자의 자부심이, 만족스럽게 사랑받는 여자를 만족시켜 주는 남자의 자부심 외에는 견줄 것이 없는 그런 자부심이 상상이 된다고. 이제 자기는 자기의 생각을 팬티 안으로 집어넣어도 돼. 하지만 잠깐, 너무 서두르지는 마. 아까 말한 분홍빛 코끼리식으로 해야 해. 다시 말해서 아직 내 자지에 대해서도, 내 혀, 내 손가락, 그 어떤 것에 대해서도 생각해선 안 되고, 오직 자기의 보지만을, 지금 자기의 다리 사이에 있는 그 상태 그대로의 보지만을 생각해. 지금 내가 자기에게 요구하는 것은 끔찍하게 어려운 일일 텐데, 어쨌든 그 개념을 설명하자면, 자기는 자기의 보지를 마치 그걸 생각하지 않는 것처럼 생각해야 한다는 거야. 명상을 많이 하는 사람들 말로는, 그들의 목적은 — 이 목적에 도달할 때 깨달음은 덤으로 따라온다는데 — 자신의 호흡을, 그걸 조금도 바꾸는 일 없이, 관찰하는 거래. 마치 자신이 존재하지 않는 것처럼 존재하는 거지.[14] 자기도 자기의 보지를 그 내부로부터 상상하려고 한번 노력해 봐. 마치 그것은 그냥 단순히 두 다리 사이에 있고, 자기는 다른 것을 생각하고 있는 것처럼, 마치 어떤 일을 하고 있거나, 유럽 공동체의 새 가입국에 대한 어떤 기사를 읽고 있는 것처럼 말이야. 각각의 감각을 낱낱이 관찰하면서, 동시에 중립적이 되려고 노력해 봐. 어떻게 팬티의 천이 체모를 감싸고 있는지를. 대음순을. 소음순을. 어떻게 음순들이 서로 맞닿아 있는지를. 눈을 감아 봐.

아, 젖어 있어? 나도 약간 짐작했던 바야. 많이 젖었어? 우리의 작업이 좀 힘들었다는 것은 인정하지만, 뭐 어쨌든 이게 몹시 젖긴 했어도 열리지는 않았어. 팬티를 입고 열차 안에 앉아 있는데 거기에 손가락을 집어넣을 수 없으니 열리지 않는 게 당연하지. 자, 그렇다면 이제 우리는 소음순을 내부로부터, 다른 도움 없이 조금 벌릴 수 있는지 한번 보기로 해. 글쎄, 난 잘 모르겠어. 아마 안 될 거야. 자기는

14 명상의 최종 단계인 사마디(정신이 최고로 집중되어 자신의 의식은 사라지고 대상만이 빛을 발하는 대우주와 합치된 상태)를 말하는 듯.

훌륭한 질 근육을 가지고 있지만, 질 근육이 소음순의 열림을 관장하는 것은 아니지. 반면, 자기는 조였다 풀었다 하는 것은 할 수 있어. 마치 내가 안에 있는 것처럼 최대한으로 강하게 조였다 풀었다 하는 거야.

여기서 내가 약간 빗나갔군. 진도를 생각했던 것보다 빨리 나간 게 사실이지만, 여기서 뒤로 돌아간다면 그건 치사한 짓이겠지. 따라서 이제 자기는 내 자지를 생각해도 돼. 하지만 너무 허겁지겁 덤비지는 말라고. 서두르지 마. 분명히 자기는 대번에 그것을 몸속 깊이 집어넣으면서 동시에 자위를 하는 생각만 했겠지. 하지만 아니야. 기다려야 해. 항상 속도를 늦추고, 연기하고, 억제하는 내 리듬을 따라야 해. 난 젊었을 때 조루증 환자였어. 아주 고약한 경험이었지. 그리고 이 고약한 경험을 겪은 후로 최고의 쾌감은 언제나 쾌감의 언저리에 머무는 거라는 확신을 갖게 되었어. **언저리**, 내가 머물고 싶은 곳이 바로 거기이고, 항상 이 언저리를 뒤로 미루고, 항상 그 끝부분을 더욱더 예리하게 벼르고 싶어. 자기는 처음에는 이런 것에 약간 혼란스러워했지만, 지금은 아니야. 지금은 내가 자기를 핥기 전에 자기의 클리토리스를 숨결의 온기만으로 오래도록 애무해 주는 것을 좋아하지. 아주 가까이서 호흡하고, 혀의 첫 공격에 대한 기다림을 자꾸만 연장하면서 말이야. 자기는 내가 완전히 삽입하기 전에 음순의 입구에 귀두만을 넣고서 오랫동안 있는 것을 좋아해. 그럴 때면 자기는 내 눈을 똑바로 쳐다보면서 내 자지가 자기의 보지 안에 있는 게 좋다고 말하기를, 그렇게 계속 되풀이하기를 즐기는데, 그게 바로 지금 자기가 할 일이야. 거기, 열차 안에서. 자, 이렇게 말해. 〈내 보지 안에 자기의 자지를 갖고 싶어.〉 물론 아주 나지막한 목소리여야겠지만, 어쨌든 그렇게 말해야 해. 단지 생각으로만이 아니라, 입술을 사용하여 소리를 만들어야 해. 그 말들을 옆자리의 사람들에게 들리지 않는 한도 내에서 **최대한** 크게 발음해. 이 음향적 한계선을 찾아내어, 그것을 넘지 않으면서도 최대한 가깝게 근접하려고 노력해 봐. 누군가가 묵주 신공을 하는 것을 본 적이 있어? 그것과 비슷하게 하라고. 주문(呪文)의 기본 형태는 〈내 보지 안에 자기의 자지를 갖고 싶어〉인데, 이것을 어떤 식으로 변형시켜도 좋고, 난 자기가 자기의 상상력을 마음껏 발휘하기를 바라는 마음이야. 자, 시작해 봐! 만일 내 계산이 맞는다면 거기서 그렇게 멀지 않은 푸아티에에 닿을 때까지 말이야.

그동안 난 자기 옆자리의 승객들을 생각하고 있어. 솔직히 고백하자면, 난 사용해 보고는 싶지만 내 통제력을 위험스럽게 벗어나는 이 사람들은 그렇게 편하게 느껴지지가 않아. 더구나 이 편지는 순수한 쾌락의 오브제로서의 더없이 즐거운 양상을 띠는 동시에, 전형적인 *control freak*(만사를 자기 뜻대로 하려는 사람)로서의 약간 불안스러운 양상 또한 띠고 있다는 사실도 명확히 의식하고 있지. 만일 모든 게 잘 진행된다면, 만일 자기가 명시된 시간을 정확히 지킨다면, 자기는 7월 20일 토요일 오후 4시 15분경에, 푸아티에에서 정차한 뒤 다시 출발한 열차 안에서 이 페이지를 읽고 있을 거야. 나는 이 편지를 5월 말에, 그러니까 촬영을 위해 러시아로 떠나기 직전에 썼어. 난 『르 몽드』 관계자들에게 이 기사의 게재 일자를 고정시켜 달라고 아주 일찍부터 요구했어. 그들은 왜 내가 그걸 그렇게 중요시하는지 이해하지 못했지. 그래서 난 이것은 일종의 예상 스토리인데, 예상하기 위해서는 정확한 날짜가 필요하다고 설명해 주었어. 그건 사실이었어. 나는 8월에 우리가 무얼 하게 될지는 아직 몰랐지만, 7월 중순부터는 내가 내 아들들과 함께 레 섬에 가 있을 거고, 자기는 7월 둘째 주에 우리와 합류한다는 얘기는 되어 있었어. 단편소설은 토요일마다 게재되기 때문에, 자기는 그 토요일에 타야 했고, 무엇보다도 『르 몽드』가 가판대에 깔리는 시간인 오후 2시 이전에는 열차를 타면 안 됐어. 난 여름 휴가철이라 티켓 변경이 어려우리라는 희망을 갖고, 자기의 티켓을 예약해 놓는 세심함까지 발휘했지. 따라서, 난 훌륭한 강박증 환자답게 최대한의 성공 가능성을 확보해 놓았다고 말할 수 있을 거야. 그럼에도 불구하고 나는 다른 한편으로는 모든 강박증 환자가 인지하듯이 우연과 뜻밖의 것들이, 가장 탄탄하게 짜여진 계획들을 풍비박산 내버릴 수 있는 것들이 잔뜩 도사리고 있다는 사실 또한 잘 알고 있어. 그런 생각을 하면 소름이 끼치지.

난 이 글을 쓰면서 엄청난 즐거움을 느꼈지만, 동시에 견딜 수 없는 불안감을 느끼기도 했어(이 불안감 때문에 즐거움이 배가되었다는 것은 인정해야겠지만). 그때 난 a시점에서 b시점으로 이어지는 시간대를 상정해 보았어. a는 내가 이 글을 『르 몽드』에 넘기고 나서 더 이상 손도 댈 수 없고, 뒤돌아 갈 수도 없게 된, 한마디로 기차가 출발해 버린 시작점이라 할 수 있지. 그리고 b는 종착점으로, 자기가 이 글을 다 읽고, 역 플랫폼에서 기다리는 나를 만나러 달려오고, 욕망과 고마운 마음에 정신이 없고, 모든 게 내가 꿈꾼 대로 정확히 이루어진 때야. 이 5월 말에 위치한 a와 2002년 7월 20일 오후 5시 45분에 위치한 b 사이에서는 어떤 일이라도 일어날 수 있고, 정말이지 난 경미한 사건에서부터 해결책 없는 파국에 이르기까지 별별 것을 다 상상해 봤어. 철도 공사나 신문사가 파업을 하는 상황. 자기가 기차를 놓치거나 기차가 선로 이탈을 하는 상황. 자기가 나를 더 이상 사랑하지 않거나, 내가 자기를 더 이상 사랑하지 않게 되어 우리가 더 이상 함께 살지 않게 된 상황. 이 경우에는 이 유쾌한 계획은 서글픈 무언가로, 혹은 더 고약하게는 거북하게 느껴지는 무언가로 변하게 되겠지.

미신으로부터 완전히 해방된 사람만이 감히 신들에게 도전한다는 두려움 없이 자신의 쾌락을 이 정도로까지 치밀하게 계획할 수 있을 거야. 한번 상상해 봐. 지금 자기는 신인데, 어떤 인간이 자기한테 와서는 말하는 거야(자기는 이 말을 영겁의 세월 전에, 『르 몽드』를 통해서 듣게 되지). 자, 저는 7월 20일 토요일에 내가 좋아하는 여자가 라로셸행 2시 45분발 열차 안에서 내 지시에 따라 자위를 하고,

니오르와 쉬르제르 사이에서 오르가즘에 도달하기로 오늘 5월 23일 목요일에 결정해 놨는데, 당신은 이에 대해 어떻게 생각하십니까? 아마 자기는 그자가 간덩이가 부었다고 생각하겠지. 조금 귀엽긴 하지만 간덩이가 부었지. 자긴 이자에게 따끔한 맛을 보여 주어야겠다고 생각할 거야. 건방진 자에게 내리치는 벼락이나, 간을 쪼아 먹는 독수리까지는 아닐지라도, 하여튼 조금 따끔한 맛을 보여 주어야 할 필요가 있다고 말이야. 어떤 종류의 따끔한 맛일까? 내가 만일 자기의 입장이라면(즉 신이라면), 관객이 항상 원하는 것을 얻되, 결코 그가 원하는 방향으로는 얻지 못하는 에른스트 루비치의 영화에서처럼 하려고 해보겠어. 그리고 아마 루비치는 지나치게 완벽하게 짜인 이 프로그램에 예기치 못한 뒤틀림을 부여하기 위해 바로 옆자리에 앉은 남자나 여자를 이용할 거라는 게 내 생각이야. 예를 들어 옆자리 승객이 귀머거리인 거야. 상상이 돼? 어떤 예쁜 귀머거리 여자 승객이 10분 전부터 옆자리에 앉아 두 눈을 감고서 〈난 내 보지 안에 자기의 자지를 갖고 싶어〉라고 황홀하게 웅얼대고 있는 여자의 입을 훔쳐보고 있는 상황이? 이 장면은 여러 가지 방식으로 전개시켜 볼 수 있겠지. 두 여자 사이에 흐르는 어색한 감정을 가볍고도 세련되게 표현하는 것으로부터 가장 노골적인 포르노에 이르기까지. 그런데 여기서의 목적이 자기의 성적 쾌락을 내 통제에서 벗어나 어떤 뜻밖의 수혜자에게로 향하게 함으로써 내게 따끔한 맛을 보여 주는 것이라면, 그 예쁜 귀머거리 여자는 어떤 귀머거리 꽃미남에게 자리를 양보해야 할 거고, 이것은 자기도 짐작하겠지만 나로서는 훨씬 더 맥 빠지는 일이지. 자, 이런 얘기는 이제 그만하자고. 게다가 난 다른 상황을 생각하고 있기도 하니까.

어떤 공공장소에서 자신이 쓴 책을 읽고 있는 어떤 낯선 이와 마주치는 것, 이것은 한 작가의 삶에서 충분히 일어날 수 있지만, 그렇게 자주 일어나는 일은 아니야. 그건 별로 기대할 수 없는 일이지. 반면, 그 기차 안에서 상당수의 승객들이 『르 몽드』를 읽고 있다는 것은 확실한 사실이야. 자, 한번 계산을 해보자고. 프랑스 인구는 6천만이고, 『르 몽드』의 발행 부수는 60만 부고, 따라서 『르 몽드』 독자는 전체 인구의 1퍼센트라고 할 수 있어. 이 비율은 7월의 어느 토요일 오후, 파리-라로셀 간 TGV 열차 안에서는 훨씬 더 높을 건데, 난 거기다 10을 곱하고 싶은 마음도 있어. 그렇다면 대략 10퍼센트라는 얘기인데, 이들 중 대부분은, 오늘은 시간적 여유가 있으므로, 신문 부록으로 제공된 단편을 그냥 가벼운 호기심으로 적어도 한 번은 들여다볼 거야. 내가 잘난 체하는 인간으로 보이고 싶지는 않지만, 이 〈그냥 가벼운 호기심으로 한번 들여다보는 사람들〉이 내 단편을 끝까지 읽을 가능성은 내 생각에 따르면 거의 100퍼센트에 가까워. 그 이유는 매우 간단한데, 여자 궁둥이 얘기가 나오면 사람들은 끝까지 읽게 되거든. 뭐, 인간이란 그런 거 아니겠어? 어쨌든 이게 무슨 말인고 하면, 자기의 동료 승객 중의 약 10퍼센트가 이 기차 안에서 시간을 보내는 그

세 시간 동안 내 지시 사항들을 이미 읽었거나, 또는 앞으로 읽게 된다는 얘기지. 이것은 옆에 예쁜 귀머거리 여자가 앉아 있을 확률과는 전혀 다른 차원의 확률이야. 지금 내가 과장하고 있을지 모르지만, 그렇게 큰 과장은 아니라고 생각하는데, 지금 이 순간에 자기의 옆에 있는 사람이 자기와 똑같은 것을 읽고 있을 확률이 10분의 1이란 거지. 그리고 바로 옆에 있는 사람이 아니라도, 근처에 있는 다른 사람이 읽고 있을 거야.

이제 스낵바가 있는 칸으로 가볼 때가 됐다고 생각하지 않아? 그렇다면 이 부록을 집어 들어 둘둘 말아 핸드백에 집어넣고, 일어서서 복도를 따라 걷기 시작해 봐. 난 스낵바에서 기다릴게. 거기에 이르기 전에는 이 부록을 꺼내 봐서는 안 돼.

자, 됐어. 자기는 줄을 서고, 커피나 광천수를 주문했겠지. 스낵바에는 사람들이 많아. 그래도 자기는 빈 스툴을 하나 찾아냈고, 핸드백에서 다시 이 부록을 꺼내어 회색 플라스틱 재질의 간이 테이블 위에 펼쳐 놓고는 다시 읽기 시작하고 있어. 혹시 객차들을 지나오면서 나와 똑같은 생각이 스치지 않았어? 이 기차의 누군가가 이 이야기를 읽고 있다고 말이야. 읽으면서 그는 어쩌면 미소를 지을 수도 있고, 또 어쩌면 〈야, 이거 되게 웃기네, 『르 몽드』가 정신이 나갔나? 이런 걸 다 내다니〉라고 속으로 중얼거릴 수도 있겠지. 그러고 나서 어느 순간 그는 이 이야기가 7월 20일 토요일, 오후 2시 45분발 파리—라로셸 TGV 열차 안에서 벌어진다는 구절을 읽게 되는 거야. 그는 눈썹을 꿈틀하고, 펼쳐 든 신문 위로 눈을 쳐드는데, 그렇게 아주 잠깐 동안, 현기증이라고 하면 너무 지나친 말일 테고, 어떤 혼란 같은 것에 사로잡힌 다음, 문장을 다시 읽어 보고는 〈빌어먹을, 이거 내가 탄 기차잖아!〉라고 중얼거리지. 그리고 다음 순간, 〈아니 그렇다면, 지금 문제가 되는 여자, 즉 이 편지의 수신인도 이 기차 안에 있다는 얘기 아냐?〉라고 중얼대. 그게 남자가 됐든 여자가 됐든, 한번 그들의 입장이 되어서 생각해 봐. 이게 아주 흥미진진하게 느껴지지 않겠어? 그 문제의 여자가 어디 있는지 찾아보려 하지 않겠냐고. 내가 아주 조심했기 때문에 자기의 인상착의는 밝혀지지 않았지만, 그래도 독자는 하나의 단서를, 그것도 극히 명확한 단서를 가지고 있어. 즉, 푸아티에와 니오르 사이에, 즉 오후 4시 15분에서 4시 45분 사이에 그녀를 스낵바에서 찾을 수 있다는 걸 아는 거야. 그렇다면 자긴 어떻게 하겠어? 거기로 가겠지. 어쨌든 나라면 거기로 갈 거야. 남녀 독자 여러분, 거기 멍하니 무료하게 앉아 계시지 말고, 서로 알아볼 수 있는 표시로 각자의 『르 몽드』를 집어 들고서, 지금 당장 스낵바로 가보라고 초대드리는 바입니다.

난 자기가 이 상황이 의미하는 바들을 다 알고서 여기에 들어왔는지, 아니면 지금에야 깨닫게 되었는지 잘 모르겠어. 또 자기가 이에 대해 어떻게 생각하는지도 잘 모르겠지만, 나 개인적으로는 이 상황이 아주 마음에 들어. 무엇이 내 마음에 드냐면, 그 예쁜 귀머거리 여자와의 장면과는 반대로, 이 상황은 전혀 우연에 기반을 두고 있지 않고, 사전에 설정된 장치로부터 확실하게 흘러나온다는 점이야. 만일 이 단편이 약속된 날짜에 제대로 게재된다면, 만일 기차가 약속된 날짜에 제대로 운행된다면, 만일 스낵바가 파업 상태가 아니라면, 남성 승객들 중, 그리고 여성 승객들 중에도 있기를 바라는데, 어떤 이들은 약속된 시간에, 다시 말해서 **지금 이 순간에**, 자기를 보려고 여기에 나타날 게 확실해(아니라면 그냥 내가 졌다고 할래). 그들은 여기, 자기 주위에 있어. 난 그들을 모르지만, 두 달 전에 그들을 소환했고, 지금 그들은 여기 있는 거야. 이런 게 바로 〈수행적인〉 문학 아니겠어?

자기는 약간의 노출증 성향까지 있는 사람이지만, 지금은 신문에 얼굴을 푹 처박고 눈도 제대로 들어 올리지 못하는 상태이리라고 생각해. 자, 이제 눈을 조금 들어 올려 봐. 자기는 차창과 마주하고 있어. 만일 지금이 밤이라면, 혹은 기차가 터널 속을 달리고 있다면, 객차의 내부는 유리창에 반사되고, 자기는 몸을 돌리지 않아도 **그들을 볼 수 있겠지**. 하지만 여기엔 터널도, 비쳐지는 것들도 없고, 다만 저수탑들, 나지막한 가옥들, 예인로(曳引路)들 등 방데 지방의 음울한 풍경만이 아직 해가 높이 떠 있는 하늘 아래 펼쳐져 있어.

그리고 **그들은** 자기 뒤에 있고.

자, 자! 그렇게 타조처럼 얼굴만 처박고 있어 봤자 아무 소용 없다고!

자, 크게 호흡을 한 번 하고 몸을 돌려.

아무렇지도 않은 척, 아주 자연스럽게 말이야.

자, 어서!

그들 모두가 여기에 있어.

남자들, 그리고 여자들. 그들 역시 아무렇지도 않은 척하지만, 많은 이들이 손에 『르 몽드』를 들고 있지.

그들이 자길 쳐다봐?

난 그들이 분명히 자길 쳐다보고 있으리라 확신해. 분명히 그들은 벌써 몇 분 전부터 자기를 쳐다보고 있었을 텐데, 자기는 등에 꽂히는 그 따가운 시선들을 느끼지 못했어? 그들은 자기가 몸을 돌리길 기다리고 있었고, 자, 이제 자기는 그들과 마주했어. 마치 그들 앞에 알몸으로 선 듯한 느낌이야.

이 상황이 좀 너무한 것 같아? 이게 어떤 공포 영화의 한 장면과 비슷해지기 시작하고 있어? 여주인공은 사람들로 가득한 어떤 바에 들어가 자신이 안전한 장소에 피신했다고 믿었는데, 겉보기에 평범해 보이는 어떤 디테일이 그녀를 둘러싼 사람들이, 역시 평범해 보이는 그 사람들 모두가 사실은 거대한 음모에 속해 있다는 사실을 갑자기 드러내 주는 거야. 그들은 스파이일 수도, 좀비일 수도, 외계의 침입자일 수도 있지만, 뭐 그런 것은 별로 중요하지 않고, 문제는 그들 모두가 『르 몽드』를 읽고 있다는 사실이지, 왜냐면 이걸로 그들을 알아볼 수가 있으니까, 그런데 이들은 그녀를 둘러싸고, 이 포위망은 점점 좁혀 들고······.

자신이 덫에 걸려 버린 느낌이야?

오, 아니야, 이건 그냥 웃자고 해본 농담이었어. 이 이야기는 그게 아니야. 잘 생각해 봐. 우선 자기는 유일한 용의자가 아니야. 분명히 그 스낵바에는 『르 몽드』를 보란 듯이 들고 다니는 다른 여자들이 있을 거야. 몇 명이나 되지? 한 명? 네 명? 열한 명? 세 명부터는 난 대성공으로 보겠어. 난 이 여자들에게 가급적이면 혼자서, 그리고 가능한 한 최대한 많이 와 달라고 부탁했어. 남자들만 떼거리로 몰려와 스낵바를 온통 점령해 버리는 불상사를 막기 위해서였지. 하지만 난 단지 와달라고만 한 게 아니라, 다른 것도 부탁했어. 뭐, 사실은 그들에게 이제야 부탁하는 거지만, 자기와는 달리 이들은 독서 규칙을 엄격히 준수하지 않아서 자기에 앞서 이 단락을 발견했으리라고 생각해. 내가 그들에게 부탁하는 것은 이거야. 만일 당신이 이 편지를 읽고 이 편지에 조금이라도, 단지 조금만이라도 흥분되셨다면, 그렇다면 한번 게임에 참여하셔서, 여행의 마지막 시간인 니오르와 라로셀 사이 구간에서 마치 자신이 편지의 수신자인 양 행동해 보십시오. 해야 할 역할은 아주 간단한 것으로, TGV의 스낵바에서 커피나 광천수를 마시면서 『르 몽드』

를 읽고, 주위에서 어떤 일이 일어나는지 살펴보기만 하면 됩니다. 매우 간단하지만, 극히 섹시할 수도 있는 일이죠. 당신이 협력해 주시리라 믿습니다.

자, 이제 모든 게 준비되었고, 다시 한 번 게임의 규칙을 상기하도록 하지. 이 스낵바에는 이 이야기를 읽었으며, 다양하지만 주로 성적인 동기들로 이야기의 여주인공을 찾아보려 하고 있는 일단의 남자들과 여자들이 모여 있어. 여주인공은 자기이지만, 자기만이 그 사실을 알고 있고, 다른 여자들은 그냥 자기인 척하고 있을 뿐이야. 여주인공은 두 시간 전부터 견딜 수 없을 정도로 젖어 들어가고 있고, 다른 여자들 역시 견딜 수 없을 정도로 젖어 들기 시작하고 있어. 뭐, 사실 그들은 여주인공과는 달리 이야기를 끝까지 읽었고, 따라서 뒤에 이어지는 페이지들에서 어떤 일이 일어나는지 알고 있긴 하지만.

난 이 상황이 너무나 좋아. 『르 몽드』 덕분에 이 상황이 **실제로** 존재하는 게 너무도 좋지만, 더 이상은 어떻게 통제해야 할지 모르겠어. 등장인물이 너무 많고, 변수가 너무 많아. 그래서 난 더 이상 통제하지 않겠어. 그냥 손에서 놓아 버리겠어. 물론 계속 여러 가지 것들을 상상해 보기는 하지. 오가는 시선들, 은밀한 미소들, 여자들 간의 윙크……. 또 키득거리는 웃음, 어쩌면 미친 듯한 폭소일 수도 있고, 또 어쩌면 과격한 행동화 *acting out*일 수도 있어. 그렇게 되면 한바탕 소동이 벌어지지 말란 법이 없지. 누군가가, 이건 정말 역겹다, 내가 이런 지저분한 것을 읽으려고 위베르

뵈브메리[15]의 신문을 산 것은 아니다, 하고 고함지를 수도 있겠지. 피차 알고 있는 내용에 대한 노골적이면서도 암시적인 대화가 교환될 수도 있고, 또 어쩌면 두 사람이 서로 모르는 상태로 스낵바에 왔다가 함께 떠나게 되는 일이 발생하기도 하겠지. 그런데 거기에 있지만 『르 몽드』는 읽지 않은 사람들이 어떻게 느낄지 궁금해. 그들은 아무것도 알아차리지 못할까? 아니면 뭔지는 모르지만 하여튼 여기에 뭔가가 일어나고 있다고 느낄까? 난 이렇게 자문해 보고, 또 상상해 보기도 하지만, 더 이상 결정하지는 않고, 이제는 각자가 자신의 배역을 즉흥적으로 연기하도록 놔둬. 그리고 잠시 후, 그러니까 한 시간 후에 자기가 도착해서 침대에서, 그리고 나서는 해산물 요리가 담긴 커다란 쟁반 앞에서 모든 것을 얘기해 주기만을 기다리고 있어. 침대가 먼저일지, 식탁이 먼저일지는 이따 보면 알겠지. 자, 보다시피 난 그렇게 독단적인 놈은 아니라고.

앞으로 45분의 여정이 더 남았고, 내게는 대략 천 단어가 남았어. 내게 허용된 한계는 8천 단어니까. 앞으로 어떤 일들이 더 일어날 수 있는지(내가 통제할 수 없는 것들은 다 제외해야겠지) 여성 독자들은 이미 알고 있고, 자기도 물론 대충 짐작하고 있지. 자기는 몇 분 전에 한 여자가 자리에서 일어나는 것을 봤고, 또 다른 사람들이 그녀를 눈으로

15 Hubert Beuve-Méry(1902~1989). 프랑스의 언론인. 일간지 『르 몽드』와 월간지 『르 몽드 디플로마티크』를 창간했다.

좇는 것을 봤거든. 그들 모두 이게 무슨 의미인지 알고 있고, 그녀는 그들이 알고 있다는 걸 알고 있어. 그것은 〈난 자위하러 가요〉라는 의미이지.

그렇게 여자는 스낵바를 나와서 가장 가까운 화장실로 향해. 화장실 안에는 사람이 있어. 그녀는 조금 기다리지. 그녀는 화장실 문 뒤로 어떤 헐떡이는 소리 같은 게 — 물론 기차 달리는 소리에 파묻혀서 — 들린다고 생각해. 그녀는 문에 귀를 가져다 대고 미소를 머금는데, 그 모습에 승강구 근처에 서 있는 한 남자는 약간 놀란 눈으로 그녀를 쳐다봐. 그는 손에 다른 신문을 들고 있는데, 여자는 속으로 〈에구, 불쌍한 사람, 저이는 지금 자기가 뭘 놓치고 있는지도 몰라!〉라고 말하지. 마침내 문이 열리고, 핸드백 밖으로 『르 몽드』가 삐져나온 다른 여자가 화장실에서 나와. 두 여자는 시선을 교환하는데, 지금 화장실에서 나온 여자의 얼굴에서 그녀가 강렬한 오르가슴을 느꼈다는 걸 알 수 있어. 이에 들어가는 여자는 너무도 흥분한 나머지 용기를 내어 〈좋았어요?〉라고 물어보기에 이르고, 다른 여자는 지극히 설득력 있는 목소리로 〈네, 좋았어요〉라고 대답해. 『르 몽드』를 읽지 않는 그 불쌍한 친구는 〈정말이지 이 기차 안에서는 별 희한한 일들이 다 일어나는구먼〉 하고 속으로 중얼거리지. 여자는 화장실 문을 닫고 빗장을 걸어. 그리고 거울로 자신의 모습을 쳐다봐. 세면대 높이까지 내려오는 거울이라 원피스 아래 자락을 들어 올리거나 바지를 아래로 내리면 이제 자기가 하게 될 일을 훤히 볼 수가 있지. 그녀는 흠뻑 젖은 팬티를 벗어던지고, 한쪽 다리를 들어 세면대 언저리에 얹은 다음, 한 손으로는 몸의 균형을 잡을 수 있게끔 일종의 손잡이 같은 것을 잡고, 다른 손으로는 보지를 애무하기 시작해. 손가락들이 곧장 몸속으로 들어가지. 이제 고상하게 놀 시간은 지났으니까. 그녀는 마음이 너무 급한 거야. 최소한 한 시간 전부터 이걸 하고 싶었으니까. 그녀는 곧바로 두 손가락을 푹 밀어 넣는데, 거기는 흥건하기 이를 데 없고, 자신의 손이 보지를 움켜쥐고 손가락들이 그 안을 쑤시는 광경을 거울을 통해 봄에 따라 한층 더 흥건해지지. 어쩌면 그녀는 다른 식으로 할지도 몰라. 곧장 클리토리스 쪽으로 직행하는 식으로. 여자마다 나름의 자위 테크닉이 있으니까. 난 여자가 자신의 테크닉을 내게 보여 주는 게 너무 좋아. 여기선 자기의 테크닉을 그녀에게 투사해 봤지만, 뭐, 별로 상관없어. 이렇게 기차 화장실에서 서서 자위를 하는 것은 어쩌면 그녀로서는 처음일 테고, 자기가 뭘 하고 있는지를 문 뒤에 있는 사람들이 알고 있다는 걸 알면서 자위를 하는 것은 분명히 처음일 거야. 이건 모든 사람들 앞에서 자위를 하는 것 같은 느낌이지. 거울에 비친 자신의 보지를 보고 있으면, 마치 모든 사람들이 그걸 보고 있는 것 같은, 자기의 손가락들이 흠씬 젖은 소음순 사이로 들락거리는 것을 모든 사람들이 지켜보고 있는 것 같은 느낌이 들지. 엄청나게 짜릿한 기분이야. 그녀는 자기에 대해 생각하고 있어. 물론 누구인지 알아내지는 못했지만, 그래도 짚이는 사람은 있었지. 처음에 언급됐던 키가 크고 목이 길고 날씬한 허리와 무르익은 엉덩이를 가진 금발 여자, 이게 어쩌면 주의를 딴 데로 돌리려는 속임수일 수도 있지만 어쩌면 아닐 수도 있는데, 어쨌든 여기에 일치하는 여자가 하나 있긴 했어. 그녀는 생각하지. 〈지금쯤 그 여자도 다른 객차의 화장실에 있을 거야, 그리고 나와 똑같은 짓을 하고 있을 거야〉라고 말이야. 그러고는 자기의 손가락들이 자기의 금빛 거웃 사이로 파고들어가는 광경을 상상하는데, 그녀는 여자들에게 특별히 관심이 있는 것은 아니지만, 이 순간에만큼은 자기와 함께 즐기고 싶을 거야. 정말로 즐기고 싶을 거야. 그녀의 눈에는 자신의 보지 속에 자신의 손가락이, 우리 자기의 보지 속에 자기의 손가락이, 그리고 다른 여자들의 보지 속의 그들의 손가락이 들락거리는 게 보여. 모두가 같은 기차 안에서, 모두가 흥건히 젖어 자위를 하고 있고, 이제는 모두가 저마다의 클리토리스에 다가가고 있는데, 결국 이 모든 것은 두 달 전에 어떤 친구가 『르 몽드』에서 청탁이 들어온 기회를 이용하여 조그만 에로틱한 시나리오를 하나 만들어 자신의 여자와 즐기기로 마음먹었기 때문이지. 자, 이제 됐어, 그녀의 손가락이 그녀의 클리토리스 위에 올려졌어. 그녀는 음순을 벌리는데, 그것은 클리토리스를 밖으로 노출시켜 세면대 위의 거울을 통해 보기 위해서야. 어쩌면 지금 그녀는 자기가 하는 방식으로 하고 있을지도 몰라. 엄지와 검지의 끝부분으로 점점 더 세차게 문지르면서 말이야. 다른 손으로는 자신의 젖꼭지를 애무하고 싶겠지만, 넘어지지 않으려면 손잡이를 붙잡고 있어야 해. 그녀는 자신의 얼굴을 쳐다봐. 오르가즘 직전에 이른 자신의 모습을 보는 것은 흔한 일은 아니지. 소리를 지르고 싶어져. 절정이 빠른 속도로 올라오니까. 그녀는 알고 있지. 문 뒤에 누군가가 있다는 걸, 자신이 거세게 숨을 몰아쉰다는 걸, 자신이 소리를 내고 있고 누군가가 그걸 듣고 있다는 걸. 이제 그녀는 거의 절정에 이르렀어. 소리를 지르고 싶어. 〈그래!〉라고 소리 지르고 싶어, 〈그래!〉라고 소리 지르고 싶어. 그녀는 오르가즘에 도달하는 순간 〈그래!〉라고 소리 지르는 걸 가까스로 억제하지만, 그래도 자기는 그 소리를 듣게 되지. 화장실 문 뒤에 있는 자기도 그녀처럼 〈그래!〉, 〈그래!〉를 연발해. 기차는 쉬르제르 시(市)로 진입하고 있고, 이제는 자기 차례가 되겠지.

역에 도착하기 직전에 자리로 돌아온 자기는 이 마지막 문단을 읽고 있어. 여기서 난 기차 혹은 다른 것을 타고 여행을 하신 남녀분들에게 저마다의 방식으로 즐기신 이야기를 내게 들려 달라고 하고 싶어. 그게 어쩌면 이 이야기의 속편이 될 수도 있지 않을까? 단지 수행적일 뿐 아니라, 인터랙티브하기도 한 속편 말이야. 더 이상 좋은 게 있을까? 심지어 난 그들에게 내 메일 주소까지 주겠어. emmanuelcarrere@yahoo.fr. 내가 간이 부었다고? 맞아, 난 간이 부었어. 플랫폼에서 자길 기다릴게.

제4부

출발하기 전날, 안도미니크가 내게 말했다. 하지만 말이 야……. 그래, 네가 무얼 해야 할지 미리 알아야 한다는 얘기는 아니야. 넌 그걸 모르고 싶어 한다는 것을 나도 잘 이해했으니까. 하지만 〈영상에 내 모습을 드러내야 할까?〉라는 문제는 이제는 한 번쯤 생각해 보는 게 좋지 않겠어? 기차가 역에 도착했을 때, 필리프를 먼저 내리게 해서 도착하는 너를 촬영하게 할 거야, 아니면 그냥 네 시선 자체가 카메라가 되게 할 거야?

난 어떻게 대답해야 할지 몰랐다. 참 이상하다. 이 영화 프로젝트를 생각해 낸 이후로, 난 이에 대해 열정적으로 많이 얘기했고, 아이디어들을 메모했고, 결정권자들을 설득했고, 또 팀을 만들었지만, 이 아주 간단한 문제는 내 머릿속을 한 번도 스치지 않았다. 그리고 지금, 이 모스크바발 야간열차 안에서 이 문제는 나를 괴롭히기 시작한다. 마치 〈당신은 수염을 이불로 덮고 자느냐, 아니면 이불 위로 내놓고 자느냐?〉라는 질문을 받은 수염쟁이처럼, 난 침상 위에서 자반 구이를 한다. 그때까지 염불처럼 되뇌던 〈아무 것도 예측하지 말자, 항상 긴장의 끈을 늦추지 말고 어떤 일이 일어나는지 살피자〉라는 모토도 마음을 안정시켜 주지 못한다.

만일 아무 일도 일어나지 않는다면?

또 만일 내가 영화를 만들어 낼 수 없다면? 난 이것이 내 러시아어 말하기 능력에 달려 있다는 것을 명확하게 의식하고 있고, 이 점에 있어서만 약간 불안할 뿐이다. 난 올해 모스크바에서 두 달을 보냈고, 매일 문법 연습을 했고, 러시아어 산문을 읽었고, 심지어 러시아어로 일종의 일기를 쓰기까지 했지만, 이랬음에도 불구하고, 또 나의 훌륭한 듣기 능력에도 불구하고 나의 말하기 능력에는 발전이 없다. 난 그럭저럭 읽고 쓸 수 있지만, 말하기는 거의 빵점이다. 하지만 어느 순간, 말문이 확 트이기를 기대하고 있다. 어느 날 갑자기 벙어리 상태에서 벗어나리라! 참을성 있게 축적해 온, 그리고 지금으로서는 사용하지 못하는 데이터들을 자유롭게 꺼내 쓸 수 있으리라. 난 러시아어로 말하리라. 그것은 어쩌면 코텔니치에서 일어나리라. 그러면 물론 난 영화에 모습을 드러내리라.

나는 같은 열차를 타고 했던 첫 번째 여행과 거기서 꿨던, 너무나 길몽처럼 느껴졌던 그 꿈을 다시 생각해 본다. 파리-라로셸 간 열차를 배경으로 한 내 단편의 문장들에 러시아어 단어들이 섞여 들고, 소피의 얼굴에는 후지모리 부인의 얼굴이 겹쳐진다. 그리고 정확히 6주 후, 종착역에서 내가 기다리고 있는 가운데, 어느 다른 열차를 타고서 『르 몽드』를 읽고 있을 그녀의 모습을 상상해 본다. 우리의 기쁨을, 그녀의 자부심을 상상해 본다. 어제 내가 짐을 싸고 있는데 『르 몽드』의 한 기자가 날 인터뷰하러 왔다. 단편과 함께 실릴 나에 대한 소개 기사를 쓰기 위해서였다. 그는 내가 — 그의 표현을 빌자면 — 〈안전핀 뽑은 수류탄〉을 뒤에 남겨 놓고서 너무나도 태평스러운 모습으로 여행을 떠나는 것을 보고 놀랐다. 난 겁에 질린 이 친구가 너무 샌님처럼 느껴진다. 내가 그렇게나 태평스러운가? 지금으로서는 그렇다.

처음 왔을 때와 마찬가지로, 코텔니치에 내리니 역사에 세워져 있는 택시가 단 한 대밖에 없다. 바로 처음 왔을 때 탔던 그 지굴리 승용차로, 운전사 역시 그때의 비탈리인데, 그는 우리가 돌아온 것을 보고도 별로 놀라지 않고 우리를 전의 그 비아트카 호텔로, 그다음에는 트로이카 식당으로 데려다준다. 여기서 우리는 점심을 먹으며 회의를 하는데, 우선 현실적인 면에 있어서 사샤는 가능하면 즉시 당국을 찾아가서 등록할 것을 권고한다. 이것은 어느 러시아 도시에 도착했을 때 반드시 해야 할 절차이며, 올겨울 모스크바에서는 그걸 잊어 먹고 안 한 탓에 난 지하철에서 체포되어 두 시간 동안이나 비좁은 철창에 갇혀 있었는데, 경찰이 이 정도면 날 충분히 겁주었다고 판단하고는 백 루블 정도만 내면 원만히 처리해 주겠다고 제안한 일이 있었다. 예술적인 면에 있어서는, 필리프는 내가 특별히 어떤 종류의 인물들을 만나고 싶어 하는지 알고 싶어 한다. 거기에 대해서는 난 벌써 생각이 있다. 다름 아닌 프랑스어에 능통한 아냐와 FSB 요원 사샤이다. 하지만 이 생각은 속에 담아 둔 채로, 〈난 이 문제에 대해 아무 선입견이 없다, 우연이 그 인물들을 우리에게로 데려다줄 것이다〉라고 대답한다. 우린 다만 문이 열릴 때 걸어 들어올 사람을 촬영할 준비만 하고 있으면 된다고 덧붙이면서.

그런데 아닌 게 아니라 문이 열리면서 노숙자 같은 사내 세 명이 들어와 테이블에 자리 잡고는, 이날 아침 우리와 더불어 트로이카 식당의 유일한 고객들이 된다. 우리는 뭔가 대화를 터보고, 그 장면을 촬영해 보고자 그들에게 다가간다. 대화를 트는 임무는 사샤에게 떨어졌는데, 그는 그 고약한 성격을 비롯하여 몇 가지 결점도 없지 않지만, 짓궂은 농담과 체념 어린 한숨을 섞어 가며 러시아어로 협상하는 데 있어서는 비할 바가 없는 친구이다. 노숙자 중 하나는 긴 넋두리를 늘어놓는데, 여기에 사샤는 이른바 〈열린〉 인터뷰에 능통한 노련한 정신 분석가 혹은 사회학자처럼, 끊길 위험이 전혀 없는 넋두리에 추임새를 넣어 주려는 듯이 잠깐씩 끼어들기를 계속한다. 이따금 사샤는 몸을 내게로 구부리고 사내가 말하는 내용을 요약해 준다. 하지만 난 요약 같은 것은 필요 없다. 지금 사내가 화를 내고 있으며, 삶이 몹시 힘들고, 예전에는 좋았다고 할 수는 없지만 그래도 지금보다는 나았다고 생각하기 때문에 화를 낼 이유가 충분하다는 것쯤은 어렵지 않게 이해할 수 있기 때문이다. 내가 알고 싶은 것은 사내의 웅얼대는 듯한 말투 속에 파묻혀 버리는 세부적인 점들인데, 그것을 동시통역해달라고 사샤에게 부탁하고 싶지도 않다. 왜냐하면 대화의자연스러움을 망칠 위험이 있기 때문이고, 특히나 아무리애를 써도 정말이지 귀에 들리는 게 별로 없다는 사실을 사샤와 나 자신에게 고백해야 하기 때문이다. 속이 상한 나는멀리 떨어진 곳에 가서 혼자 앉는다. 웨이트리스는 침울한얼굴을 한 늙은 여자로, 내게 다가와서는 〈왜 저치들을 촬영하느냐, 이건 별로 아름다운 광경도 아닌데〉라고 묻는다. 그녀는 내가 이후에 완벽하게 다듬어서 내 모든 대화상대들에게 써먹게 되는 짧막한 연설의 최초의 청중이 된다. 네, 맞아요, 아름다운 광경은 아니죠, 하지만 이건 현실이에요, 그리고 우린 이 현실을 촬영하러 왔어요. 이 코텔니치에 아름다운 것들은 분명히 존재하고(난 솔직히 그게무언지 잘 몰랐다) 우린 그것들도 촬영할 거예요. 우리가프랑스인들이라는 사실을 알게 된 웨이트리스의 얼굴은한층 더 침울해진다. 대체 왜 이런 걸 촬영하겠다고 프랑스에서 여기까지 온 거죠? 나는 그녀에게 앉으라고 청하고는날 소개한다. 그녀의 이름은 타마라다. 그녀는 애기하기 시작하는데, 그녀가 애기하는 것은 노숙자가 애기하는 것과근본적으로 다른 내용이 아니지만, 내 귀에는 좀 더 잘 들어오고, 따라서 나는 기회가 생길 때마다 사샤처럼 동의와이해심을 보여 주는 문장을 하나씩 끼워 넣으며 독백을 대화로 바꾸어 보려고 애쓴다. 타마라는 성서를 읽긴 하지만, 신의 존재와 전능함에서 그 어떤 위안도 얻을 수 없단다. 자기는 차라리 「전도서」에 마음이 끌린단다. 모든 것은 지나가고, 모든 것은 부서지고, 모든 것은 시들해진다……. 척 보기에도 그녀는 이 잔인한 진실들을 그녀의 몫 이상으로 뼈저리게 체험한 게 분명하다. 그녀의 흥미를 끌고 싶었다기보다는, 지금 우리가 상당히 어려운 주제로 들어가고 있다고 느꼈으므로, 난 내가 바로 그 성서를 프랑스에서 번역했었다고, 그러니까 보다 정확히는 그 신역(新譯) 작업에 참여했었다고 설명하려 해보지만, 내가 제대로 표현하지 못한 모양으로 그녀는 그다지 흥미를 느끼는 표정이 아니다. 사실 내가 그녀였어도 별 흥미를 못 느꼈으리라.

시청실에서 내가 프랑스어로 말하면 사샤는 통역했고, 이 때문에 인터뷰는 보다 공식적인 양상을 띠게 된다. 난 우리의 프로젝트를 매우 긍정적인 방향으로 소개하는데, 이때 끌어댄 상투적인 논리들이 꽤나 설득력 있었던 모양으로, 시장은 그의 보좌관 갈리나에게 우리에게 필요한 허가증이 있으면 다 내주고, 심지어 아파트까지 한 채 찾아주라고 지시한다.

그런데 난 별로 좋아하는 기색이 아니어서 동료들은 깜짝 놀란다. 이 아파트 이야기는 내 계획에 있어서 핵심적인 요소였다. 난 이렇게 생각했었다. 비아트카 호텔은 1주일은 괜찮지만 한 달은 너무 길어. 더 나은 숙소를 찾아내고,

뭔가를 임대해야 할 거야. 몇 백 달러만 주면 자기네 아파트를 우리에게 내주고 한 달 동안 사촌들 집에 가서 지낼 사람들이 줄을 설 거야. 아마 그럴 거야. 어쩌면 아닐 수도 있고. 해보면 알겠지⋯⋯. 어쨌든 한 가지 내게 확실했던 것은 어떤 프랑스 영화 촬영 팀이 코텔니치에서 아파트를 임대하겠다고 나서는 것은 이 도시의 사상 초유의 상황이라서, 이로 인해 다양한 만남, 협상, 실망 등 이야기할 만한 가치가 있는 갖가지 사건들이 발생하게 될 거라는 사실이었다. 내가 이 아파트 구하기에서 기대한 것은 조금 더 편안해지겠다는 것 이상으로 그 일 자체가 우리의 이야기를 풀어 가는 실마리가 된다는 것이었다. 그래서 난 이 문제가 그렇게 빨리 해결된 게 오히려 난처하게 느껴진 것이다. 그리고 갈리나는 시간을 허비하지 않았다. 그날 당장, 시청 소속의 볼가 승용차 한 대가 와서는, 시 외부에 있는 한 변전소로, 그러니까 철조망에 둘러싸여 공터와 마주한 벽돌 건물 단지로 우릴 데려다준다. 시장 못지않게 친절한 변전소장은 비아트카 호텔을 묘사하는 우리의 이야기에 재미있다는 듯 부드럽게 미소 짓는다. 아니죠, 아니죠, 여러분 같은 귀한 손님들께서 그런 형편없는 곳에 계시면 되나요. 이렇게 말하고 그는 변전소 입구에 있는 한 조그만 집으로 우릴 안내한다. 그것은 이곳을 방문하는 엔지니어들이 묵는 숙소인데, 우리에게 기꺼이 내줄 수 있단다. 깨끗하고, 심지어 우아하게까지 느껴지는 집이다. 벽까지 짙은 와인색의 융단으로 도배된 침실이 세 칸에, 주방이 하나, 샤워실이 하나이다. 한마디로 우리가 찾는 바로 그런 집이다. 문제는 내가 이런 집을 우여곡절 끝에 간신히 찾아내기를 바랐으며, 우리가 도착하자마자 시 행정이 친절하게도 덥석 안겨주는 상황은 전혀 바라지 않았다는 점이다. 그래서 나는 생각해 볼 시간을 달라고 부탁하고는, 그날 오후에 다른 방향으로 한번 찾아본다. 다시 말해서 행인들을 붙잡고 물어보는데, 그들은 고개를 흔들고, 지역 신문을 사보기도 하는데, 거기에는 기껏해야 아파트의 방 한 칸을 세낸다는 부동산 광고가 보일 뿐이다. 너무 일찍 포기해 버린다는 느낌이 들긴 하나, 무엇보다도 팀원들이 편안하게 지내는 게 중요하기 때문에 나는 이사를 받아들이지만, 그렇다고 해서 우리의 목표를 포기하지는 않는다. 이 변전소는 임시적인 기지(基地)이고, 더 좋은 곳을 찾을 생각이다. 아니, 더 좋은 곳이라기보다는 뭔가 다른 것, 보다 이채롭고, 보다 가치가 있는 것이 되겠지만, 어쨌든 우린 계속해서 찾아볼 생각이다.

물론 이 이야기는 거기서 멈췄다.

우리가 돌아왔다는 소문은 금세 시내에 퍼졌고, 나는 둘째 날 저녁부터 아냐가 우리에게 인사하려고 기타를 들고 달려오리라 기대한다. 그러나 아니었다. 그녀의 소식도, 사샤의 소식도 전혀 들려오지 않는다. 하지만 사샤는 우리가 여기 있다는 사실을 모를 리가 없지 않은가? 왜 그도, 그녀도 모습을 보이지 않을까? 난 궁금해진다.

내일은 코텔니치의 축제일이고, 우리는 우리 프로젝트에 시동을 걸기 위해 이날에 큰 기대를 걸고 있다. 필리프는 우리가 온종일 따라다니며 촬영할 사람 한둘을 미리 골라 놓는 게 좋다는 의견이어서, 우리는 정보 수집을 위해 사샤를 보낸다. 시장의 보좌관이며 사샤의 주요 정보원인 갈리아의 말로는, 이 축제의 하이라이트는 두 명의 모범 시민에게 경의를 표하는 의식인데, 하나는 가스 공장 소장이고(〈그는 대단한 멋쟁이예요〉라고 갈리나는 단언한다), 다른 하나는 이 지역 석공 협회 협회장이란다. 그렇다면 우리는 이 두 사람 중 하나가 아침에 침대에서 내려오고, 가족과 아침 식사를 하고, 아내는 감격한 얼굴로 주인공의 넥타이를 매주는 모습을 보여 주고, 그 뒤로도 저녁까지 그를 계속 따라다녀야 한다고 필리프는 주장한다. 그런데 애석히도 석공은 장모가 전날 사망하여 다음 날 장례식을 치러야 하기 때문에 카메라 앞에서 폼을 잡을 기분이 아닐 뿐 아니라, 심지어 자신을 위한 행사에도 참석할 수 없을 거란다. 또 멋쟁이 가스 전문가님에 대해 말하자면, 갈리나가 통화를 시도해 봤지만 도대체 어디 있는지 찾을 수가 없단다.

우리는 속이 상해 시내를 이리저리 배회하다가, 이곳에는 끊임없이 지나가는 기차들 말고는 다른 흥밋거리가 없어 보이므로 그냥 그거나 촬영하기로 결정한다. 철로 위에 걸쳐진 철제 육교 위에서 필리프는 삼각대에 카메라를, 류드밀라는 마이크를 설치한다. 또 나는 소형 DV 카메라로 기차들을 촬영하는 그들의 모습을 촬영하기로 마음먹는다. 철도 변의 풍경은 여기서 우리에게 원 없이 제공되는 유일한 것이고, 최악의 경우라 하더라도 여기서 어떤 코믹한 반복의 효과를 끌어낼 수 있으리라. 〈우리 불굴의 촬영 팀은 다른 것은 찍을 만한 게 전혀 없으므로 철교 위로 올라가 끝없이 지나가는 화물 열차들을 촬영하고 있습니다〉라는 식으로 말이다. 그렇게 기차들이 족히 열 번은 지나갔을 때, 어떤 경찰 하나가 오더니만 아주 정중하게 명하기를, 하던 일을 당장 멈추시고 자기를 따라 철도 경찰 사무실로 좀 가시잔다. 이 경찰만큼이나 정중하게 우릴 맞이한 철도 경찰의 책임자는 눈이 새파란 금발의 젊은이로, 그 얼굴은 〈성스러운 러시아〉에 있는 〈그리스도의 바보들〉[16]을 떠오르게 하고, 타르콥스키의 영화들에 나오는 어떤 인물들에게서 볼 수 있는 그 겸손하고도 평화로운 천진함으로 빛나고 있다. 그는 부하가 말한 대로 특별 허가증이 없는 한 역, 철로, 기차, 그리고 철로 위의 육교를 촬영하는 것은 금지되었다고 말한다. 아마도 국가 보안을 위해서겠죠? 하고 필리프가 미소를 지으며 약간 비꼬듯이 묻자, 우릴 기분 좋게 해주고 싶어 하는 마음이 느껴지는 젊은 관리는 호인 같은 미소를 지으며 어쩌겠냐는 듯 어깨를 으쓱해 보이면서 대답한다. 물론 좀 우스꽝스럽기는 하지만, 어쨌든 규정이 그렇습니다……. 그 허가증은 누가 내주죠? 에 그러니까,

16 〈성스러운 러시아〉는 정교를 믿는 러시아인들에게는 〈하늘의 왕국 *kingdom of heaven*〉의 개념이고 〈그리스도의 바보〉는 원래 사도 바울이 한 말로, 특히 러시아에서는 신앙을 위해 물질적 재산을 버리고 사회적 규범에서 벗어난 사람들을 말한다.

FSB죠. 이에 나는 혹시 프랑스어를 하는 애인을 가진 사샤라는 사람이 아직도 그 FSB의 책임자냐고 묻는다. 금발의 청년은 대답하기를, 자기는 애인이 누구인지는 잘 모르겠지만, 그 나머지는 맞다고 대답한다. 맞아요, 사샤 카모르킨, 바로 그 사람이에요. 그 사샤 카모르킨과 통화 좀 할 수 있을까요? 금발의 청년은 친절하게도 전화번호를 누르지만 응답이 없다. 그러자 직접 찾아가 보는 게 좋겠다고 조언하고는 사샤의 주소를 적어 준다. 우리는 먼지가 뽀얗게 떠 있는 사무실을 가득 채우며 우리 모두를 평화로운 몽롱함에 잠기게 하는 늦은 오후의 부드러운 빛 속에서 잠시 꾸물댄다. 젊은 서장은 우릴 붙잡고 있어야 할 이유는 하나도 없지만 그렇다고 해서 빨리 보내려고 하지도 않으며, 우리 또한 그리 급할 게 없다. 우린 이 아늑하게 느껴지는 경찰 사무실에서, 금발의 서장이 가볼 기회가 별로 없다는 것을 스스로도 잘 알면서도 언젠가 한번 가보고 싶다고 말하는 프랑스와, 그로서는 우리가 대체 무얼 하러 온 것인지 알 수 없는 이 코텔니치에 대해 건성으로 얘기를 나눈다. 우리가 영화를 촬영하고 싶어서 왔다고 말하자 그는 뭔가를 생각하는 표정이 되지만 적의는 보이지 않는다. 그리고 헤어질 때에는 다시 그 사람 좋은 미소를 지으며 우리에게 제목 하나를 제안한다. *Tut zhit' nel'zia, poka zhivut*, 즉 〈여기는 사람 살 곳이 못 되지만, 어쨌든 우린 살고 있다〉라는 뜻이다.

축제 날 아침, 필리프는 평소 성격이 좋은 친구임에도 불구하고 계속 씩씩댄다. 자기는 러시아를 포함한 여러 곳에서 르포르타주를 많이 찍어 봤기 때문에 이런 경우에 어떻게 해야 하는지 잘 아는데, 하루를 이야기할 수 있는 유일한 방법은 어떤 특정한 인물을 처음부터 끝까지 따라다니는 거란다. 그런데 우리에겐 아무도 없는 것이다. 특별한 인물도, 특별한 시각도 없어 그저 시립 공원을 어정거리며 종이 식탁보로 덮인 테이블들 위에 과자를 산같이 쌓아 놓는 젊은 여자들이나 소시지와 꼬치구이가 지글거리는 불판들을 촬영하는 것 외에는 별다른 할 일이 없다. 이러는 동안 사샤는 뭔가 정보를 얻으려 하는 척하며 왔다 갔다 하고 있고, 나는 축구장 관람석에 앉아 수첩에다 이것저것 끼적이는데, 어조에서는 벌써 의기소침한 기운이 느껴진다. 나는 지금 다른 팀원들에게서 멀찌감치 떨어져 그들끼리 일하게 놔두는 우려스러운 경향을 보인다. 물론 같이 있으면 필리프의 주의를 돌리고 싶은 디테일들이 있지만, 그가 카메라 파인더에 눈을 댈 때마다 어깨를 툭툭 치면서 내게는 보이지만 그의 시야에서는 벗어나 있는 것들을 촬영하라고 요구할 수는 없는 노릇이다. 저 과자 위에 앉아 있는 파리들은 거기다 프레임을 맞추는 동안 벌써 날아가 버리지 않겠는가? 그리고 저 과자 위의 파리들이 대체 무슨 의미가 있단 말인가? 아니, 이 코텔니치의 축제에 대체 무슨 의미가 있단 말인가? 나흘째 되는 날 아침, 난 우리의 영화를 한편으로는 나와는 아무 상관없는 영상들, 그리고 다른 한편으로는 이 영상들이 촬영되고 있는 동안 저쪽에서 나 혼자 생각한 것들을 적어 놓는 일기에서 따올 내성적인 코멘트들, 이 양자를 겹쳐 놓은 게 되지 않을까 생각하기에 이른다. 이런 나르시시즘적인 구조를 생각하니 우울해지는 게 사실이어서, 난 이 상황을 완전히 뒤집어 놓을 무언가의 출현에 모든 희망을 건다. 무언가가, 아니 그보다는 누군가가 불쑥 나타나기만을 바란다.

그런데 바로 이 〈누군가〉가 우리에게 다가온다. 그는 이 지역 일간지 『코텔니치니 베스트니크』의 사진 기자로, 포켓이 주렁주렁 달린 조끼만 봐도 뭐 하는 사람인지 금방 알 수 있다. 나는 속으로 〈야, 잘됐네, 우린 이 친구를 따라다니면서 그가 작업하는 모습을 보여 주는 거야, 그러면서 이 친구는 우리에게 이 도시에 흘러 다니는 여러 가지 소문들을 들려주고〉라고 생각한다. 그런데 문제는 그가 맡은 임무는 바로 우리를 인터뷰하는 일이라는 점이다. 그리고 내가 이 인터뷰 기회를 이용하여 그로 하여금 이 지역의 가십들에 대해 얘기하게 만들려고 하자, 그는 설명하기를, 자기네 신문(발행 부수 8천 부)은 주로 삶의 긍정적인 부분들을 강조하는 것을 목적으로 한단다. 예를 들면 비아트카 강에서 아주 커다란 물고기가 잡혔다든지, 혹은 어떤 선량한 사내가 보트를 만들어 일요일마다 가족과 함께 이 비아트카 강에서 뱃놀이를 즐긴다든지, 그런 기사들을 주로 싣는단다. 내가 사샤 카모르킨과 아냐에 대해 물어보자, 그런 이름들은 들어 본 적이 없다고 단언한다. 지역 기자가 FSB

책임자를 모른다는, 혹은 모르는 척한다는 사실은 놀랍지 않을 수 없다. 그리고 사샤가 아직 공식적으로 모습을 드러내지 않았다는 사실도 놀랍고, 그를 감싼 신비가 뭔가 위협적으로 느껴진다.

모범 시민들을 위한 행사는 축구 클럽 홀에 지역 유지들이 모인 가운데 정오에 시작된다. 하지만 건배 장면을 촬영하기 시작하자마자, 그들은 우리에게 한잔 권하지도 않고 당장 나가 달라고 부탁한다. 우리를 불신한다는 게 빤히 보이는데, 내가 생각하기에도 이것은 당연한 일이다. 어떤 프랑스 영화 제작 팀이 코텔니치에 와서 촬영한다면, 그것은 이곳의 삶이 얼마나 처량하고도 형편없는지를 보여 주기 위함이라는 걸 모두가 알고 있고, 절대로 그렇지 않다고 주장하는 사람은 물론 거짓말쟁이로 여겨질 것이다. 그들이 항상 하는 질문은 〈왜 여기에 오셨나요?〉이고, 이것을 조금 바꾼 것으로는 〈코텔니치에 대해 어떤 인상을 받으셨나요?〉이다. 만일 좋은 인상을 받았다고 대답하면 거짓말쟁이로 여길게 뻔하므로, 나는 〈물론 도시는 조금 더럽고, 삶은 힘들고, 여러 가지 상황은 어려운 게 사실이지만, 사람들만큼은 착하고 용기가 있어요. 그리고 내가 관심 있는 것은 바로 이 사람들이에요〉라는 새로운 형식의 답변을 만들어 이를 포켓을 주렁주렁 단 기자에게 실험해 보면서 다듬어 봤다. 하지만 아무도 내 말을 믿지 않고, 또 솔직히 믿지 않는 게 옳다.

바깥에서는 조그만 목재 스테이지에서 쇼가 한창 진행

중이다. 춤과 노래와 초등학생들이 공연하는 코믹한 막간극 등이 이어지는데, 그중에서 필리프는 오늘의 여주인공이 될 만한 인물을 하나 찾아낸다. 목소리는 별로지만 대단한 열정으로 브리트니 스피어스의 노래를 부르는 소녀인데, 필리프가 질문하자 자기는 프로 가수가 되고 싶다고 대답한다. 이름은 크리스티나고 나이는 열일곱이라지만, 키는 아주 작달막하고 몸매는 통통한 것이 흡사 열네 살짜리처럼 보이는 이 귀여운 소녀는 솔직하고도 웃음 띤 얼굴로 스스럼없이 얘기하면서, 우리가 자길 촬영해 줘서 너무 기쁘다고 말한다. 사실 나는 여주인공에 대해서는 약간 다른 관념을 가지고 있었다. 내가 생각하는 것은 모스크바의 나이트클럽에서 마주치는 그 늘씬하고도 매력적인 금발의 아가씨들이었다. 이른바 〈뉴 러시안〉들의 정부들이며, 아주 짧고도 값비싼 드레스 위로 모피 코트를 걸치고, 짙게 선팅한 메르세데스를 타고 다니고, 오직 신용 카드의 무게만으로 남자를 평가하고, 얼음같이 차가운 눈으로 세상을 바라보는 그 아가씨들 말이다. 이 아가씨들 중 많은 수가 러시아 오지의 외진 마을들에서, 월수입이 6백 루블에 불과하고 감자만 먹고 사는 가정들에서 왔으리라. 어느 날 그들은 그들의 부모를 짓누르는 운명에서 벗어나기 위해 기차를 탔다. 가진 무기라곤 미모 하나뿐이고, 머릿속은 아마도 트로이카 술집의 얼빠진 취객들 앞에서 끝없이 반복되는 그 TV 광고들로 꽉 차 있을 이들은 고급 매춘부의 길을, 그게 의미하는 바가 무엇인지 잘 알면서, 선택했다. 한 설문 조사에 따르면 젊은 러시아 여성들의 3분의 2가 세상에서 양지바른 한자리를 얻기 위한 한 방법으로 이 일을 해볼 것을 조금의 윤리적 거리낌도 없이 고려하고 있다고 한다. 난 아직 코텔니치를 떠나지 못한 아가씨들 중의 하나를 찾아내어 그녀가 무슨 생각을 하고 있는지 알고 싶었는데, 크리스티나는 이런 캐릭터로는 전혀 맞지 않다고 생각했다. 그런데 이 크리스티나도 이곳을 떠나고, 다른 것들을 경험하고, 어느 날 진짜 무대 위에서 진짜로 박수갈채를 받기를 꿈꾸고 있단다. 필리프가 옳았다. 그녀는 호감 가는 인물이 될 수도 있다.

시립 공원 언저리에 〈루빈〉이라는 이름의 카페가 하나 있는데, 사샤는 거북한 표정으로 저기가 바로 깡패들의 카페라고 가리킨다. 다시 말해서 우리의 첫 번째 체류 때, 그가 늘씬하게 얻어맞은 곳이란다. 이날 저녁, 축제 때문에 루빈의 테라스는 이곳의 단골인 깡패들만이 아니라, 온 시민이 다 몰려온 것처럼 북적댄다. 그런데 이 중에는 깡패가 하나 앉아 있는데, 나중에 알게 된 바에 의하면 깡패들의 두목, 안드레이 곤차르다. 스킨헤드에 배불뚝이이며, 웃통을 벗어부쳐 문신투성이 상체를 드러낸 이 거구의 사내는 내가 그의 테이블 옆을 지나가자 반은 농담조고 반은 공격적인 어조로 프랑스 사람인 나를 욕하면서, 팔씨름이나 한 판 벌이자고 제안한다. 나는 〈그럴 필요 없소, 누가 봐도 당신이 나보다 힘이 세다는 걸 알 수 있으니까〉라고 사양했고,

또 사실이 그랬다. 몇 분 후, 나는 이 신중한 처신을 후회하게 된다. 팔은 조금 아플지 몰라도, 같이 한바탕 웃고, 서로 사귈 수 있는 기회가 되지 않았겠어? 이 지역 깡패 두목과 알고 지내는 것도 괜찮잖아? 이렇게 우리끼리 얘기하고 있을 때 사샤는 고개를 젓는다. 아니, 좋지 않아요. 그건 위험해요.

얼마 후, 모두가 철책으로 둘러싸인 일종의 마당에 몰려나와 춤을 춘다. 크리스티나는 미친 듯 몸을 흔들어 대고, 빡빡머리 아이들은 촬영되고 싶은 마음과 카메라를 훔치고 싶은 욕구 사이에서 갈등하며, 필리프는 이것저것 마구 찍어 댄다. 다음 날 나는 필름 카세트들을 들여다보다가 엄청나게 예쁘면서도 재미나게 생긴 한 금발 아가씨를 발견하게 되는데, 내가 생각했던 인물에 딱 부합하는 아가씨였지만, 애석하게도 이곳 코텔니치 사람이 아닌 듯, 다시는 볼 수 없게 될 것이다. 어느 순간, 나는 〈왜 우릴 촬영하러 왔죠?〉라는 반복되는 질문을 또 받고, 〈이곳의 힘든 현실과 용기 있게 그것에 맞서는 사람들〉이라는 똑같은 답변을 내놓는다. 나의 대화 상대자는 타타르스탄, 체첸, 몽골 등에서 25년 동안 군 복무를 했다는 40대의 키 큰 사내인데, 그는 자기에게 사기 치지 말라는 듯 한쪽 눈을 깜빡한다. 난 당신들이 무엇에 관심이 있는지 잘 알고 있어요. 그것은 코텔니치가 아니죠. 코텔니치 같은 곳에 관심을 가질 이유가 전혀 없거든. 당신들은 모로디코보에 관심이 있는 거예요……. 모로디코보? 아, 여기서 50킬로미터 떨어져 있고, 최근까지도 화학 무기를 생산했다는 그 공장! 이제 공장은 철거됐지만, 거기서 취급했던 그 대단히 위험한 물질들을 어떻게 했는지에 대해서는 별로 알려진 게 없다. 난 첫 번째 체류 때 이 모로디코보에 대해 어렴풋이 들은 적이 있었는데, 그때는 그게 좀 더 먼 곳에 있다고 생각했었다. 그리고 지금 퍼뜩 깨닫게 되는 게 있다. 그렇다, 그때부터 벌써 우리에 대한 의심이 시내에 떠돌았을 것이다. 그들은 쑥덕댔으리라. 〈코텔니치 촬영은 금지된 구역에 접근하기 위한 하나의 핑계에 지나지 않을 거야〉라고. 저 친구들 되게 약아빠졌어. 진짜 목표가 있는 쪽으로 가지 않을 뿐 아니라, 거기에 대해선 아무 말도 하지 않고, 여기 사람들이 제 입으로 얘기해 주기만을 기다리고 있는 거야……. 내가 퇴역 군인에게 그럼 당신이 거기에 대해 얘기해 줄 수 있느냐, 또 당신의 삶 전반에 대해 얘기해 줄 수 있느냐고 묻자, 천만에, 그는 촬영되고 싶지 않단다. 날씨는 춥고, 나도 이제는 지겨워진다. 새벽 3시, 해가 완전히 지지도 않았는데 다시 날이 밝아 오기 시작하고(상트페테르부르크와 같은 위도인 이곳에서 6월에는 백야가 계속된다) 카페 앞 무도장은 문을 닫는다. 축제는 끝났고, 아무 일도 일어나지 않았다.

카를 마르크스 가와 10월 가가 만나는 모퉁이에 위치한 FSB 사무실은 『코텔니치니 베스트니크』 신문사와 같은 건물에 있고, 층계를 오르다가 포켓이 주렁주렁 달린 조끼를 입은 사진 기자와 마주쳤을 때, 〈아뇨, 전 사샤 카모르킨이라는 사람을 몰라요〉라고 한 그의 말이 조금 지나쳤음을 깨닫는다. 이날 아침, 우린 예고도 없이 FSB 책임자를 만나러 쳐들어온 것이다. 체카[17]의 설립자 펠릭스 제르진스키의 커다란 초상화로 장식된 그의 사무실에서 사샤는 별로 놀라지도 않으면서 따뜻하게, 하지만 카메라 렌즈에 덮개가 분명히 씌워졌는지 확인하면서 우릴 맞아 준다. 난 그에게 필리프와 류드밀라를 소개하고, 알랭의 사망 소식을 알려 주자 그는 진심으로 슬퍼하는 표정을 짓는다. 1년 반 만에 그는 상당히 늙어 버렸다. 소련 시대의 영웅 같은 당당한 풍채는 여전하지만, 얼굴은 부풀었고, 눈은 빨갛게 충혈

17 볼셰비키 혁명 직후 창설된 소련의 비밀 정보기관. KGB, 그러니까 FSB의 전신이다.

되었다. 그는 자신이 우리에게 달려오기보다는 우리가 제
발로 찾아오게 만든 꾀바르고도 우월한 두뇌의 소유자인
척하고 있지만, 실은 왜 우리가 다시 돌아왔는지 자못 궁금
해하고 있다는 게 느껴진다. 그 역시 — 특히 그는, 왜냐면
이게 그의 직업이므로 — 우리가 이렇게 돌아온 데에는 뭔
가가 숨어 있지 않은가, 그리고 그 뭔가는 모로디코보와 관
련이 있지 않은가, 의심하고 있으리라. 하지만 나는 그가
몹시도 교활한 전략이라고 생각할 모습을 또다시 보인다.
즉 이름은 정확히 말하지 않고, 단지 역과 열차들을 촬영할
수 있도록 허가해 달라고 요청하는(그는 자기가 어떻게 도
와줄 수 있는지 한 번 알아보겠단다) 동시에, 이 일과 관련
하여 프랑스어를 할 줄 아는 그의 애인 아냐는 어떻게 됐느
냐고 물어본 것이다. 나는 그녀의 모습이 보이지 않아 그녀
가 이곳을 떴나 보다, 어떤 대도시에게 가서 통역 일을 하
나 보다, 하고 생각했다. 그런데 천만의 말씀, 그들은 여전
히 같이 살고 있고, 이제 아이까지 하나 있단다. 그녀는 지
금 비아트카의 자기 어머니 집에 있는데, 새 아파트가 준비
되는 대로 돌아올 예정이란다. 이 짤막한 대담이 끝나자 그
는 통역사 사샤에게 따로 할 말이 있으니 남으라고 한다.
그리고 잠시 후 거리에서 기다리는 우리에게로 돌아온 통
역관 사샤는 앞으로 우리의 FSB 친구와의 관계에서 지켜
야 할 규칙을 빈정거리는 듯한 어조로 알려 준다. 이제 그
는 FSB에서 일하는 게 아니고, 환경 보호를 위해 일하는 걸
로 해두란다.

하지만 그건 말도 안 되잖아!

말도 안 되죠, 사샤가 킥킥댄다, 하지만 그런 걸 어쩌겠어요.

이제 집과 주방이 생겼으므로 우리는 식량을 넉넉히 사 두기 위해 시장으로 달려간다. 필리프의 카메라가 돌아가기 시작하자마자 대부분의 상인들과 고객들은 자신은 촬영되고 싶지 않다고 손사래를 친다. 한 정육점 주인은 파리들이 윙윙대는 좌판을 박차고 나와 우릴 위협하기까지 한다. 손이 솥뚜껑만 하고, 지역 제재소가 폐쇄되기 전에 거기서 일했다는 이 노인은 자기의 모습이 TV에 나오면 체포될 것을 걱정한다. 그에게 그런 일로 사람을 체포하는 게 아니며, 그리고 어차피 우리 영화는 러시아 TV가 아니라 프랑스에서 상영될 거라고 아무리 설명해도 소용없다. 여기에 온 이후로 귀에 못이 박히게 들은 그 넋두리가 또 튀어나온다. 너희들은 천국에서 사는데, 우린 여기서 개같이 살고 있어! 그런 우릴 촬영하러 온 너희들은 정말로 나쁜 놈들이야! 우리는 황급히 자리를 뜬다.

류드밀라가 차린 저녁을 먹으면서 우리는 우리 영화에 넣을 수 있는 인물들의 리스트를 뽑아 본다. 크리스티나에게 완전히 꽂혀 버린 필리프는 가정에서 그녀를 촬영하기 위해 벌써 그녀의 부모와 접촉했단다. 나는 카모르킨 커플에 큰 기대를 걸고 있다. 흥미롭기도 하고 위험하기도 한 깡패 두목 안드레이 곤차르에 대해선 의견이 갈리지만, 코텔니치의 범죄 활동 혹은 돈벌이를 목적으로 하는 범죄 활동과 경찰의 관계에 대해 진지하게 조사하는 것은 절대 불가라는 데에는 의견이 일치한다. 이건 우리의 주제가 아닌 것이다. 하지만 우리의 주제가 뭐냐고 묻는다면 난 딱히 내놓을 대답이 없다.

그 사나운 정육업자에게서 산 힘줄투성이에 딱딱하기 이를 데 없는 고기를 수저로 공격하면서, 류드밀라는 이 도시에는 나이프가 없다는 사실을 알려 준다. 레스토랑에도, 각 가정의 주방 서랍에도 없고, 다만 양철 수저와 포크만 존재한다는 것이다. 류드밀라는 자기가 보기에 이것은 악마를, 보다 정확히는 주정뱅이들을 유혹하지 않기 위해서라고 말하고, 신이 난 나는 우리 영화의 제목으로 *Gorod bez nozhei*(나이프 없는 도시)를 제안한다. 내가 신이 난 가장 큰 이유는, 조그만 주방에서 저녁 식사를 하는 동안 난 러시아어만을, 먼저는 류드밀라와, 그리고 다른 사람들과도 러시아어로만 얘기했기 때문이고, 그것도 꽤 괜찮게 해냈기 때문이다. 또 하나의 희소식은, 이는 아마도 우리가 저번에 체류했던 이후로 일어난 유일한 변화일 터인데, 이제 이곳도 휴대폰이 터져서 우체국에 갈 필요 없이 프랑스에 전화할 수 있게 되었다는 점이다. 일찍 잠자리에 든 나는 30분을 소피와 함께 보내면서, 지금 내가 빠져 있는 회의들에 대해 말해 준다. 그녀 또한 상황이 그리 좋지 못하다. 직장 일이 너무 힘들고, 다른 일을 구하는 것도 쉽지가 않단다. 난 그녀를 달래 주려고 노력한다. 난 그녀에게 사랑한다고 말하고, 그녀도 날 사랑한단다. 결국 우린 폰 섹스를 하는데, 아, 정말이지, 섹스로 그 정도면 내게는 충분했다!

우리가 과자며 초콜릿이며 보드카며 샴판스코예(샴페인) 등을 잔뜩 싸 들고서 찾아간 크리스티나의 부모는 시외곽의 조그만 공영 주택에서 살고 있다. 방은 두 칸인데, 금박 장정이 된 서적, 자질구레한 장식물, 그리고 가족사진 같은 것들이 빼곡히 놓인 유리 서가 등으로 아주 잘 꾸며져 있다. 우리가 도착하자 가족은 겁을 집어먹지만 분위기는 곧바로 풀어지는데, 솔직히 말해서 난 이를 위해 아무것도 한 게 없다. 크리스티나는 너무나도 친절한 필리프에게만 눈이 가 있다. 경찰인 아버지는 온화하고도 조용한 사내로 마흔두 살이지만 쉰다섯 살 정도로 보이는데, 곧 은퇴할 생각이라고 한다. 이 집에서 대장은 어머니인 듯하다. 그녀는 이 도시를 떠나고 싶단다. 다른 이들과 마찬가지로 모로디코보 때문에 몹시 불안하단다. 많은 사람들이 병이 들었고, 심지어 젊은 사람들도 암에 걸렸단다. 하지만 어디로 간단 말인가? 자신들은 너무 늦어 버렸고, 이제는 아이들에게 희망을 두고 있단다. 난 요점은 알아듣지만 대화에는 좀처럼 끼어들지 못한다. 축제 날에 찍은 영상에서 너무 늦게 발견한 그 예쁜 금발 아가씨가 자꾸만 생각날 뿐, 크리스티나와 그녀의 착한 가족을 억지로 부과받은 기분이 든다. 하지만 내가 나서서 한 게 아무것도 없으니, 어쨌든 필요한 일들을 하여 작업을 진척시키는 필리프에게 그저 감사해야 하리라.

　다음 날, 이번에도 필리프 덕분에 우리는 새로운 인물 하나를 발견하게 된다. 이 사람은 더 이상 긍정적일 수 없는 인물, 코텔니치의 풀 한 포기 없는 공원들에 널브러진 주정뱅이들을 촬영하려 드는 우리 때문에 속이 타들어가는 시장 보좌관을 안심시키기에 충분한 인물이다. 블라디미르 페트로프는 보디빌딩 클럽 코치이다. 천진한 미소를 지으며 힘차게 악수를 나누는 30대의 이 남자는 2001년도 독립국가 연합 선수권 대회에서 10위를 차지했고, 상트페테르부르크에 일자리까지 하나 제의받았지만 그의 클럽과 그가 지도하는 청년들을 버릴 수가 없어서 거절했다. 그들에 대해 책임감을 느끼고 있는 것이다. 그들 중 많은 이가 범죄자 출신으로, 그의 영향을 받아 담배와 술을 끊었고, 더 이상 뒷골목을 배회하지 않으며, 무거운 역기를 들어 올리며 올바른 길로 돌아왔다. 블라디미르는 제자들의 근육 운동을 지도하는 것으로 만족하지 않고, 자신이 경비를 책임진 공장에 그들을 경비원으로 취직시킴으로써 직업적 재활을 돕고 있다. 한마디로 이 무너져 가는 도시에서 그래도 포기하지 않고 노력하는 사람이 여기에 있는 것이다. 그의 그룹 트레이닝 광경을 필름에 담으면서, 우리는 멋들어진 시나리오를 상상해 본다. 이 체육관을 드나드는 친구들 중에 그 문신한 깡패 두목, 안드레이 곤차르의 심복들이 섞여 있다. 블라디미르가 범죄의 수렁에서 끄집어낸 그들 중 하나에게 좀 더 불우한 불알친구가 하나 있는데, 그는 시장 보좌관이 한번 방문해 보지 않겠느냐고 제의하여 우릴 깜짝 놀라게 한 바 있는 소년원에 수감된 상태이다. 크리스티나는 클럽에 피트니스를 하러 왔다가 젊은 보디빌더와 사랑에 빠지고, 이 두 사람은 함께 소년원의 친구를 방문한다. 이 모든 운명들이 우리의 카메라 앞에서 교차하며, 이 일련의 아름다운 만남들을 완벽하게 매듭짓기 위해 촬영이 종료됐을 때 등장인물들을 모두 초대하여 한바탕 파티를 벌이는 것도 괜찮으리라……. 이날, 나는 영화의 성공을 믿게 되었고, 심지어 소피에게 1주일간 휴가를 내어 여기로 와서 그 신나는 파티에 참석하라고 제안할 생각까지 했다. 하지만 생각은 했으되, 제안은 하지 않았다. 지금 나는 만일 그때 내가 제안했더라면 우리의 삶은 어떤 길을 가게 되었을까, 자문해 본다.

앞으로 우리가 〈생태주의자 사샤〉라고 부르게 될 FSB 요원 사샤는 모종의 특별한 대화를 위해 우리의 통역사 사샤를 소환하곤 한다. 그 내용에 대해 우리의 사샤는 설명을 얼버무리곤 하지만, 그 특별한 대화라는 것은 사실 둘이서 술을 퍼마시기 위한 핑계에 불과한 것 같다. 최근에 개업했으며, 코텔니치의 새로운 핫 플레이스로 통하는 레스토랑 조디악에 우리가 토요일 저녁 늦은 시간에 그들을 발견했을 때, 둘 다 술에 진탕 취해 있었다. 그러나 이런 상태에서도 생태주의자의 카메라 공포증은 여전하다. 〈난 순한 놈이지만, 만일 누군가가 날 함정에 빠뜨리려고 하면 못된 놈이 될 수도 있어요〉라고 그는 못 박는다. 하지만 주말 저녁이라 레스토랑에는 사람들이 바글거리고, 필리프가 댄스 스테이지를 촬영하는 것까지 금할 수는 없는 노릇이다. 필리프는 춤꾼들 주위를 빙빙 도는 척하면서 사샤의 영상 하나를 훔쳐 내려고 하고, 나는 어둑한 테이블, 당사자의 옆자리에 앉아 그의 주의를 딴 데로 돌리려고 애쓴다. 요컨대 우리에게는 이게 재미난 게임인 셈이다. 그가 나한테 여성의 아름다움을 위해 술을 마시자고 고집스레 요구하면서, 문화와 프랑스에 대해 그리고 자기가 예리한 심리학자라는 사실과 자기가 사람을 정확히 판단할 줄 안다는 사실에 대해 갈수록 둔중해지는 장광설을 늘어놓고 있을 때, 필리프는 마침내 비스듬히 뒤에서 본 각도로 그의 모습 하나를 찍는 데 성공한다. 이 보잘것없는 전리품을 가지고 집에 돌아온 우리는 마치 특별히 맛이 좋은 새 한 마리를 잡은 사냥꾼들처럼 희희낙락했는데, 다음 날이 돼서야 나는 이에 대해 약간 부끄러움을 느낀다. 그래, 코텔니치에 열흘 동안 있으면서 거둔 최대의 성과란 게 고작 직업의 규정상 촬영되면 안 되는 친구를 슬그머니 촬영한 것이란 말인가? 불행하고, 알코올 중독자이고, 감상적이고, 복수심 강한 어떤 친구를 나는 단지 그가 원치 않는다는 이유 때문에 우리 영화의 한 등장인물로 삼을 생각을 했고, 또 그의 아내도 그녀가 그 앞에서 러시아어로 말하지 않을 것들을 내게 프랑스어로 들려줄 수 있다고 상상했기 때문에 역시 영화에 끌어들일 생각을 했다. 1년 반 전에 트로이카에서 촬영한, 거의 아무것도 보이지도 들리지도 않는 한 카세트를 기반으로 난 이 커플에 관한 소설 하나를 지어냈으며, 지금은 이들을 함정에 빠뜨리려 하고 있는 것이다. 이래서 내가 벌을 받는 것일까, 내 러시아어는 퇴보하고 있는 느낌이다.

아침 식사를 하며 필리프가 〈오늘은 무엇을 하지?〉라고 물으면 나는 〈잘 모르겠어〉라고 대답하는 경우가 갈수록 잦아진다. 그는 내가 결정할 때까지 팔짱을 끼고 기다릴 수도 있겠지만, 이건 그의 성격이 아니라서 스스로 결정을 내린다(그는 보통 크리스티나와 그녀의 가족과 친구들, 그녀가 치르는 시험들을 촬영하기로 결정한다). 난 그가 작업하는 동안 벤치에 앉아 햇볕을 쬐면서 최상의 경우에는 수첩에 뭔가를 끼적이지만, 대부분의 경우에는 꾸벅꾸벅 존다. 나는 이론적으로는 팀의 우두머리인데, 아무 결정도 내리지 않고 되는대로 끌려다니며, 사람들을 만날 때면 무기력하게 앉아서는, 내 앞에서 오가는 말을 전혀 못 알아듣지는 않는다는 걸 표시하기 위해 이따금 미소를 짓거나 *Da, da, konechno*(네, 네, 그럼요)라고 웅얼거릴 뿐이다.

내가 이 체류에서 기대했던 것은, 마침내 러시아어를 할 수 있게 되고, 또 그럼으로써 타인과의 진정 어린 관계들을 맺어 간다는 것이었는데, 난 러시아어도 하지 못하고, 매일같이 내 안으로만 움츠러들고 있다. 난 지금 내게 낯익고

친밀한, 그리고 나의 모어(母語)라고도 할 수 있는 것이지만, 내가 이해하지 못하는 언어에 둘러싸여 있다. 난 이 언어와 사람들이 하는 말들을 마치 꾸벅꾸벅 조는 사람처럼 그냥 귀로만 듣는데, 그것은 단지 그 의미의 절반은 놓치기 때문일 뿐 아니라, 무엇보다도 사실 그 의미에 별 흥미를 느끼지 못하기 때문이다. 나는 그 의미의 절반은 놓친다고 말했는데, 이게 정확한 퍼센티지일까? 만일 3분의 1, 혹은 4분의 1이라고 말한다면, 그게 더 정확할까? 두 달 동안 러시아어로 일기를 써나가고, 모스크바에서는 비록 막힐 때 도움을 청하는 영어 단어들과 갖가지 오류들로 뒤범벅이 되긴 하지만 그래도 활기찬 대화를 이어갈 수 있었다가, 지금 코텔니치에서는 마치 실어증에 걸린 것같이 되어 버린 사람의 언어 레벨을 어떻게 평가할 수 있겠는가? 내가 동료들에게 노력에도 불구하고 어떤 무의식적 거부 반응 같은 것이 나로 하여금 러시아어에 접근하지 못하게 하고 있다고 설명하면 그들은 어깨를 으쓱한다. 어떤 외국어 사용에 있어서 수동적 단계에서 능동적 단계로 넘어가기 힘든 것은 일반적인 현상인데 왜 그것을 〈거부 반응〉이라고 부르냐는 것이다. 하지만 나는 이것은 분명히 모종의 거부 반응이라는 것을, 내 속의 무언가가, 혹은 누군가가 이 모어로의 회귀를 두려워하고 거부하고 있다는 것을 잘 알고 있다. 또 여기에는 어떤 수수께끼가, 헝가리인의 이야기로 시작되었고, 내 어린 시절의 추억들을 되찾기 위해 러시아어를 사용하며 계속되어 왔고, 지금 여기 코텔니치에서는 후

퇴하고 있는 듯이 보이는 이 작업이 결국에는 내게 그 열쇠를 내주게 될 어떤 수수께끼가 있다는 것을 알고 있다. 내가 코텔니치에 온 것은, 내가 코텔니치에서 이 영화를 만들기로 결심한 것은 바로 이것 때문이다.

하지만 왜 코텔니치인가? 난 그냥 간단히 대답하기 위해서, 이곳에서 내 뿌리들을 되찾기 원한다고 말하곤 하는데, 이것은 웃기는 얘기다. 난 이 코텔니치에 뿌리가 전혀 없고, 사실은 러시아에도 전혀 없다. 여섯 달 동안 비아트카의 부지사였고 이슬람교도들을 창밖으로 던져 버렸다는 증종조부 얘기를 들려주면 언제나 이곳 사람들은 입을 딱 벌린다. 생태주의자 사샤는 자기가 문헌을 뒤져 조사해 보겠다고 제안하기까지 했고, 나는 열광하는 척하면서 〈좋습니다, 좋죠〉라고 했지만, 사실은 아무 관심이 없다. 나의 조부는 조지아인이었고, 나의 조모는 이탈리아에서 성장했기 때문에, 난 증조부모의 드넓은 영지들에 대해선 아무 관심도 없는 것이다. 나한테 이 땅은 아무것도 아니고, 단지 이곳 사람들이 말하는 언어만이 중요하다. 어머니가 이 언어를 배우고 사용한 곳, 또 내가 어렸을 때 이 언어를 들은 곳은 여기가 아니라 파리이다. 그러므로 만일 여기가 나의 조부의 운명을 우회로로 접근하게 해줄 그 헝가리인의 운명이 좌초된 곳이 아니라면, 왜 내가 이 러시아로 왔고, 이 코텔니치로 돌아왔겠는가?

이따금 난 이렇게 생각해 보곤 한다. 이것은 일테면 헝가리인의 이야기, a에서 조르주 주라비슈빌리의 이야기, z로 가는 여행인 셈인데, 이 두 지점 사이에 어떤 것이 있는지 난 몰라. 그리고 코텔니치에서 그 비밀을 찾아내는 게 — 이렇게 생각하는 데에는 아무런 합리적인 근거가 없지만 — 나의 도전이라 할 수 있지. 나는 조지아에 갈 수도 있었다. 외조부의 발자취를 따라 트빌리시, 이스탄불, 베를린, 파리, 보르도, 그리고 정보국 건물이 있었던 거리, 이상하게도 내게는 태양이 작열하는 곳으로 상상되는 그 거리까지 와 볼 수도 있었다. 하지만 아니었다. 내가 찾아온 곳은 코텔니치다.

난 외조부의 서신 사본들이 든 파일을 가지고 왔고, 가끔 다른 이들이 촬영을 떠났을 때 혼자 집에 남아 그것들을 읽어 보곤 한다. 거기에 전개되고 있는 것은 프랑스어로 써졌건 러시아어로 써졌건 그 특유의 언어인데, 너무나도 개성적이어서 보통의 언어와는 거의 관련이 없다. 그것은 그의 교양과 총명함에도 불구하고 결국에는 56년 동안 이제 아무도 이해하지 못하는 그 자신만의 언어로 혼자서 웅얼거려 왔던 언드라시 토머의 언어와 비슷하게 되어 버린 어떤 개인적인 언어이다. 그의 강박적인 생각들과 쓰라린 한과 과대망상과 자기혐오를 곱씹기 위해 나의 외조부는 지나치게 개인적인 언어를 만들어 낸 것인데, 이 서신들을 읽고 있으려니 이것은 어떤 광인이 쓴 편지들이라는 무서운 생각이 스친다.

우리는 이제 허가를 받았으므로 육교 아래로 지나는 기차들을 촬영하지만, 금방 싫증이 났다는 것을 고백해야겠다. 또 우리는 역도 선수들의 훈련 장면과 블라디미르의 근육질 제자들이 그가 경비를 책임진 공장을 순회하는 모습을 촬영한다. 또 크리스티나가 학년말 시험을 치르고, 답을 아는 게 하나도 없어(정말로 아는 답이 하나도 없다) 울음을 터뜨리고, 그럼에도 불구하고 B학점을 받아 미소를 되찾는 모습을 촬영한다. 또 그녀의 급우들을 촬영하고, 난 그들 중 하나인 류드밀라가 아주 매력적이라고 생각한다. 또 그들의 교사인 이고르 파블로비치도 촬영한다. 스물여덟 살이지만 마흔 살처럼 보이는 이 느릿한 곰 같은 사내에게 우리는 그의 소명감과 이 소명감 뒤에 숨어 있을 고결한 무사무욕(無私無慾)의 정신에 대해 인터뷰를 제안했으나, 그는 자신은 가르치는 일이 전혀 즐겁지 않으며, 이것은 병역을 피하기 위한 한 방법일 뿐이라고 아주 솔직하게 대답한다. 내년이면 징집 한계 연령을 넘기게 되므로, 그때 교사 일을 그만둘 거란다. 이 당연한 퇴직을 기다리며, 그는 주당 4시간씩 수업을 한다. 그 보수는 월 6백 루블, 그러니까 약 20달러인데, 자기에게는 이 정도면 충분하단다. 그는 1년의 반은 코텔니치에서, 학생인 자기 동생 집에서 살며, 반은 시골에 있는 부모 집에서 생활한다. 그는 이런 삶이 자기에게는 딱 맞는단다. 뭐, 더 이상 힘들게 일할 필요 있나요?

이반 곤차로프의 소설의 주인공 오블로모프를 연상시키는 이런 평온한 무기력증은 나로 하여금 오히려 그에게 호감을 느끼게 한다. 적어도 시험이 끝난 후에 우리가 그녀의 성공을 위해 건배하러 다시 집에 찾아간 크리스티나보다는 덜 지루하게 느껴진다. 하지만 그녀는 보고 있으면 마음이 짠해지는 바가 없지 않다. 브리트니 스피어스나 셀린 디옹 같은 가수가 되고 싶다는 이 소녀는 그다지 예쁘지도 않고 목소리도 좋지 않은 자신이 자신의 가난한 부모보다 삶에 있어서 더 멀리 나아갈 가능성에 대해 벌써부터 회의하고 있는 것처럼 느껴지기 때문이다. 난 가족사진 앨범들을 뒤적여 보기도 하고, 또 옆에서 뒤적이고 있는 그녀의 모습을 바라보기도 한다. 아기였을 때의 그녀, 어린아이였을 때의 그녀, 처음 무대에 섰을 때의 그녀, 그 환한 미소와 통통한 뺨…… 필리프는 그녀의 수상식이며 노래 경연 대회 등을 따라다니기로 마음먹은 것 같지만 난 별로 마음이 내키지 않는다. 얼마든지 싫다고 말하고, 다른 것을 제안할 수도 있지만, 요즘 난 다른 이들의 의견을 따라가는 경향이 있고, 또 이를 일반적인 정책으로 삼아 버린 터다. 이것이 어떤 결과를 가져올 것인지는 나중에 가서 밝혀지겠지만, 어쨌든 이고르 파블로비치는 엄지를 치켜들리라.

나는 이 촬영이 하나의 실험이라고 줄곧 말해 왔는데, 이 말에는 이 촬영이 어쩌면 성공하지 못할 수도 있다는 의미가 내포되어 있다. 그리고 나처럼 잔격정 많은 사람으로서는 아주 이상하게 보일 수도 있는 일이지만, 난 마치 그래도 상관없다는 듯이, 실패해도 그렇게 큰일은 아니라는 듯이, 이 실패에는 나중에 밝혀지게 될 어떤 의미가 숨어 있다는 듯이 굴고 있다. 정확히 한 달 후면 『르 몽드』에 내 단편이 발표되고, 그리되면 분명히 여러 가지 일들이 일어나게 될 거고, 또 소피는 날 사랑한다. 이 모든 것들은 나로 하여금 이처럼 비교적 차분한 상태로 있을 수 있도록 도와준다.

어느 날 아침 아냐에게서 전화가 왔다. 그녀는 몇 시간 있을 예정으로 코텔니치에 왔단다. 우리는 조디악 식당에서 만나기로 약속을 정한다. 그녀는 조금도 변하지 않았다. 예쁘지는 않지만 활발하고, 초조해하고, 계속 주저하고, 왠지 불안정하게 보이는데, 바로 이런 점 때문에 난 우리가 촬영하는 다른 인물들보다 그녀에게 흥미가 느껴진다. 애인의 말을 그대로 통역하는 대신에 때로는 신랄한 논평을 섞어 가며 떠들어 대던 그 트로이카 식당에서의 첫 번째 저녁 시간 이후로, 난 취했을 때에도 자신의 입을 단속하는 그와는 달리 그녀는 자유롭게, 때로는 걷잡을 수 없을 정도로 마구 얘기하는 여자라는 인상을 간직하고 있었다. 그런데 지금도 자리에 앉자마자 눈을 반짝이며 쉴 새 없이 떠들어 대는데, 마치 그녀가 〈어떤 동화〉 혹은 〈동방 박사들의 방문〉 같았다고 회상하는 우리의 지난번 만남 이후로 이렇게 얘기할 기회가 전혀 없었던 사람 같다. 우리가 다른 곳, 다른 세상에서 왔다는 사실은 이곳의 많은 사람들에게는 불신감을 불어넣지만, 그녀에게는 경이로움 그 자체이다. 그리고 우리가 다시 돌아왔다는 사실은 세상에는 기적이란 게 존재한다는 것을 증명한다. 그녀는 새 아파트의 공사가 끝날 때까지 비아트카에 있는 자기 어머니 집에서 태어난 지 넉 달 된 아들 레프(우리와 있을 때는 프랑스식으로 〈레옹〉이라고 부른다)와 함께 지내고 있지만, 며칠만 있으면 코텔니치에 돌아오고, 그때는 우릴 자주 볼 수 있기를 바란단다. 완전히 돌아오는 건가요? 그녀는 얼굴을 찡그린다. 코텔니치에 완전히 돌아온다는 생각은 잔인한 생각인 것이다. 하지만 여기는 사샤가 일하는 곳이다. 그의 세계, 그의 삶이다. 따라서 아냐의 세계, 그녀의 삶이기도 하며, 스물여덟 살의 그녀는 사랑을 위해 여기에 뼈를 묻는 것을 받아들인 듯하다. 왜냐하면 코텔니치는 사랑의 도시이니까요, 하고 그녀는 순진한 확신으로 말한다. 하지만 이곳에서 사랑은 쉽지가 않단다. 만일 당신이 외지에서 온 여자고, 당신을 위해 자기 아내와 헤어지고, 게다가 어떤 미묘한 일들을 하고 있는 남자와 결혼도 안 한 채로 살고 있다면, 모두들 당신을 삐딱한 눈으로 쳐다보죠. 아, 그래요? 어떤 미묘한 일들이라고요? 그녀는 실수로 너무 많이 말해 버린 여자아이처럼 흠칫 손으로 입을 가리지만, 곧바로 그와 그의 직업에 대해 다시 얘기하기 시작한다. 그녀의 애인은 분명히 좋아하지 않을 그런 얘기들을 말이다. 대체 그녀는 왜 이러는 것일까? 그녀가 말해야 할 것과 말하지 말아야 할 것에 대해 그가 확실히 가르쳐 주지 않았거나(그럴 가능성은 별로 없다), 그녀는 비밀 관리의 분야에 있어서 아주 풋내기이고, 어쨌든 대단히 어리바리한 사람인 것이거나 둘 중의 하나이리라. 그녀는 이를 다시 한 번 증명하는데, 그것은 우리가 그녀와 함께 사샤의 사무실, 다시 말해서 그녀가 핸드백을 놓고 온 FSB 지부에 갔을 때이다. 내가 차에서 내려 그녀를 돕겠다고 제안하자, 곧바로 그녀는 눈이 뚱그레지며 손으로 입을 가리면서, 〈안 돼요, 엠마뉘엘, 안 돼요, 나 혼자 가는 게 좋겠어요〉라고 말한다. 그리고 얼마 후 역에 가서는, 〈이곳에서 대마초를 팔아요, 요즘 시내에 대마초를 피우는 사람들이 갈수록 많아지고 있어요, 그리고 사샤가 하는 일 중의 하나가 바로 이런 사람들을 감시하는 거예요〉라고 설명해 준다. 아, 정말요? 난 그가 자연 보호 하는 사람인 줄 알았는데요? 내가 이렇게 슬쩍 떠보자 그녀 역시 깜짝 놀라는 척하며 〈아, 그가 그렇게 말했어요?〉라고 응수하며 웃음을 터뜨린다.

이 재회의 날에 난 아냐에 대해 약간 실망했다. 난 코텔니치의 마타 하리를 기대했는데, 내 앞에 나타난 사람은 평범해 보이고, 내가 대체 무슨 말을 해야 할지 모르겠는 한 젊은 어머니였다. 하지만 난 지난번 체류 때 트로이카에서 그 술 취한 밤을 보낸 이후로 사샤와 그녀는 어떤 신비에 싸여 있다는, 적어도 어떤 낭만적인 후광에 싸여 있다는 확신을 간직하고 있다. 크리스티나와 보디빌더 발로자와 게으른 교사 이반 파블로비치는 솔직히 어찌 돼도 상관없다는 생각이지만, 이 커플만은 꼭 영화에 집어넣고 싶은 심정이다.

이때 아이디어가 하나 떠오른다. 나는 아냐에게 우리의 보조 통역으로 일해 달라고 제안한다. 보조 통역? 너무 설득력 없는 말이다. 물론 난 통역이 둘씩이나 필요 없다. 이건 하나의 계책일 뿐이라고 설명해 보지만, 우리의 사샤는 마치 내가 그의 일에 대해 불만이라고 모두에게 알린 것처럼 뚱한 기색이 된다. 하지만 아냐를 고용하면서 내가 기대하는 것은, 우리가 사람을 만날 때마다 그녀가 특유의 거침없고도 예상 밖의 방식으로 논평을 가하고, 그럼으로써 자신이 우리의 조수라고 믿으면서 영화의 한 흥미로운 캐릭터가 되는 것이다. 어쨌든 나의 제안에 그녀는 신이 나서 어쩔 줄 몰랐다. 〈이건 여러분에게도 좋고 내게도 좋은 일이지만…… 사실 나한테 더 좋은 일이죠〉라고 말했는데, 애교와 꾀바른 겸양이 섞인 이 말에 한순간 그녀가 너무도 매력적으로 느껴졌다. 이런 열광은 내가 예상했던 바지만, 날 더욱 놀라게 한 것은 그녀의 사샤가 다음 날 허락해 줬다는 사실이다. 그는 우리의 사샤와 급료를 협상했는데(일당 50달러), 난 이 우리의 사샤가 자신이 이런 식으로 대체당한 사실을 체면을 구기지 않고 설명하기 위해 어떤 말을 했을지 무척 궁금하다. 어쨌든 협상은 타결되었고, 아냐는 우리를 위해 일하게 된다.

공식적으로는, 보다 급한 다른 일들을 처리해야 하는 우리의 사샤의 짐을 덜어 주기 위해서이다. 그런데 구체적으로 무슨 일들인가? 이에 대한 우리의 설명은 애매하지만, 어쨌든 그는 일에서 해방되자마자 또 다른 사샤에게 달려가 술을 퍼마시는데, 이는 우리의 허구를 박살 내기에 충분한 일이었지만, 천만에, 아직은 충분치 않은지 모두가 모르는 척하고 있다.

보수도 받고, 우리를 위해 어떤 의미 있는 작업을 할 수 있게 되었다는 자부심에 마음이 한껏 부푼 아냐는 소년원 방문을 앞두고 마치 어떤 중요한 시험을 준비하듯이 열심히 준비했다. 그녀는 자신이 우리와 함께 원장실에 들어오는 모습을 보고 소년원 원장 세르게이 빅토로비치가 기절초풍할 것을 상상하고는 미리부터 재미있어한다. 이 세르게이 빅토로비치는 사샤의 친한 친구이며, 사샤가 아내와 헤어졌을 때 그의 새 애인을 따뜻하게 맞아 준 몇 안 되는 사람 중의 하나라고 그녀는 되풀이하여 말한다. 하지만 그녀의 기대와는 달리, 우리가 사무실에 들어섰을 때, 작달막하고 뚱뚱한 체격에 군대 전투복 차림인 세르게이 빅토로비치는 그녀를 보고도 놀라지 않고, 또 친구들 간의 호들갑스러운 잡담으로 시간을 허비하지도 않고 그녀에게 간단히 인사하고는 곧바로 브리핑을 시작한다. 아냐의 실망은 이때부터 시작되었으리라. 나는 이 사무실에서 보낸 시간을 흐릿하게 기억하고 있는데, 특히 몇 달 후 편집 담당자 카미유와 돌려 본 카세트들이 생각난다. 카미유는 웃음이 많은 여자였는데, 소년원 교정 시스템이며 수감자들의 재활 단계들에 대한 세르게이 빅토로비치의 연설을 듣고 있는 내가 보이는 그 점잖으면서도 괴로워하는 모습에 배꼽을 잡고 웃어 댔다. 내게 있어서 그날은 그 무엇에도, 그 누구에도 흥미가 느껴지지 않는, 그리고 나의 모든 정신 활동은 이 무관심에만 쓰디쓰게 집중되어 있는 그런 고약한 날들 중의 하나였다. 손에 턱을 괸 나는 연신 고개를 주억거리며 하품을 참고 있었고, 한 단락이 끝날 때마다 아냐는 손에 연필과 수첩을 들고서 날 더욱 괴롭게 만드는 열의를 가지고 통역하기 시작했다. 이런 식으로 한 시간 반이 흐른 후, 세르게이 빅토로비치는 우리를 인도하여 소년원을 한 바퀴 돌아보게 해주었다. 이렇게 소년원을 돌아보게 해주는 데에 난 약간 놀랐지만, 지금에 와서는 이해가 되는데, 왜냐하면 그곳은 상당히 잘 유지되고 있었기 때문이다. 공동 침실들은 깨끗하고, 교실은 벽에 압정으로 붙여진 아이들 그림 등 제대로 된 교실 같으며, 제복 차림으로 복도를 오가는 청소년 수감자들은 약간 엄격한 기숙 학교의 생도들처럼 느껴진다. 난 거기에 있는 나 자신에 대해 화가 나고, 지옥 같은 분위기이기를 바란 소년원을 방문하게 되어 흥분했던 나에 대해 화가 나고, 소년원이 그렇게 지옥 같은 분위기가 아니었기 때문에 실망한 나에 대해 화가 난다. 또 아냐에 대해서도 화가 나는데, 그녀의 짜증 나는 선의가, 세르게이 빅토로비치의 끝없는 설명을 내게 몸을 기울이고서 나지막한 목소리로 열심히 통역하는 그녀의 방식에 화가 치민다. 난 그녀에게 〈됐어요, 무슨 말인지 나도 이해해요〉라고 차갑게 내뱉고, 내가 그때까지 늘 그녀를 아주 친절하게 대했으므로, 이 갑작스러운 어조의 변화에 그녀는 기절할 듯 놀란다. 그녀는 마음이 심란해진다. 돌아오는 길에 그녀는 불안한 눈으로 날 쳐다본다. 마치 지킬 박사가 갑자기 하이드 씨로 변해 버린 듯이 말이다. 그녀는 자기가 어떻게 했기에 내가 화가 났는지 도무지 알 수가 없다. 나 자신도 이유를 명확히 설명할 수 없지만 어쨌든 그녀는 날 짜증 나게 한다. 여기에 오고 나서 처음부터 모든 것이 잘 안 되었고, 이것을 누구의 탓으로 돌릴 수도 없건만, 난 이것을 그녀에게 뒤집어씌우고, 내 자신의 맹목에 대해 빈정대기까지 한다. 난 그녀에 대해 열광했고, 그녀를 어떤 낭만적인 인물로 보았지만, 실상 그녀는 너무 잘하려고 애쓰면서 허둥대는 불쌍한 여자에 불과하다. 그녀의 목소리도 짜증이 나고, 그녀가 쓰는 표현들도 짜증이 난다. 일테면 그녀가 프랑스어 정관사를 사용하는 방식 같은 건데, 예컨대 그녀는 〈난 그*le* 치약 튜브를 사러 가야겠어요〉라고 말하지, 치약 하나*un* 혹은 치약을 조금*du*이라고 말하지 않는데, 내가 러시아어를 하는 것보다 프랑스어를 백배는 더 잘하는 사람의 입에서 나온 이런 사소한 실수는 이 체류와 더 일반적으로는 나의 삶 전체가 야기하는 그 모든 울화를 갑자기 한데 압축시켜 놓는다. 우리는 그녀를 집까지 데려다주었다. 그녀는 언제 자신의 봉사가 또 필요할 것인지 머뭇거리며 물었고, 난 〈잘 모르겠다, 나중에 가봐야 알겠다〉라고 대답한다. 난 내가 잔인하다고 느껴지고, 이런 자신에 대해서도 화가 난다. 이날은 기억하기에도 끔찍하다.

크리스티나와 그녀의 친구들은 프랑스의 대학 입학 자격 고사에 준하는 시험에 합격했고, 이 성인의 삶으로의 진입을 축하하기 위해 부모들과 교사들과 학생들이 빵 공장 구내식당에 모여 파티를 벌인다. 코텔니치를 다룬 우리의 영화들을 보았고, 우리가 어떤 짓을 할 수 있는지 잘 안다고 주장하는 한 작달막하고 거만한 사내가 주도하는 한 무리의 까다로운 부모들이 처음에는 우리를 쫓아내려고 했다. 하지만 크리스티나는 노래를 불러야 했고, 크리스티나의 부모는 우리가 그녀를 촬영하는 것에 동의했기 때문에 결국 그들은 우리의 입장을 허락하고, 우리는 그들 가운데 섞여 들기로 작정하는데, 내 경우에 있어서 그것은 제대로 한 번 술을 퍼마시는 것을 의미한다. 크리스티나는 브리트니 스피어스의 히트곡들을 부르며, 진지한 애국주의자인 예쁜 류드밀라는 체첸에서 싸우는 러시아군의 영광을 기리는 노래들을 부른다. 나의 레퍼토리에도 잔인한 체첸인이 당연히 원수로 지목되는 코사크 자장가 한 곡이 포함되어 있다. 난 이 노래의 가사를 끝까지는 모르지만, 그래도 테이블 끄트머리에 서서 몇 소절을 열창하여 조그만 성공을 거둔다. 주위의 사람들도 나를 이어서 다시 한 번 제창하고, 내게 칭찬을 해준다. 난 나의 러시아적 뿌리와 나의 어머니와 나의 〈냐냐〉와 이슬람교도들을 창밖으로 던져 버린 부지사에 대해 그럭저럭 얘기해 주었고, 잠시 후에는 한 시간 전에 우리의 입장을 반대했던 부모 그룹에 속했던 레오니드라는 콧수염 기른 사내와 함께 두서없지만 지극히 정감 어린 대화를 나누게 된다. 어느 순간, 난 레오니드에게 한 가지 약속을 하게 된다. 우리가 촬영하는 다큐멘터리가 완성되면, 난 이것을 코텔니치의 주민들에게 당당하게 보여 주고 싶어요. 그래요, 물론 난 이걸 여러분에게 보여 줄 것예요. 여섯 달 후, 혹은 1년 후에 우린 다시 돌아와 성대한 시사회를 열어 이 영화에 나온 사람들을 모두 초대하겠어요. 그리고 여러분은 만족하실 겁니다. 내가 분명히 약속 드리겠어요. 뭐, 이것은 너무 거창한 약속일 수도 있으니까, 적어도 여러분이 부끄러움을 느끼는 일은 없을 거예요…….

그들이 부끄러움을 느끼고 있다는 사실, 이것은 부모들이 우리가 파티를 촬영하는 것을 처음에는 거절했다가, 이어 불안스러운 감상성을 걷잡을 수 없이 드러냈을 때 강하게 느껴진 부분이다. 그들은 단지 경계하고 있을 뿐 아니라, 부끄러움도 느끼고 있는 것이다. 가난한 것이, 비참한 것이, 주정뱅이인 것이 부끄럽고, 다른 사람의 눈에 그렇게 보일까 봐 두려워한다. 그들은 남들이 비웃을까 봐 끔찍이도 두려워하는 사람들인 것이다. 레오니드와 얘기하고 있는 동안, 내가 한 약속을 지키고 그들의 신뢰를 배신하지 않는 것보다 중요한 일은 없다는 생각이 든다.

파티는 오랫동안 이어졌고, 새벽 4시경에는 모두가 함께 강가로 몰려갔다. 밤은 한두 시간밖에 지속되지 않아 벌써 날이 밝았다. 6월 21일, 1년 중 밤이 가장 짧은 날이었다.

두꺼비들이 울고 있었다. 소녀들은 구두를 벗어 들고, 긴 치맛자락을 들어 올린 채로 물속으로 걸어 들어갔다. 뷔스티에[18] 끈들이 어깨 쪽으로 흘러내리고, 맥주와 보드카가 콸콸 부어지는 가운데, 사람들은 계속해서 노래를 불러 댔는데, 음정과 박자는 갈수록 엉망이 되어 갔다. 완전히 취해 버린 나는 차 안쪽에 널브러져 있었는데, 이 강변에서의 일에 대해서는 내 기억보다 필리프가 촬영한 영상들에 더 의지한다. 그 영상들에서는 쿠스투리차의 영화에 나오는 새벽들이며 술잔치의 파장 장면들이 보여 주는 아름다움이 느껴진다.

나는 내 자장가를 끝부분까지 배운다. 그 마지막 절까지 혼자서 홍얼홍얼 불러 보니 가슴이 얼마나 뭉클해지는지 울고 싶을 정도이다. 하지만 파티에서 레오니드와 소녀들에게 러시아어로 말하게 한 열정은 금방 식어 버렸다. 그게 누구이든 대화 상대들에게서 아무런 흥미가 느껴지지 않는다. 술을 진탕 퍼마시지 않는 한, 그들과, 아니 그 누구와도 무슨 말을 해야 할지 모르겠고, 그래서 다시 무기력 상태에 빠져 버린다. 나는 촬영 작업을 이끈다기보다는 수동적으로 따라다닌다. 사샤는 사람들에게 질문하고, 필리프는 촬영하고, 류드밀라는 녹음하고 있을 때, 나는 저쪽 벤치에 앉아서 두서없이 메모를 하는데, 눈앞에서 벌어지는 것들보다는 머릿속에 떠오르는 생각들을 쓴다. 난 러시아어도

18 어깨와 팔을 드러내는, 몸에 딱 붙는 여성용 상의.

하지 않고, 아무와도 소통하지 않고서 여기서 53년을 산 언드라시 토머를 생각한다. 난 실종된 나의 외조부를, 그의 서신들에서 나타나는 광기를, 언젠가 내가 외조부에 대해 글을 쓸까 봐 너무나도 두려워하는 어머니를, 그리고 정말로 내가 그리할까 봐 너무나도 두렵지만, 그래도 그걸 해야 한다는 것을, 이것은 나와 어머니에게 생사가 걸린 문제임을 알고 있는 나를 생각한다. 난 잘 기억나지는 않는 어떤 추리 소설의 주인공, 다른 수사관들이 이리 뛰고 저리 뛰고 있을 때, 잠을 자면서 수수께끼들을 해결하는 용한 재주가 있었던 그 탐정에 대해서 생각한다. 그리고 중간중간 악몽으로 끊기는 어떤 불안스러운 선잠에 빠져들면서, 내가 대체 무슨 수수께끼를 풀러 여기에 온 것일까, 자문해 본다.

우리는 역도 선수 블라디미르 페트로프의 집을 찾아간다. 트레이닝을 하는 그의 모습을 촬영한 후, 집에서 아내와 아이와 함께 지내는 그의 모습을 보여 준다는 게 우리의 아이디어였다. 두 분께선 우리가 여기 없다고 생각하시고 평소 하시던 대로 하시면 됩니다, 식사를 준비하고, 아이와 같이 놀고, 오늘 있었던 일에 대해 부부 간에 대화를 나누는 식으로요, 하고 필리프는 그들에게 친절하게 설명한다. 그러나 난 마음이 무겁고, 이 집에서 스스로가 거추장스러운 존재로 느껴진다. 하여 아파트가 비좁아 내가 언제든 카메라에 잡힐 위험이 있다는 핑계를 대고는, 층계참에서 기다리겠다고 말하고 밖으로 나간다. 콘크리트 계단을 걸어

내려가, 아파트 건물 아래에서 기다린다. 내 앞쪽으로 다른 아파트 건물들과 소들이 풀을 뜯고 있는 공터, 그리고 저쪽 끝에 빵 공장 건물들이 보인다. 이 모든 것들 위에 햇빛이 무겁게 짓누르고 있다. 나는 다른 할 일이 없어 이 풍경을 소형 DV 카메라에 담는다. 이러고 있을 때 블라디미르의 아파트 안에서 촬영되었으며, 나중에 편집할 때 내가 봤겠지만 전혀 기억이 나지 않는 영상들의 대척점에 이 이미지들이, 그러니까 과다 노출로 촬영되어 강렬한 빛 속에 잠겨 있고, 기이하고도 말로 표현할 수 없는 슬픔을 담고 있는 것처럼 느껴지는 이 영상들이 있다. 내가 의욕적으로 촬영 팀을 이끌고, 러시아어로 다른 사람들과 허심탄회하게 대화하는 모습으로 나타나기를 바랐던 이 영화 가운데서 이 영상들은 나도 외조부처럼 사라져 버리기로 체념한 순간을 나타내고 있다.

아냐는 우리에게 보트 유람을 제의한다. 사실 이 보트 유람을 준비한 이는 그녀의 사샤이고, 배는 그의 친구의 것이다. 따라서 이것은 사샤가 우리에게 준 일종의 선물이라고 할 수 있는데, 자신은 우리와 함께 가지 않는다는 것이다. 더욱 기이한 것은, 항상 그렇듯 거리낌 없이 생각나는 대로 말하는 아냐에 따르면, 이틀 전부터 그들의 관계는 팽팽하게 긴장되어 있고, 여기에 우리가 전혀 무관하지만은 않다는 사실이다. 〈생태주의자〉는 우리가 자기 아내에게서 기밀 사항(특히 모로디코보에 관한 거라고 생각하리라)을 빼내려 하고 있다고, 또 아내는 너무 쉽게 그걸 내주고 있다고 의심하고 있다. 그런데 왜 이런 상황에서 우리를 함께 보내어 보트 유람을 하게 하고, 또 그 자신은 동행하지 않는단 말인가? 나로서는 풀 수 없을 또 하나의 수수께끼이다.

사샤의 친구가 조종하는 조그만 모터보트는 비아트카 강을 천천히 거슬러 올라 기차 철교 밑을 통과한 뒤, 오늘의 목적지인 녹슨 배들의 공동묘지로 향한다. 아냐는 처음에는 가이드 역할을 했지만, 지역의 볼거리들에 대한 그녀의 설명은 이내 개인적인 속내 이야기로 변한다. 한 민둥한 작은 언덕을 지나칠 때, 그녀는 저곳의 이름은 〈사랑의 봉우리〉인데, 연인들이 즐겨 찾는 곳으로, 사샤도 처음 만났을 때부터 자기를 데려왔다고 알려 준다. 그리고 며칠 후, 그는 아내와 딸과 헤어져 자기와 같이 살게 되었단다. 그들은 함께 이 작은 도시의 험담들에 맞서야 했다. 여기서 사샤는 〈짭새〉이기 때문에 그다지 사랑받지 못했고, 그녀도 큰 도시에서 왔기 때문에 마찬가지였다. 사람들은 사샤를 좋아하지 않았지만 그를 무서워했고, 그녀 혼자서 모욕적인 말들과 삐딱한 시선들을 정면으로 받아 내야 했다. 하지만 그녀는 개의치 않았고, 심지어 자랑스러워하기까지 했으니, 그녀는 그와 함께였고, 그들은 서로를 사랑했기 때문이었다. 그녀는 그를 낭만적이고 신비스럽고 상처 입은 남자로 묘사하고, 그들이 처음 사랑하던 시절을 일종의 도취 상태에서 이야기하지만, 이런 때는 다 지나갔다고 처음에는 암시적으로 말하다가 마침내 이제 그들은 사이가 별로 좋지 않다고 솔직하게 털어놓는다. 그녀는 이런 얘기들을 명랑하게 하려고 애를 쓰는데, 왜냐하면 우리가 자기에게서 명랑함을 기대한다고 믿기 때문이다. 그녀는 어깨를 으쓱하고는, 짐짓 아무렇지도 않은 척하면서 사샤는 자신과 어린 레옹을 떠나고 싶어 한다고 불쑥 말한다. 다른 여자 때문인가요? 아뇨, 특별히 다른 여자 때문은 아니에요, 비록 그 사람에게 애인이 몇 있긴 하지만요. 단지 처음의 불 같은 열정이 식어 버렸고, 그에게도 낭만적이고 신비스럽게 느껴졌던 것이 그를 짜증 나게 하고 있다. 그는 그녀가 프랑스어를 하는 것을 너무도 좋아했지만, 이제는 그것이 수상쩍고, 뭔가 불안스럽게 느껴지고, 이게 자신의 지위를 위태롭게 할까 봐 두려워하고 있는 것이다. 그리고 그녀는 자신의 프랑스어가 자신을 떠나고 있다고, 마치 상실해 가는 어떤 재능처럼, 나날의 답답한 회색 풍경 속에서 희석되어 버리는 어떤 귀중한 특이성처럼 자신에게서 사라져 가고 있다고 느낀다. 그녀의 이야기는 슬프게 다가오지만, 내가 그들의 환멸을 이해할 수 있는 것은 나도 똑같은 것을 느끼고 있기 때문이다. 나 역시 트로이카에서의 그 첫 번째 밤에는 그들 두 사람이 낭만적이고도 신비스럽게 느껴졌다. 일테면 그들에게 약간 사랑에 빠졌던 것인데, 지금 보이는 것은 무엇인가? 착하고 순진하고 보바리즘에 빠져 있고 감상적인 여자와 역시 감상적이지만 무기력하고도 피해망상 성향이 있는 사내, 그리고 몇 달 동안 타올랐다가 지금은

떠나기를 꿈꾸지만 결코 떠날 수 없는 어느 시골 도시의 누
추한 권태 속에 시들어 가는 어떤 이야기가 아니던가…….
소년원에 방문했을 때 난 아냐에게 잔인한 모습을 보였지
만, 지금은 친절한 모습을 보이고 그녀를 동정하는 척하고
있지만, 사실은 모든 게 지겹기 그지없다. 아냐와 사샤가
지겹고, 코텔니치가 지겹고, 코텔니치에 있는 나 자신이 지
겹다. 빨리 3주가 지나가 내 단편이 나올 때 소피와 함께
있고 싶다. 아니, 열흘 후면 이곳을 뜨기 때문에, 열흘만이
라도 빨리 지나가 버렸으면 좋겠다. 갑자기 이 열흘이 몹시
길게 느껴지면서, 이 실험을 단축하는 것은 결국 나한테 달
려 있다는 생각이 스친다.

　과연 내게 소년원을 한 번 더 촬영하고 싶은 마음이 있는
가? 선량한 발로자와 그의 보디빌더들을? 크리스티나의
리사이틀과 웨이트리스 타마라의 넋두리와 〈사랑의 도시〉
코텔니치에 대해 아냐가 늘어놓는 설명들을? 아니, 보다 일
반적으로 말해서, 그 어떤 것이라도 찍고 싶은 마음이 과연
내게 있는가? 아니, 없다. 하지만 또 한편으로 나는 이렇게
의기소침해지는 때를 예상했었고, 당장에는 지루하고 소득
이 없는 것처럼 느껴질지라도, 중요한 것은 실험을 끝까지
밀고 나가는 것이라고 생각했었다. 모든 희망이 사라진 마
지막 순간에 어떤 기적이 일어나지 말란 법이 있는가? 그러
나 저녁이 되자 난 모두에게 알린다. 내가 충분히 숙고해
봤는데, 예정보다 일찍 귀국하는 것이 좋겠어. 남은 작업은

앞으로 사나흘이면 마칠 수 있는데, 여기서 1주일 더 있어 봤자 무슨 소용이 있겠어? 물론 일리가 있는 말이었지만, 체류를 단축시키는 것은 우리의 실패를 암묵적으로 자인하는 것이라는 걸 모두가 느낀다. 사샤와 류드밀라와 필리프는 슬퍼하고, 나를 조금 원망한다.

다음 날 아침, 잠에서 깨어나 보니, 나를 평생 따라다녔지만 신기하게도 코텔니치에 온 뒤로 거짓말처럼 사라졌었던 신경성 위통이 또다시 느껴진다. 여기서 난 무기력증을 느꼈고, 여러 가지 회의감에 사로잡히기도 했지만, 어떤 끔찍한 불안감에 시달리는 일은 없었던 것이다. 또 음경 포진을 예고하는 것인지 포피 끝부분이 부어오르는 것처럼 느껴지고, 이런 증상들을 보고 있으려니, 내가 중요한 순간에 나쁜 결정을 내렸다는 확신이 갑작스레 든다. 왜 1주일을 더 잡지 않았단 말인가? 왜 영화에 대한 믿음을 간직하지 못했단 말인가?

전날 저녁, 난 소피와 이런 얘기들을 나누고 싶었다. 자정에, 그러니까 파리 시간으로 저녁 10시에 전화를 했지만, 그녀는 집에 없었다. 난 음성 메시지를 남겨, 아마도 며칠 내로 귀국할 것 같다고 말했다. 그리고 아침 일찍 다시 전화하는데, 그녀는 여전히 응답하지 않는다. 조금 놀랍게 느껴지지만, 그녀가 어떤 친구 집에서 저녁을 보낸 후 거기서 자고 오는 거라고 생각해 본다. 나는 음성 메시지를 한 통 더 남기고, 그녀의 휴대폰에는 세 번째 메시지를 보낸다. 나의 어조는 갈수록 다급해지는데, 왜냐하면 일찍 귀국하기로 결정한 후에 마음이 편치가 않아 이런 심경을 그녀에게 털어놓고 싶기 때문이다. 오전 11시, 저쪽 시간으로는 아침 9시에 그녀에게서 전화가 걸려 온다. 그녀는 말하기를, 자기는 지금 지하철에서 나오는 길로, 방금 전에 휴대폰에 남겨진 내 메시지를 들었단다. 하지만 간밤에 외박을 했다는 사실은 말하지 않는다. 그녀가 왠지 동요하고 당황하고 있는 것처럼 느껴져서 나는 놀란다. 어제저녁에는 내 메시지를 못 들었어? 어제저녁? 오, 아니야. 난 조금 늦게 귀가했는데, 아마 자동 응답기를 틀어 보지 않았을 거야……. 그럼 오늘 아침에는? 난 7시에 전화를 했어. 자기는 7시에 집을 나가지는 않았을 거 아냐? 그녀는 당황하면서, 전화벨이 울렸을 때 자기는 아마 샤워 중이었을 것이라고 대답한다. 난 그녀가 거짓말을 하고 있다고 느낀다. 만일 거짓말을 하고 있다면, 그게 무슨 뜻인가? 그녀는 밖에서 밤을 보냈는데, 그녀의 여자 친구 집에서는 아니고, 어떤 사내와 함께였다는 뜻이다. 난 이것을 명확히 말하지는 않지만, 전화하는 내 어조는 갑자기 냉랭해지고, 그녀는 이 냉랭함에 놀란다. 엠마뉘엘, 왜 그래? 뭣 때문에 나를 원망하는 거야? 자기가 나하고 얘기할 필요가 있을 때 내가 없어서? 그렇다면 지금 여기 있잖아. 난 자기가 일찍 귀국해서 기쁘단 말이야. 자기가 보고 싶어. 난 차갑게 통화를 마무리 짓는다.

떠나기 전에 내가 해보고 싶었던 일들 중의 하나는, 다소 이채롭다고 할 수 있는 인물들을 쫓아다니는 대신에, 그냥 역 앞 광장의 벤치에 죽치고 앉아 하루를 보내는 실험을 해 보는 것이었다. 벤치에 꼼짝 않고 앉아서는 주위에서 무엇이 일어나는지, 혹은 일어나지 않는지 한번 지켜보자는 것이다. 성급한 성격인 필리프에게는 이게 끔찍한 형벌이 될 수도 있다는 생각이 들지만, 어쨌든 그에게 게임의 규칙을 설명해 준다. 광장을 모든 각도에서 촬영해서는 절대로 안 되고, 벤치의 관점만을 고수해야 하고, 카메라는 눈높이에 위치하여 삼각대 위에서만 회전해야 해. 마치 자네가 벤치에서 일어서지 않고 고개만 돌리는 식으로 말이야. 필리프는 알겠다고 대답하고는, 마이크를 켜는 류드밀라와 메모를 하는 나에게 둘러싸여 체념 어린 얼굴로 자리에 앉는다.

12시. 광장에는 우리 외에도 두 개의 벤치에 앉은 세 사람이 더 있다. 연로한 커플 하나와 아직 젊은 나이의 남자 한 사람이다. 그들에게는 짐이 없는데, 여기는 기차를 기다리기 위해서가 아니라 그저 잠시 앉아 있으려고 온 것처럼 보인다. 곧 점심시간이 되지만, 그들은 샌드위치를 꺼내지 않는다. 말도 하지 않고, 우리가 자기들을 촬영하고 있다는 사실을 알아챈 것 같지도 않다. 하기야 우리도 움직이지 않고, 말도 하지 않고 있으니까……. 여자는 신문으로 부채질은 한다. 참새들이 쩩쩩거린다. 기차가 여러 번 지나가고, 그 중에는 상트페테르부르크행 급행열차도 있다.

1시 30분. 커플은 떠났다. 혼자인 젊은 남자는 고개를 뒤로 떨어뜨리고 잠이 들어 가볍게 코를 곤다. 또 다른 남자

하나가 역 앞에서 행상 여인에게서 산 해바라기 씨 한 봉지를 들고 와 벤치에 앉는다. 그러고는 너무나도 규칙적인 리듬으로 해바라기 씨들을 하나하나 까먹는다. 이렇게 계속하다가, 봉지가 다 비워지자 일어서서 가버린다.

사샤 카모르킨이 걸어오더니 무람없이 우리 옆에 털썩 앉는다. 지금 우리가 하고 있는 일에 대해 설명해 주자 그는 웃음을 터뜨린다. 아니, 그게 대체 뭐하자는 거죠? 필리프도 따라서 웃는다. 이건 나의 엉뚱한 발상이니, 굳이 이해하려고 애쓸 필요 없단다. 사샤는 지금 역을 다녀오는 길인데, 상트페테르부르크로 가는 자기 딸의 열차표를 샀단다. 그녀는 거기 가서 공부를 할 거란다. 뭐, 공부한다기보다는 창녀 같은 짓거리나 하고 다니겠죠. 그는 마치 농담처럼 이렇게 말하지만, 이게 단지 농담만은 아니라고 느껴지는 게, 그의 어조 가운데는 역정과 감탄이 뒤섞인 어떤 것이 어른대는 것이다. 그의 딸의 이름은 우리의 여주인공과 마찬가지로 크리스티나이고, 그녀처럼 열일곱 살이며, 그녀처럼 이번에 고등학교를 졸업했지만, 둘의 유사성은 여기까지이다. 사샤가 그녀의 여권에 붙은 사진을 보여 주는데, 만일 이 사진을 좀 더 일찍 보았더라면 우리 다큐멘터리의 방향은 완전히 바뀌었을 거라는 생각이 든다. 그것은 내가 정확히 원했던 종류의 아가씨였다. 나는 이런 아가씨가 코텔니치 같은 한심한 벽지에서 출발하여 그 미모와 그 천진한 뻔뻔스러움으로 휩쓸고 다닐 상트페테르부르크, 모스크바, 혹은 뉴욕의 나이트클럽들에 이르는 그 도정을 한번 쫓아

보고 싶었던 것이다. 이년, 정말 예쁘죠, 안 그래요? 하고 사샤는 되풀이하고는 그녀의 신체 사이즈를 상세히 알려 준다. 우리는 약간 거북해졌지만, 그는 전혀 그렇지 않은 모양이다. 그는 포주의 영혼을 가지고 있고, 이게 자기 딸을 자랑스러워하는 그의 방식이다. 사샤가 떠난 지 약 30분 후에 이번에는 아냐가, 아마도 그에게서 연락을 받은 듯, 우리를 찾아온다. 캥거루 방식의 베이비 캐리어로 가슴에 아들을 품고 있다. 우리가 어린 레옹을 보기는 이번이 처음이다. 아기는 난 지 다섯 달밖에 안 되었단다. 녀석은 새근새근 잠들어 있다. 그녀는 따스한 눈길로 아기를 내려다보며, 때로는 그녀를 못생겨 보이게 하는 다른 모든 것들을 지워 버리는 자애로움으로 자신의 아기가 얼마나 사랑스러운지를 보게 한다. 이런 그녀의 모습은 아름답고도 감동적이다. 사샤와 아냐의 관계는 어쩌면 복잡했는지도 모르겠지만, 지금은 모든 게 단순하다. 그들은 우리가 역 근처의 벤치에 앉아 하루를 보낸다는 것을 알게 되었다. 우리가 조금 심심해하리라는 것을, 그것이 평온하면서도 어쩌면 유쾌하기까지 한 일이지만 그래도 약간 지루하리라는 것을 알았고, 그래서 각자가 잠시 말벗이 되어 주기 위해 차례로 우리를 찾아온 것이다. 이상하게도 오늘 나는 이들이 친구처럼 생각된다. 아주 친한 친구는 아니지만, 여러 가지 일들을 함께 겪은 좋은 벗들처럼 다가오고, 이 한가하고도 실없는 대화가 즐겁게 느껴진다.

이러고 있는 동안에도 난 계속 소피에 대해 생각해 본다.

나는 그녀가 간밤에 바람을 피웠고, 오늘 아침에는 거짓말을 했다고 정말로 믿는 것일까? 만일 그렇다면, 그게 그렇게 심각한 일인가? 난 정말로 그것 때문에 괴로워하는 것일까? 아니면 난 무엇보다도 내 단편이 발표되기 전에 우리 사이가 틀어져 일이 망쳐지는 게 두려운 것일까? 나는 이 3주 후에 있을 이 단편의 발표가 코텔니치 체류의 실패로 인해 내가 큰 타격을 입는 것을 막아 주리라는 것을 잘 알고 있다. 그런데 이 실패의 범위가 확장된다면? 만일 내가 우리에게 약속했던 영광과 사랑의 시간이 파국이 되어 버린다면? 만일 그녀가 다른 남자와 사랑에 빠졌다면? 만일 그녀가 날 떠나 버린다면?

난 그녀에게 다시 전화하고 싶은 마음을 애써 억누르지만, 대신 그녀가 내 휴대폰으로 전화를 걸어 온다. 나는 차갑고도 쌀쌀맞은 태도를 — 이런 태도를 오래 고집하지는 않을 거라는 걸 잘 알면서 — 견지한다. 그녀는 날 떠날 생각을 하는 것 같지는 않아 보인다. 그렇다면 둘 중 하나다. 하나는 그녀가 거짓말을 하고 있다고 고집스레 믿으며 계속 이 문제를 거론하여 피차 견디기 힘들게 만드는 것이고, 다른 하나는 그녀를 그냥 믿기로 하는 것, 내가 전화를 걸었을 때 그녀가 실제로 샤워 중이었으며, 하루에도 수천 번씩 자동 응답기를 확인하는 그녀가 그것을 한 번도 열어 보지 않았다는 말을 그냥 받아들이기로 하는 것이다……. 이건 별로 수긍이 가지 않는 얘기이긴 하지만, 또 한편으로는 그녀의 사랑의 항변은 너무도 진지하게 느껴져서 이것은 정말로……. 뭘? 뭘 의미하는가? 그녀가 거짓말을 아주 잘 한다는 것을? 난 그녀가 거짓말을 아주 잘한다는 것을 알 고 있다. 그녀는 벌써 거짓말을 한 적이 있고, 그러고 나서 는 내가 아무것도 알아차리지 못한 것을 비난했었다. 왜냐 면 그렇게 거짓말을 잘한다는 것은 자기가 날 사랑한다는 뜻이고, 아무것도 알아차리지 못한다는 것은 내가 자기를 덜 사랑한다는 뜻이니까. 자, 그녀가 간밤에 어떤 다른 남 자와 잠을 잤다고 가정해 보자. 만일 그녀가 그렇게나 이 사실을 내게 숨기려 하고 있다면, 그것은 그녀가 사랑하는 사람은 바로 나이기 때문이다. 그리고 만일 내가 뭔가 낌새 를 맡았다면, 그것은 나 역시 그녀를 사랑하기 때문이다. 그렇다, 전보다도 많이, 전보다도 잘 사랑하기 때문이다. 내가 이런 생각들을 얘기했더니, 그녀는 웃음을 터뜨리면 서 〈정말이지 자기는 머리가 이상한 사람이야〉라고 말한 다. 난 아직 의심을 떨치지는 못했지만, 우리가 화해하기 시작했음을 알고 있고, 그냥 이러는 편이 더 낫다.

이제 공원에서의 활동이 거의 제로에 가깝게 떨어졌으므 로, 난 규칙을 완화하여 아냐와 아기 레옹을 촬영하는 것을 허락한다. 아냐는 너무도 좋아하는데, 그녀의 설명으로는 사샤가 사진이나 영상물에 대해 너무 경계심이 많은 탓에 아기의 사진이 거의 없는 형편이라는 것이다. 레옹은 한 번 도 사진 찍은 일이 없는 아기란다. 그러고 나서 마치 우연 히 말하는 것처럼 어조를 바꾸지 않은 채로, 배에서 얘기했 던 내용을, 즉 사샤가 자기를 떠나려 한다는 말을 다시 한

번 하고는 서글프게 흥얼대기 시작한다. 사랑의 기쁨은 어느덧 사라지고 사랑의 슬픔만 영원히 남았네……. 내가 아니에요, 둘 다 금방 사라져 버려요, 하고 말하자, 레옹이 잠에서 깨어나 울기 시작한다. 아냐는 어떤 예쁜 자장가 한 곡을 아기에게 들려주는데, 난 가사를 이해할 수 없지만 어쨌든 여기에는 어떤 귀뚜라미 이야기가 들어 있단다. 이어 나는 그녀의 청에 따라 아기를 품에 안고서 나직한 목소리로 나의 자장가를 불러 준다.

잘 자라 내 아이, 나의 보물,
잘 자라, 내 아들, 잘 자라.
밝은 달빛이
너의 요람을 지켜 주고 있단다.
난 네게 이야기들을 들려주고,
널 위해 노래를 불러 줄 거야.
눈을 감고 잠이 들어 꿈을 꾸어라.
잘 자라, 내 아들, 잘 자라.

돌들 위로 급류가 밀려오고
물결이 부글대며 으르렁댄다.
잔인한 체첸 놈은 널 노리며,
단검을 예리하게 벼르고 있구나.
하지만 네 아버지는 전투에 단련된
용맹한 노병이란다.

잘 자라, 내 사랑, 안심하여라.
잘 자라, 내 아들, 잘 자라.

알고 있니? 어느 날
전사의 삶을 살아야 하는 때가 온다는 것을
넌 말 등에 오르고
무기를 들게 될 거야.
난 네 안장에
금실로 수를 놓아 줄 거야.
잘 자라, 내 배에서 나온 아이,
잘 자라, 내 아들, 잘 자라.

넌 영웅의 풍채와
코사크의 영혼을 갖게 될 거야.
네가 출정할 때 내가 달려가면
넌 내게 작별을 고하겠지.
난 그날 밤
혼자서 비통한 눈물을 흘리겠지.
평화로이 잘 자거라, 나의 천사, 나의 사랑아.
잘 자라, 내 아들, 잘 자라.

그것은 불안감과
끝없는 기다림과
불길한 예감과 기도의 시간들이 되겠지.

잠 못 이루는 밤들이 되겠지.
난 네가 슬퍼할까 봐
내게서 멀리, 아주 멀리 떨어져 슬퍼할까 봐 걱정하겠지.
악한 자가 오기 전에 잠을 자거라.
잘 자라, 내 아들, 잘 자라.

난 길 떠나는 너에게
축복받은 성상(聖像)을 하나 줄 거야.
네가 하느님께 기도드릴 때
그걸 가슴 위에 간직하렴.
싸워야 할 시간이 왔을 때,
네 어머니를 기억하렴.
잘 자라, 내 아이, 나의 보물,
잘 자라, 내 아들, 잘 자거라.

제5부

『르 몽드』의 조판 교정쇄에 나는 마지막 수정을 가했다. 〈내가 사랑에 빠진 여자〉는 〈내가 사랑하는 여자〉가 되었다.

나는 내 아들들이 기다리고 있는 레 섬으로 떠난다. 너는 직장 때문에 1주일을 더 파리에 있을 거고, 네가 지금은 아무것도 아는 바 없는 단편이 발표되는 오는 토요일에 나에게 오려고 기차를 타야 한다. 내가 떠날 때 네가 왠지 불안해하고 긴장하고 있다는 게 느껴진다. 난 문턱에서 네게 키스를 하면서 〈나를 믿어〉라고 말한다.

난 네게 한 번도 이렇게 말한 적이 없었다. 아니, 아무에게도 한 적이 없다. 난 사람들이 날 믿는 게 두렵다. 왜냐하면 그럴 만한 자격이 없는 놈일까 봐, 그들의 믿음을 배신할까 봐 두렵기 때문이다. 하지만 이날 아침 — 잘 생각해봐 — 난 너에게 그렇게 말했다.

아버지 노릇과 아들 노릇을 동시에 하는 것은 나로서는

어려운 일이기 때문에, 난 부모님과 아이들과 오랫동안 함께 지내는 것을 가급적 피하려고 한다. 하지만 그 주에는 모든 게 순조로웠다. 난 바비큐를 준비하고, 어머니와 함께 시장에 가서 장도 보고, 한 무리의 아이들을 해변으로 데리고 가기도 했다. 사람들은 이런 나를 낯설어한다. 어느 날 오후, 나는 조카 티보의 도움을 받아 헛간을 정리하고, 자전거 타이어에 바람을 넣고, 프레임에 부식 방지제를 칠하고, 도난 방지용 와이어 자물쇠 중에서 아직 쓸 만한 것들을 추려 내고, 열쇠를 잃어버린 것들은 버렸다. 거기에서 티보는 이제 아무도 사용하지 않는 세발자전거를 버리자고 제안한다. 나도 누나도 더 이상 아이를 가질 일이 없으리라 생각한 것이리라.

난 말한다. 티보, 소피와 내가 있잖아.

아, 그럴 생각이 있으세요?

안 될 것도 없지.

난 플라주 데 발렌 해변에서 몇 시간이고 달리기를 하고 또 수영을 한다. 달리고 수영을 하면서 닷새 후, 나흘 후, 사흘 후에 일어날 일을 생각해 본다. 카운트다운의 그 설레는 느낌…… 불안감과 흥분이 뒤섞이는데, 불안감보다는 흥분이 훨씬 강하다. 인터뷰를 하러 찾아와서는, 내가 〈안전핀 뽑은 수류탄〉을 뒤에 남겨 놓고 너무도 태평하다고 말했던 기자가 떠오른다. 안전핀 뽑은 수류탄이라…… 불쌍한 녀석……. 이제 대체 어떤 불의의 사고가 우리의 승리를 망쳐 놓을 수 있단 말인가? 우리 사이의 말다툼? 나의 가족? 난 나의 부모님이 점잖은 분들이란 걸 알고 있다. 하지만 그들의 어휘에 속하는 단어를 사용하여 미리 경고해 두었다. 〈내가 『르 몽드』에다 약간 《야한》 이야기를 하나 썼어요.〉 그들은 충격을 받기보다는 이걸 하나의 유쾌한 농담 정도로 받아들이려고 하리라. 게다가 나의 이전 책들, 특히나 지난번 책은 이 노골적이지만 유쾌한 글보다는 훨씬 더 쇼킹했다. 이것은 내가 처음으로 쓴 유쾌한 글이고, 그들은 이 점을 보지 못할 리 없다. 이제 광기와 상실과 거짓말의 이야기들은 끝났고, 나는 마침내 다른 것으로 넘어간 것이다. 내가 사랑하는 여자에게 사랑한다고 말하는 거고, 이 이야기는 나의 사랑의 고백인 셈이다. 내가 어느 멋진 호텔의 가장 좋은 방을 예약해 놓은 라로셀에서 하룻밤을 보낸 다음, 우리 둘은 일요일 점심 식사를 위해 가족들에게로 갈 거고, 거기서 모두가 행복한 웃음을 터뜨리리라. 그다음 주에 우리는 집에서 파티를 벌이리라. 올해 여름에는 많은 친구들이 레 섬에 왔다. 그들은 농담을 하고, 우릴 축하해 줄 거고, 우리는 빛나면서도 약간은 충격적인 커플, 모두가 사귀고 싶어 하는 인기 있는 커플이 될 것이다. 난 내 단편이 엄청난 성공을 거두리라고 확신한다. 소문이 돌기 시작하면 평소에는 『르 몽드』를 읽지 않지만 이걸 한 부 사려고 달려온 사람들로 프랑스 전국의 신문 판매점마다 북새통을 이룰 것이다. 하지만 이것만이 아니다. 이는 단지 시작에 불과하고, 분명히 어떤 속편이 있을 것이다. 그게 어떤 것일지는 잘 모르겠다. 어쩌면 내가 수천 통을 받게 될 이메일들을 편집한 것일 수도 있고, 어쩌면 전혀 다른 것일 수도 있으리라. 모르는 것도 괜찮다. 예상하려고 애쓰기보다는 삶이 내게 어떤 것을 가져오는지 지켜보는 것도 즐거운 일이니까. 그렇긴 하지만 예상해 보고 싶은 마음은 나도 어쩔 수가 없다. 어떤 짤막하고 섹시하고 유희적인 책을 상상해 보는데, 이 책 또한 엄청난 성공을 거두고, 제목은 〈『르 몽드』의 외설적인 이야기와 그 속편〉 정도가 되리라. 하지만 나는 〈세계의 외설적인 이야기와 그 속편*The Porn Story of the World and What Came After*〉[19]이라는 영어판 제목이 더 마음에 드는데, 이게 오히려 잘된 것이, 여기에는 의심의 여지가 없는데, 이 책은 분명히 국제적인 베스트셀러가 될 것이기 때문이다. 난 이런 생각들을 하며 해변에서 혼자 웃는다.

목요일, 그러니까 단편이 발표되기 이틀 전, 넌 아주 힘들어하는 목소리로 내게 전화를 한다. 방금 전에 드니에게서 음성 메시지 한 통을 받았는데, 거기서 드니는 무덤 저편에서 울리는 것 같은 목소리로 자기에게 전화를 해달라고 부탁했단다. 드니와 너의 가장 친한 친구인 베로는 요즘 헤어지는 과정에 있는데, 그게 아주 안 좋게 진행되고 있다. 얼마 전에 넌 내게 그 얘기를 들려주었는데, 난 그들을 전

---

19 〈르 몽드〉는 〈세계〉라는 뜻이다. 영어 정관사 *the*는 위의 경우 〈유일무이한〉, 〈타의 추종을 불허하는〉이라는 뜻을 가질 수 있다.

혀 좋아하지 않기 때문에 그때에는 별로 관심이 없었다. 넌 드니에게 전화할 용기가 나지 않는단다. 왜냐하면 베로가 죽었다는, 그녀는 자동차 사고로 사망했거나 아니면 자살했다는 불길한 예감이 드니까. 난 널 안심시켜 주려고 했다. 이봐, 지금 그들이 잘돼 가고 있지 않은 것은 사실이지만, 그렇다고 해서 그녀가 죽었다고 생각하는 것은…… 자, 드니에게 전화를 걸어 봐!

그래, 전화를 걸 거야. 나도 전화를 걸어야 한다는 걸 아는데 못하겠어, 분명히 베로가 죽었을 거야, 그리고 말이야, 아, 이런 말 하기 정말로 괴로운데, 만일 이번 주말에 베로 장례식이 있으면 난 레 섬에 갈 수 없게 된다고. 난 너무도 거기 가고 싶고, 정말로 자기와 함께 있고 싶단 말이야. 그러니까 차라리 모르는 편이 나을 것 같아.

넌 흐느끼고, 난 몹시 마음이 무거워진다. 베로의 죽음 때문이 아니고 ─ 난 단 1초도 그걸 믿지 않는다 ─ 너의 예민해진 상태 때문이다. 네가 심란해하고 있다는 것은 주중에 네가 전화를 몇 번 했을 때 조금 느꼈었다. 그때 넌 그게 직장 문제 때문이라고 말했다. 난 네가 토요일에 즐겁고도 편안한 마음으로 열차에 오르기를 원하는데, 그럴 전망이 별로 보이지 않는다. 난 잠을 몹시 설친다.

금요일, 난 배를 한 척 빌려 아버지와 내 아들들, 그리고 조카들을 엑스 섬으로 데리고 간다. 하늘은 푸르고, 바다는 잔잔한 상태에서 약간 파도치는 상태 사이를 오가는데,

난 아이들로 하여금 차례로 조종해 보게 한다. 그리고 내가
조종할 때는 대담하고도 단호한 모습을 보인다. 그 전날
아버지는 내가 전보다 자동차를 훨씬 빠르고 자신 있게 운
전한다는 점을 지적했다. 너 요사이에 참 많이 변했구나,
하고 말씀하시면서.

배에서 내려 난 너에게 전화를 한다. 난 어제 드니의 목
소리가 어땠는지는 잘 모르겠지만, 너의 목소리는 정말로
〈무덤 저편에서 울리는 목소리〉였다. 아냐, 베로는 죽지 않
았어, 하지만 걔는 지금 상태가 너무, 너무 나쁘고, 잘못하
면 어리석은 짓을 저지를 수도 있어, 난 이번 주말에 반드
시 걔와 함께 있어야 해.

여기서 세상이 와르르 무너져 버린다. 햇빛 쏟아지는 부
두에서 아이들이 배 갑판에 물을 뿌리고, 배 주인은 프로펠
러의 상태를 점검하고 있을 때, 난 너에게 설명한다. 난 두
달 전부터 너에게 깜짝 선물을 하나 준비해 왔어. 자기가
살면서 그 누구에게도 받아 본 적이 없고, 또 앞으로도 결
코 받지 못할 그런 선물, 여자에게 이런 선물을 했을 남자
는 거의 없을 그런 선물인데, 이 선물은 내일 주기로 되어
있고, 다른 날은 줄 수가 없다고.

하지만 그 선물이 대체 뭔데?

더 이상은 말할 수 없어. 단지 네가 안 오면 절대로 안 된
다는 것만을 말해 줄 수 있을 뿐이야.

엠마뉘엘, 나도 베로를 절대로 혼자 놔두고 올 수 없어.

그녀와 함께 와.

지금 개 상태로는 안 돼.

그렇다면 내가 집에 들어가겠어. 내일 밤은 자기와 함께 보내고 싶어.

안 돼, 안 돼, 그러지 마. 난 베로와 같이 있어야 해. 그동안 자기는 뭘 하려고 그러는 거야?

저녁이 되자 난 이웃 마을에 집을 한 채 빌려 지내고 있는 내 친구 발레리와 올리비에가 저녁 식사를 하고 있을 때 불쑥 쳐들어간다. 잡초들로 예쁘게 뒤덮인 정원에서 강술을 마시고, 너와 내가 담배를 끊은 지 1년이나 됐건만, 먹는 것도 잊어버리고 뻑뻑 줄담배만 피운다. 난 몹시 화가 나 있고, 그 이유를 설명하는데, 그 어조는 누군가가 장난감을 부숴 버려서 발을 동동 구르는 어린아이의 그것과 초연한 듯 자조하는 어른의 그것 사이를 오간다. 난 신들이 그들에게 도전하는 자에게 어떤 징벌을 예비해 놓았는지 궁금했었는데, 자, 바로 이것이었다. 하지만 더 고약할 수도 있는 것이, 그 비탄에 빠진 여자 친구가 곧 상태가 나아지고, 소피는 내일이나 모레에 여기 도착하고, 우리는 모두 함께 운명의 장난을 한탄하며 술을 들이켤 수도 있는 것이다. 단편에 대해 내가 조금 들려준 이야기에 올리비에와 발레리는 호기심이 동하여 어서 빨리 읽고 싶어서 안달을 한다. 밤 11시, 너의 휴대폰에 메시지 두 통을 남긴 후에야 넌 내게 전화를 한다. 난 너와 통화하려고 혼자 정원 한쪽 구석으로 간다. 너의 목소리는 콱 잠겨서 제대로 말도 하지 못한다. 상황이 아주 좋지 않은 것 같다. 너무도 상황이 나빠 보여서 난 그렇다면 베로를 정신 병원 응급실에 데리고 가는 게 분별 있는 행동이 아니겠느냐고 물어본다.

아냐, 아냐, 그 정도는 아냐, 걔는 단지 누군가와 얘기를 나눌 필요가 있을 뿐이야. 내일 무엇을 할 생각이냐면, 베로의 자동차를 타고서 좀 달리고, 시골에서 주말을 보내는 거야…….

이봐, 자기가 나한테 말한 바에 의하면, 그녀는 지금 창문에서 뛰어내리기 직전이고, 자기도 그녀보다 엄청나게 상태가 나아 보이지 않는데, 내가 보기엔 그건 별로 좋은 생각 같지가 않다고.

걱정 마. 내가 통제할 수 있어.

하지만 여기는 언제 올 건데?

몰라. 어쩌면 이틀 뒤…….

이틀 뒤라고?

제발 엠마뉘엘, 자기가 이해해 줘야 해.

그래 이해해! 하고 나는 차갑게 대꾸한다. 그래 내가 당연히 이해해야 하겠지, 다만 난 지금 끔찍이도 슬퍼.

제발, 내게 죄책감을 불어넣지 말아 줘. 그렇잖아도 너무 힘들어.

난 자기에게 죄책감을 불어넣는 게 아니야. 난 단지 오늘 내가 슬픈 것만큼 내일 자기도 슬플 거라고 말하고 있을 뿐이야. 우리 사이의 어떤 것이 망쳐져 버렸어. 그래, 어떤 것이 돌이킬 수 없이 깨져 버렸다고. 이젠 어찌 해볼 도리가 없어. 자, 우리 다른 거나 얘기하지. 오늘 저녁에 두 사람은 뭘 할 거야? 지금 어디 있어?

같이 저녁 식사를 했어. 지금은 우리 집에 있는데, 아마도 몽트뢰유에 있는 베로의 집에 같이 가서 자고, 내일 아침에 같이 출발할 거야.

말도 안 돼! 지금 너희들은 탈진해 있고, 신경이 극도로 흥분되어 있는 상태야. 적어도 잠은 집에서 자라고.

한번 생각해 보겠어, 다시 전화할게.

다음 날 아침, 난 타개책을 찾아낸다. 나는 이 상황에 유연하게 대처하고, 모든 난관을 오히려 내게 유리하게 이용하리라. 열차 시간표를 검토해 본다. 파리까지 갔다가 다시 오기에는 너무 늦었지만, 라로셀에서 파리로 가는 열차 편이 하나 있는데(14:45~17:45), 이것은 파리에서 라로셀로 오는 열차(14:45~17:45)와 푸아티에 역에서 마주치고, 나를 위해 거기서 10분간 동시에 정차해 있을 것이다. 네가 이 열차를 타지 않기 때문에, 내가 대신 탈 것이다. 난 푸아티에에서부터 널 위해 예약한 좌석을 차지할 것이다. 난 너의 관점에서 이 여행을 관찰해 볼 것이다. 네 옆에 앉아 있었을 승객들의 얼굴을 들여다보고, 네가 그들을 어떻게 쳐다봤을지를 상상하고, 네가 〈내 보지 안에 자기의 자지를 갖고 싶어〉라고 말했을 때 그들이 어떻게 널 쳐다봤을지를 상상할 것이다. 또 스낵바에서 가서 거기서 무슨 일이 일어나는지도 볼 것이다.

나는 네 휴대폰에 전화를 한다. 너희들은 베로가 자고 싶다고 한 몽트뢰유에 있다. 나는 어제 차갑게 굴어 미안하다고 사과한다. 난 물론 실망했지만, 이해해, 이건 불가항력적인 일이니까 자긴 나에 대해 죄책감을 느껴서는 안 돼. 나는 이걸 네게 말하지는 않지만, 네가 내 단편을 읽을 때 원망하는 마음이 털끝만큼이라도 남아서 그 순간을 얼룩지게 해서는 안 되는 것이다. 네게 부탁하고 싶은 것은 단 하나야. 잠시 나를 생각할 틈이 생기면 『르 몽드』를 사보라는 거야.

넌 왜 오늘 『르 몽드』를 사는 것이 그렇게나 중요한 일인지 이해할 수 없지만, 어쨌든 그리하겠다고 약속한다.

너희들은 언제 떠나?

오후에. 아마 솜 만(灣) 쪽으로 가게 될 거야.

제발 경솔하게 행동하지 마, 내가 걱정이 된다고. 가다가 내게 전화할 거야? 아니면 도착해서 전화할 거야?

그래, 그래, 자기야……. 잠깐, 여기서부턴 휴대폰이 안 통해.

전화가 끊긴다.

푸아티에, 16시 19분. 파리-라로셸 열차를 타고 도착할 너를 기다리기 위해, 난 너의 좌석 번호를 적어 놓았었다. 그 자리에는 아무도 없고, 난 거기에 앉는다. 객차를 죽 지나오면서 내가 열차를 잘못 선택했음을 깨닫는다. 혼자 있는 여자는 거의 보이지 않고, 예쁜 여자도 하나도 없고, 가족들과 은퇴한 노인네들뿐이며, 모두가 만화책이나 십자말풀이에 몰두해 있다. 이런 무리들을 가지고는 내가 네게 약속했던 공모적 시선들과 이중적 뜻의 대화들이 오가는 장면을 상상하기란 힘든 일이다.

니오르에서 나는 스낵바로 간다. 주위를 힐끔거리는 사람은 아무도 없고, 『르 몽드』를 옆에 끼고 있는 사람도 없다. 창가에 팔꿈치를 괴고 앉아 이런 실패는 이야기해 봤자 심지어 웃기지도 않겠다고 생각하며 광천수를 마시고 있는데, 통통하고 예쁘장한 얼굴의 젊은 여자 하나가 내게로 다가온다. 그녀는 『르 몽드』의 에밀리 그랑주레라고 자신을 소개한 다음, 자리에 앉으며 자기는 14시 45분발 파리-라로셸 열차에 파견된 특파원이라고 덧붙인다. 난 기가 막혀 입이 딱 벌어진다. 『르 몽드』는 나의 참담한 실패의 증인으로 기자를 한 명 보낸 것이다. 나는 황망하여 더듬대기 시작한다. 난 내 약혼녀가 열차를 타지 못해 무척 실망하고 있다. 이건 불가항력의 일이었다……. 에밀리 그랑주레는 미소를 지으며 내가 말하는 내용을 수첩에 적는다. 〈실망했다〉, 〈마음이 언짢다〉 같은 말들이 적히는 게 보인다. 나는 내 말을 정정하고 싶고, 초연하고도 위트 있는 모습을 보이고 싶은데, 그러는 대신에 오래전에 잊어버렸다고 믿었던 수치심, 어린 소년이었던 내가 있지도 않은 여자 친구들을 꾸며 내어 얘기했건만 사람들이 믿지 않는다는 사실을 알아챘을 때 느꼈던 그 감정 속으로 빠져든다.

실제로 에밀리 그랑주레는 내 약혼녀가 어떤 불가항력에

의해 기차를 탈 수 없었다는 얘기를 별로 믿지 않는 눈치다. 그녀의 말로는, 신문사에서는 내 글을 게재하느냐 마느냐부터가 크게 논란이 됐지만, 이 문제 말고도 이 이야기가 사실이라고 믿는 사람들과 이것은 허구라고 믿는 사람들, 양쪽으로 갈렸는데, 자기는 허구라고 생각하는 쪽이었단다. 우습게도 난 사람들이 이런 생각을 할 수 있다고는 상상조차 못했다. 그리고 더욱 우스운 것은 이렇게 현실을 외부의 관점에서 보니 그녀의 생각이 옳아 보인다는 사실이다. 난 이런 생각을 그녀에게 말하고, 그녀는 고개를 끄덕인다. 내가 내 상황을 더욱 악화시켰다는 게 느껴진다.

도착하기 얼마 전에, 난 음성 사서함을 열어 본다. 단편을 읽은 친구들의 메시지가 벌써 세 통이나 들어와 있다. 기가 막힌 사랑의 편지야, 정말 너희들은 행복하겠어, 너희 두 사람에게는 좋은 밤 보내라고 말할 필요도 없겠지……. 그리고 너의 메시지도 한 통 있다. 이제 출발할 것이지만, 끊임없이 전화를 걸어 대는 드니 때문에 베로가 미칠 지경이기 때문에 우리들의 휴대폰은 꺼놓기로 할 거야. 자, 베로를 바꿔 줄게.

베로가 말한다. 그래 나야, 엠마뉘엘. 나의 소소[20]이기도 한 너의 소소를 잠시 빼앗아 가기로 했는데, 친구가 이렇게 엿 같은 상황에 처했을 때는 네가 이해해 줘야 하지 않겠어? 뽀뽀.

〈뽀뽀〉 혹은 더 괴롭게는 〈뽀뽀-뽀뽀〉라는 말로 메시지

20 소피의 애칭.

를 마무리 짓는 이런 베로 특유의 방식은 항상 신경에 거슬리기도 했지만, 오늘 나는 평소보다도 훨씬 덜 관대하다. 게다가 그녀는 자기가 엿 같은 상황에 처했다고 말하지만, 상태가 그리 나빠 보이지 않는다. 괜찮으세요? 하고 에밀리 그랑주레가 걱정스레 묻는다. 네, 괜찮아요, 하고 대답하며 나는 다시 광천수를 한 모금 마신다. 우울하고도 강렬한 태양이 방데 평야 위로 쏟아지고, 차창에는 죽은 날벌레들이 달라붙어 있다.

열차의 앞과 뒤 부분은 서로 통하지 않기 때문에 『르 몽드』는 만전을 기하기 위해 기자를 한 명이 아닌 둘을 보냈고, 우리는 라로셸에 도착했을 때 그 다른 기자를 만나게 된다. 그의 말로는, 그가 있었던 곳도 우리가 있었던 곳만큼이나 썰렁했단다. 그는 내 꼴을 보고도 별로 놀란 기색이 아니다. 그도 내 약혼녀의 존재를 전혀 믿지 않았고, 만일 그런 여자가 있다 해도 이 이야기는 버림받은 남자의 최후의 자존심을 위한 옥쇄 작전 같은 것이리라 상상했단다. 나는 웃으면서, 아니, 꼭 그런 것만은 아니에요, 하고 대답한다. 나는 매정하게 두 기자를 내버리고 오기보다는, 그들이 좀 덜 잔인한 기사를 써주기를 기대하며 보다 친절하게 대하기로 마음먹는다. 하여 그들과 함께 부두에서 맥주 한 잔을 기울이며, 마치 실망을 딛고 일어서는 현실 원칙에 부딪혀 박살 난 쾌락 원칙에 대해 이러쿵저러쿵 이론을 늘어놓는 친구처럼 굴다가, 결국에는 그 기가 막힌 호텔의 예약을 취소하지 않았으므로 레 섬으로 돌아가기보다는 차라리 거기서 잘 생각이라고 알린다. 혹시 두 분께서 원하신다면, 나와 같이 저녁 식사나 하시죠.

해산물 모듬 요리, 구운 농어, 백포도주. 나는 농담한다. 솔직히 난 오늘 저녁을 두 분과 보내고 싶지는 않았지만, 그래도 두 분이 마음이 듭니다. 사실이다. 국제부에서 근무한다는 프랄롱은 자신의 르포 기사들에 대해 유머러스하게 얘기하고, 에밀리는 『르 몽드』에 들어오기 전에 했던 다양한 직업들을 떠올린다. 공중그네 곡예사 일도 했고, 리조트 회사 〈클럽 메드〉의 상냥한 코디이기도 했단다. 리조트촌들에 떼거리로 쳐들어와서는 그곳을 난장판으로 만들어 놓는 러시아인들에 대해서도 얘기해 주었다. 한마디로 저녁 식사는 꽤 유쾌한 편인데, 내 휴대폰은 조용하기만 하다. 그들은 더 이상 내 단편에 대해 얘기하지 않는데 ── 아마도 날 힘들게 하지 않으려는 배려인 듯하다 ── 오히려 내가 그쪽으로 다시 화제를 옮긴다. 에밀리는 네가 정말로 존재하며 단편의 묘사와 일치하는지 알아보려 우리의 공동의 친구들 중 하나에게 전화해 볼 것을 생각해 봤고, 프랄롱은 묘사에 부합하는 여자 하나를 채용하여 열차 안에 집어넣어 혼란을 가중시켜 볼 생각도 했었단다. 키가 크고 목이 길고 날씬한 허리와 무르익은 엉덩이를 가진 금발 여자를 말이다. 자기는 〈무르익은 엉덩이〉라는 표현이 아주 마음에 든다는데, 내 느낌으로는 그는 이것을 〈큼직한 엉덩이〉를 우아하게 표현한 것쯤으로 여기는 듯하다. 내가 어쨌든 마음이 몹시 울적하다고 고백하자, 그들은 나를 위로하려고 최선을 다한다. 난 메일을 수백 통, 아니 어쩌면 수천 통을 받게 될 거고, 열차 안에 없었지만 거기에 있었기를 바라는 사람들의 클럽까지 생겨날 거란다. 저는 이 이야기가 아직 끝나지 않았고, 선생님은 제2부를 쓰게 되리라고 확신합니다, 하고 프랄롱이 상냥하게 말해 준다. 나 역시 그러리라 확신하지만, 시간은 자정이 다 돼 가는데, 휴대폰은 여전히 울리지 않는다.

　호텔에 들어와 옷도 벗지 않은 채로 침대에 벌렁 누운 나는 네게 아주 쌀쌀맞은 어조로 메시지를 한 통 남긴다. 내게 전화를 걸어 줬다면 난 기뻤을 거고, 또 지금도 기쁠 거야. 넌 거기 도착하는 대로 전화했어야 했어. 대체 휴대폰은 왜 꺼놓은 거야? 나는 단편에 대해 다시 생각해 본다. 혹시 네가 그걸 읽고, 너무나도 충격을 받은 나머지 더 이상 나와 얘기하고 싶지 않은 것은 아닐까? 아니, 그렇진 않을 것이다. 내가 그것을 쓴 것은, 네가 그걸 하나의 사랑 고백으로 읽으리라는 걸 알았기 때문이고, 또 노출증적인 면이 있는 네가 흥분할 것을 알았기 때문이다. 그런데 분노보다 불안감이 더 강해지면서, 혹시 네게 어떤 사고가 일어났지 않았나 두려워진다. 그래, 내가 파리에 올라갔어야 했어. 널 그런 상태로 떠나게 놔두지 말았어야 했어.

결국 잠이 드는데, 전화벨이 나를 다시 깨운다. 하지만 전화를 건 사람은 네가 아니라, 내 친구 필리프이다. 이봐, 이걸 읽고 있으니까 말이야, 장클로드 로망[21]이 이제 정말로 죽었다는 생각이 들었어. 난 그렇게 생각하지 않는다고 대답하고 싶지만, 〈아니, 지금은 아주 심각한 문제가 하나 있어〉라고만 말한다. 오늘 같은 날에 아주 심각한 문제가 있다는 말에 필리프는 깜짝 놀라는 듯하다.

이날 다른 축하 전화들이 걸려 오지만, 난 호텔 객실에 틀어박혀 줄담배를 피우고, 갈수록 어조가 황급해지는 메시지들을 네게 남기고, 특히 병원, 경찰서, 고속도로 순찰대, 네 친구들 등 온 사방에 전화를 걸어 대며 하루를 보낸다. 내게 전화를 한 사람들은 신이 나서 으쓱대는 어떤 사내, 자신에 대한 만족감과 사랑으로 충만한 어떤 친구와 통화하게 되리라 기대했다. 하지만 전화를 받는 것은 꺼져 가는 목소리로 자기에게는 아주 심각한 문제가 있다고, 나중에 다시 전화하겠다고, 그가 필리프에게 했던 말만 되풀이하는 어떤 좀비이다.

가장 가까운 사람들에게조차 이 〈아주 심각한 문제〉가 뭔지 말해 줄 수가 없다. 사실 나 자신도 모른다. 네가 지금 병원에서 생사를 오가고 있거나, 아니면 나로서는 전혀 상상할 수 없는 어떤 이유로 즐기듯 날 고문하고 있거나, 이 둘 중의 하나라는 게 내가 아는 전부이다. 너의 핸드백 안

21 카레르의 소설 『적』의 주인공. 〈『적』이라는 제목의 이 책에 나는 7년 동안 갇혀 있었고, 탈진하여 빠져나왔다.〉(이 책 17페이지)

에는 위급 시의 연락처로 내 전화번호가 적힌 수첩이 들어 있다. 네가 만일 병원에 있다면 반드시 사람들이 내게 전화를 했을 것이다. 그리고 설령 네가 휴대폰 전원을 꺼놓았다 하더라도 지난 24시간 동안 도착한 메시지들을 읽지 않았을 리가 없다. 넌 매시간 메시지를 확인하는 타입, 날 사랑한다고, 날 생각하고 있다고 말하기 위해 하루에도 세 번씩 내게 전화를 거는 타입이다.

그렇다면 대체 뭔가?

난 객실을 청소하려는 것을 못 하게 했다. 널 찾을 때까지 담배 연기로 너구리 굴을 만들며 여기 죽치고 있을 생각이다. 난 한 시간에 한 번 이상은 전화하지 않는다. 호텔에서 멀지 않은 곳에 교회당이 하나 있어서, 뎅뎅 종소리가 들린다. 네 번, 벌써 오후 4시인 모양이다. 나는 오늘 벌써 열 번째 너의 번호를 누르고, 열 번째로 자동 응답기 소리가 들리리라 예상하고는 미리부터 울화통을 터뜨린다.

하지만 이번에는 기적이 일어나, 네가 전화를 받는다.

엠마뉘엘, 자기야, 방금 전에 자기가 보낸 메시지들을 들었어. 무슨 일이야? 자기에게 무슨 일이 있었어?

난 거세게 고함친다. 뭐야? 무슨 일이냐고? 도대체 휴대폰을 꺼놓는 그 엿 같은 짓은 왜 하는 건데? 지금 자기 어디 있어? 왜 나한테 전화를 안 하는 거냐고!

하지만 난 자기에게 전화를 하려고 했었어. 그리고 휴대폰을 꺼놓을 거라는 메시지도 한 통 보냈었고. 내가 얘기했잖아. 지금 베로는 상태가 아주 안 좋아서, 내가 보살피고 있다고. 도대체 자기가 왜 그렇게 흥분하는 건지 모르겠어. 대체 왜 그러는 건데?

지금 어디야?

생발레리앙코에 있어. 우린 같이 얘기하고 있어. 베로는 정말로 상태가 안 좋아…….

그녀는 지금 자기와 함께 있어?

잠시 침묵. 그러고는, 그래, 걔는 지금 나와 함께 있어.

나한테 전화 바꿔 줘.

그녀는 바로 내 옆에 있지는 않아.

잠깐, 그녀는 상태가 너무나도 안 좋아서 자기는 단 1초도 그녀를 혼자 놔둘 수가 없는데, 그래, 나를 안심시켜 주기 위해서는 전화 한 통 할 시간이 없단 말이지. 자, 그녀가 거기서 별로 멀지 않은 곳에 있을 텐데, 가서 데려오라고!

다시 잠시 침묵. 그러고는, 좋아, 가서 데려올게.

난 네가 〈베로! 베로……! 베로, 엠마뉘엘이 너하고 얘기하고 싶대〉라고 부르는 소리가 들린다. 침묵. 아무런 대꾸 소리가, 희미한 소리조차도, 들리지 않는다.

넌 말을 잇는다. 베로는 자기와 얘기하고 싶어 하지 않아.

나와 얘기하고 싶지 않다고? 그럼 왜 나와 얘기하고 싶지 않은데?

난 몰라. 그녀는 자기와 얘기하고 싶어 하지 않아. 내가 그녀와 함께 떠나서 자기가 화가 난 것에 대해 자기를 원망하고 있어.

첫째, 난 화가 나지 않았어. 난 단지 내가 슬프다고 말했을 뿐이야. 그리고 둘째, 설사 그녀가 날 원망하고 있다 하더라도, 나와 얘기하지 못할 이유는 없어.

이번에는 네가 비명을 지르고 흐느껴 운다. 말했잖아, 그녀는 원하지 않는다고……. 베로, 제발, 이리 와서 그와 얘기 좀 나눠……! 아, 싫대……. 엠마뉘엘, 나로서는 어떻게 해볼 수가 없어. 베로가 싫대.

자기는 베로하고 있는 게 아냐. 지금 누구와 같이 있는지 잘 모르겠지만, 넌 지금 베로하고는 같이 있지 않아.

아니, 내가 지금 누구하고 같이 있다는 거야? 자기는 정말 내게 끔찍하게 굴고 있어. 난 이틀째 그녀를 도와주느라 지칠 대로 지쳐 있는데, 자기는 지금 내게 미친 사람처럼 행동하고 있어. 제발 진정 좀 하란 말이야.

내가 진정하는 것은 아주 쉬워. 베로가 전화기 옆으로 와서 〈안녕, 나 여기 있다, 이 한심한 인간아!〉라고 말하기만 하면 돼. 하지만 그녀가 직접 말해야 돼. 난 단지 그녀의 목소리만 들으면 된다고. 내게는 아니더라도 자기에게는 말할 수 있잖아. 내가 원하는 것은 그녀가 거기 있다는 걸 확인하는 거야.

말했잖아, 그녀는 원하지 않는다고. 그걸 이해 못 하겠어?

아니, 난 이해 못 하겠어. 그리고 만일 베로가 전화로 단한 마디도 할 수 없다면, 난 거기서 단 한 가지 결론만을 끌어낼 수 있을 뿐이고, 그렇게 되면 우리 사이는 끝이야.

자긴 미쳤어.

그래, 난 미쳤는지 모르겠지만, 왜 베로는 내게 말할 수 없는 건데?

그녀가 말할 수 없다고는 말하지 않았어. 그녀는 원하지 않는 거야. 그녀는 자길 끔찍하게 싫어하고 있다고.

난 도대체 그 이유를 모르겠지만, 설사 그녀가 날 끔찍하게 싫어한다 하더라도, 자기를 싫어하지는 않잖아. 그렇다면 그녀에게 설명을 해. 지금 우리의 관계는 그녀가 전화기에 다가와서 자신의 목소리를 들려주느냐 마느냐에 달려 있다고. 아무리 그래도 이것은 거절 못 할 것 아냐? 자기는 그녀가 가장 친한 친구라고 말했는데, 만일 그것도 안 하겠다면 그건 최악의 원수이기 때문이라고.

엠마뉘엘, 지금 자기는 완전히 미쳐 가고 있어. 지금 이런 상황에서, 지금 그녀가 이런 상태에 빠져 있는데, 자기는 정말 역겨운 행동을 하고 있어. 자기가 무슨 말을 하고 있는지, 그리고 진정됐을 때 어떤 말을 해야 할 건지 좀 생각해 봤으면 좋겠어.

전화가 끊긴다.

난 곧바로 다시 전화를 건다. 음성 사서함이 나온다.

소피, 지금 4시 10분이야. 만일 자기가 — 나로서는 믿기 힘든 일이지만 — 베로와 같이 있다면, 우리의 공동의 삶은 그녀에게 달려 있다고 앞으로 20분 동안 그녀를 설득해 봐. 만일 자기가 어떤 남자와 같이 있어도 내게 사실을 말해 주는 게 좋아. 이 말도 안 되는 거짓말들보다는 그게 차라리 나으니까. 그리고 만일, 베로와 같이 있든, 아니면 다른 사내와 같이 있든 간에, 4시 30분까지 내게 전화하지 않으면, 1주일 내로 자기 짐을 꾸려서 집을 떠나 주길 바라. 자, 이게 전부이고, 내 휴대폰은 4시 30분까지 켜놓겠어.

물론 나는 그 시각 이후까지 휴대폰을 켜놓았다. 4시 반에도 전화가 없고, 5시에도 없다. 난 더 이상 견딜 수가 없고, 이렇게 넋 나간 모습으로 레 섬에 돌아가 깜짝 놀란 가족을 대면할 자신이 없으므로, 그냥 파리로 올라가기로 마음먹는다.

난 플랫폼의 유리 지붕 아래 테라스로 꾸며진 역 카페에서 열차를 기다린다. 담배는 가지고 있지만 불이 없어, 5분마다 옆에 있는 사람에게 빌려 달라고 부탁하면 그는 조용하고도 정중하게 자신의 라이터를 내민다. 상당히 나이 든 부인 두 사람이 조그만 개 한 마리를 데리고 다가와, 다른 테이블들은 모두 차 있는 것을 보고는 내게로 몸을 돌린다. 같이 앉아도 괜찮을까요? 혼자이신가요? 나는 대답한다. 네, 혼자입니다, 하지만 계속 혼자로 남아 있고 싶습니다. 그들은 모욕감을 느끼며 물러가고, 아주 젊은 친구들이 앉아 있는 한 테이블에서는 웃음이 터진다. 그렇게 기다리는 두 시간 동안, 나는 어쩌면 실망감과 수면 부족, 그리고 자기와 전화 연결이 되지 않는 데서 오는 불안감 때문에 내가 결국에는 아주 평범한 일들로 밝혀질 것들을 잘못 해석했을 수도 있다는 생각을 가지고서, 지금까지 벌어진 모든 일들을 말이 되는 이야기로 만들어 본다. 하지만 잘 되지가 않는다. 하나하나 따져 봐도, 이상하지 않은 데가 한 군데도 없다. 나는 내 소설 『콧수염』이, 그중 하나도 성립되지 않는 가설들 사이를 오가는 주인공의 그 지옥 같은 악몽이 다시 생각난다. 또 미셸 시몽이 『이상한 드라마』에서 한 말, 〈끔찍한 일들만 쓰다 보니, 결국에는 끔찍한 일들이 일어났다〉도 떠오른다. 가장 고약한 것은 그 끔찍한 일들이 내가 그것들을 벗어났다고 믿었던 바로 그 순간에 일어났다는 사실이다.

열차가 출발하기 1분 전, 그리고 내가 정한 최후통첩 시한으로부터 세 시간이 흐른 뒤, 넌 나에게 전화를 한다.

엠마뉘엘, 지금 어디에 있어?

역에.

베로를 바꿔 줄게.

아니, 너무 늦었어.

난 전화를 끊어 버린다. 그리고 코웃음을 친다. 흥, 그 여자를 찾아오는데 세 시간이나 걸렸구먼. 넌 단지 거짓말쟁이일 뿐 아니라, 천치이기도 해. 다시 벨이 울린다. 난 묵음 버튼을 누르고 열차에 탑승한다. 메시지들이 계속 도착하고, 난 결국 그것들을 들어 본다.

여보세요, 나 베로야. 이보세요, 난 댁을 이해 못 하겠어, 심지어 댁이 역겹기까지 해. 에이 시발, 당신도 살다 보면 똥통에 빠질 때가 있을 거 아냐? 그런 때가 다른 사람들에게도 올 수 있고, 세상엔 당신과 당신의 그 잘난 기분들만 있는 것은 아니라는 것을 좀 이해할 수 있어야 하지 않겠어? 자, 보다시피 난 지금 소소랑 같이 있고, 아무 문제 없고, 걱정할 것 전혀 없어. 조금 전에는 내가 약간 예민해져 있었는데, 그 정도는 이해할 수 있는 거 아냐?

〈뽀뽀〉란 말은 빠져 있다. 그녀가 사용하는 밑바닥 계층의 말투는 들을 때마다 역정이 났었는데, 그동안은 너를 위해 참아 왔다. 그래, 힘들게 사는 여자야, 그렇지만 속은 따뜻하고, 활기찬 여자야, 하고 스스로를 다독여 왔지만, 지금은 밉살스럽기 그지없다. 그러나 너보다는 덜하다. 따지고 보면 이 여자는 네게 알리바이를 만들어 주려고 이러는 거니까.

다음 메시지. 이번에도 베로다. 그녀는 그게 무슨 유머랍시고, 자신을 〈공적 1호〉로 소개하고 있다. 자살 직전의 상태이며, 세 시간 전에는 내게 단 세 마디도 해줄 수 없었던 여자가 지금은 엄청나게 수다스럽다. 그다음엔 너의 메시지다. 넌 네게 전화를 해달라고, 자기가 마중을 나올 테니 내가 탄 열차가 몇 시에 도착하는지 말해 달라고 애원한다. 자기야, 난 도무지 이해 못 하겠어. 지금 일어나고 있는 일들은 너무 끔찍해. 이런 메시지들은 24시간 전부터 내가 했던 전화만큼이나 반복적인 양상을 띤다.

나는 내 좌석을 떠나 담배를 몇 대 피운다. 바깥의 노을빛에 가슴이 찢어진다. 많은 사람들이 『르 몽드』를 읽고 있고, 어떤 이들은 내 단편에 빠져 있는데, 그 가운데는 혼자인 예쁜 여자도 세 명 포함되어 있다. 이 모든 사람들은 〈그 열차를 타지 못했다니, 정말로 유감이군!〉이라고 생각하고 있을 거고, 내가 받게 될 메일들도 대부분 이 아쉬움의 표현으로 시작되리라. 스낵바는 사람들로 꽉 차 있어서, 광천수 한 병을 사기 위해 20분 동안 줄을 선다. 종업원은 단 한 명인데, 그녀는 정신없이 움직이면서도 손님마다 농담을 하나씩 던지며 믿을 수 없을 정도로 친절하고도 명랑하게 일을 하고, 순서를 기다리면서도 아무도 짜증을 내지 않고, 또 이 모든 예쁜 여자들은 화장실에 가서 자위를 하고, 다음번 사용자에게 미소를 지으며 나올 수도 있고……. 정말이지 행복한 열차가 아닐 수 없다. 내 객차로 다시 들어왔을 때 웃음 띤 얼굴의 한 우아한 노부인과 마주치는데, 그녀는 내가 혹시 엠마뉘엘 카레르가 아니냐고 묻는다. 내가 아니라고 대답하자, 그녀는 미소를 지으며 〈어쨌든 브라보예요!〉라고 말한다.

나는 집에 돌아오자마자 자동 응답기의 안내 멘트부터 바꿔 놓는다. 넌 이사한 직후에 멘트를 녹음해 놓았는데, 네가 얼마나 〈안녕하세요, 여기는 소피와 엠마뉘엘의 집입니다〉라고 말하기를 좋아했는지, 나 역시 얼마나 그걸 듣기 좋아했는지가 생각난다. 우리 친구들 중의 하나는 부부의 이름이 들어 있고, 아내의 목소리로 녹음된 안내 멘트를 그녀가 떠나간 후에도 1년이 넘게 간직했다. 난 성격상 그러지 못하는데, 지금은 이런 내가 자랑스럽다. 난 그 끔찍한 불확실성을 대체한, 그리고 이제는 그 무엇도 바꿔 놓을 수 없는 나의 차디찬 증오가 자랑스럽다. 너는 내게 더 이상 존재하지 않고, 넌 내게 더 이상 아무것도 아니다. 하지만 네가 내게 더 이상 아무것도 아니긴 해도, 난 네가 전화하기를 기다린다. 네가 당황하여 어쩔 줄 몰라 할 때 나는 눈 하나 깜짝 않으며 즐기고 싶기 때문이다. 네게서의 전화가 늦어지므로 내 쪽에서 전화를 걸고 싶은 충동이 느껴지고, 그 충동을 떨쳐 버리기 위해 메일을 들여다보기 시작한다. 85통이 들어왔다. 시작에 불과하다. 까다로운 몇 사람을 제외하고는 모두가 열광적인 반응들이다. 정말 기막힌 사랑의 편지예요! 나도 그 열차에 있었더라면 얼마나 좋았을까요! 거기서 무슨 일이 벌어졌는지 너무나도 알고 싶어요! 곧 속편을 읽을 수 있기를 희망해요. 당신의 약혼녀는 너무나 행복하겠어요, 여자들은 모두 자기 남자가 그런 것을 보내 주기를 꿈꾼답니다. 두 분께선 정말 행복하시겠어요…….

불쌍한 사람들, 만일 진실을 안다면…….

넌 자정 무렵에 휴대폰으로 전화를 한다.

엠마뉘엘, 어디 있어?

내 집에.

자기 집이라고?

그래. 그리고 딱 하나만 얘기하고, 그다음엔 전화를 받지 않을 거야. 자기는 내일 정오부터 여기 와서 짐을 꾸릴 수 있어. 잘 자.

집의 자동 응답기에 소피의 전화가 계속 걸려 오지만 나는 응답하지 않고, 단지 메시지들만 읽는다. 애원, 눈물, 분노. 너는 특히 자동 응답기 안내 멘트를 바꿔 놓은 것에 화를 낸다. 그럼 난 이제 더 이상 존재하지 않는 거야? 정말로 우리의 사랑이 자기에겐 아무것도 아니란 말이야? 그래, 내가 휴대폰을 꺼놓았기 때문에, 베로의 상태가 안 좋았기 때문에 이렇게 모든 걸 깨뜨려 버리겠다는 거야? 엠마뉘엘, 제발 전화를 받고 나한테 얘기 좀 해봐, 자기 거기에 있잖아…….

난 심술궂게 미소 짓는다. 자, 이번엔 네 차례야.

밤새 도착한 백여 통의 메일을 훑어보고 있는데, 넌 오전 11시경에 도착한다. 넌 너의 열쇠로 문을 연다. 난 컴퓨터에서 고개를 들어 널 쳐다보지도 않은 채로 차갑게 말한다. 내가 정오라고 말하지 않았어? 이번 주 동안 이 점을 지켜주었으면 하고, 들어올 때는 초인종을 눌러 줘. 여긴 더 이상 자기 집이 아니니까.

엠마뉘엘, 난 사실이 밝혀지기 전까지는 여기 살 거야.

더 이상은 안 돼, 그리고 이 집 집세를 내는 사람은 나라는 사실을 기억해 줘.

엠마뉘엘, 우리 얘기 좀 해.

무슨 얘기? 나에게 해명할 거라도 있나? 난 뭔가 말이 되는 해명을 듣고 싶지, 자기 친구가 한 그 엿 같은 헛소리는 듣고 싶지 않은데?

하지만 걔가 자기에게 전화를 했잖아? 자기는 걔가 자기에게 전화하길 바라고, 걔는 하려고 하지 않고, 난 돌아오는 내내 걔와 싸우고, 그래서 걔가 자기에게 전화를 한 거라고!

난 코웃음을 친다. 순진한 척, 괴로워하는 척하는 너의 모습을 어떻게 묘사해야 할까? 그렇게 정직하고도 올바른 척하는 모습은 누구에게서도 본 적이 없다. 넌 브래지어도 하지 않은 젖가슴 사이로 깊게 파인 검은 드레스를 입고 있다. 난 네 어깨며 네 두 팔을 보면서, 앞으로 이런 걸 그리워하는 일 따위는 절대로 없을 거라고 스스로를 확신시키려 한다. 넌 응접실의 긴 소파에 앉아 담배 한 대를 피워 문다. 너도 끊었던 담배를 다시 시작했다.

엠마뉘엘, 난 자기의 단편소설에 뭐가 들어 있는지 모르겠어. 아직 읽어 보지 않았거든. 하지만 난 그게 자기에게 얼마나 중요했는지 이해하지 못했어.

그건 자기에게도 중요했어. 우리 둘에게 중요했지.

좋아, 중요했다고 해. 하지만 자기도 알아야 할 게 있어. 이 세상에 오직 자기만, 자기가 원하는 것만 있는 것은 아니라는 걸, 자기가 결정했다고 해서 사람들이 반드시 기차를 타야 하는 것은 아니라는 걸 알아야 한다고. 자기는 날 위해 그 열차표를 예약해 놓았고, 내게 어떤 깜짝 선물을 준비해 놓았다고 말했어. 물론 난 기뻤고, 나도 레 섬에 가고 싶었어. 하지만 베로의 상태가 아주 안 좋았어. 베로는 내 자매 같은 애야. 내가 안 좋을 때는 걔가 항상 옆에 있어 줬기 때문에, 난 자기의 협박에 굴복할 수 없었어.

난 자기를 협박하지 않았고, 베로를 내팽개치고 오라고 요구하지도 않았어. 난 단지 이게 나를 슬프게 만들고, 자기도 슬프게 만들 거라고 말했을 뿐이야. 그것 말고는 나한테 전화를 걸어 소식을 알려 달라고 부탁한 것밖에는 없어. 최소한 그 정도는 해줄 수 있는 것 아냐?

하지만 내가 상황을 잘 통제하고 있다고, 아무 문제 없다고 말했잖아…….

소피, 이런 대화는 아무 의미 없고, 그 사실을 너도 잘 알고 있어. 네가 이번 주말에 베로와 함께 있었다는 사실을 내게 증명할 수 있을 때만 어떤 의미를 가질 수 있을 거야. 그게 어제 4시에는 아주 간단한 일이었지만, 지금은 훨씬 복잡해졌어. 좋아, 난 흥분했고, 실망했고, 그래서 차분하게 생각하지 못했던 게 사실이야. 하지만 차분하게 생각해 본다 해도, 베로는 4시에는 나하고 한마디도 하지 않으려 하다가, 7시 반이 되니까 온갖 타협적인 메시지들을 쏟아 부었는데, 미안하지만 여기서는 단 한 가지 결론밖에 끌어 낼 수 없어.

그래 그 결론이 뭔데? 말해 봐. 내가 어떤 남자와 같이 있었다고?

난 자기가 자기 어머니와 같이 있었다고는 생각하지 않아.

지금 진심으로 하는 소리야? 베로가 그런 상황에 처해 있는데 내가 어떤 남자와 함께 있었다고 상상한단 말이야?

내가 정말로 단호하게 얘기를 끝내 버리지는 못한다는 걸 잘 아는 나는 몸에 힘이 빠지는 걸 느끼며 일어선다. 넌 마치 미친 사람 보듯이 나를 쳐다본다. 난 할 수만 있다면 널 와락 끌어안고 싶다. 난 네 맞은편에 놓인 회색 안락의자에 털썩 주저앉으며, 좀 더 부드럽게 다시 말을 잇는다.

소피, 내가 바라는 것은 단 하나야, 널 믿고, 네게 용서를 구하는 거야. 내가 질투심과 강박증이 심한 놈이라는 걸 인정하는 거라고. 하지만 난 지금까지는 그런 놈이 아니었어. 자기가 나를 넉 달 동안 속였어도 나는 그 사실을 몰랐고, 자기는 그 때문에 날 탓하기까지 했어. 하지만 오늘은 그 누구라도 내 입장에 있으면 의심이 들 수밖에 없고, 난 이 의심을 품고 살 수는 없기 때문에, 여기서 벗어나기 위해 뭔가 방법을 찾아내야 해. 어떤 증거를 찾아내야 한다고.

넌 희미한 희망이 담긴 얼굴로 고개를 든다. 자기는 증거로 어떤 게 필요해?

몰라…… . 너희들은 어디서 잤는데?

말했잖아. 생발레리앙코라고.

호텔에서? 그 호텔 이름이 뭔데?

에덴 호텔…… 형편없는 호텔이었지만, 다른 곳에는 방이 없었어.

지불은 누가 했는데?

넌 망설이다가 〈베로〉라고 말한다. 나로서는 놀랍게 느껴지는데, 왜냐하면 지금 베로의 상태가 아주 안 좋은 것은, 드니가 괴롭히는 것 외에도, 경제적으로도 궁지에 몰려 있기 때문이다.

난 계속 추궁한다. 지불은 어떻게 했지?

난 네가 〈현금으로〉라고 대답하기를 기대하지만, 넌 지금 그럴 정신조차 없다. 카드로 한 것 같아, 아니면 수표였을 거야…… .

그렇다면 우린 됐어. 흔적이 남았잖아. 베로는 영수증을 갖고 있을 거고, 설사 그녀가 그걸 간직하지 않았다 해도, 계좌를 확인해서 출금 내역 사본 한 장만 내게 주면 끝나는 일이야. 에덴 호텔, 7월 19일, 아주 간단한 일이라고.

아주 간단한 일이지만, 네게는 그렇지 않은 모양이다. 넌 두 손으로 머리를 감싸고 잠시 생각해 보더니 말한다. 아니, 베로는 그렇게 하지 않을 거야. 걔는 자기에게 그걸 주지 않을 거야.

왜?

왜냐하면 걔는 누가 자기에게 증거를 요구하는 것을 참지 못하기 때문이야.

이때 네 핸드폰이 울린다. 그래, 베로, 너는 부드러운 목소리로 대답한다. 당장은 너하고 얘기할 수 없어, 지금 엠마뉘엘과 함께 있어, 그는 제정신이 아니야, 지금 악몽을 꾸고 있는 기분이야…… 다시 전화할게.

넌 전화를 끊는다. 난 경악한다.

소피, 만일 네가 거짓말을 한 게 아니라면, 지금 베로는 고의적으로 우리의 관계를 파괴하고 있는 중이야. 그렇다면 넌 그 여자에게 이 말도 안 되는 짓거리를 멈추고, 당장 계좌 출금 사본을 보내라고 간청하고, 그렇지 않으면 눈깔을 뽑아 버리겠다고 경고해야 옳아. 하지만 넌 이에 대해서는 암시조차 하지 않고, 아주 부드럽게 말하고 있어. 이건 미친 짓 아냐?

이게 자기에게 미친 짓으로 보이는 것은 자기는 자신의

관점 이외에는 다른 것을 볼 능력이 없기 때문이야. 자기는 베로를 잘 몰라.

하지만 난 베로를 아는 일 따위엔 관심이 없어! 내가 원하는 것은 그녀가 너에게 그 서류를 주는 것뿐이야.

넌 한숨을 내쉰다. 그러고 나서 내 눈을 똑바로 쳐다보면서 묻는다. 자기는 그다음에 어떤 일이 일어나게 될지 알아? 좋아, 어떤 일이 일어나게 될지 내가 얘기해 줄게. 난 자기가 말한 대로 할 거야. 짐을 싸고, 이사를 하고, 금요일에는 열쇠를 봉투에 넣어 자기에게 돌려줄 건데, 그 봉투에는 자기가 요구한 증거도 같이 들어 있을 거야. 그때 가서 알게 될 거야.

난 갑자기 얼떨떨해지며 할 말을 잃는다.

좋아, 하고 마침내 나는 입을 연다. 그때 나는 끔찍이도 마음이 아프겠지. 하지만 1분 전에 우리는 베로의 그 어처구니없는 고집에 꽉 막혀 있었는데, 이제 너는 이미 그 증거를 가지고 있다고 말하고 있어. 그렇다면 왜 우릴 이렇게 힘들게 해야 하지? 지금 그 증거를 보여 주면, 난 너의 발밑에서 뒹굴며 용서를 빌 거고, 네가 용서를 해주든 안 해주든 간에 우리의 악몽은 끝나게 돼. 그 증거가 대체 뭐지?

넌 잠시 침묵을 지킨다. 넌 눈물이 그렁그렁한 눈으로 날 쳐다본다. 그러고는 아주 낮으면서도 아주 분명한 목소리로 말한다. 임신 진단서.

벼락에 맞은 느낌이다.

임신했어?

넌 고개를 끄덕인다. 두 뺨에 눈물이 흘러내린다.

너는 눈을 감고 머리를 뒤로 젖힌 모습으로 소파에 앉아 있다. 너의 목을 따라 뻗은 정맥 한 줄기가 박동 치는 게 보인다. 나는 맞은편 안락의자에 널브러져 있다. 한 시간 전부터 우리는 줄담배를 피운다. 넌 손에 라이터를 꼭 쥐고 있다. 나는 그것을 달라고 음성이나 몸짓으로 부탁할 때마다, 그것을 건네받을 때 네 몸과 닿지 않으려고 조심한다. 술 끊은 알코올 중독자가 위스키가 든 초콜릿을 외면하듯이, 널 다시는 건들지 않으려고 조심한다. 이제 나는 일어나, 아주 조심스럽게 네 손가락들 사이에서 타들어 가고 있는 담배를 빼내어 재떨이에 짓뭉개고는 말한다. 이제 이건 끝났어. 그러고는 담뱃갑과 가득 찬 재떨이를 들고 주방에 가서 버린다. 난 한동안 거기에 혼자 있으면서 생각한다. 네가 날 용서하기 위해서는 시간이 필요하겠지만, 어쨌든 용서할 것이다. 넌 신문을 읽을 거고, 거기서 너에 대한 나의 사랑을 보게 될 거고, 왜 내가 그렇게 미친놈같이 굴었는지 이해할 것이다. 그래, 이유가 있었던 것이다. 가장 간단한 이유, 내가 전혀 생각하지 못했던 이유였다. 난 네게 날 믿어도 된다고 말했지만, 넌 내가 이 아이를 진정으로 원하는 것은 아닐까 봐 두려웠던 것이다. 설사 아이를 받아들인다 해도, 진심으로 원해서가 아니라 어쩔 수 없이 받아들이게 될까 봐 두려웠던 것이다. 넌 깊이 생각해 보기 위해 혼자 떠나고 싶었다. 휴대폰을 꺼놓은 것은, 켜놓으면 나와 애기해야 하는데, 애기하다 보면 그걸 말하지 않을 수 없을 것 같은데, 아직은 말할 용기가 나지 않았기 때문이다. 여전히 모호한 점들이 남아 있는 것은 사실이다. 그 베로의 이야기, 네가 죽었다고 생각했다는 베로, 상태가 아주 안 좋았다는 베로, 나와는 애기하고 싶어 하지 않았다는 베로의 이야기 말이다. 하지만 난 이 모든 것들은 더 이상 생각하지 않는다. 내가 생각하는 것은 네가 임신했고, 우리가 곧 아이를 갖게 된다는 사실뿐이다. 몇 주 전만 하더라도 나는 〈우리에게 임신은 너무 빨라, 좀 생각해 봐야 해, 기다려야 해〉라고 말했겠지만, 내가 틀린 것이었다. 난 아직 아이를 원치 않는다고 생각했지만, 무의식적으로는 이미 원하고 있었다. 또 이 일이 단편의 발표에 딱 맞추어 일어난 것이 굉장하게 느껴지기까지 한다. 여기에는 어떤 가슴 뭉클한 논리가 있지 않은가? 게다가 이것은 — 이런 생각이 드는 것을 어쩔 수가 없다 — 내가 쓰려고 하는 책의 이상적인 결말이 아니겠는가?

난 응접실로 돌아온다. 나지막한 탁자를 에돌아 소파와 나를 나누고 있는 1.5미터를 건너가서는 네 옆에, 널 건드리지 않고서, 앉는다. 넌 내게서 거의 등 돌린 자세로, 손들로는 두 팔을 꼭 움켜쥐고서 웅크리고 누워 있다. 내 손이 네 손을 스친다. 네가 선뜻 손을 내줄지 몰랐지만, 넌 내준다. 난 그 손을 잡는다. 손에 아무 힘이 없다. 손가락들로 네 손가락들을 감싸고는 아홉까지 센다. 그 일은 3월에 있을 것이다. 너는 이해한 듯하다. 내 손을 꼭 잡아끌어서 자기 배에다 댄다. 그러고는 말한다. 세상에! 벌써 젖가슴이 두 배나 커졌어.

넌 머리를 내 어깨에 올려놓는다. 그러고는 말한다. 엠마 뉘엘, 자기야, 왜 그렇게 거짓말에 대해 강박증이 있는 거야? 대체 누가 자길 속였어?

우리는 침실로 간다. 함께 침대에 몸을 눕힌다. 하지만 옷은 벗지 않을 것이다. 그렇게 빨리 하고 싶지는 않다. 하지만 우리는 서로의 품 안에 있고, 나는 내 사랑, 내 사랑, 하며 너의 젖가슴을 쓰다듬고, 넌 조용히 흐느긴다.

넌 잠이 든다. 난 아니다. 지난 이틀 동안 일어난 모든 일들이 머릿속을 맴돈다. 어떻게 생각해 봐도 여기엔 뭔가 석연치 않은 구석이 있다. 하지만 나는 모든 것을 베로의 탓으로 돌린다. 네가 상황을 설명했을 때 만일 그녀가 지각 있는 친구라면 기쁜 마음으로 나를 만나러 가라고 권했을 것이다. 그럼 넌 열차를 타고, 내 단편을 읽었을 테고, 그날 저녁 레스토랑에서 눈을 반짝이며 너 역시 나를 놀라게 해 줄 게 있다고 말했을 것이다. 이렇게 우리가 서로에게 줄 수도 있었던 행복한 시간은 없었으니, 그 못된 여자가 네 머릿속에 도대체 뭔지는 모르겠지만 어리석은 생각들을 심어 놓았기 때문이다. 〈그 사람은 네가 임신한 걸 좋게 받아들이지 않을 수 있어, 이건 여자끼리 얘기해야 할 문제야〉라고 말했는지 모르겠지만, 도대체 무슨 엿 같은 소리들을, 그리고 도대체 왜 늘어놓았단 말인가? 남자들에 대한 증오, 어쩌면 너에 대한 증오 때문이리라. 그녀는 질투에 사로 잡혀 있고, 너에겐 턱수염에 말총머리를 달고 껄렁대는 단역 배우 같은 부류, 다시 말해서 너를 그 한심한 수준으로 끌어내릴 남자가 어울린다고 생각하는데 난 그런 남자가 아니기 때문에 어느 정도 의식적으로 우리 커플을 깨뜨리기를 꿈꾸고 있다. 불쌍한 여편네, 불쌍한 마귀할멈, 넌 정말로 그녀를 그만 볼 필요가 있다. 침대에서 제대로 사랑받지 못하여 더러운 성질만 남은, 걸핏하면 저녁 식사 한다고 모여서는 불쌍한 남편 욕이나 늘어놓는 이런 종류의 여자 친구들은 흡연처럼 나쁜 습관일 뿐이다. 이틀 전부터 나도 줄담배를 피워 댔긴 했지만, 내일부터는 끊을 것이다. 우리 둘이서 함께 끊을 것이다.

하지만 일단은 한 갑을 사려고 아파트 건물 아래로 내려간다. 또 『르 몽드』도 한 부 사서, 카페테라스에서 훑어본다. 그랑주레와 프랄롱의 르포 기사는 마지막 면에 실려 있다. 그렇게 악의적인 글은 아니지만, 어쨌든 나는 실망하여 발을 동동 구르는 아이의 모습으로 묘사되어 있다. 무슨 상관이랴, 난 이야기의 결말을 알고 있는데.

내가 집에 돌아왔을 때, 넌 아직 잠들어 있다. 난 모로 누운 네 등에 나란히 몸을 붙이고 한동안 누워 있지만, 너의 잠은 내 마음을 가라앉혀 주지 못한다. 왜냐하면 너의 잠이 평온해 보이지 않기 때문이다. 너의 얼굴은 고통스럽게 찌푸려져 있고, 넌 마치 어떤 악몽을 꾸고 있는 것처럼 몸을 뒤척인다. 난 다시 일어나 대기 모드로 있던 컴퓨터를 다시 컨다. 이제 메일은 모두 220통으로, 대부분 호의적인 반응들이다. 성적인 제안들도 보이는데, 그중 어떤 것들은 매력적으로 느껴진다. 욕을 퍼부은 것도 몇 개 있는데, 내가 보기엔 멍청한 말들이지만, 아마도 나의 편파적인 생각이리라. 오늘 나온 기사에 대한 반응들도 벌써 보인다. 많은 사람들이 내 반응에 마음이 짠해졌는지 나를 위로하겠다고 나선다. 중요한 것은 글이지, 여자가 실제로 존재하느냐, 아니냐는 별로 중요하지 않잖아요? 천만에, 난 소리치고 싶다, 그녀는 존재한다고! 그리고 마지막으로 도착한 메일들 중에 다음과 같은 것이 있다.

〈지금 읽기 시작해도 돼?

아직 안 돼. 열차가 출발할 때까지 기다려. 글의 지시 사항들을 정확히 지켜야 해. 기차가 움직이기 시작하면 읽기 시작해. 그 전에는 안 돼. 아직 10분 남았어.

첫 문장만 말해 줘.

안 돼. 그런 식으로 속이면 절대로 안 된다고 했단 말이야.

제발, 첫 문장만.

좋아. 하지만 딱 첫 문장만이야. 이렇게 시작해. **열차에 오르기 전, 자기는 역의 신문 가판대에서 『르 몽드』를 샀어.**

그는 한 시간 전에 이 일간지를 샀다. 그는 이날 열차를 탈 생각이 없었다. 그녀와 라로셸까지 동행할 생각이 전혀 없었다. 남편의 글이 그렇게 하기로 마음먹게 만들었다. 그 주 금요일에 발표된 이 이상한 단편 말이다. 물론 그녀는 그에게 『르 몽드』에 실릴 거라는 이 단편에 대해 얘기해 준 적이 있었지만, 그 자세한 내용에 대해서는 전혀 알려 준 바가 없다. 그는 마지막 행까지 읽고서 신문을 내려놓은 뒤, 커피 값을 지불하고, 택시를 잡아타고는 역으로 달려갔다. 객차 안에 있는 그녀에게로 갔을 때, 그녀는 별로 놀란 기색이 아니었다. 그는 그녀의 맞은편 자리에 앉아서 그 자신의 지시 사항을 알려 주었다. 애인의 지시 사항 말이다. 사실 그것은 남편 글의 지시 사항들을 충실히 따르라는 것에 지나지 않는다. 하지만 한 가지 중요한 차이는 그가 옆에 있다는 점이다. 그녀가 처음 단편을 읽어 나가고 있는 동안, 그도 옆에서 다시 한 번 그걸 읽을 것이었다. 그리고 그들은 남편을 농락할 것이었다. 그는 기차가 달리는 내내 그녀의 얼굴을 들여다보고, 그녀의 피부의 미세한 떨림을 훔쳐보고, 옷 아래 그녀의 알몸이 어떻게 움직일지 상상하고, 그녀의 손가락이 자기 겨드랑이 밑으로 슬그머니 들어가는 모양을 구경하고, 그녀의 입술이 《난 내 보지 안에 당신의 자지를 갖고 싶어》라는 말을 하고 있다는 것을 알아맞히면서 남편을 농락할 것이다. 그래, 바로 이 말이지만, 여기서는 그의 자지, 그녀를 울부짖게 만드는 그 자신의 거대한 자지이다. 왜냐하면 애인은 섬세한 자, 질질 끌며 즐기는 자, 미학적인 성적 쾌락을 추구하는 자가 아니기 때문이다. 그는 벽에 등을 기대게 하고서, 혹은 주차장 으슥한 곳에서 그녀를 쾅쾅 찧어 대며 마치 암캐처럼 다루는 사내이다. 그는 허리를 거세게 튕겨 관통해 들어가며 그녀를 숨 막히게 한다. 그러고는 힘차게 쟁기질을 하는데, 그녀가 녹초가 되어 몸을 바르르 떨며 잠시 정신을 잃을 때, 맹렬히 밀려드는 물결 같은 쾌락으로 숨도 쉴 수 없는 상태가 될 때, 그는 그녀가 자신의 장난감 이상의 존재, 자신의 가축 이상의 존재라는 걸 안다. 그녀가 자신의 일부라는 것을 아는 것이다. 왜냐하면 그의 거대한 자지가 그녀의 질을 변형시켜, 그녀의 배 속에 자신의 자국을 남겨 놓았기 때문이다. 또 남쪽 지방의 정열적인 사내의 시큼하고도 강렬한 땀이 그녀의 몸뚱이에 보이지 않지만 활력이 넘치는 수막을 남겨 놓았고, 이 수막은 피부 깊숙한 곳을 흐르는 은밀한 도랑들이 되어 그녀를 양분과 물로 채워 주기 때문이다. 그리고 이 땀의 우물들이 말라 버리고, 자궁이 이완되고, 쾌감이 사라지고 나면, 다시금 허기가 찾아오기 때문이다.

하지만 오늘은 아무것도 하지 않는다. 단지 그녀를 바라볼 뿐이다. 사실 그는 그녀가 열차 안에서 남편과 원격으로 섹스를 하는 모습을 보고 있다. 무엇보다도 애초의 플랜을 조금도 바꾸지 않는 게 중요하다. 왜냐하면 그녀가 글의 내용을 읽어 감에 따라, 그들의 욕구가 고조될 것이기 때문이다. 애인이 지켜보는 앞에서 남편이 하는 말에 흥분하는 것은 그녀에게 새롭고도 강력한 쾌감을 선사할 것이기 때문이다. 결국 그들은 화장실로 가서 함께 자위를 할 것이다. 그녀는 거울을 보면서, 그는 그 뒤에서 말이다. 그는 그녀의 몸에 사정하지 않도록, 그녀의 몸에 방울이 튀지 않게끔 바닥에다 천천히 쏟아 내도록 조심할 것이다. 그들은 서로의 몸에 닿지 않을 수 있을 만큼 강해야 할 것이다. 그녀는 그의 자지를 입 속에 넣고 싶은 욕구를 참아 내야 할 것이다. 그녀는 그의 거대한 자지의 모든 것을 사랑한다. 그 냄새, 그 형태, 그 둥글납작한 귀두, 음경 주위를 마치 덩굴처럼 감싸고 있으며 그녀가 손톱 끝으로 간질이고 눌러 보는 것을 좋아하는 그 부푼 정맥. 그리고 정액, 그녀가 자기 얼굴에다 얼룩덜룩 묻히는 그 엄청난 양의 상앗빛 정액. 시간이 있을 때면 그녀는 이따금 그것을 자신의 금발에 쏟아 달라고 부탁하곤 한다. 그러고 나서 그는 그녀의 머리통 속에 자신의 정액과 아주 미세한 생명체들을 들어가게 해준다고 말하면서 오랫동안 그녀의 머리를 마사지한다.

하지만 이런 신체적인 접촉은 전혀 없다. 단편에 써진 대로일 것이다. 그리고 마지막으로는 도착했을 때 메일을 보낼 것이다. 그는 노트북을 가지고 왔다. 열차에서 내리자마자 메시지를 보낼 수 있는 PC방을 찾는다. 두 사람을 가장 흥분시키는 것은 아마도 이것이리라. 남편이 사실을 알게 되면서도, 또 계속 반신반의하게 되는 것, 자신이 만든 덫에 갇혀 버리는 것 말이다. 『르 몽드』의 독자는 60만이나 되고, 아마도 꽤 많은 메일이 그에게 날아들 것이다. 그러니 메일들 중에서 뭐가 진짜이고 뭐가 가짜인지 구별하기란 쉽지 않으리라. 독자들의 의례적이고 통상적인 반응들과 작가 지망생들의 서툰 속편들과 각종 제안들이 있을 거고, 이 글도 보게 되리라. 이 글을 보고 처음에 그는 미소를 지으리라. 흠, 괜찮네, 하고 생각하리라. 제대로 써졌고, 재미도 있어. 그러고 나서 조금씩 의심이 스며들게 되리라. 두 연인은 서로 얘기해 놓았다. 이 속편의 내용이 어떻든 간에, 그녀는 모든 걸 부인하기로. 한마디도 하지 않고, 그 어떤 단서도, 아무것도 드러내지 않기로. 이 여행에 대해 다시는 얘기하지 않기로.

자, 엠마뉘엘, 이제 내 이야기는 끝났어. 난 그녀의 애인이야. 이것은 하나의 수행적 발화야. 난 자네에게 선전 포고를 하네. 나의 거대한 자지로 말이야. 자네가 이 글을 내려놓고 곧바로 잊어버리기 전에, 자네 마음속에 도저히 떨칠 수 없는 의혹을 뿌려 놓고 자넬 조금 불안하게 만들기 위해 몇 마디만 하지. 난 니스에 사는 필리프야. 그리고 밤에 그녀가 좋아하는 것은 자기는 등을 웅크리고 모로 눕고, 자네는(혹은 나는) 그 뒤로 몸을 붙인 자세로 자는 거야.

라로셸, 2002년 7월 20일, 오후 6시.〉

오자 하나, 프랑스어 문법상의 오류 하나 보이지 않는다. 지독하게 잔인한 글이다. 이 친구가 정말 너의 애인인지 혹은 애인이었는지 믿게 할 만큼 잔인하지는 않지만(신체적 특징을 보다 구체적으로 밝힐 수도 있었다), 내게 타격을 가하기에는 충분하다. 너와 내가 모로 누워 잠을 잔단다. 네가 다른 남자하고 모로 누워 자고, 다른 남자와 섹스를 한단다. 이 니스에 사는 필리프는 정말로 변태적인 놈이라는 생각이 든다. 하지만 내 단편도 변태적이지 않았던가? 아니, 아니, 난 그렇게 생각하지 않는다. 어쩌면 순진하다고 할 수도 있고, 좀 유치하다고 할 수도 있지만, 변태적이진 않았다. 난 컴퓨터를 끄고, 그 앞에 앉아서 다시 생각해 보기 시작하는데, 생각하면 할수록 그 모든 이야기가 말이 되지 않는다는 게 분명해진다. 난 지난 일들을 다시 한 번 되짚어 본다. 난 5월 말에 러시아로 떠났고, 대상 포진에 걸려 돌아왔고, 이 때문에 섹스를 할 때 콘돔을 사용해야 했다. 이런 상태는 내가 레 섬으로 떠나기 전날까지 지속됐으며, 그날 나는 한 달 반 만에 처음으로 네 안에서 사정을 했다. 이날은 금요일이었고, 1주일 후 넌 자신이 임신했으며 젖이 불어났다는 사실을 알게 되었다. 그런데 1주일은 너무 짧지 않은가? 난 널 깨워서 여기에 대해 물어보고 싶어진다. 침실로 돌아와 자고 있는 너를 쳐다본다. 얼마나 고통에 찬 모습인지! 난 전화번호부를 서재로 가져가 나지막한 목소리로 이 동네의 산부인과 전문의 여러 사람에게 전화를 한다. 모뵈주 가의 와이츠만 박사가 오후 6시에 날 맞아 줄 수 있단다. 난 그를 만나기 전에는 네게 질문하지 않으리라 마음먹는다.

너는 5시경에 일어난다. 힘이 하나도 없는 너는 목욕하려고 욕조 물을 채운다. 넌 몸 상태가 아주 나빠 보인다. 난 차를 끓여 욕실에 가져다준다. 욕조의 언저리에 앉은 나는 아까 한 결심을 잊어버리고 한 가지만 더 물어보고 싶다고 말한다.

안 돼, 엠마뉘엘, 그만해, 지금 당장은 자기 질문에 대답할 상태가 못 돼. 지금까지도 날 충분히 힘들게 했잖아?

한번 들어 보라고! 내 질문은 단지 이거야. 그 임신 테스트는 언제 한 거야?

생각이 잘 안 나, 저번 주말이겠지…….

뭐? 생각이 잘 안 난다고? 하지만 그건 쉽게 잊어버릴 수 있는 일이 아니잖아?

아니, 난 지금 정신이 하나도 없어. 아무것도 생각이 안 나. 날짜들, 장소들…… 난 자기처럼 기억력이 좋지 않다고. 그만 좀 날 괴롭혀, 도대체 뭘 원하는 거야? 이 아이가 내 배 속에서 죽어 버리길 원해?

소피, 임신했을 때는 테스트만 하는 게 아냐. 산부인과 의사도 찾아가 봐야 해.

내일 아침 보러 갈 거야.

나도 같이 가지.

아니, 아니, 난 안 그랬으면 좋겠어. 이건 내 문제니까.

그럼 나는? 이게 나와는 상관없는 문제야?

얘기를 하면 할수록 내 확신은 굳어지고, 난 네가 갈수록 궁지에 빠져드는 모습을 잔인하게 즐기지만, 공식적인 확인이 있기 전까지는 최후의 일격을 가하고 싶지 않다. 넌 우리가 며칠간 떨어져 있는 게 좋은 것 같다고 말한다. 난 혼자 있을 필요가 있어. 자기도 아이들이 있잖아. 걔들이 걱정하지 않겠어? 자긴 레 섬에 돌아가는 게 좋을 것 같아…….

내가 레 섬에 가서 뭘 하길 원하는데? 자기가 왜 안 오는지, 내가 왜 별안간 떠났는지, 아무도 이해하지 못하고 있는 상황이야. 게다가 나 자신도 아무것도 이해하지 못하는데,

어떻게 사람들을 안심시킬 수 있을지 모르겠다고.

말하잖아, 난 혼자 있을 필요가 있다고. 이건 여자만의 문제야. 이걸 이해하지 못하겠어?

아니, 난 이해 못 하겠어. 이 아이가 내 아이가 아니라면 물론 이해가 가지만.

그래, 난 내뱉고야 말았다. 넌 새파랗게 질린 얼굴로 나를 쳐다본다.

지금 자기가 무슨 말을 했는지 알아? 자긴 날 사랑한다고 말하면서, 자기가 사랑하는 여자에게 이런 말을 해?

난 더 이상 못 견디겠다고 말하고는, 좀 걸으려고 밖으로 나간다.

와이츠만 박사는 직업상 비밀 준수 의무에 묶인 몸이지만 난 그렇지 않으므로, 그가 아주 괜찮은 사람이었다는 사실을 말할 수 있다. 나이는 쉰 살에 친절하고도 솔직한 사람이다. 수태되고 나서 임신 테스트가 양성으로 나오기까지는 원칙적으로 14일이 걸립니다. 물론 이 기간은 조금 짧을 수도 있으며, 특히 생리 주기가 일정치 않은 여성들이 그러합니다(하지만 넌 시계처럼 정확하지). 12일 금요일에서 21일 일요일이라……. 미안하지만 솔직히 말해서 이게 작가님의 아이일 가능성은 거의 없습니다. 당장에라도 초음파 검사를 해볼 수 있지요. 만일 그분이 아이를 간직하길 원한다면 어차피 빨리 한 번 해야 할 일이니까요. 그리고 만일 그분께서 뭔가 고백할 게 있으시다면, 그걸 뒤로 미뤄

서 좋을 게 하나도 없겠죠. 사실 사람들이 네 말을 믿을 가능성이 전혀 없는데도 이렇게 끝까지 거짓말을 하고 있다는 게 나로서도 놀라워.

내가 누구인지 알아보았고, 내 단편도 읽은 와이츠만 박사는 날 배웅하면서 묻는다. 그분인가요?

네.

정말로 슬프네요.

나는 회색 안락의자에 앉아, 맞은편의 긴 소파에 네가 와서 앉기를 기다린다. 그게 마치 우리의 지정석인 듯한 느낌이 드는 게, 지난 24시간 동안 아파트 안에서의 움직임과 이동은 기괴할 정도로 제한되어 버린 것이다. 욕실에서 침실로, 침실에서 응접실로 가는 것은 전에는 간단한 일이었지만, 지금은 하나의 덫이 되어 버렸다.

난 와이츠만 박사를 만난 일을 네게 차분하게 들려준다. 난 거기서 얘기되었던 날짜들, 임신 사실이 드러나는 기간 등 모든 것을 되풀이하고, 넌 마치 무슨 말인지 모르겠다는 표정으로 듣고 있다. 난 나중에 네가 그렇게나 비난하게 될 그 섬뜩한 미소를 머금고 있다. 마치 자신이 두게 될 외통수에 대해 확신하며 천천히 뜸을 들이고 있는 체스 기사처럼.

그러니까 자기가 말하고 싶은 것은, 배 속의 아기가 자기 아이가 아니라고 확신한다는 얘기야?

초음파 검사가 말해 주겠지. 내일 병원에 가지 않을 거야? 어쨌든 언젠가는 가야 할 일이잖아.

자긴 날 미워하고 있어, 그렇지?

그렇게 표현하고 싶다면, 맞아.

넌 일어서서 핸드백을 들고 어디 간다는 말도 없이 집을 나간다.

문을 거세게 닫지도 않고, 또 살그머니 닫지도 않는다. 만일 나가면서 문을 중립적으로 닫는 방식이 존재한다면, 이게 바로 그것이다.

새벽 4시. 난 이틀 전부터 일어난 일들을 모두 썼다. 오랜 시간이 지난 후에 몇 군데를 수정하고 또 삭제하기도 하겠지만, 앞에서 얘기된 모든 것들은 거의 대부분 이날 밤에 써진 것이다. 우리가 한 말들을 최대한 정확하게 적는 것은 나로서는 지금까지 우리에게 일어났고, 또 앞으로 일어나게 될 일들을 통과하는 유일한 방법이었다.

어머니는 내게 항상 말씀하셨다. 악마를 시험해서는 안 된다고. 내가 악마를 시험했던 것일까? 무엇을 하든 악마를 시험하게 되는 게 내 운명인 것일까?

난 그렇게 생각하고 싶지 않다. 난 이 단편은 하나의 사랑의 행위였고, 우연히도 그와 동시에 여자의 배신이 일어났을 뿐이며, 이 단편이 배신을 야기한 것은 아니었다고 믿고 싶다. 난 내게는 아무런 잘못이 없다고 믿고 싶다.

하지만 좀처럼 그렇게 되지가 않는다.

기이하게도 난 그 다른 남자가 누구였는지에 대해선 거의 신경 쓰지 않는다. 그가 그 아이를 갖고 싶어 하는지, 너와 함께 살고 싶어 하는지도. 그리고 넌, 넌 과연 무엇을 원할까?

난 때로는 네가 괴물이라는, 병적인 거짓말쟁이라는 생각이 들기도 하고, 또 때로는 지금 내가 미쳐서 헛소리를 하고 있다는 생각이 들기도 한다. 어쩌다 잠시 바람을 피워서 원치 않는 임신을 하게 된 것, 이것은 하나의 사고요, 부부 싸움의 이유가 될 수도 있겠지만, 그렇다고 해서 당사자를 〈괴물〉로까지 몰 수는 없는 일이다. 만일 이 일이 단편의 발표와 맞물리지만 않았더라도 난 이렇게까지 정신이 나가지 않은 상태로 위기를 헤쳐 갈 수 있으리라. 하지만 난 실망했고, 또 실망한 것 이상으로 자존심에 상처를 입었고, 모욕감을 느꼈다. 기대했던 승리가 낯 뜨거운 웃음거리로 변해 버렸기 때문이다. 난 이것을 견딜 수가 없었고, 이 때문에 널 계속 괴롭혔고, 넌 결국 점점 더 앞뒤가 맞지 않는 거짓말들에 빠져들게 되었던 것이다.

새벽에 나는 더 이상 견디지 못하고 너의 휴대폰에 전화를 건다. 너의 목소리에는 아무 억양이 없다. 우리는 마치 우리 가까이에 잠이 깰 수 있는 사람들이 있는 것처럼 소리를 죽여 말한다.

난 말한다. 자기가 걱정이 돼서 전화했어.

응.

지금 어디야?

내가 자기의 질문에 반드시 대답해야 할 필요는 없겠지. 난 그 누구보다도 자길 더 사랑했어.

알고 있어. 나도 그 누구보다도 자길 사랑했어. 하지만 자기에게 이 질문들을 하지 않을 수가 없어. 너무 심각한 문제니까.

뭐가 그리 심각하지? 내가 열차에 타지 않은 것? 내가 자기가 원하는 것처럼 어떤 소설의 인물같이 행동하지 않은 것?

아니, 네가 다른 남자의 아이를 가졌고, 또 나로 하여금 그 아이가 내 아이라고 믿게 하려고 한 것.

난 그게 자기 아이라고 믿게 하려고 하지는 않았어.

그렇다면 내 아이가 아니란 말이야?

대답하고 싶지 않아.

좋아.

자긴 진실을 몰라. 자긴 아무것도 몰라.

하지만 지금 자기에게 그걸 묻고 있잖아, 진실을 말이야! 난 자기가 말해 주기를 바라.

나에게 조금 시간을 줘. 난 지금 자고 싶어. 전화해 줘서 고마워.

네가 그 누구보다도 날 사랑했다고, 그 어떤 남자보다도 날 원했다고 말했을 때, 난 니스에 산다는 필리프와 내게 선전 포고를 한 그의 거대한 자지에게는 미안한 얘기지만 그녀의 말이 사실임을 안다.

그리고 내가 똑같은 말을 했을 때, 너도 그게 사실이라는 걸 안다.

난 〈내 사랑〉이라고 다시 한 번 말하고 싶다. 적어도 1년 전부터 난 자주 〈내 사랑〉이라고 혼자서 나지막이 중얼거리곤 했었다.

난 너무나도 널 사랑했다.

339통의 메일. 이제는 이것들이 약간 반복적으로 느껴지기 시작한다. 항상 똑같은 찬사들, 항상 똑같은 질문들이다. 하지만 이 가운데 다음의 메일은 날 감동시키는 동시에, 니스에 사는 필리프가 보낸 그것만큼이나 날 아프게 한다.

〈당신에게 고맙다는 말을 하고 싶어요.

7월 20일 토요일 자 『르 몽드』는 우연히 보게 되었어요. 잠시 들른 친구들이 잊어버리고 집에 놓고 간 거죠. 난 오늘 오후까지 읽지 않고 굴러다니게 놔뒀답니다.

집은 조용해요. 날씨는 아주 화창하고, 아주 덥지요.

낮잠을 자는 시간입니다. 이해하시겠죠?

그래서 『르 몽드』를 읽어 봤고, 또 개인적으로 사용해 봤어요.

그리고 그건 날 즐겁게 해주었어요.

이런 식으로 날 즐겁게 해주던 남자는 지금은 — 적어도 단순하고 직접적인 방식으로는 — 그럴 수 없는 곳에 있어요. 하지만 그는 내게는 말이 효과적이라는 사실을 알고 있죠. 그래서 그가 당신을 사용했다고 생각해요. 당신의 말을 사용한 거죠. 따라서 난 그의 메시지를 내게 전달해 준데 대해 당신에게 감사를 표해야 옳겠죠.

나를 즐겁게 해주던 남자는 5년 전에 죽었답니다.

그 이후로 난 낮잠을 자지 못했어요.

난 지금 일흔 살입니다.

다시 한 번 고맙다고 말하고 싶어요.〉

나와 얘기하려고 돌아왔어?

웅, 자기와 얘기하려고 돌아왔어.

자, 그렇다면 먼저 내 말을 잘 들어. 난 당신을 죽도록 사랑하고, 어쩌면 우리가 이 상황에서 빠져나갈 가능성도 있지만, 오늘 자기는 내게 모든 것을 말해야 해. 거짓말하지 말아야 해. 만일 거짓말을 하면 난 금방 알게 될 거야. 그건 내가 탐정을 고용할 것이기 때문이 아니라, 우리 사이에 존재하는 이상한 현상, 자기가 외박한 날 새벽에 내가 코텔니치에서 전화를 하고, 내가 자기를 사랑한다고 온 세상에 선언한 바로 그날에 자기는 다른 남자의 아이를 임신했다는 것을 알게 된 그 이상한 현상 때문이야. 만일 자기가 오늘 내게 거짓말을 했다는 걸 알게 된다면, 아마 그리 되겠지만, 우리는 끝이야.

난 거짓말을 하지 않겠어. 하지만 지난 며칠 동안 일어난 일들만을 얘기하고 싶지는 않고, 우리의 관계를 처음부터 이야기하고 싶어.

모베르 근처의 타이 레스토랑에서 우리가 처음 함께 했던 저녁 식사가 기억나?

물론 기억나지.

자기는 늦게 도착했어. 난 우리 회사에서 내게 제안하는 한 직위에 관련된 서류들을 테이블 위에 펼쳐 놓고 있었지. 난 이 제안을 받아들여야 하나 말아야 하나 고민하고 있었어. 내게는 중요한 문제여서, 이에 대해 자기에게 말했고, 자기는 관심을 갖는 척하면서 몇 분 동안 들어주었지. 하지만 금방 다른 얘기로 넘어가더니, 자기가 러시아에서 작업하게 될 르포르타주에 대해서, 자기가 관심 있는 그 헝가리인에 대해 말하기 시작했어. 그리고 난 거기에 대해 관심 있는 척하지 않았어. 왜냐면 정말로 관심이 있었으니까. 바로 이 첫 번째 저녁부터 우리의 관계는 이런 식으로 정착되어 버린 거야. 자기의 이야기들에는 우리 둘 다 관심을 갖고, 내 이야기들은 나만 관심을 갖는 식으로 말이야. 자기는 내 이야기들은 하찮은 것이라고 생각하지. 하지만 난 이 사실을 나중에야 의식하게 되었어. 그때에는 자기에게 사랑에 빠져 아무 정신이 없었으니까. 그리고 자기도 내게 사랑에 빠져 있었고. 그래, 나도 알아, 거기엔 의심의 여지가 없어. 나는 어쩌면 우리가 같은 침대에서 자게 될지도 모른다고 생각하며 저녁 식사에 나왔고, 다음 날 아침에 잠에서 깨었을 때는 그날 저녁에도, 그리고 그다음 저녁들에도 만나게 될 거란 걸, 자기도 그걸 원하고 있다는 걸 알았고, 실제로 일은 그렇게 진행되었지. 그것은 약간은 기적적인 일이었어.

자기가 블랑슈 가의 집에 와서 같이 살자고 제의했을 때, 난 기쁘기도 했지만 한편으로는 두려웠어. 왜냐하면 자기도 두려워한다는 걸 느꼈기 때문이지. 자긴 그걸 명확히 말하지는 않았지만, 난 자기가 내가 옷가지가 든 트렁크 두 개만 가져오고, 우리 사이가 잘 되지 않을 경우를 대비해서 내 아파트를 간직하고 있기를 바란다는 것을 느낄 수 있었어. 자기가 승합차를 가지고 나타났을 때 사람들이 웃었던 일이 생각나. 가장 작은 모델의 차를 골라 온 자기는 운반해야 할 짐의 양을 보고는 입을 딱 벌렸어. 사실 그렇게 많은 양도 아니었지만, 자기에겐 너무 많았지. 난 이사를 도우려고 온 내 친구들에게 자기를 소개할 때 그렇게 편하지가 않았어. 자긴 상냥한 모습을 보이려고 나름 최선을 다했지만, 내 친구들을 별로 마음에 들어 하지 않는다는 걸 느낄 수 있었거든. 자기는 그들보다 나이가 많았고, 더 부자였고, 더 품위 있는 직업을 가지고 있었으며, 본능적으로 그들을 아래 계급 사람으로 대하는 것 같아 난 마음이 아팠지. 난 내 친구들에게 애착을 느끼고, 그들을 좋아하기 때문에 그들을 희생시키고 싶지 않았어.

난 네 말을 끊는다. 하지만 소피, 난 자기에게 그들을 희생시키라고 요구한 적이 없어. 우린 내 친구들을 만나는 것만큼 자기 친구들도 만났고, 파티도 열어 그들 모두가 아주 잘 섞이게 해주었다고. 그런데 지금 자기 말을 듣고 있으니까 당황스러운 게 있는데 말이야, 자기는 나와 함께 있으면서 한 번도 행복하지 않았다는 듯이 얘기하고 있어.

아니, 난 행복했어. 깊은 행복감을 느꼈어. 그 어떤 남자에게서 느꼈던 행복감보다도 더 큰 행복감을 느꼈어. 난 자기와 함께 사는 게 좋았고, 자기와 섹스하는 게 좋았고, 아침마다 자기와 함께 아침 식사를 하는 게 좋았어. 하지만 항상 불안하게 느껴졌어. 자긴 날 자랑스러워했지만, 동시에 날 조금 부끄러워하기도 했지. 마치 내가 자기에게 걸맞지 않은 여자인 것처럼, 난 자기의 삶 가운데서 자기에게 정말로 어울리는 여자를 만나게 될 때까지 잠시 머무는 하나의 유쾌한 단계에 불과한 것처럼 말이야. 이따금 내가 천박하게 느껴지는 어떤 얘기를 하거나, 자기를 너무도 짜증 나게 나는 별명들로 누군가를 부를라치면, 자기의 상냥하던 얼굴은 일순간에 딱딱하고도 쌀쌀맞은 얼굴로, 적의 얼굴로 변해 버릴 수 있었어. 난 자기를 사랑했고, 자기도 날 사랑한다는 걸 알았지만, 항상 자기가 날 떠날까 두려웠어. 물론 이 세상에 영원한 것은 없으며, 어떤 커플도 깨질 수 있다는 것은 누구나 아는 일이지. 하지만 이런 것들은 보통 하나의 가능성인데 반해, 자기와의 관계에서는 상존하는 위협이었어. 자기는 항상 내게 말하곤 했지. 내가 너무 자기를 믿으면 안 된다, 우리의 관계는 아직은 시험 단계에 불과하고, 계속 시험 단계로 남을 수도 있다, 우리는 서로 사랑하는 게 사실이지만 아무것도 함께 쌓아 가지는 않을 것이다……. 자기 생각나? 어느 날 저녁, 자기가 주방에서 모든 사람 앞에서 만일 내가 아이를 갖고 싶다면, 미안하지만 자기하고는 가질 수 없다고 말했던 게? 그리고 그 남자가 생각나? 그 일이 있은 후 내게 마구 이메일을 보내고, 내 사무실에 꽃과 책들을 보내기 시작했던 그 남자? 내가 자기에게 그 사람 얘기를 하니까, 자기는 전혀 대수롭지 않게 여겼어. 마치 그 어떤 경쟁자도 자길 위협할 수 없다는 듯이. 난 그때 자기는 너무 나의 사랑에 대해 자신하고 있다, 너무 자신하는 나머지 만일 우리 둘 중에 하나가 상대를 떠난다면 그것은 바로 자기일 거라고 생각하고 있다고 느꼈어. 난 자기가 그러는 게 참 화가 났어. 끔찍이도 화가 났어.

그러고 나서 자기의 그 러시아 여행들이 있었지. 처음에 난 꿈을 꿨어. 자기가 나보고 같이 가자고 하리라고, 최소한 내가 나중에라도 따라와서 자신에게 아주 중요한 일이라고 하는 그것을 함께 나누자고 하리라고 말이야. 난 자기가 그런 것은 생각도 해보지 않았다고 확신해. 자기는 그것을 혼자서 체험하길 원했을 뿐 아니라, 러시아로 떠날 때마다 거기서 많은 일들이 일어날 수 있다, 자신의 삶은 거기서 새로운 방향을 취할 수 있다는 암시를 흘리곤 했어. 난 물론 러시아 여자들을 생각하지 않을 수 없었고, 질투심에 사로잡혔어. 난 자기가 거기서 나로서는 결코 줄 수 없는 무언가를 찾고 있다는 느낌을 받았어. 난 사이드라인 밖 후보석에 앉아서 기다리는 것 외에는, 자기가 돌아온다는 확신도 없이 무작정 기다리는 것 외에는 아무것도 할 수 없는 기분이었어.

지난여름, 자기가 모스크바로 떠나기 직전에 발랑틴과 같이 저녁 식사를 했던 게 기억나? 러시아 모델들이 자길 꼬시고 있을 때, 아넬 고개 대피소에서 우릴 꼬시게 될 등산객들에 대해 자기가 들려준 그 너무나도 웃기는 이야기들이 기억나? 난 그 순간에는 웃었지만, 사실 자기 이야기들이 그렇게 웃기지만은 않았어. 만일 자기가 하고자 하는 말이 〈넌 자유야, 네 인생을 살아, 왜냐면 나도 거리낌 없이 그렇게 할 거니까〉라면, 자긴 정말로 그렇게 할 거라고 느껴졌으니까. 그리고 무슨 일이 있었는지 알아? 지난겨울에 자기에게 말하진 않았지만, 왜냐면 얘기해 봤자 자긴 신경도 안 쓸 거라고 느꼈으니까, 내가 아르노를 만난 게 바로 그 아넬 고개 대피소에서였어. 자기가 모스크바에서 내게 전화를 한 바로 그날 저녁에 말이야. 그 역시 친구들과 함께 등산을 하는 중이었어. 우린 대화를 나눴는데, 그는 내 남자가 모스크바에서 여기까지 전화를 한 것을 매우 인상 깊게 느끼면서도, 〈여자는 케라스에 있는데 남자는 모스크바에서 대체 뭘 하고 있지?〉 하고 생각하는 듯했어. 그리고 자기 같으면 나를 모스크바에 데려가거나 아니면 나를 따라 케라스로 왔겠다, 어쨌든 나와 함께 있을 거고, 나에게서 단 한 발자국도 떨어지지 않겠다고 말하기까지 했지. 그는 감히 나를 유혹하진 못했지만, 내게 호감을 느끼고 있다는 게 눈에 보였고, 나 역시 기분이 좋았어. 그 상황이 썩 마음에 드는 것은 아니었지만, 그때 나는 자유로운 몸이라고 느꼈어. 자기가 그 이야기들로 날 이 청년의 품에 밀어 넣었다는, 자기는 이걸 예상하고 있었다는, 자기가 원하는 것은 사실은 이거라는 느낌이 들었지. 그래서, 맞아, 난 그에게로 다가갔어. 그다음에 일어난 일은 벌써 자기에게 얘기했지. 우린 파리에서 다시 만났고, 메일을 주고받았고…….

둘이서 같이 잤군.

그래. 하지만 그에게 가장 중요한 것은 같이 자는 것이 아니었어. 그가 원한 것은 결혼하는 거였고, 자녀를 갖는 거였어. 평생을 같이 사는 거였지. 그는 이게 가능하다고 진심으로 믿었고, 나 역시 믿고 싶었어. 이런 식으로 사랑받으니 정말로 행복하게 느껴졌어. 단순하고, 올바르고, 미래가 있는 사랑 말이야. 물론 그는 내가 자기를 사랑한다는 걸 알고 있었지만, 당신의 남편은 당신을 행복하게 해주지 못한다, 그러나 나는 당신을 행복하게 해줄 수 있다고 말했지. 그는 여기에 대해 확신하고 있었고, 나도 확신을 갖게 될 때까지 기다릴 준비가 되어 있었어. 그는 기다렸지. 그는 괴로워했고, 나도 괴로워했어. 괴로워하지 않은 사람은 자기뿐이었는데, 아무것도 보지 못했기 때문이야. 심지어 내가 반지를 낀 것도 못 알아챘지. 결국 난 자기에게 털어놓았어. 자긴 나에게 남아 있으라고 부탁했고, 난 남아 있기로 결정했어. 바로 그날 나는 그 사실을 그에게 알렸지. 난 그와 관계를 끊었어.

완전히?

그래, 완전히. 그리고 내가 끔찍하게 느낀 것은 그 이후로 우리가 그 일에 대해 한 번도 다시 얘기하지 않았다는 사실이야. 자기에게 그것은 종결된 사안이었고, 이틀 후에는 까맣게 잊어버렸지. 한 남자가 진심으로 날 사랑했고,

나한테 결혼하고 자녀를 갖자고 제의했고, 난 심각한 갈등을 느끼고 있었건만, 자기는 단 1초도 이것을 심각하게 여기지 않았어.

아냐, 난 심각하게 여겼어. 난 만일 자기와 계속 살고 싶다면 우리가 아이를 하나 가져야 한다는 것을 깨달았어. 단지 난 우리가 확신을 갖기 위해 1년만 기다려 달라고 부탁했던 거야.

그래, 자긴 1년만 기다려 달라고 말했어. 이번에도 결정을 내리고 일정을 잡은 것은 자기였고, 거기에 내 말은 한마디도 집어넣을 수 없었어.

하지만 장필리프의 집에서 저녁 식사를 할 때 이 아이를 위해 건배했던 것, 생각 안 나? 그때 건배를 제안하여 모든 사람을 놀라게 한 건 바로 나였다고.

맞아. 그리고 자기는 임신한 나를 생각하면 아주 에로틱한 느낌이 든다고 말했었지. 난 자기가 그런 말을 하는 게 좋았어. 그게 나와 아이에게는 진정한 선물이라고 생각했어.

넌 흐느끼면서 〈정말이야……〉라고 조그맣게 되풀이한다.

자기가 영화를 촬영하러 다시 코텔니치로 떠났을 때, 도대체 무슨 일이 일어난 건지 모르겠지만, 난 물속에 빠져드는 기분이었어. 외롭고, 버림받은 것 같았고, 두려웠어. 내 삶이 사방으로 흩어져 버리는 것 같았어. 난 어떤 남자와 같이 밤을 보냈어.

단 하룻밤이었어?

단 하룻밤이었어. 자기가 예정보다 일찍 귀국할 거라고 말하려고 나와 통화하려고 했었던 그날 밤.

나도 알고 있었어. 자기가 거짓말한다는 걸 알고 있었지.

내가 거짓말을 한 것은 그건 중요한 게 아니기 때문이었어.

그 남자는 누구였지?

말했잖아, 그건 중요한 게 아니라고.

내가 아는 사람이야?

아니.

그리고 둘은 콘돔 없이 섹스를 했나?

침묵.

자기는 임신했다는 걸 언제 알아챘지?

지난주 목요일에. 그 며칠 전에 자기가 내게 말했어. 〈날 믿어〉라고. 자기가 내게 이런 말을 한 건 처음이었어. 내가 임신한 것도 처음이고. 또 유산하는 것도 처음이야.

너는 고개를 떨어뜨린다. 넌 운다.

난 네 몸에 감히 손을 대지 못한다. 대신 부드럽게 물어 본다. 그래, 유산하기로 결정했어?

넌 다시 고개를 든다.

엠마뉘엘, 내가 갖고 싶은 것은 자기의 아이였지, 다른 남자의 아이는 아니었어. 난 토요일에 배가 깨끗이 비워진 상태로 자기에게 가기 위해, 이게 가급적 빨리 끝났으면 했어. 하지만 의무적인 대기 기간이 있었기 때문에 월요일 전에는 가능하지 않았어. 이 때문에 내가 지난 주말에 올 수 없었던 거야. 난 이게 해결되지 않은 상태로는 자길 보고 싶지 않았거든. 그러고 나서 자기의 그 단편 때문에 모든 게 뒤죽박죽이 되어 버렸어. 난 그 단편 안에 무슨 내용이 있는지 몰랐어. 곧바로 그걸 읽고 있을 정신이 아니었거든. 자기는 내가 무슨 일이 있더라도 자기에게로 오길 바란다는 것, 날 만나기 위해 파리로 올라올 준비까지 되어 있다는 게 내가 아는 전부였는데, 그건 나로서는 불가능했어. 걸려 오는 전화 한 통 한 통이 악몽으로 변했고, 그 때문에 결국 휴대폰을 꺼버린 거야. 난 이렇게 생각했지. 나중에 자기에게 설명하리라. 자기가 이해하든 이해하지 못하든, 어쨌든 지금 당장 필요한 일은 우리 사이의 연락을 끊어 버리는 것이다…….

자긴 다른 남자와 함께 있었던 거야? 자기를 임신시킨 그 남자?

난 그 무거운 짐을 혼자 감당할 수 없었어, 엠마뉘엘.

그래서 그는 뭐라고 말했는데? 그는 뭘 원했냐고?

아이를 낳고 싶어 했어.

소피, 난 도무지 이해가 안 돼. 자긴 어떤 남자와 딱 한 번만 잤고, 그건 별로 중요한 일이 아니었다고 말했어. 그런데 그는 아이를 낳고 싶어 한다고?

넌 조그맣게 말한다. 그는 날 사랑해.

잠시 멈추었다가 난 다시 묻는다. 그 사람은 아르노야?

넌 눈을 내리깐다. 그리고 긴 침묵 후에 말하기를, 월요일에 첫 번째 유산용 알약을 복용했고, 오늘 저녁에는 두 번째 알약을 복용해야 하며, 산부인과 의사는 밤새 통증과

출혈이 있을 거라고 예고했단다. 자긴 혼자 있을 필요가 있으니 내가 며칠만 아파트를 내주었으면 좋겠단다.

좋아. 난 내일 레 섬으로 가겠어.

그럼 난 내일 다시 올게.

하지만 오늘 밤은?

오늘 밤은 다른 데서 잘 거야. 이 일은 내 문제이기 때문에, 자기와 함께하고 싶지 않아.

그렇다면 그와 함께할 건가? 그의 집에서 잘 거야?

그걸 말해야 할 의무는 없어.

우리는 휴전을 한다. 나는 네가 누워 있는 소파로 가고, 넌 내 품에 안긴다. 난 네 머리칼에 입을 맞추며, 네 얼굴을 어루만지며 〈내 사랑, 내 사랑〉 하고 속삭인다. 하지만 마음이 다시 어두워진다. 아르노를 생각해 본다. 난 누군지 모르는, 그리고 너를 사랑하는, 너를 기다리고 있는, 네가 나와 함께하면 아무런 희망이 없다는 걸 깨닫고 자신을 선택해 주기만을 기다리고 있는 그 청년을 말이다. 또 그의 고통에 대해서도 생각해 본다. 만일 그가 네가 말한 것만큼 널 사랑한다면 — 난 그렇다고 생각한다 — 네가 그에게 그의 아이를 임신했지만 아이를 낳지 않기로 결심했다고 알렸을 때, 그는 정말로 괴로웠을 것이다. 또 네가 너의 부푼 젖가슴을 만지게 해주었던 순간에 대해서도 생각해 본다. 넌 마치 내 아이를 임신한 것처럼 그리했었다.

넌 떠났고 나만 홀로 남았다. 나는 메일들을 들여다본
다. 대문자들을 즐기는 문체로 미뤄 볼 때, 아마도 초월 명
상이나 만트라에 빠져 있으리라 생각되는 어떤 사람이 영
어로 다음과 같은 메일을 보냈다. ⟨*You say in your story
that you love the Real but it exalts the Unreal and the Evil.
I hope that woman slapped you when you met her for
degrading her in that way. I hope she left you. You deserve
it. You deserve to have your heart broken*(당신은 당신의 이
야기에서 자신이 실재를 사랑한다고 말하지만, 이 이야기
는 허상과 악을 고양할 뿐입니다. 난 당신이 그 여인을 이
런 식으로 모멸하기 위해 만났을 때, 그녀가 당신의 뺨을
후려쳤기를 바랍니다. 난 그녀가 당신을 떠났기를 바랍니
다. 당신은 그런 일을 당해 마땅합니다. 가슴이 부서지는
듯한 고통을 받아야 마땅합니다).⟩

난 가슴이 부서지는 고통을 받아야 마땅한 놈일까? 네게
서 버림받아야 마땅한 놈일까? 네게서 따귀를 맞아야 마땅
한 놈일까? 넌 따귀를 때리지 않고 더 끔찍한 일을 했지만,
네가 그리한 것은 내가 네게 고통을 안겨 주었기 때문이었
다. 난 널 사랑할 줄을 몰랐고, 널 볼 줄을 몰랐다. 넌 내게
거짓말을 하고, 날 배신했지만, 자신이 다른 남자의 아이를
임신했다는 사실을 알게 되자 한순간도 망설이지 않고 유
산을 결정했다. 왜냐면 넌 내 아이를 낳고 싶기 때문이다.

우리가 아이를 가질 수 있는 날이 과연 오게 될까?

나는 차에 타기 전에 카페에 들어가 『르 몽드』를 훑어보았다. 매주 한 번씩 독자들이 보내온 서신들을 논평하는 〈중재인〉이라는 이름의 칼럼은 이번에는 나의 단편을 다루면서, 신문사를 대신하여 일종의 참회 기도를 드리고 있다. 그는 구독 중단의 위협을 곁들여 가며 분노를 표시하는 서신들만을 인용하면서, 『르 몽드』는 추잡스러우면서도 형편없는 글을 게재하는 크나큰 실수를 저질렀다고 결론짓는다. 나도 용기가 있었더라면 이 〈중재인〉에게 편지를 한 통 보내어 저널리즘의 기본 법칙 하나를 상기시켜 주었으리라. 즉 독자는 어떤 기사가 좋다고 생각하면 글쓴이에게 편지를 보내고, 나쁘다고 생각하면 편집부에 보낸다는 법칙 말이다. 난 닷새 전부터 8백 통이 넘는 메일을 받았고, 그중 90퍼센트는 열광적인 반응이었다. 내가 내 이메일 주소를 공개했다는 사실은 중재인도 잘 알고 있지 않은가? 내가 받은 독자 메일 중 샘플 몇 개만 보여 달라고 내게 부탁하는 게 뭐가 그리 힘든 일이었던가? 어쨌든 이 칼럼에서 내

게 가장 상처가 되는 것은 분개의 말이라기보다는 비꼬는
어투다. 거기서 내 단편은 완전히 실패로 돌아간 유치한 도
발, 왠지 모르게 우스꽝스럽고도 어색한 무언가로 그려지
고 있다. 보잘것없으나마 그때까지는 큰 흠집이 없었던 나
의 커리어 중에서, 이런 식의 어조로 신랄하게 비판받은 것
은 이게 처음이다. 그리고 레 섬에 도착해서 내가 처음 알
게 된 것들 중의 하나는 〈중재인〉의 뒤를 이어 『르 주르날
뒤 디망슈』에 내 글을 비웃는 필리프 솔레르스의 글이 떴다
는 사실이다. 그 역시 『르 몽드』가 이런 유치한 포르노 나
부랭이를 게재한 것을 놀라워하면서, 학술원의 종신 원장
님[22]께서 이 모든 것을 어떻게 생각하고 계실지 궁금하다는
식의 농담으로 글을 맺고 있었다.

어머니가 무엇을 생각하고 있을지는 뻔한 일이다. 하지
만 그녀는 참형을 받을지언정 그걸 얘기할 분이 아니라서,
그냥 이웃들, 날씨, 장피에르 라파랭, 시장 볼 것들 같은 다
른 것들이나 얘기할 뿐, 단편이나 네가 여기에 없는 것이나
내가 뜬금없이 왔다 갔다 하는 것에 대해서는 일언반구 말
이 없다. 한편 나의 아버지는 『땡땡의 모험』에서 사람을 미
치게 만드는 그 라자이자의 독침에 찔린 사람 같다. 다시
말해서 내가 다가가면 시선을 다른 데로 돌리며 이리저리
걷기 시작하고, 응접실 TV 앞에서 내 둘째 아들 장바티스
트가 어디 있느냐고 물으면 험상궂은 얼굴을 하고는 〈뭐,

22 카레르의 어머니 엘렌 카레르 당코즈 여사를 말함.

324

자기 방에 있거나, TV 앞에 있거나 하겠지〉라고 대답한다.

아빠 — 난 부드럽게 말한다 — 지금 TV 앞에 아무도 없는 거 잘 아시잖아요.

그러니까, 난 걔가 자기 방에 있거나, TV 앞에 있을 거라고 말했어. 만일 걔가 TV 앞에 없다면, 그건 자기 방에 있기 때문이겠지.

(이 대화는 TV 수상기에서 1미터 떨어진 곳에서 오갔다.)

이 황량하고도 경직된 분위기 속에서, 장바티스트는 〈아빠, 괜찮아?〉라고만 묻는다. 나는 〈아니, 별로 좋지 않아, 물론 앞으로 나아지겠지만, 지금은 별로 좋지 않아〉라고 대답하는데, 1분 후에 녀석은 다시 〈괜찮아?〉라고 묻는다. 이런 대화는 몇 번이나 똑같이 반복되어 〈비둘기가 난다〉 같은 식의 놀이처럼[23] 되어 버리고, 결국 우리는 웃고 만다.

그 애의 형 가브리엘은 등산 캠프로 떠났다. 장바티스트만 나의 부모님과 함께 지내고 있어서 난 녀석을 위해 온 것이었다. 난 이틀이나 사흘 정도 머물 생각이었으나, 24시간도 많다는 것을 금방 깨닫는다.

우리는 함께 해수욕을 하러 가는데, 바다는 거칠고 해초만 가득하다. 집에 돌아오자 폭우가 쏟아지기 시작한다. 아버지는 마치 장례식을 위해 시신에 화장(化粧)을 하듯이

23 프랑스의 어린이 놀이의 하나로, 한 아이가 〈오리가 난다, 집이 난다, 비둘기가 난다〉라는 식으로 말하면, 다른 아이들은 〈오리가 난다〉처럼 말이 옳으면 손을 들고, 〈집이 난다〉처럼 틀리면 손을 들지 않아야 한다. 손을 잘 못 들거나 내린 아이는 탈락한다.

덱 체어들을 정돈하고, 어머니는 압력솥을 뚫어지게 노려보고 있는데, 마치 솥이 정면에서 폭발하기를 결연히 기다리고 있는 사람 같다. 그 모습들을 보고 있으려니, 설사 모든 게 내 계획대로 진행되었다 하더라도 부모님이 단편을 좋게 받아들이시리라고 상상한 것은 완전히 미친 짓이었다는 생각이 든다. 그리고 도대체 내가 무슨 정신이었던 걸까? 대체 무슨 귀신에 씌었기에 부모님 집을 대피소로 정하고, 재난의 증인으로 그들을 택한 것일까? 조용하고도 괴로운 저녁 식사를 마친 후, 난 상황을 정면으로 돌파하리라, 비겁하게 숨지 않으리라 결심하고는, 아르스로 가서 올리비에와 발레리, 그리고 대부분 이들 부부와 나의 공동의 친구인 사람들을 만난다. 레 섹적인 성향이 매우 강한, 다시 말해서 100퍼센트 파리지앵들인 이 작은 그룹은 내가 도착하자 호기심으로 술렁인다. 네가 왜 보이지 않는지, 왜 전화할 때마다 내가 얼버무리듯 대답했는지 도무지 알 수 없는 이들은 그 이유를 알고 싶어 한다. 나는 우리 사이에 약간 복잡한 문제가 발생했다, 하지만 별로 중요한 일은 아니며 여기에 대해서는 얘기하고 싶지 않다고 이 문제를 짧게 정리해 버린다. 사람들은 실망한다. 내가 더 이상 입을 열지 않자 사람들은 다시 단편을 화제에 올린다. 누가 보더라도 근엄함과는 거리가 먼 올리비에가 이 단편을 읽은 소감을 말하는데, 글쎄 어떻게 말해야 할까…… 꽤 괜찮게 만들어지긴 했지만, 그래도 좀 이상한 느낌이 드는 것은 사실이란다. 발레리는 이것은 자신의 성적 판타지에는 전혀 맞지 않으며, 이런 식으로 부모와 자녀 앞에서 자신의 성기를 꺼내 보이는 것은 자기 생각으로는 약간 성숙지 못한 행동으로 보인단다. 니콜은 〈난 어떤 남자가 내게 이런 걸 써줬으면 좋겠어! 프랑수아, 자긴 내게 이런 걸 써줄 수 있겠어?〉라고 외친다(프랑수아는 어깨를 으쓱하며 자기 잔에 백포도주를 따른다). 이 같은 반응도 없지는 않지만, 이 단편은 물론 흥미롭긴 해도 왠지 불편하게 느껴지는, 기발함과 성적인 허세와 통제력 상실의 혼합이라는 게 전반적인 평가다.

난 연거푸 술을 들이켜고 담배도 많이 피운다. 화제가 다른 데로 옮겨졌을 때, 난 이것은 괜찮다, 이것은 별로다, 하는 식으로 끼어들며 최선을 다해 대화에 참여한다. 그러면서 난 이런 종류의 모임에서도 한자리를 차지할 수 있는데 반해 넌 그렇지 못하지, 하고 속으로 중얼거린다. 넌 항상 겉돌고, 항상 발레리 같은 여자를 질투해. 무려 『엘르』의 기자씩이나 되는 발레리는 모든 것을 자신 있게 얘기하지. 분노와 모멸감으로 목소리가 파르르 떨리곤 하는 너와는 달라. 하지만 내가 사랑하는 사람은 바로 너야. 그래서 넌 기쁨을 느끼고, 난 네 안에 이는 그 기쁨을 이따금 언뜻 느끼기도 했었지. 하지만 그 기쁨이란 것도 네가 근본적으로 사생아이기 때문에, 태어났을 때 — 그때 넌 새카만 털북숭이, 못생긴 아기였다지 — 네 어머니께서 널 봐줄 사람이 자기 말고는 아무도 없어서 울었기 때문에 결국 어두운 것일 수밖에 없지만, 그래도 내가 사랑하는 사람은 내 사랑,

바로 너라고.

내 사랑.

어머니와 장바티스트와 나는 집 안에 들어박혀 모노폴리 게임을 한다. 금세 탈락한 어머니는 게임을 하는 내내 마치 몸이 몹시 안 좋았을 때처럼 크게 숨을 내쉰다. 이어 나와 장바티스트가 서로 균형을 이루다가 결국은 내가 완전히 박살이 났는데(건물 한 채, 돈 한 푼 남지 않는다), 이 패배에 대해 장바티스트는 그 애로서는 어렴풋이 의식했을 테고, 어머니는 완전히 의식했을 이중의 의미가 담긴 말로 논평한다. 자, 이제 아빠는 갈 데가 정말로 한 군데도 안 남았어……. 자, 이제 아빠는 정말로 죽어 버렸어.

아빠는 정말로 죽어 버렸어.

『주르날 뒤 디망슈』에 실린 필리프 솔레르스의 15행짜리 글을 잃으니 더 죽을 것 같은 기분이다. 『르 몽드』의 〈중개인〉보다도 이 글이 훨씬 견디기 힘든데, 그것은 이 솔레르스가 비웃기 좋아하는 자들의 두목, 마음껏 조롱해도 좋은 자를 하이에나 떼에게 지목해 주는 사람이기 때문이다. 사람들의 웃음거리가 되는 것을 항상 두려워했던 나는 할 수만 있다면 그런 사람이 되고 싶었다. 모든 것을, 모든 사람을, 특히 자기보다 요령이 없는 인간들을 비웃는 사람, 우월감 어린 삐딱한 미소를 머금고서 세상 모든 것을 내려다

보는 사람 말이다. 그리고 삶에 짓눌린 나의 불쌍한 할아버지께서도 이런 종류의 사람이 되길 원했을 거라는 생각이 든다.

자정 무렵에 네게서 전화가 걸려 온다. 우울하면서도 격렬한 대화가 이어진다. 넌 내가 진정한 사랑이 가능하다고 믿었던 유일한 남자였다고 말한다. 난 네게 아직도 그렇게 믿느냐고 묻는다. 넌 시간이 필요하다고 대답한다. 결국 나는, 중요한 것은 거짓말도 아니요, 사고도 아니요, 그 결과들도 아니요, 네가 다른 남자와 잤다는 사실 자체라고 말한다. 난 그것은 견디지 못하겠어. 난 절대로 다시는 다른 남자의 성기가 자기 안에 들어가지 않기를 원해. 절대로 다시는.

내 기분을 좋게 해주려고 그렇게 말하는 거야?

내가 그렇게 말하는 것은 그게 사실이기 때문이다. 그리고 〈내 것 말고 다른 남자의 성기가 자기 안에 들어가는 것은 다시는 절대로 안 돼〉라는 말이 갑자기 지독히 에로틱하게 느껴진다.

다음 날 아침, 난 테라스에 앉아 다시 길을 떠나기 전에 어머니와 함께 마지막 커피를 마신다. 수저 소리만 딸그락거릴 뿐 어색한 정적이 감돈다. 이윽고 어머니는 나를 쳐다보지도 않은 채로 불쑥 말한다. 엠마뉘엘, 난 네가 러시아와 네 러시아 가족에 대해 글을 쓸 의도가 있다는 것을 알고 있어. 하지만 네게 한 가지만 부탁하고 싶은데, 내 아버지는 건드리지 말아 줘. 내가 죽기 전까지는 그러지 말아 줘.

이상한 일이지만, 난 이걸 기다리고 있었다. 난 그녀가 언젠가 이 말을 하리라고 기다리고 있었고, 심지어 침묵이 이어지고 있는 바로 이 순간에도 이 말이 나오기를 기다리고 있었다. 이번에는 내가 잠시 침묵을 지켰고, 그러고는 대답한다. 이해해요. 왜 어머니가 그런 말씀을 하는지 나도 알아요, 하지만 지금 어머니가 요구하는 것은 작가로서의 내 생명을 끊어 버리는 거나 다름없어요.

넌 지금 말도 안 되는 소리를 하고 있어. 네가 만일 너의 러시아적 뿌리에 대해 관심이 있다면, 다른 흥미로운 이야 깃거리들이 수천 개는 더 있어. 그런데 왜 굳이 이것을 들춰 내려고 하는지 모르겠다.

하지만 어머니, 내가 작가가 된 것은 언젠가 이것을 얘기할 수 있기 위해, 언젠가 완전히 이것과 결별하기 위해서였어요. 어머니도 알잖아요. 만일 이야기하는 게 금지된 뭔가가 존재한다면, 우리가 이야기할 수 있고, 또 이야기해야하는 것은 바로 그것뿐이라는 것을요.

그것은 네 이야기가 아니라, 내 이야기야. 더구나 넌 아무것도 모르잖아. 니콜라도 아무것도 몰라. 그 이야기는 나만이 알고 있고, 난 그게 나와 함께 죽어 없어져 버리기를 원해.

어머니는 잘못 생각하고 있어요. 어쩌면 내가 그것을 모를 수도 있지만, 그건 또 내 이야기이기도 하다고요. 그것은 어머니의 삶을 망령처럼 따라다녔고, 바로 그 때문에 내 삶도 따라다녔어요. 그리고 이런 식으로 계속되면 내 아이들, 어머니의 손자들을 따라다니고 또 파괴해 버릴 수 있어요. 비밀들이란 그런 거라고요. 그것들은 여러 세대를 망쳐 버릴 수 있는 거라고요.

내가 죽을 때까지 기다려라.

바로 이 순간, 난 테라스 쪽으로 열려 있는 아이들 방의 침대에 누워 있는 장바티스트가 이 모든 대화를, 지금 모든 이들을 망치고 있으며, 그다음에는 자기도 망치게 될 거라는 〈비밀〉에 대한 이 모든 이야기를 분명히 엿들었으리라는 것을 깨닫는다. 난 한심하게도, 녀석이 했던 말과 똑같이 〈괜찮니?〉라고만 더듬거린다. 그런 다음, 가방을 차 트렁크에 집어넣고는, 누군가가 여행을 떠날 때의 러시아 풍습처럼 아이에게 와서 같이 앉으라고 말한다. 하지만 이 시간은 채 10초도 지속되지 않는데, 내가 장바티스트를 내 무릎에 앉히자마자 어머니가 즉시 일어서서는 아이를 빼앗아 갔기 때문이다(빨리 저 미친 아비 놈에게서 아이를 떼어 놔야지!). 난 내가 지금 어디로 가는지, 또 언제 돌아올 건지 아무도 묻지 않는 가운데 쓸쓸히 떠나간다. 그들에게나 내게 있어서 가장 시급한 일은 내가 사라져 버리는 것이다.

파리로 돌아가는 차 안에서 난 어머니와 함께했던 나의 첫 러시아 체류에 대해 생각해 본다. 모스크바의 한 역사학 학술회의에 초청된 어머니는 나를 데려가기로 결정했다.

난 그때 열 살쯤 되었을 것이다. 난 절대적인, 그리고 전적으로 신뢰하는 사랑으로 엄마를 사랑했기 때문에(그때는 〈어머니〉가 아니라 〈엄마〉였다), 그녀의 가족의 고국인 먼 나라로 그녀와 단둘이서 떠나는 여행은 내게는 세상에서 가장 흥분되는 일이었을 것이다.

우리는 학술회의가 열리는 거대한 〈로시아〉 호텔의 트윈 베드룸에 묵었다. 그녀는 어디에나 날 데리고 다녔고, 난 얌전히 앉아서 연설들을 들었다. 그녀는 오롯이 내 것이었고, 난 오롯이 그녀의 것이었다. 그것은 매순간 내밀한 교감을 나누는 연인들의 여행이었다. 아침이면 우리는 호텔의 끝없이 이어지는 복도들을 따라가, 무뚝뚝하기 이를 데 없는, 그리고 우리가 뒤에서 낄낄거리며 놀려 댔던 데주르녜(*dezhurne*, 접객원)들이 지켜보는 가운데 아침 식사가 제공되는 그 수많은 스톨로비(*stolovye*, 식당) 중의 하나로 향하곤 했다. 어머니는 웃기를 좋아했고, 특히 나와 함께 웃는 것을 좋아했지만, 사실 그녀는 누군가를 비웃어야 할 필요가 있는 사람이었다. 다른 사람들이 조금 우스꽝스러워야만 우리가, 다시 말해서 그녀와 내가 얼마나 똑똑하고 교양 있고 냉소적인 존재인지, 한마디로 우월한 존재인지가 부각될 수 있었던 것이다. 학술회의의 일정 중에 조금이라도 틈이 나면 우리 둘은 밖으로 놀러 나갔다. 우리는 크렘린 궁과 노보데비치 수도원과 자고르스크[24]에 갔고, 심지

24 모스크바에서 북동쪽으로 70킬로미터 떨어져 있는 도시. 1991년 소비에트 연방 붕괴 후 세르기예프 포사드라는 본래의 이름으로 돌아갔다.

어 블라디미르와 수즈달[25]에까지 갔다. 나는 붉은 광장에 있는 미닌과 포자르스키[26]의 동상이 아주 마음에 들었다. 이 영웅들이 정확히 어떤 사람들이었는지는 기억이 잘 안 나지만, 어쨌든 이 이름들은 우릴 웃게 했다. 난 그들을 미민과 피로슈키라고 불렀고, 나 자신에게 〈미민 선생〉이라는 별명을 붙였으며, 어머니가 이 별명으로 날 불렀을 때는 하늘에 오를 듯한 기분이었다. 사실 어머니는 이미 날 〈마누쇼크〉라는 별명으로 부르고 있었다. 우리 집에서는 나나가 즉흥적으로 지어낸 일종의 동요가 있어서 아버지는 프랑스어로 〈마누, 우리 집에 놀러 오렴……〉으로 시작되는 그 노래를 지칠 줄 모르고 흥얼대었던 것이다. 하지만 나는 엄마의 미민 선생이 되는 게 더 마음에 들었는데, 이것은 우리 둘만의 호칭이었기 때문이었다.

이 학술회의 기간 중에, 어머니는 한 남자를 알게 되었다. 그에 대해 기억나는 것은 전혀 없고, 단지 그가 갈색 머리에 땅딸막한 체구였으며, 다게스탄산(産) 코냑을 함께 맛보자며 어머니를 초대했다는 사실만 생각난다. 그가 나까지 초대했는지는 잘 모르겠지만, 어쨌든 이 남자가 어머니와 단둘이서 코냑을 마시고 싶어 한 것은 분명한 사실이었고, 어머니는 정중하게 거절했다. 그렇긴 했지만 우리는 스톨로비야(stolovaia, 구내식당)에서 그와 함께 차와 커피

---

25 두 도시 모두 모스크바로부터 동쪽으로 2백 킬로미터 이상 떨어져 있다.
26 폴란드-러시아 전쟁 때 의용군을 조직하여 폴란드군에 맞서 싸운 17세기의 민족 영웅들.

를 마시게 되었으며, 이후로도 셋이 함께 모이는 경우가 많
았다. 이 예쁜 갈색 머리 프랑스 여자에게 마음이 끌렸음에
분명한 그 남자는 아들 녀석이 뛰어넘을 수 없는 장벽이라
는 사실을 이내 깨닫게 되었을 것이다. 내가 그의 입장이었
다 해도 그 현학적이고도 귀찮게 달라붙는 꼬마 녀석이 밉
살스럽기 짝이 없었으리라. 한편 마누쇼크이며 미민 선생
이기도 한 나는 아무런 걱정이 없었던 듯하다. 남자들이 따
라다니는 이 젊고 예쁜 여자는 나의 엄마고, 난 그녀가 가
장 좋아하는 사람이었으며, 그녀가 어떤 남자와 함께 다게
스탄 코냑을 마시러 그의 방으로 따라가기보다는 우리 방
에 돌아와 나와 함께 자는 것을 더 좋아한다는 사실을 나
는 믿어 의심치 않았다. 그때 나는 다른 남자들을 위협으로
여기지 않았던 것이다. 난 엄마의 전적인 사랑을 확신하고
있었고, 따라서 질투심 같은 것은 없었다. 지금도 마찬가지
다. 난 내가 사랑하는 여자는 전적으로 나만 사랑한다고,
내가 무슨 짓을 하건 계속 날 사랑할 거라고 확신하고 있
는 것이다. 하지만 이 확신이 잘못된 것으로 밝혀지면, 난
미쳐 버리고 만다.

내가 집에 도착했을 때, 너는 목욕을 하고 있는 중이다. 난 옷을 벗고 욕조 안, 네 맞은편으로 기어들어 간다. 우리의 두 몸은 아늑하게 얽히고, 물은 따뜻하고, 난 네 다리를 어루만지고, 너의 두 발은 내 어깨 위에 편안히 얹히고, 난 스르르 눈을 감고, 어떤 안전한 곳에 와 있는 느낌에 잠긴다. 그렇게 잠시 선잠이 들었던 모양이고, 깨어나서는 두 문장 사이에 긴 침묵이 흐르고, 피로 때문에 어조가 아주 부드러워진 어떤 차분한 대화를 나눈 게 기억난다. 하지만 그러고 나서 우리는 아베스 가(街)로 내려가 저녁 식사를 했는데, 나는 내 음식에는 손도 대지 않고 백포도주만 연달아 들이켜며 점점 추악한 모습으로 변해 간다. 난 이렇게 말한다. 넌 질투심이 엄청나지. 하지만 1년 동안 계속해서 날 속여 먹을 수 있는 방법을 찾아냈단 말이야. 네가 남자들을 따먹었다고 생각하겠지만, 실은 남자들이 널 따먹은 거라고. 왜냐하면 넌 파티 후에 술에 떡이 된 남자들이 따먹고 나서 곧바로 잊어버리는 그런 종류의 여자니까. 네 친구들은 불쌍한 인간들이고, 네 애인들도 마찬가지야. 그리고 그 아르노란 친구, 얼마나 올바르고, 얼마나 믿을 만한 인간인지 구역질이 날 정도지. 아마 10년 후에 넌 변두리의 조그만 단독 주택에서 일요일마다 승용차를 열심히 닦는 네 착한 남편과 함께 살고 있을 거야. 넌 기회 닿는 대로 그를 속이고 바람피우겠지. 아니, 더 이상 속이지는 못할 거야, 더 이상 젊지도, 예쁘지도 않을 테니까. 너에 대한 나의 사랑은 일종의 마약이고, 내가 그 중독 상태에서 벗어나려면 생각보다는 오래 걸리겠지만, 결국에는 벗어날 거니까 너무 걱정 말라고. 나도 너에 대해선 별로 걱정 안 해. 왜냐면 넌 언제든지 너보다 약한 남자들을 찾아낼 수 있을 거니까. 마구 학살해 버릴 아르노 같은 친구들 말이야. 아, 불쌍한 아르노, 난 그 친구가 불쌍해……. 이렇게 난 모멸과 증오의 말들로 널 괴롭히고, 넌 아무 대꾸 없이 듣기만 한다. 다만 어느 순간, 넌 내가 와이츠만 박사를 만나고 왔을 때 내 얼굴에서 발견한 그 섬뜩한 미소에 대해 얘기한다.

하지만 그 섬뜩한 미소는, 네가 그런 거짓말을 해 가지고 내 얼굴에다 가져다 놓은 거라고!

아무리 그래도 그때 자기는 우리에게 상처를 입히는 게 너무도 즐거운 표정이었어…….

술에 잔뜩 취한 나는 이제 네 몸을 건드리고 싶지도 않다, 넌 구역질이 난다는 말을 되풀이하며 집에 돌아와서는 장바티스트의 방 침대로 가서 눕는데, 지금 내가 유치한 짓을 벌이고 있다는 생각이 들면서, 체면이 깎이는 일 없이 이 상황에서 벗어나고 싶어진다. 새벽녘이 되자 넌 날 찾아와서는 우리의 침대로 돌아오게 하고, 난 모로 누워 네게 몸을 꼭 붙이고 네 젖가슴을 쥐고 다시 잠이 든다. 그런데 난 어떤 사내아이가 자신이 백치가 되고 있다는 사실을 발견하고 있는 소름 끼치는 악몽을 꾼다. 아이는 흐느끼고 발버둥을 치는데, 입을 딱 벌리고서 그 모습을 보고 있는 나는 아무것도 할 수 없고, 다만 〈넌 아무것도 모를 것이기 때문에 불행하진 않을 거야〉라고 말해 줄 뿐이다.

넌 일하러 나가고, 나 혼자만 남는다. 술이 덜 깬 나는 담배만 엄청나게 피워 댄다. 뭐라도 해보려고 그동안 새로 들어온 메일들을 훑어본다. 거의 1천 통이나 된다. 유명 작가이긴 하지만 이름을 밝히고 싶지는 않다는 한 여성 문인이 〈한 작가는 어느 정도까지 가까운 이들을 대중에게 먹잇감으로 던져 줄 수 있으며, 자신의 쾌락을 위해 그들을 희생시킬 수 있는가?〉라는 주제를 가지고 나와 서신을 교환하고 싶단다. 그녀는 말하기를, 여주인공이 잠시 스쳐 지나가는 정부가 아니라 정말로 내 아내라면 이 단편은 내 삶과 우리의 관계에 끔찍한 결과를 가져왔으리라 확신한단다. 난 이 메시지를 보낸 사람이 자신의 정체를 감추려 하는 것도, 그 어조도 마음에 들지 않지만, 그녀가 정곡을 찌른 것은 사실이다. 난 내게 있어서 글을 쓴다는 것은 필연적으로 누군가를 죽이는 일이 아닌가 자문해 본다.

우리는 사흘 후에 우리의 친구 폴과 에미와 함께 임대한 별장이 있는 코르시카섬에 가야 한다. 우린 함께 갈 수 있을까? 그리고 함께 간다 하더라도, 지금부터 그때까지 무얼 해야 한단 말인가? 더 이상 훑어볼 이메일도 없고, 마음이 내키는 몇몇 메일에 답장을 보내는 것 외에는 아무것도 할 수가 없다. 우리의 이야기를 써본다? 언젠가 쓸 수 있을지 모르겠지만, 지금은 너무 이른 일이다. 러시아와 나의 외조부에 대해 써본다? 이것은 어머니가 금지한 일이다. 그게 언제가 됐든, 어떤 방식이 됐든 내가 살기 위해서는 그녀의 뜻을 어겨야 한다고 확신하지만, 전적으로 확신하지만, 난 하지 못한다. 꼼짝도 못 하고 있다. 난 내가 외조부의 나이가 되는 2003년은 나의 해방의 해가 되리라고 종종 생각해 왔지만, 또 어쩌면 나도 그분의 운명을 따르게 될지도 모른다는, 무덤도 없는 죽음이 복수처럼 다가와 내가 사라져 버릴지 모른다는 생각이 들기도 한다.

나는 두렵다.

나는 전화부에서 아르노의 번호를 찾아내어, 이 시간에는 그가 집에 없으리라 계산하며 번호를 누른다. 그의 자동응답기의 안내 멘트가 들린다. 그는 아주 젊은 청년의 목소리를 지녔다. 가볍지만 무게는 잡지 않는 목소리, 자기가 아닌 다른 사람처럼 보이려고 애쓰지 않는 목소리이다. 이목소리에서는 그 어떤 뻐딱함도, 자신과 자신의 역할에 대한 거리감도, 자신이 사회에서 어떤 중요한 역할을 담당할 수 있다는 생각도 느껴지지 않고, 다만 어떤 천진하고도 열정적인 순수함만 느껴진다. 그것은 끝없이 거울만 들여다 보고 있지 않는 청년, 타인들을 신뢰하고 그들에게 신뢰감을 불어넣는 청년의 목소리이다. 그 나이 때 나는 그와 정반대의 인간형이었으며 지금도 여전히 그렇다.

난 너의 소지품들을 뒤져 보고, 네 책상 서랍 안에서 수첩 한 권을 찾아낸다. 네가 해야 할 일들과 읽어야 할 책들의 리스트를 가끔씩 적어 놓곤 하는 수첩인데, 또 여기에는 너의 고민거리들도 간략하게 메모되어 있다. 지난가을, 넌 나와 헤어져서 아르노에게 가면 무엇을 얻게 되고 무엇을 잃게 될 것인지 두 개의 세로 단으로 적어 보며 자문해 보고 있었다. 한쪽 단에는 비할 바 없는 성적인 조화, 강렬한 행복의 순간들, 보다 화려한 세계 등이 열거되었지만, 난 꼬였고, 자기중심적이고, 안정감을 주지 못하는 남자라고 말하고 있고, 다른 쪽 단에서는 〈따스한 애정, 신뢰감, 충실함, 아이들(우리 아이들 이름은 어떻게 지을까?)〉라는 말들이 보인다. 조금 더 내려가서 6월, 그러니까 내가 코텔니치에 가 있을 때 적은 글이 있는데, 아르노의 생일을 맞아 넌 몹시 망설인 끝에 축하 인사를 하려고 그에게 전화를 건다. 넌 결별한 이후로 그와 연락한 적이 없었다. 두 사람은 다시 만난다. 그는 여전히 널 사랑하고 있지만, 네가 아무런 희망을 주지 않기 때문에 널 잊으려고 애쓴다. 그동안 그는 여자 친구를 하나 사귀었고, 너는 ─ 넌 솔직하게 적어 놓는다 ─ 그것을 견디지 못한다.

네가 직장에서 녹초가 되어 돌아왔을 때, 난 이걸 가지고 널 공격한다. 온종일 생각이 쳇바퀴를 돌고, 이것저것 뒤지고, 고약한 생각들을 되씹은 나도 녹초가 된 것은 마찬가지지만, 그래도 해야 할 말들, 가장 상처를 줄 수 있는 말들을 준비할 시간은 있었고, 오늘의 주제는 아르노다. 불쌍한 아르노. 너는 널 정신없이 사랑하는 이 순진하고 상처 입기 쉬운 청년을, 나와의 문제들에 대처하기 위해 아무 거리낌 없이 이용해 먹고 있어. 내가 널 떠날 때를 대비한 일종의 보험인 셈이지. 내가 더 이상 없을 때, 혹은 우리 사이가 좋지 않을 때 넌 그에게 몸을 돌리지만, 그에겐 거짓된 희망만 심어 줄 뿐 아무것도 주지 않아. 그에게 여자 친구가 생기면 넌 기겁을 하고는, 그를 확실히 잡아 놓기 위해 그와 잠을 자지. 네가 사랑한다는 나와의 관계에서도 넌 제대로 행동했다고 할 수 없지만, 그에게는 정말로 더럽게 행동하고 있어.

넌 내 말을 듣는다. 아무 말이 없다. 넌 옷을 갈아입고 저녁을 준비하는데, 난 이 방 저 방 널 쫓아다니며 모욕적인 말들을 퍼붓는다. 결국 넌 이렇게 말한다. 이 모든 것에서 진실이 하나 있다면, 그것은 내 배 속에 있는 아이를 그게 자기 아이가 아니기 때문에 내가 죽였다는 사실이야.

넌 흐느낀다.

얼마 후, 우리는 섹스를 한다. 난 네게 사랑한다고, 그 무엇보다 널 사랑한다고 말한다. 넌 내 마음을 아프게 한 것에 대해 용서를 구한다. 넌 우리가 예정대로 함께 코르시카섬에 가기를 원한다. 거기에는 잠과 바다와 하나의 침대와 시간이 있을 거야. 우리는 쉴 수 있고, 대화를 나눌 수 있을 거야. 나는 〈그래, 나도 그러길 원해〉라고 대답하고, 이제는 마음을 좀 가라앉히겠다고 약속한다. 나는 너를 부둥켜안고 잠이 들고, 널 한창 죽이고 있는 가운데 잠에서 깨어난다.

　우리는 오토바이를 타고 사막 가운데 난 어떤 길을 달린다. 밤이 된다. 난 아주 빠른 속도로 운전하고, 넌 뒤에서 두 팔로 내 허리를 꼭 그러안는다. 난 고개를 반쯤 돌리고 네게 얘기를 하는데, 바람과 달리는 속도 때문에 고함을 쳐야 한다. 난 네가 다시 출근하기 전에 하루쯤 집에서 쉴 수 있도록 일요일보다는 토요일에 코르시카에서 돌아오는 게 좋을 거라고 말한다. 너도 역시 소리를 질러 가며 대답하기를, 만일 토요일 저녁에 돌아오게 되면 내가 먹을 저녁을 차려 놓겠단다. 난 깜짝 놀란다. 뭐야? 자기는 집에 없을 거야? 그날 저녁 나갈 거야? 너는 〈응, 난 나가야 돼〉라고 대답한다. 마치 나를 조롱하는 듯한 기분이 든다. 나는 불같이 화가 나서는, 〈자, 내가 너한테 부탁하고 싶은 건 딱하나야, 빨리 떠나 줘, 다시는 내 앞에 나타나지 마, 앞으로는 내 집에 네 흔적이 보이지 않기를 바라〉라고 말한다. 넌 웃으면서, 〈자기는 항상 이랬다, 저랬다, 말을 바꾸지〉라고 말한다. 그러고는 자, 키스해 줘, 내 사랑, 하고 덧붙인다. 난 네게로 완전히 몸을 돌리고, 도로는 더 이상 보지 않으면서 오히려 속도를 높인다. 난 키스를 하며 널 깨문다. 네 얼굴을 갈가리 찢어 버리려는 듯이 입술 끝부분을 꽉 깨문다. 넌 점점 더 큰 소리로 웃는다. 오토바이는 모래바람을 일으키며 옆으로 나뒹굴고, 캄캄한 밤이고, 넌 굴러떨어지고, 얼굴이 반쯤 떨어져 나간 채로 계속 웃어 대고, 나는 네게 발길질을 하기 시작한다. 널 발로 짓뭉개서 죽여 버리고 싶다. 넌 웃고, 날 조롱하고, 난 널 죽인다.

　나는 덜덜 떨면서 잠에서 깨어나고, 서재로 가서 담배를 한 대 피운다. 아직 밤이다. 난 우리에게 일어나는 모든 일들을 메모해 놓는 파일에 이 꿈을 적어 놓는다. 난 이것은 애도의 시작이야, 하고 다소 엄숙하게 속으로 중얼거린다. 난 네가 죽기를 바라지는 않지만, 나를 너무 아프게 하는 너에 대한 나의 사랑을 죽이고 싶은 거야. 넌 계속 거짓말하고, 계속 배신할 거야. 네가 〈내 사랑, 키스해 줘〉라는 소리를 들으면, 〈베로는 자기와 얘기하지 않으려 해〉라는 말도 같이 들려. 난 네게 말할 심술궂은 말들도 생각해 보기 시작하지만, 이내 자제한다. 아냐, 못되게 굴어서는 안 돼. 단지 슬프면서도 단호한 마음을 가져야 해. 휴가 계획은 아쉽게 됐지만, 코르시카는 나 혼자서 가는 게 낫겠고, 너는 내가 돌아올 때까지 이사해 주었으면 좋겠어. 넌 다른 사람들을 속일 뿐 아니라 자신도 잘 속이는 재능이 있지. 이 재능을 잘 발휘해서 시나리오를 하나 잘 만들어 보기를 바라. 내가 끔찍하고, 자기중심적이고, 사악한 인간이기 때문에 네가 날 떠났다고 하는 시나리오를 말이야. 거기서 날 어떤 놈으로 묘사해도 상관없어. 걱정 말라고, 난 반박하지 않을 테니까. 거울로 자신을 직시하는데 도움이 될 수 있다면 무슨 생각을 해도 돼. 내가 네게 부탁하는 것은 딱 하나, 떠나 달라는 거야. 만일 아르노가 아직도 널 원하고 있다면, 그 기회를 붙잡아. 그에게 다시 전화를 해서 말해. 〈내 사랑, 난 선택했어, 난 엠마뉘엘을 떠날 거야, 내가 사랑하는 사람은 너야〉라고 말해. 또 하나의 거짓말로 다시 시작하라고. 지금의 네 상황으로는 이것밖에 할 수 있는 게 없잖아?

아니, 못되게 굴어서는 안 돼.

이런 충동은 날 불안하게 만든다. 누군가를 아직도 사랑할 때 이처럼 못되게 굴려고 하는 것 아닌가. 물론 다시 널 원하게 될까 봐 걱정이 되는 것도 사실이지만, 오늘 밤에 올바른 결정을 내렸다고 확신한다. 내일 당장 이 결정을 너에게 알리리라. 우리는 다시는 만나지 않으리라. 너의 존재와 너의 물건들과 너의 체취가 깨끗이 비워진 이 아파트에 나 혼자 남으리라. 고통스러운 시간이 되겠지만, 나는 일을 하리라. 2년 전부터 일어난 모든 일들, 헝가리인, 나의 외조부, 러시아어, 코텔니치, 그리고 너에 대해 이야기하리라. 출간할 수는 없다. 무엇보다도 어머니 때문이고, 또 상처를 입히고 싶지 않은 너 때문이기도 하다. 하지만 쓰는 것 자체는 가능하다. 아무에게도 어떤 것도 요구하지 않고, 필사적으로 새 여자를 찾는 짓도 하지 않고, 이렇게 칩거하여 혼자 살 것이다. 그래, 못되게 굴지는 말고, 다만 끝났다고만 얘기하자. 그냥 그렇게만 하자.

물론 일은 그런 식으로 진행되지 않는다. 미리 연습해 놓은 엄숙하고도 단호한 목소리로 네게 얘기를 시작하자마자, 난 내 결심이 흔들리리라는 것을, 내가 아무리 확고한 모습을 보일지라도 이것은 하나의 게임에 불과하다는 것을, 나는 결국 엄마가 품에 안아줄 때까지 토라져서 버티는 아이처럼 항복하고 말 거라는 것을 이미 알고 있다. 넌 내가 지껄이는 소리를 듣고 있는데, 비록 웃지는 않지만 꿈속에서 그랬던 것처럼 내 말을 심각하게 받아들이지 않는다는 걸 알 수 있다. 넌 내게 말하기를, 첫째, 만일 네가 떠나게 된다면, 여기는 네 집이기도 하므로 너한테 적당한 때와 방식으로 떠날 것이며, 둘째, 난 항상 이랬다저랬다 말이 바뀌기 때문에, 우리가 함께 코르시카로 가기로 계획한 이상 그 계획대로 할 거란다. 나는 만일 네가 코르시카에 가고 싶다면 문제는 간단하다, 내가 안 가면 된다, 폴에게 전화를 걸어서 이 사실을 알리겠다고 대답한다. 이렇게 말하고 나서 전화기 쪽으로 향하지만, 넌 그렇게 하지 말라고 차분하게 말하고, 나는 번호를 눌렀다가 곧바로 끊어 버리는 정도로까지 이 우스꽝스러운 코미디를 발전시키지는 않는다. 난 졌고, 사실은 져서 더 좋다. 나는 어쨌든 우리의 사랑은 끝났다고 말하자, 넌 아니, 그렇지 않아, 하고 대답하고, 난 네 말이 옳다는 걸 잘 알고 있다.

내가 널 위해 쓴 단편이 발표되고 나서 8일 동안, 너는 아마도 내가 아는 사람 중에서 이 글을 읽지 않은 유일한 사람일 것이다. 넌 이 글을 코르시카에서 읽을 거라고 말한다. 우리가 아침 일찍 일어나 짐을 꾸리고 있을 때, 난 네 책상 위 눈에 잘 띄는 곳에 신문 부록을 올려놓고는 네가 그것을 집어 드는지 몰래 지켜본다. 만일 그것을 집어 든다면, 지금은 불쌍한 꼴이 돼버렸지만 그래도 내가 네게 주고 싶은 이 선물을 네가 잊지 않았다는 뜻이고, 그렇다면 아직은 모든 게 가능하지만, 그렇지 않다면 우리 사이는 완전히 끝이야, 하고 나는 생각한다. 넌 그것을 보지 못한 듯하다. 난 발코니로 나가서 담배 한 대를 피우고 다시 침실로 돌아와서는 혹시 잊은 거라도 없냐고 두 번이나 물어본다. 넌 내 질문에 뭔가 중요한 뜻이 담겨 있다는 걸 느끼지만, 아니, 없는 것 같단다.

엠마뉘엘, 내가 뭘 잊었어? 말해 줘.

아냐, 아냐. 별로 중요한 거 아니야.

나는 택시에 올라타서야 비로소 사실을 밝히면서 씁쓸한 만족감을 느끼며 낄낄댄다. 정말이지 넌 끝까지 보여 주는구먼!

하지만 왜 내게 말해 주지 않았어?

그건 네가 생각했어야지. 난 벌써 다 읽은 거란 말이야.

난 증오로 이글거리며 공항에 도착했고, 이륙하기 직전에는 지금도 생각하면 부끄럽기 짝이 없는 끔찍한 말을 해버린다. 이봐, 무슨 일이 일어나게 될지 알고 있어? 내가 얘기해 줄까? 우린 우리가 말한 대로 할 거야. 수영을 하고, 햇빛을 쐬며 느긋하게 지내고, 대마초를 피울 거야. 꽤 괜찮을 거야. 난 아주 다정하고 부드럽게 세심한 모습을 보일 거고, 우린 섹스를 할 거고, 난 널 사랑한다고 말할 거지만, 자, 경고하는데, 이 모든 것은 거짓말일 거야. 난 네게 거짓말을 하면서 2주일을 보낼 거고, 내가 네게 말했던 그 섬뜩한 것들이 진실일 거야. 난 너에 대해 그렇게 생각하고 있고, 그래서 돌아오는 즉시 널 내쫓을 거야. 내 말 잘 알아들었어? 5분 후에 난 네게 완전히 반대로 얘기하고, 내가 방금 말한 것을 믿지 말라고 애원하겠지만, 넌 내가 거짓말한다는 걸 알아야 한다고. 알았어?

넌 눈을 감고 한동안 숨도 쉬지 못하고 앉아 있는데, 복부에 바르르 경련이 이는 게 보인다. 30분간의 침묵이 흐른 후, 난 네 손을 잡고 용서를 빈다.

어느 산속 마을에 위치한 별장은 바다를 내려다보고 있다. 옛날에 지어진 집으로, 문은 아치형이고, 벽은 두꺼우며, 바깥은 더워도 안은 서늘하다. 폴과 에미는 밝게 웃으며 우릴 맞아 주긴 하지만, 마치 살얼음판을 걷듯이 조심한다. 우리의 모든 친구들처럼 그들도 단편의 발표가 우리 사이에 모종의 끔찍한 결과를 가져왔다는 것을 눈치채고 있다. 그 구체적인 내용에 대해서는 전혀 모르고, 감히 질문도 하지 못한다. 어쨌든 우리의 얼굴만 보아도 그게 아직 끝나지 않았음을 알아챌 수 있다. 그들은 해변으로 나가면서 같이 가자고 제의하지만, 우리는 어쩌면 나중에 따라갈 수도 있을 거라고 대답해 버리고는 둘이서 방에 들어박혀 섹스에 몰두한다. 네 몸속에 있다는 것은 내게 있어서는 이 유사(流砂)의 바다에서 유일하게 단단한 땅이며, 우리는 나흘 동안 거의 멈추지 않는다. 난 두세 시간 동안 계속 발기 상태이고, 다른 것은 아무것도 할 수가 없다. 침대를 떠나고 싶지 않고, 일어나고 싶지도, 해변에 가고 싶지도, 저녁을 먹고 싶지도 않고, 오직 너와의 섹스만이, 너에 대한 미친 듯한, 고통스러운 욕망만이 가능하다. 내가 난 네가 다른 남자와 자는 것을 더 이상 원치 않는다고 되풀이하고, 정조는 단지 중요한 것일 뿐 아니라 성적으로 자극적인 것이기도 하다고 말하면, 너는 그래, 내 사랑, 그래, 하고 대답한다. 또 네 얼굴을 두 손으로 감싸고 쾌감을 느끼는 널 내려다보며 눈을 뜨고 있으라고 말하면, 넌 눈을 아주 크게 뜨는데, 거기에는 사랑만큼이나 공포가 가득하다. 우리는 이따금, 서로 몸을 얽은 채로, 땀과 불안의 냄새를 느끼며 잠을 잔다. 심지어 잠마저도 격렬하다. 포옹이 풀어지면 난 곧바로 가증스러운 모습으로 돌아간다. 난 너의 순진해 보이는 얼굴은 내게는 거짓말의 얼굴이라고 말하고, 네가 내게 얼마나 끔찍한 짓을 저질렀는지, 내 단편의 발표와 너의 배신이 동시에 일어난 것은 얼마나 소름 끼치는 일인지, 내 사랑의 고백이 얼마나 불쌍하게 되어 버렸는지를 끝없이 되풀이한다. 폴과 에미는 우리의 넋 나간 듯한, 그 도무지 영문을 알 수 없는 모습에, 아무렇지도 않은 듯 자연스럽게 대하려고 노력해 보기도 하고, 어떤 비행기 사고의 생존자들에게 하듯 우리에게 — 그런 기회가 생겼을 때 — 말을 걸어 보고 싶은 유혹을 느끼기도 한다. 넌 식사 중에도 아무 말이 없는 나보다는 조금 더 밝은 모습을 보인다. 그래도 가끔씩 휴전의 순간이 찾아오기도 한다. 해안 주변에서 수영을 할 때, 혹은 테라스에서 한잔하면서 차분하게 대화를 나눌 때다. 서로 사랑하는 두 사람이 이런 종류의 위기를 통과하고 있을 때, 서로의 얼굴이 행복의 얼굴인 동시에 오싹한 공포의 얼굴이기도 할 때, 이런 때는 모든 것이 가능해지고, 심지어 신뢰마저 가능해진다. 이런 순간들에는 우리는 아직 가능하다고 믿게 되고, 난 네게 사랑한다고 말하고, 또 그렇다고 믿는다. 어느 날 저녁, 난 라타투유를 요리한다. 넌 내가 긴 나무 수저를 냄비에 담그고, 불 위에서 보글보글 끓고 있는 야채들을 맛보고 있는 모습을 보니 가슴이 뭉클하다고 말한다. 나와의 일상적인 삶이 좋고, 이 삶이 이처럼 달콤할 수 있다는 게, 맹렬한 섹스만이 아닐 수도 있다는 게 좋단다. 하지만 이렇게 저녁 식사를 준비하고 있던 어느 순간, 넌 내게 알리지도 않고 빠져나가 마을 꼭대기로 올라간다(집 주변에서는 휴대폰이 터지지 않는다). 네가 없는 것을 깨닫는 순간, 난 그대로 정신이 나가버린다. 너를 찾으러 거리로 뛰쳐나가고, 교회당 쪽으로 올라가는 세 개의 층계가 있는데, 그 계단 위에서 널 발견한다. 네 손에서 휴대폰을 낚아채고 욕설을 퍼붓는다. 넌 날 괴롭히고, 내 질투심을 자극하고, 날 미치게 만들려고 하고 있다고 비난한다. 넌 깜짝 놀라지만, 맞받아 욕설을 퍼붓는 대신에 나를 마을이 굽어보이는 나지막한 돌담장 위에 앉게 하고는, 지금 통화하는 사람은 아르노가 아니라, 우리가 그 집에서 이틀 정도 묵었으면 하는 아작시오의 한 코르시카 친구라고 최대한 차분하게 설명한다. 내가 불같이 화를 내어 자기는 무섭지만 다 이해한다며, 자기가 내게 알리지 않고 나간 것은 잘못이었다고 인정하며 용서를 구한다. 난 문제는 내가 널 용서하는 것도, 네가 날 용서하는 것도 아니고, 이런 식으로는 도저히 살아갈 수 없다는 점이라고 말한다. 난 내가 시도 때도 없이 맹렬한 증오와 공황감에 사로잡히는 놈, 네가 한순간이라도 보이지 않으면 미쳐 버리는 이런 의심 많고 잔인한 놈이라는 사실이 정말 견딜 수가 없어. 뾰로통하게 토라져 누군가가 달래 주기만을 기다리는, 사랑받기 위해 미워하는 시늉을 하고, 버림받지 않기 위해 떠나려는 시늉을 하는 이런 어린애인 게 견딜 수가 없어. 난 내가 이런 게 견딜 수가 없고, 날 이렇게 만들어 놓은 네가 원망스럽단 말이야. 난 자신이 불쌍해서 흐느끼고, 넌 내 머리를 쓰다듬는다. 난 끔찍한 기분이고, 내 자신이 지긋지긋하게 싫고, 이렇게 자신을 혐오하며 쾌감을 느낀다.

우리는 아작시오에 있는 네 친구들을 보러 간다. 거기까지 가는 내내, 나는 운전을 하면서 너를 쳐다보지도 않고 화를 풀지 않는다. 넌 멋진 풍경을 좀 구경하라고 권하지만, 난 그런 건 전혀 신경 안 쓴다고 대답한다. 코르시카 친구 부부는 아주 코르시카적이고, 아주 살가운 사람들이다. 그들은 코르시카의 민족주의적 노래들과 칠레의 혁명가들로 레퍼토리가 짜인 한 음악회에 우릴 데려갈 계획이었다. 나는 기분이 좋지 않으며 혼자 있고 싶다고 아주 직설적으로 대답한다. 넌 나와 함께 남겠다고 제안하지만, 난 거절한다. 사람들은 내게 열쇠를 남겼고, 난 나폴레옹 거리에 위치한 한 카페로 가서 맥주 몇 잔을 마시고는 집에 돌아와

항구의 전경이 내려다보이는 발코니에서 대마초 한 대를 피운 뒤, 잠을 청해 본다. 아주 더운 날씨고, 카페들의 소음과 음악 소리가 어우러져 열린 창문을 통해 올라온다. 그러던 어느 순간, 휴대폰이 울리고, 네 이름이 화면에 뜨는 게 보이지만, 난 응답하지 않는다. 나는 네가 불안감을 느끼도록 다시 밖으로 나가서 네가 돌아온 후 아주 늦은 시간에 들어오는 게 좋겠다고 생각한다. 아니면 아무런 설명의 말도 남기지 않은 채로, 밤새도록 자동차를 몰고 전속력으로 달려 보는 것도 좋으리라. 하지만 난 완전히 지쳐 있고 약간의 취기까지 있는 상태여서 이따금씩 꾸벅꾸벅 졸고 있는데, 밤 1시경에 네가 들어온다. 너와 네 친구들이 잠시 주방에서 얘기하는 소리가 들린다. 너희들은 웃음을 터뜨리는데, 난 네가 그렇게 웃는 게 괘씸하다. 집에 들어오자마자 곧바로 내게로 오지 않는 게 괘씸하기 그지없다. 마침내 네가 침실로 들어왔을 때, 난 축축한 이불을 덮고 몸을 바짝 웅크린 채로 벽 쪽을 향해 누워 있다. 네가 옷을 벗는 소리가 들리고, 내게 몸을 붙이고 누워서는 나를 안아 오는 게 느껴지지만, 난 너를, 날 이렇게 흉측한 남자로 만들어 버린 여자를 역겹다는 듯 밀쳐 버린다. 만일 네가 이 싸움에 지쳐서 몸을 돌려 버렸다면 난 또 골을 냈을 것이나, 넌 몸을 돌리지 않고 참을성 있게 나를 네게로 끌어당긴다. 잠시 후, 넌 나를 주방으로 데려가 차 한 잔과 타르틴[27] 한 개를 먹게 한다. 난 그동안 아무것도 먹지 않았으므로, 넌 뭘

27 구운 빵.

좀 먹으라고 간청한다. 네 친구들은 자고 있고, 아래쪽의 카페들은 문을 닫았다. 우리 둘 다 벌거벗고 있다. 노랗게 칠한 오돌토돌한 벽이며, 일종의 도자기 벽돌 타일로 꾸민 주방은 예쁘고 명랑한 분위기이다. 난 네가 차를 끓이는 모습을 지켜본다. 구릿빛 알몸을 드러낸 너무나 아름다운 너는 나로 하여금 너와 가능할 수도 있는 삶을 꿈꾸게 한다. 우리는 남부 지방 어딘가에 내려와 살자는 얘기를 이미 한 적이 있다. 넌 네 마음에 드는 어떤 일을 찾아 하고, 난 글을 쓰리라. 새로운 친구들도 사귀고, 내 아이들은 방학 때면 내려오고, 우리의 매일의 삶은 달콤하리라. 난 네가 벌거벗은 채로, 어쩌면 임신한 몸으로 지금의 이 집과 비슷한 어느 집에서 왔다 갔다 하는 모습을 바라보리라. 얼마나 좋을 것인가! 또 결정만 내린다면 얼마나 쉬운 일인가! 하지만 난 나를 잘 알고 있다. 난 스스로를 자기 세계 사람이 아닌 질투심 많고 소유욕 강한 어떤 여자 때문에 모든 것으로부터 절연되어서는 속으로 불만만 삭이는 시골 영감으로 변하게 된 놈으로 여기게 될 것이다. 정말이지 그것은 끔찍하리라. 지금도 모든 게 끔찍하다. 우리는 차를 마시고 넌 네게 미소를 짓는다. 난 지금 기분이 엉망이어서 더 이상 이곳에 있지 못하겠다고 말한다. 조금 있다가 잠을 좀 자고 나서 혼자 차를 타고 노벨라의 우리 별장으로 돌아가겠어. 넌 한숨을 내쉬고, 더 이상 따지지 않는다. 난 다시 말한다. 이봐, 우리가 함께 있으면 넌 너의 출구를 마음 편히 사용할 수가 없어. 그걸 잠가 버리든지, 아니면 사용하든지 하라고. 앞으로 아르노를 절대로 만나지 않든지, 그와 함께 떠나든지 네가 원하는 대로 하는데, 더 이상 이중 플레이는 하지 말란 말이야. 이것은 중요한 점이고, 난 네가 여기에 대해 깊이 생각해 보았으면 해.

넌 고개를 끄덕인다.

우리는 침대로 돌아간다. 섹스는 하지 않는다. 마지막으로 한 것은 전날 떠나기 전이었고, 어쩌면 그게 정말로 마지막 번이었을지도 모른다는 생각이 스친다.

노벨라에서 폴과 에미는 혼자 돌아온 나를 보고 약간 어안이 벙벙한 표정이다. 난 저녁 식사 때 술을 많이 마시고, 그들에게 모든 것을 얘기해 준다. 아직 누구에게도 이 이야기를 들려준 적이 없지만, 난 이걸 이야기하는 데는 두 가지 방식이 있다는 걸 알고 있다. 첫 번째 방식의 이야기에는 상대방이 다음과 같이 반응하리라. 맞아, 그 여자는 거짓말쟁이고, 질투심 많고, 바람둥이야. 그 여자를 떠나는 게 최선이야. 그리고 두 번째 방식의 이야기에는, 지금 너희들은 아주 힘든 위기를 겪고 있어, 하지만 네 이야기를 들으면서 느껴지는 것은 넌 그녀를 사랑하고, 그녀도 널 사랑한다는 거야, 그러니까 최대한으로 노력해서 이 위기를 극복해 행복해지라고, 하고 대답할 것이다. 난 이날 저녁에는 두 번째 방식으로 이야기한다. 하지만 그다음 며칠 동안은 나의 가장 고약한 증상인 시계추 같은 변덕에 따라 이 방식에서 저 방식으로 왔다 갔다 할 것이다.

넌 밤늦게 전화를 한다. 코르시카 친구들이 산속에 있는 그들의 마을에 주말을 함께 보내려고 널 데려갔는데, 거기서 넌 기분이 몹시 안 좋단다. 집은 답답하고, 친구들의 쾌활함은 오히려 괴롭게 느껴지고, 운전을 못하기 때문에 그들의 차에 의존할 수밖에 상황이고, 휴대폰은 불통이고, 딱 하나 있는 전화는 이웃들이 모여서 끝없이 잡담을 늘어놓는 식당 한가운데 있단다. 다행히도 그들은 방금 전에 마을 축제로 떠나 마침내 잠시나마 혼자 있게 되었단다. 넌 덜덜 떨고 울면서 겁이 난다고 말한다. 내가 아작시오를 떠나기 전에 했던 말을 계속 생각하고 있단다. 출구를 사용하든지, 아니면 그걸 잠가 버리든지 하라고 했던 말을. 하지만 거기에 대해서는 약속할 수가 없단다. 만일 나에 대해 믿음을 갖지 못한다면 자기는 아르노 쪽을 돌아볼 수밖에 없단다. 그건 어쩔 수 없는 일이란다.

그렇다면 지금 그렇게 해. 그와 함께 떠나.

하지만 엠마뉘엘, 난 자기를 사랑해.

네가 날 사랑할지는 모르지만, 네가 요구하는 방식대로 널 사랑해 주는 사람은 아르노고, 난 널 그렇게 사랑해 주겠다고 약속하지는 못해. 만일 나를 떠나 그에게로 간다면, 그건 하나의 모험이겠지만 그걸 해야 해. 절대로 뒤를 돌아봐서는 안 된다고. 만일 네가 행복해질 수 있다면, 그건 이런 조건하에서야.

난 자기가 그런 식으로 말하는 게 정말 싫어. 정말로 못됐어. 자기는 네가 자기를 사랑하고, 지금 자기를 떠난다

354

해도 언젠가 다시 돌아올 수 있다는 것을 알기 때문에 느긋하게 날 아르노에게 떠밀고 있는 거라고. 그래, 만일 내가 떠난다면, 그건 바로 그것을 위해서일 거야. 나도 용감하게 자길 떠날 수 있다는 것을 보여 주었기 때문에 자기에게서 버림받을까 봐 항상 벌벌 떠는 일 없이 자기와 함께 지낼 수 있기 위해서 말이야.

만일 그런 생각을 하면서 아르노에게 간다면, 그럴 필요는 없어. 하지만 지금은 나와 함께 있으니까 금방 그런 생각을 하는 거야. 만일 그와 함께 있다면 사정이 달라지겠지. 어쩌면 지금 벌어지고 있는 일들도 더 이상 너와 나, 우리의 이야기가 아니라, 너와 아르노, 두 사람의 이야기가 되겠지.

그렇게 얘기하지 마. 제발, 그렇게 얘기하지 말라고.

소피, 난 지금 비꼬고 있는 게 아냐. 난 진지하게 말하고 있어. 난 네가 좋은 것을 얻게 되기를 바라는데, 네게 좋은 것은 내가 아니야. 난 너무 상처를 입었고, 널 너무 원망하고 있어. 또 올여름의 그 무서운 일이 있기 전부터도 난 네게 한 번도 신뢰감을 안겨 주지 못했어. 난 네가 행복해지길 바라고, 만일 네가 행복해질 수 있는 게 아르노와 함께라면, 난 정말로 그것을 원해. 그리고 네게 딱 한 가지만 약속해 줄 수 있는데, 그것은 네가 나를 떠나기로 결정하는 순간부터 난 더 이상 네 곁에 있지 않아. 정말로 네 곁에 있지 않을 거야. 나와 바람을 피워서 아르노를 속이는 일은 결코 없을 거라고. 원한다면 다른 남자들과는 그럴 수 있겠지. 그걸 내가 어쩌겠어. 하지만 나하고는 아냐. 난 두 사람 사이의 일에 끼어들지 않을 거고, 난 절대로 너의 출구가 되지 않을 거야.

하지만 난 자기가 내 출구가 되기를 원치 않아. 난 자기와 함께 살고 싶고, 자기의 아이를 낳고 싶다고. 그런데 곧바로 드는 생각은, 이게 언젠가 가능해지기 위해서는 내가 자길 떠나야 한다는 거야. 난 정말 미쳐 가고 있는 기분이야. 난 정말 힘들어. 끔찍하게 힘들어.

나도 힘들고, 아마 자기보다도 훨씬 힘들어질 거야. 넌 너를 기다리는 남자에게로 가고, 그와 새로운 삶을 시작하게 되겠지만, 난 혼자 남게 돼. 내게 있어서 섹스한다는 것은 자기와 섹스하는 것을 의미했다고. 블랑슈 가의 아파트에는 유령이 없었지만, 이제는 하나 있게 되겠지. 그러니 진심으로 얘기하는데, 지킬 수 있다고 확신하지 못하는 약속을 하지 않는 것도 내겐 무척 용기가 필요한 일이야. 난 널 힘들게 했지만 한 번도 거짓말은 하지 않았고, 또 지금 시작하지도 않을 거야.

난 자길 사랑해. 자기가 내 인생의 남자라는 걸 알고 있어.

넌 몰라. 어쩌면 그건 아르노일 수 있어. 모험을 하라고.

난 알코올에 마비되어 금방 잠이 든다. 그리고 9시경에 잠이 깨어 정오까지 맥없이 침대에 누워 있는다. 난 전혀 움직이지 않는다. 마치 내 안의 고통이 아주 작은 움직임에도 깨어나게 될 어떤 동물이기라도 한 듯이. 에미는 자신과 폴은 하루 종일 외출할 것이라고 문을 통해 말해 주고, 나는 그냥 으음 하는 소리로 대답하는데, 그 뜻을 굳이 옮겨 보자면 〈아직 내가 살아 있다〉 정도가 되리라.

오후가 시작될 즈음, 넌 내게 다시 전화를 한다. 넌 파리로 돌아가겠다고 말한다. 주말에는 짐을 꾸려 집을 나가겠단다.

좋아.

그래도 서로 전화는 해야 할 거야. 내가 뭘 가져가는지 자기가 알아야 하니까.

원하는 것은 다 가져가. 단지 네 사진과 우리 둘이 같이 찍은 사진 두어 장만 남겨 놨으면 좋겠어. 더 이상은 서로 얘기하지 않는 편이 나을 것 같아.

알았어. 그런데 말이야, 지금 내가 지금 엄청나게 멍청한 실수를 저지르고 있는데, 또 이렇게밖에는 할 수 없다는 기분이야.

이후의 날들은 지독히 고통스럽다. 나 역시 엄청나게 멍청한 실수를 저지르고 있는 기분이다. 내가 파리에 돌아갔을 때를 상상해 본다. 아파트는 네가 없어 휑할 테고, 몇 달 동안 텅 빈 가슴을 부여안고 네가 어디에 있는지, 무엇을 느끼고 있는지, 아르노와 섹스를 하면서 그에게 무슨 말을 할 것인지 자문해 보리라. 네게 전화를 하고 싶고, 이건 말도 안 돼, 난 너를 사랑해, 돌아와, 하고 말하고 싶지만, 네가 돌아오는 즉시 내 머릿속에서는 그 지옥 같은 쳇바퀴가 다시 돌아가기 시작하리라. 난 널 배척할 거고, 넌 다시 멀어질 거고, 난 다시 애원할 거고…… 이제는 멈춰야 한다.

우리가 나란히 모로 누워 잘 때 앞에 보이던 너의 등이 생각난다. 그 소름 끼치는 니스의 필리프도 생각난다. 네 등을 어루만지고 싶다. 네 견갑골 사이의 금색 솜털을 입술로 스치고 싶다. 자고 있는 너의 두 볼기를 살며시 벌려서, 언제나 나를 위해 젖어 있는 네 안으로 파고들고 싶다.

더 이상 너의 시선을 받지 못하는 것, 이게 바로 추함이요, 이게 바로 죽음이다. 난 네가 나를 잘생긴 남자로 여기는 게 좋았다. 너와 함께 있으면 난 미남이 되었고, 내 몸, 내 성기를 좋아할 수 있었다. 넌 〈내 물건〉이라고 불렀고, 난 〈내 자지〉라고 했는데, 너도 〈내 자지〉라고 부르기 시작했다. 넌 아침에 내가 침대에서 일어나 아침 식사를 차리러 가는 모습을 바라보곤 했는데, 그럴 때 보통 난 발기 상태였다. 난 항상 널 위해 발기되어 있었다. 넌 미소 지으며 〈내 자지, 이건 내 자지야〉라고 말하곤 했다. 그것은 내가 내 인생에서 가장 좋아한 밀어였다.

절정을 느낄 때의 너의 얼굴. 절정을 느낄 때 네가 하는 말들. 엠마뉘엘, 올라오고 있어. 느껴져? 내 안에서 그게 올라오는 게? 지난날 나는 네가 모든 남자들에게 똑같은 말을 했다고, 남자들을 지배하는 너의 힘은 그들로 하여금 자신이 그 누구도 할 수 없는 방식으로 널 절정에 이르게 한다고 믿게 하는 데에 있다고 생각했었다. 하지만 지금, 난 이게 사실이라고 생각하지 않는다. 예를 들어 어떤 사내도 널 나처럼 핥아 주지 못했고, 너는 나와 할 때만큼 몸을 내맡긴 적은 없었다고 생각한다. 네 자신이 그렇게 말했고, 만일 네가 날 완전히 믿었더라면 한층 더 몸을 내맡길 수 있었다는 걸 알고 있다. 그랬다면 우린 천국을 맛보았을 거고, 이 천국을 얻기 위해 난 너와 결혼하고, 내 아이도 낳게 했을 거라고 생각한다. 얼마나 임신한 너와 섹스하고 싶었던가! 하지만 그건 다른 남자가 하게 되리라. 널 사랑해 주면서. 하지만 나와는 다른 방식으로.

이제 아르노를 생각할 때면, 우리 둘 중에서 더 부러운 자리에 있는 사람은 그라는 생각이 든다. 그는 자신이 원하는 게 뭔지를 알고 있다. 사랑할 줄 안다. 그는 널 가질 자격이 있다.

나도 그럴 자격을 갖고 싶다. 이제 너무 늦었다는 것을 알고는 있지만. 나는 이 허전함과 그리움 속에서 우리의 이야기와 우리의 사랑, 그리고 지난여름 우리를 사로잡았던 광기를 이야기하는 책을 한 권 쓰고 싶고, 이 책이 널 돌아오게 했으면 좋겠다.

우리에게 두 번째의 처음이 있었으면 좋겠다.

제6부

우리의 통역 사샤에게 그 소식을 알린 이는 사샤 카모르 킨이었고, 또 우리의 사샤는 필리프에 알렸으며, 필리프는 내게 전화를 걸어 왔다. 아냐가 어린 레프와 함께 살해당했다는 것이었다. 누가, 왜, 어떻게 죽였는지, 필리프는 전혀 아는 바가 없단다. 다만 사건은 1주일 전인 2002년 10월 23일에 일어났으며, 러시아인들에게는 매우 중요한 의미를 가지며, 초상 아홉 번째 날에 거행되는 장례식이 바로 내일이라는 것만 안단다. 필리프는 지금 거주하고 있는 모스크바에서 우리가 늘 이용하던 기차를 타면 시간에 맞게 도착할 수 있단다. 난 필리프에게, 그래, 가보는 게 좋겠지, 하고 말한다.

이해 가을, 난 영화 편집을 시작했었다. 그렇게 하기로 결심한 것은, 소피가 떠나간 후로 계속 나를 떠나지 않는 고뇌를 잊고 싶었고, 또 다른 프로젝트도 없었기 때문이었다. 이 작업에 별다른 기대를 걸지는 않았지만, 어쨌든 작업은 작업이었고, 아침에 일어나서 어딘가로 가고 누군가를 만나게 하는 이유가 되어 주었다. 아침마다 나는 스튜디오에 나가 편집을 담당한 카미유의 옆, 컴퓨터 앞에 자리를 잡고 앉아서는 6월에 필리프가 코텔니치에서 촬영한 모든 것이 담겨 있는 카세트들을 하나하나 돌려 보았다. 나는 그가 촬영하고 있는 동안 일기를 적어 갔던 수첩들도 가지고 갔다. 당시 내가 느꼈던 인상들을 소리 내어 읽어 영상들에 겹쳐지게 했고, 그러고 나서는 편집실에서 이 영상들과 인상들에 내 논평을 곁들였다. 누가 누구인지, 각 시퀀스의 전후에는 어떤 일들이 일어났는지, 한마디로 현장에 있었던 우리에겐 자명한 일이지만, 화면과 내 일기만으로는 충분히 설명해 주지 못하는 모든 것들을 카미유에게 설명해 줄 필요가 있었던 것이다. 난 이렇게 설명해 주는 게 즐거웠는데, 왜냐하면 카미유가 무척 재미있어했고, 또 날이 갈수록 그녀에게 코텔니치는 마치 거기서 직접 체류한 것처럼 친숙한 장소가 되어 가고 있다는 것을 느꼈기 때문이다. 그녀는 화면에 나타난 거리들이 어디인지도 알았고, 〈조디악〉보다는 〈트로이카〉를 더 좋아했으며, 시(市) 축제에서 그녀의 마음에 들었던 어떤 인물이 다시 나타나기를 기대했다. 그게 어떤 형태와 어떤 내용이 될지는 예상할 수 없었지만, 어쨌든 그녀는 여기서 영화가 한 편 나온다는 것을 조금도 의심치 않았다. 하지만 나는 전혀 믿지 않았다. 그래, 이 영상들은 러시아의 한 소도시의 일상적 삶에 대한 다큐멘터리를 만들기에는 충분할지도 모른다. 하지만 어떻게 이것들에서 내 영혼을 사로잡고 있는 것을 형상화한 무언가가 나올 수 있단 말인가? 다시 말해서 내 외조부의 나이에 이른 내가 그의 망령으로부터 해방되어 비로소 살 수 있게끔 그의 묘비의 역할을 해줄 무언가가 말이다.

만일 아냐가 어떤 자동차 사고로 목숨을 잃었다면, 난 물론 슬퍼했을 것이다. 난 그녀를 아주 좋아했었다. 우리가 코텔니치에서 접했던 모든 이들 중에서 난 그녀와 사샤에게 가장 큰 애착을 느꼈다. 처음에는 그들이 신비롭게 느껴졌기 때문이었고, 이 신비감이 사라지고 난 뒤에도 그들은 다른 이들보다 더 복잡하고, 더 고독하고, 더 고통스러운 존재들이었기 때문이다. 아마도 참혹한 것이었으리라 짐작되는 그녀의 급작스러운 죽음이 내 안에 채워 놓은 감정은 슬픔이 아니라 소름 끼치는 공포였다. 그리고 이 공포의 핵심을 이루는 것은 몇 달 사이에 두 번째로 현실이 나의 기대에 응답하는 방식이었다. 난 그해 봄에 내가 꾸민 사랑의 시나리오가 현실 가운데서 실현되리라 상상했었는데, 현실이 이 시나리오를 좌절시키고 대신 내 사랑을 무참히 파괴한 다른 시나리오를 가져다주었다. 또 코텔니치에서는 마침내 무언가가 일어나기를 빌었었는데, 실제로 무언가가 일어났고, 이 무언가는 바로 소름 끼치는 사건이었다.
또 한 가지 소름 끼치는 것은 아냐와 그녀의 아들의 죽음으로 인해 비로소 영화가 가능해졌다는 사실이다. 이제 영화는 뭔가를 이야기할 수 있게 된 것이다. 우리는 고인의 영혼이 완전히 이 땅을 떠나 하늘로 올라가는 때이기 때문에 애도의 가장 중요한 단계로 여겨지는 40일째 되는 날에 코텔니치에 돌아갈 생각이다. 그때 사샤와 그녀의 가족을 촬영할 수 있으리라고는 기대하지 않는다. 그들은 원치 않을 거고, 우리도 감히 시도하지 못하리라. 하지만 겨울의 도시를 촬영하리라. 눈과 헐벗은 나무들, 그리고 아냐와 내가 어린 레프에게 우리의 자장가들을 불러 주었던 역 근처의 공원 같은 것들을. 그동안 무슨 일들이 있었는지 내가 내레이션을 하는 가운데 이어질 이 영상들로 영화는 마무리되리라.

우리는 모스크바에서 늘 이용하는 열차를 탔지만, 코텔니치에서 내리는 대신 아냐의 어머니가 사는 비아트카까지 간다. 그녀는 전화가 없기 때문에 우리가 방문한다는 사실을 알리는 게 불가능하다. 우리의 호텔이 위치한 시내 중심부에서 택시를 타고 오랫동안 달린 끝에 브레즈네프 시대의 성냥갑 같은 아파트 건물들과 눈 속에 반쯤 파묻힌 조그만 목재 누옥들이 번갈아 가며 나타나는 먼 외곽 지역에 이른다. 또 한참을 더 헤맨 끝에 건물 외부 입구와 층계참, 그리고 쿠션을 넣고 그 위에 찢어진 인조 가죽을 대고 누빈 문을 찾아낸다. 초인종을 누르고, 다시 눌러 보지만 아무 대답이 없다. 우리는 기다리기로 결정한다. 바깥의 온도계는 영하 25도를 가리키고 있는데, 벽면은 푸르뎅뎅한 색으로 칠해져 있고, 아주 약한 전압의 맨전구 하나가 지직거리고 있는 층계참도 전혀 나을 게 없다. 후드 속의 우리의 얼굴들도 푸르뎅뎅하고, 입에서는 허연 김이 새어 나온다. 건물 어딘가에서 갑자기 배수관 물이 졸졸거리는 소리, 희미한 대화 소리 따위가 들린다. 사샤는 우거지상을 하고 있다. 그는 벌써부터 필리프와 나에 대해 화가 나 있다. 그는 이 세 번째 여행에 우리와 동행하는 것을 받아들이긴 했지만, 기분은 별로 좋지 않다. 그는 러시아인들끼리 끝내야 할 일에 외국인 구경꾼들이 끼는 게 싫은 것이다. 이 비극적인 사건 이전에도, 그러니까 우리가 전번에 체류했을 때도, 그는 내가 나와는 상관없는 일에 끼어든다고 종종 느끼게 했다. 별로 내켜 하지 않는 그에게 억지로 통역을 요구하면, 그는 어깨를 으쓱하곤 했다. 어쨌든 통역해 줘봤자 당신은 이해 못 해요, 하는 식으로. 그는 연신 한숨을 쉬면서, 노파는 오지 않을 거예요, 호텔에 돌아가는 편이 낫겠어요, 하고 말했지만, 추워서 발을 동동 구르며 두 시간을 기다리니 승강기의 문이 삐걱거리며 양쪽으로 열리면서 그녀가 나타난다. 얼굴은 주름살투성이고, 안에 털을 댄 묵직한 외투로 몸을 감싼 아주 작달막한 여자다. 그녀는 우리 셋이 층계참에 있는 것을 보고는 겁에 질린다. 문 앞에 서 있는 세 명의 외국인, 그것은 세 명의 적일 수도 있는 것이다. 이윽고 그녀는 필리프를 알아보았고, 얼굴이 환해지면서 기쁨에 넘쳐 그에게 볼 키스를 한다. 필리프는 그녀에게 우리도 소개해 주고, 그녀는 나에게도 볼 키스를 한다. 아냐에게서 여러분 얘기를 참 많이 들었어요. 아냐에게서 내가 비

아트카의 마지막 주지사[28]의 손자라는 말을 들은 그녀는
감격해 마지않으면서도, 이렇게 대단하신 분을 자신의 누
추한 집에 모시게 되어 부끄럽다고 말한다. 용서해 주세요,
용서해 주세요, 내가 이렇게 가난한 것을 제발 용서해 주세
요, 난 불쌍한 여자랍니다, 난 자신이 부끄럽답니다, 내 집
이 부끄럽답니다. 그녀는 우리가 지나가게끔 옆으로 물러
서면서, 소리는 내지 말라고 신호를 한다. 우리가 왔다는
사실을 이웃들이 알면 안 되는 것이다. 그녀는 그들이 두렵
고, 모든 사람이 두렵고, 또 이 이웃들은 아무것도 모른단
다. 그녀의 딸과 손자의 죽음에 대해서도, 그녀와 프랑스인
들의 관계에 대해서도 아무것도 모른단다. 자신은 사람들
에게 아무 말도 하지 않았고, 아주 가까운 가족들만이 사
실을 알고 있단다. 마치 이 비극이 부끄러운 일인 것처럼,
마치 그녀의 딸이 살해당한 게 아니라 누군가를 살해한 것
처럼, 혹은 마치 그녀는 너무 가난하여 살해당한 딸을 가질
자격조차 없는 것처럼, 그녀는 아무에게도, 아무것도 말하
고 싶지 않은 것이다. 단 한 칸뿐인 방에서 그녀는 식탁 주
위에 우릴 앉게 하는데, 마치 비밀 모임이라도 갖는 듯 소
리를 내지 못하게 한다. 그녀는 차를 끓이겠다고 말하지만,
부엌에서 보드카 한 병과 소시지 한 개를 가져와서는 커다
란 잔들에 가득가득 붓는다. 내가 한 모금 마시고서 잔을
내려놓으려 하자, 그녀는 고압적인 몸짓으로 한 번에 끝까
지 다 마시라고 명한다. 어쩔 수 없이 분부에 따르자, 다시

28 그녀는 〈부지사〉가 아니라 〈주지사〉라고 믿는 듯.

술을 부어 준다. 난 그녀가 벌써 취했다는 걸, 이제 그녀의 말을 따르는 수밖에 없다는 걸 깨닫는다. 내 러시아어가 시원찮기도 하거니와, 그녀가 아주 빨리, 불쑥불쑥 얘기하는 통에 하는 말의 절반도 이해되지 않는다. 그러나 안락의자에 편안히 자리 잡고 앉아서는 술이나 진탕 퍼마시리라 마음먹은 듯한 사샤는 자기가 보기에 괜찮다고 생각되는 부분만을 통역하고, 그것도 아주 아무렇게나 한다. 한편 필리프는 가방에서 카메라를 꺼내어 우리의 대화를 촬영하기 시작하는데, 그녀는 그와 무슨 장난이라도 치듯이 형식적으로만 항의한다. 필리프! 날 촬영하지 말라고! 난 못생겼고, 늙었고, 우리 집은 끔찍하잖아……. 그녀는 그를 무람없이 대하면서도 그 방식이 얼마나 다정한지 내가 다 가슴이 뭉클해진다. 그녀는 그가 9일제를 지낼 때 찾아와 무덤 앞, 그녀 옆에 서 있었으며, 이날 그는 그녀의 딸이 너무나도 좋아했던 우리 프랑스 사람들을 대표해서 왔다는 사실을 잊지 않고 있다. 그 애는 항상 여러분들에 대해 얘기했죠, 항상. 여러분이 코텔니치에 온 것을 마치 어떤 동화처럼, 어떤 성탄절 이야기처럼 얘기했어요. 그 애는 여러분을 너무나도 좋아했고, 여러분을 실망시킨 것을 너무나도 힘들어했답니다…….

우릴 실망시켰다고요? 그녀는 우릴 한 번도 실망시킨 적이 없어요. 대체 무슨 말씀을 하시는 거죠?

아녜요, 내 말이 맞아요, 당신도 잘 알잖아요. 당신은 그걸 잊어버린 척하지만, 그건, 엠마뉘엘, 당신이 너무 착하기 때문이에요. 당신은 성자고, 옛날 주지사님의 손자이기 때문이지만, 그 애는 분명히 당신을 실망시켰어요. 그 애가 내게 얘기해 줬어요. 여러분이 아이들을 위한 감옥에 갔을 때, 그 애는 정확히 무슨 일이 일어난 건지는 잘 모르겠지만, 아마 자기가 통역을 잘못한 것 같대요. 왜냐면 나중에 당신이 불만스러워했으니까요. 그 애는 당신이 불만스러워하는 것을 분명히 느꼈대요. 그래서 자기가 일을 잘못한 것 같다고 얼마나 힘들어했는지…….

그녀의 말을 들으며 난 경악한다. 그날 소년원에 방문하여, 내 고약해진 기분 때문에 죄 없는 아냐가 당했던 일을 나는 선명하게 기억하고 있다. 나는 당시에는 별거 아니다, 이건 잠시 스쳐 가는 갈등과 오해의 순간일 뿐이다, 하고 생각했지만, 이 잠시 스쳐 간 갈등과 오해의 순간이 그녀의 삶 전체를 그늘지게 했고, 죽을 때까지 그녀는 이 순간을 곱씹으며 자신이 대체 무슨 짓을 했기에 이런 불운이 찾아왔는지 끊임없이 자문했었다.

그리고 그 애는 부끄러워했어요, 하고 갈리나 세르게예브나가 말을 잇는다. 그 애는 당신을 통해 살았고, 당신을 통해 호흡했어요. 엠마뉘엘, 내가 무슨 말 하는지 이해하죠? 그런데 그 애는 당신이 그 애에게 지불한 2백 달러 때문에 부끄러워했어요. 왜냐하면 그 애로서는 자기가 그걸 훔친 것 같은 기분이었기 때문이죠. 당신에겐 이미 통역이 한 명 있었는데, 그 애가 무슨 소용이 있었죠? 네? 그녀가 무슨 소용이 있었냐고요?

아녜요, 그게 절대로 아녜요, 하고 사샤가 나서며 고맙게도 우리의 공식적인 해명을 내 대신 해준다. 난 다른 곳에 할 일이 있었어요. 시내에 나가 처리해야 할 일들이 있었죠. 그때는 그녀가 정말로 필요했어요. 누구에게서 뭘 훔친 사람은 아무도 없으니, 거기에 대해선 당신은 걱정 안 하셔도 돼요…….

어떻게 내가 걱정 안 할 수 있죠? 그 애는 항상 했어요. 사슐라,[29] 그 애는 자기가 당신 자리를 빼앗으려 하기 때문에 당신이 자기를 몹시 미워한다고 생각했어요. 여러분이 자기를 아주 교활한 년으로, 슬그머니 끼어들어서는 다른 사람들의 자리를 빼앗고, 이유 없이 돈을 받기나 하는 그런 년으로 여기고 있다고 생각했죠……. 그 애가 그 2백 달러로 뭘 샀는지 알아요? 청바지 몇 벌과 화장품을 샀답니다. 그리고 마스크들도 샀죠. 종이 마스크들…….

종이 마스크들을요? 아니, 뭐하려고요?

나를 위해 산 거죠. 내게 어린 레보치카를 맡길 때요…….왜냐하면 난 우체국에서 일하기 때문에 창구에서 사람들을 많이 접하거든요. 아뉴토치카는 세균을 두려워했고, 내가 레보치카를 돌볼 때는 마스크를 쓰길 원했죠……. 그런 거예요.

그녀는 한 서랍을 뒤지더니, 거기서 병원 수술실에서 착용하는 것 같은 마스크들을 꺼낸다. 그녀는 서툰 동작으로 고무줄을 뒤통수 쪽으로 짧게 깎은 진회색 머리칼 속에 파

29 사샤의 애칭 중 하나.

고들게 한 뒤, 그 하얀 마스크를 얼굴 아래로 끌어내린다. 그러자 갑자기, 계속 마셔 댄 술도 작용을 했지만, 어떤 악몽의 한 장면이 눈앞에 펼쳐진다. 술에 취했고, 절망에 사로잡힌 이 작달막한 여인이 음침한 원룸 한가운데서 하얀 병원 마스크를 쓰고 난리를 치는 광경이라니! 그녀는 울며 소리를 지르기 시작한다. 레보치카는 이런 모습으로 지 할미를 본 거야! 항상 이렇게 마스크를 뒤집어쓴 모습으로! 난 녀석에게 미소를 지을 수도, 키스를 할 수도 없었어. 왜냐하면 내가 우체국에서 옮아왔을 수도 있는 세균 때문에 항상 입을 가려야 했으니까……. 난 아냐에게 이런 멍청한 것들을 사 왔다고 혼을 냈어. 혼내고, 혼내고, 노상 혼만 냈지. 내 불쌍한 딸에게 말이야. 내가 뭘 사야 한다고 말했는지 알아? 문짝이야. 새 문짝. 맞아, 바로 그걸 해야 했어, 새 문짝을 사서 그들의 아파트 입구에 달아야 했다고. 왜냐하면 그 집 문짝은 판지로 만든 거나 다름없었거든. 그것도 1층에, 이 정신병자들의 도시, 이 코텔니치에서 말이야! 난 항상 얘기했어. 사샤, 이 문짝을 바꿔야 해, 이건 위험해, 판지로 만든 거나 다름없어, 그러면 그는 그렇게 하겠다고 대답했지만, 참 잘도 했지! 그는 항상 시간이 없었어. 노상 일에 쫓긴다고 설명했지만, 난 진실을 알고 있는데, 그는 다른 년들과 노닥거린 거야……. 난 그 애에게, 불쌍한 내 딸에게 말했어, 저 녀석과는 어울리지 말라고, 저 녀석은 사람 눈을 똑바로 쳐다보지 않는다고, 저 녀석은 아무것도 신경 쓰지 않는 놈이라고. 그리고 정말 그는 아무것도 신경 쓰지 않았어. 자기 마누라와 아들이 사방에 미친놈들이 어슬렁거리는 이 도시에서 판지 문짝이 달린 아파트에 살고 있어도 조금도 신경 쓰지 않았어…… 살인범은 집 안에 들어오기 위해 문에다 발길질 한 번 하는 걸로 충분했고, 그다음에 도끼로 두 모자를 토막 낸 거라고!

도끼로 토막 낸다. 이것은 러시아어로 *toporom stukat'*이다. 난 이 표현을 몰랐지만, 사샤가 괴로운 표정으로 고개를 숙이며 통역해 주었다. 살인의 상황에 대한 갈리나 세르게예브나의 이야기는 분노와 한탄이 뒤섞인 신음 소리로 중간중간 끊겨 혼란스러웠지만, 사흘 후에 사샤 카모르킨이 내게 얘기해 준 것을 참고하여 재구성해 보면 다음과 같다. 10월 23일 오후, 사샤는 그의 사무실에 있었는데 겁에 질린 아냐에게서 전화가 걸려 왔다. 그녀는 어린 레프와 집에 혼자 있는데, 어떤 낯선 남자가 문을 두드렸다. 그녀가 문 열어 주기를 거부하자 그는 문을 부숴 버리려고 거세게 발길질하기 시작했다는 것이었다. 사샤는 냉정을 잃지 않고 아내에게 〈우리 남편이 곧 도착할 거〉라고 사내에게 경고하며 그를 막고 있으라고 말했다. 집까지 가는 데는 5분이 걸렸는데, 동료 두 사람과 함께 문턱을 넘었을 때에는 이미 너무 늦어 있었다. 범인은 전화 줄로 아냐의 목을 졸랐으며, 그런 다음에 난방용 장작을 패기 위해 현관에 두는 도끼로 그녀와 아이를 무참히 살해했다. 피와 뇌수와 내장이 사방에 튀어 있었다. 사샤가 울부짖으며 시신들 앞에 허

물어져 있을 때, 그의 동료들은 살인범을 뒤쫓아 나섰다. 핏물에 발을 담근 그는 사방에 혈흔을 남겼고, 덕분에 5분도 못 되어 지하실에 몸을 숨긴 그를 찾아낼 수 있었다.

그는 이곳 사람들이 아는 사내로, 두 아이의 아버지이고, 제빵 공장의 보일러 기술자이며, 전과는 없었다. 사샤와도, 그리고 아냐와도 아무 관계가 없는 사람이었다. 범행 직후에 행해진 첫 번째 심문 때 그는 여자 하나와 아이 하나를 죽이라고 명하는 어떤 음성을 들었으며, 아파트에 들어갔을 때 두 모자가 환하게 빛나는 것을 보았다고 말했다. *oni svetilis'*(그들은 환하게 빛나고 있었어요)라고 그는 되풀이했다. 또 그는 자기가 술을 마셨다고 주장했지만, 즉시 행해진 검사는 그의 혈중에 알코올이 전혀 없다는 사실을 밝혀냈다. 그리고 다음 날, 그는 우리가 잘 아는 페투호프 박사로부터 정신 감정을 받았는데, 거기서는 〈어떤 음성〉 얘기도 〈환한 빛〉 얘기도 나오지 않았다. 그는 더 이상 아무것도 기억하지 못했다.

갈리나 세르게예브나의 아파트에서 보낸 그날 저녁, 난 이 모든 것들을 매우 단편적으로 이해했다. 그녀가 고함치고 흐느끼는 가운데 계속 반복되어 나오고, 나로서는 전부 이해할 수는 없는 표현들 중에는 우선 *toporom stukat'*(도끼로 토막 낸다)가 있었고, 또 팔라치란 말도 있었다. 내가 이 팔라치라는 말의 뜻이 무엇이냐고 사샤에게 묻자, 그는 고개를 숙이는 대신 짜증 난다는 듯이 고개를 홰홰 저었다. 내가 익히 알고 있는 이 동작은 자기 생각으로는 이건 내가 상관할 문제가 아니라는 의미였고, 난 몹시 애를 쓴 끝에 그게 〈살인 청부업자〉를 뜻하는 말임을 겨우 알아낼 수 있었다. 뭐, 살인 청부업자? 갈리나는 술 취한 상태임에도 불구하고 사샤가 내게 통역해 주는 것을 기묘한 집중력을 보이며 듣고 있었다. 고개를 사샤에게서 내게로, 또 나에게서 사샤에게로 돌리기도 하고, 또 맞다는 듯이 고개를 끄덕이기도 했는데, 난 그녀가 우리가 주고받는 내용을 다 이해하고 있다는 말도 안 되는 느낌을 받았다. 결국 그녀는 자기가 힘든 싸움 끝에 사샤로 하여금 자신의 말을 인정하게 만들었다는 듯이 승리감에 취하여 캘캘거리며 내 얼굴을 위아래로 빤히 쳐다보면서 팔라치, 팔라치를 되풀이했다.

하지만 팔라치라니, 이게 대체 무슨 말인가? 그녀의 이야기대로라면, 이것은 다른 것은 몰라도 어떤 살인 청부업자의 범행과는 전혀 관계가 없어 보였다. 나는 말했다. 그건 단지 어떤 미치광이일 뿐이에요. 광신도나 사디스트가 아니고서야 어떻게 한 젊은 여성과 그녀의 아기를 *toporom stukat'*(도끼로 토막 냄) 수 있단 말입니까?

갈리나는 또다시 캘캘댄다. 지금 나보고 그자가 미치광이라고 믿으라고요? 그녀는 식탁을 쾅 한 번 치고는, 그 고통으로 망가진 조그맣고 파리한 얼굴을 거의 코가 닿을 정도로 내 얼굴에 바짝 들이댄다. 아니, 엠마뉘엘, 아니에요, 그자는 절대 미치광이가 아니에요! 내 아들이 말했죠. 엄마, 그냥 조용히 있어. 이건 너무 위험한 일이기 때문에 아무 말도 하지 말아야 한다고 말이에요. 하지만 난 분명히 알고 있어요, 그자는 미친 척하고 있다는 걸 알고 있다고요. 그는 팔라치예요. 하지만 그에게, 이 팔라치에게 지시를 내린 사람은 과연 누구일까요? 엠마뉘엘, 난 그의 이름은 밝힐 수 없어요, 아마 들으면 깜짝 놀라겠지만.

그녀는 나를 쳐다본다. 내 눈 속을 헤집듯이 들여다보더니, 갑자기 몸을 발딱 세우고 일어나서는 엄숙한 얼굴로 마치 지퍼를 채우듯이 입을 쫙 잠가 버리는 손짓을 한다. 그러고는 속삭인다. 자, 이제는 침묵이 시작되는 거죠.

그 침묵이 다시 내려앉고, 한 번 자기 말을 반박해 보라는 듯, 두 주먹을 엉덩이에 대고 그 작은 체구를 한껏 뒤로 젖힌 채로 버티고 서 있는 이 술 취하고 슬픔에 미쳐 버린 여자 둘레에서 우리 세 사람 모두 얼빠진 얼굴로 앉아 있다. 마침내 사샤가 어깨를 으쓱하고는 다시 보드카 한 잔을 따라 마신 다음, 그에게서 들어 본 중 가장 무거운 목소리로 말한다. 좋아요, 갈리아, 지금 당신은 이게 어떤 의뢰된 범죄라고 얘기하고 있어요. 그렇다면 문제는 누가, 그리고 왜 그걸 의뢰했느냐를 아는 거겠죠.

그녀는 킬킬댄다. 사슐랴, 당신은 정말 똑똑해. 문제의 핵심이 뭔지 아는 사람이야. 왜 내 딸과 레보치카를 도끼로 토막 내어 살해했을까? 응? 이렇게 해서 이익 보는 사람은 누굴까? 잘 생각해 봐, 사슐랴, 대가리를 좀 굴려 보라고!

좋아요, 난 지금 생각해 보고 있어요. 이렇게 해서 과연 누가 이익을 볼 수 있을까요?

사샤, 당신 바보야, 뭐야?

아니, 난 바보가 아니에요. 뭐, 아니었으면 좋겠네요.

빌어먹을, 누구겠어? 내 딸과 내 손자를 도끼로 토막 내어 죽여서 누가 이익을 볼 수 있겠냐고? 이게 누구와 관계 있는 문제냔 말이야?

우리는 감히 생각할 수가 없다. 그녀는 다그친다. 이게 누구에게 이익이 되는지 아직도 모르겠어?

모르겠어요, 하고 사샤가 거짓말을 한다. 결국 그녀 자신이 말하게 하기 위해서다.

그러자 그녀는 한 걸음 물러서더니 아주 분명하게 발음한다. 사셴카에게야.

그리고 이 말을 내뱉자마자 그녀는 자기 의자 위에 몸을 바짝 웅크리고는 손으로 입을 막더니, 공포로 커다래진 눈을 하고는 중얼거린다. 그들이 날 죽일 거야.

그러고 나서 어떤 말이 오갔는지는 잘 기억이 나지 않는다. 어쨌든 그녀는 우리를 내쫓았고, 우리가 이제 더 이상 꾸물대지 않고 빨리 내빼리라 단단히 마음먹고 외투들을 찾고 있는데, 그녀는 자기가 우릴 내쫓은 사실을 까맣게 잊어버리고는 또 술을 마시고 얘기하고 싶어 했고, 내게 커튼들을 보여 주고 싶어 했다. 흰색 바탕에 빨간색과 초록색의 원들로 장식된 이 커튼들은 사샤와 그녀의 딸이 살던 아파트에서 가져온 것으로, 그 위에 튀어서 길게 흘러내린 피와 뇌수의 자국들로 더럽혀진 것들이었다. 그녀가 그것들을 여러 번 삶은 덕에 대부분은 사라졌지만, 다는 아니었다.

그녀는 연갈색 얼룩들의 윤곽을 손가락으로 그려 보였고, 램프 불빛 아래서 보면 더 잘 보이므로 램프를 가까이하여 우리가 잘 볼 수 있게 해준다. 자, 엠마뉘엘, 이것 좀 봐요, 이것 좀 보라고요, 하고 그녀는 애틋하게 말한다. 이게 내 딸과 내 손자의 피예요. 내가 이 커튼들을 칠 때마다, 바깥의 달빛과 가로등 불빛으로부터 내 눈을 보호해 주는 것은 바로 내 딸과 내 손자의 피랍니다.

나는 그래요, 갈리나 세르게예브나, 그래요, 잘 보여요, 하고 말한다.

난 이 커튼의 일이 기억나고, 또 호텔에 돌아와 우리가 나눈 대화도 기억난다. 이미 상당히 취해 있었지만, 우리는 다시 보드카를 주문하고, 갈리나가 한 얘기에 대해 토론하기 시작했다. 그건 헛소리예요, 하고 사샤는 무겁게 어깨를 으쓱하면서 내뱉었다. 그러고는 그런 것을 논쟁거리로 삼는다는 사실 자체가 역겨웠던지 바에서 보다 나은 술벗들과 함께 술을 마시러 곧 밖으로 나가 버렸다. 그래, 아마도 헛소리겠지, 하고 필리프가 자기 생각을 말했다. 하지만 이 헛소리에는 일말의 진실이 담겨 있지 않을까?

나는 이 학살은 어느 모로 보나 미치광이의 소행이라고 반박했다. 청부 살인은 보통 총으로 이루어지는 법 아니야? 그리고 불쌍한 아냐를 살해할 이유가 있었다손 치더라도, 아기는 대체 왜 죽였는데? 그 야만스러운 짓은 대체 왜 했는데?

어쩌면 바로 청부 살인의 가능성을 배제시키기 위해서인지도 모르지. 이게 어떤 미치광이의 소행이라고 믿게 하려고 말이야. 살인범이 누구인지에 대해서는 의심의 여지가 없어. 하지만 갈리나의 말은 그가 살인범이 아니라는 게 아니라, 그는 미친 척하고 있다는 거야.

하지만 그가 미친 척해서 얻는 게 뭔데? 그는 체포됐고, 이제 남은 생을 감옥에서 썩지 않으면 어떤 정신 병원에서 지내게 되겠지. 어떤 경우든 살인 청부업자로서는 별로 재미없는 결과라고. 살인 청부업자들은 총을 쏘고 나서 그대로 내빼 버리지, 범행 현장에서 붙잡히려고 피를 뒤집어쓴 채로 앉아 있지는 않는단 말이야.

이봐, 내 말 좀 한번 들어 봐, 하고 필리프가 말을 잇는다. 난 그냥 막 얘기해 보는 건데, 우리 한번 상상해 보자고. 사샤는 아냐를 떠나고 싶어 해. 그런데 우리도 알거니와 이건 사실이었어. 그는 그런 계획을 세웠었고, 그녀는 그것 때문에 몹시 힘들어했지. 그래서 그녀는 그를 위협해. 그가 연루된 공금 횡령 사실을 밝히겠다고 위협하지. 그는 코텔니치의 FSB 책임자고, 솔직히 난 그가 그렇게 정직한 친구라고는 생각하지 않아. 아냐는 멍청한 여자가 아니었어. 그는 그녀가 필요 이상으로 너무 많은 것을 알고 있다는 사실을 알게 돼. 하여 그는 그녀를 제거하기로 결심하지. 난 지금 이게 사실이라고 하는 게 아니라, 단지 갈리나가 한 얘기가 어떤 식으로 성립할 수 있는지 한번 생각해 보고 있는 거야. 자, 그가 자기 아내를 제거하고 싶어 한다고 가정해 보자고. 그래, 여긴 모스크바가 아니라 코텔니치인 것은 맞지만, 러시아에서 10년을 산 내가 자네에게 장담하는데, 이건 전혀 불가능한 일은 아니야. 다른 사람의 머리통에 총알 한 발을 박을 준비가 되어 있는 사람은 도처에 깔려 있어. 다만 사샤는 이게 어떤 청부 계약처럼 보이는 게 싫을 따름이야. 왜냐면 자기가 의심받을 수 있으니까. 그래서 그는 어떤 미치광이의 범행을 생각하고, 만일 아기까지 죽게 되면 자기가 의심받을 위험은 더욱 줄어든다고 생각하지. 그는 이 친구, 이 보일러공을 찾아내. 그는 일테면 어떤 멍청한 짓들을 저질러서 사샤에게 호구 잡혀 있는 친구지. 어떻게 했는지는 모르겠지만 어쨌든 그의 불알을 꽉 잡고서는 양자택일을 강요한 거야. 내가 자넬 감방에 처넣어서 다시는 거기서 못 나오게 해줄까, 아니면 내가 시키는 대로 할 거야? 그러니까 미치광이 살인범 역할을 해주면 사람들은 자넬 병원에 집어넣을 거야. 먼저 페투호프의 병원에다 넣은 다음, 어디 이름도 모르는 곳에다 처박아 놓으면 사람들의 기억에서 잊혀져 버리지. 그러면 내가 손을 써서 몇 달 후에 자넬 나오게 해줄 거야. 난 이게 사실이라고 하는 게 아니라, 단지 러시아에서는 종종 이런 종류의 이야기가 실제로 일어난다고 말하고 싶을 뿐이야.

다음 날 아침, 필리프와 나는 너무 기름진 소시지와 너무 진한 차로 숙취를 달래면서 서로의 얼굴을 쳐다보지도 못하고, 우리보다도 늦은 시간까지 계속 술을 퍼마시고서 지금은 흑맥주로 자신의 숙취를 달래는 중인 사샤의 시선을 마주치지도 못한다. 이렇게 우리는 그토록 흉측한 가설을 세워 본 것에 대해 조금 부끄러워하고는 있지만, 전날 밤 갈리나 세르게예브나의 집에서 보낸 여섯 시간 동안 너무도 강한 인상을 받아서 사샤 카모르킨에 대한 의심은 아직 완전히 가시지 않았다. 이제는 우리의 말도 안 되는 억측을 정말로 믿는 것은 아니지만, 그래도 〈과연 아니 땐 굴뚝에 연기가 날까?〉 하는 막연한 느낌은 남아 있고, 노파가 그 비좁은 원룸을 왱왱 울리며 사위를 고발하던 소리는 우리의 혼란스러운 머릿속에 계속 맴돌고 있다. 이른 오후에 그녀의 집을 다시 찾아갔을 때, 우리는 어떤 일이 일어날지 전혀 예상할 수 없었다. 어쩌면 우리만큼이나 당황해하는 그녀의 모습을 보게 될지도……. 하지만 그녀는 까맣게 잊어버린 기색이다. 우리가 방문했다는 사실 자체는 아닐지라도, 적어도 우리가 나눈 대화의 내용을 말이다. 단식 중이라는 그녀는 차분하기 이를 데 없다. 전날처럼 잔뜩 경계하다가 금방 정신없이 고마워하는 모습으로 넘어가는 모습은 더 이상 없다. 그녀는 금방 사샤에 대해 얘기하기 시작했는데, 이때는 그가 자기 딸과 만나게 된 상황을 거의 따스한 애정마저 드러내며 우리에게 들려준다. 아냐가 비아트카를 떠나 코텔니치에 정착한 지 얼마 되지 않은 때였다. 그녀는 그곳의 제빵 공장에 취직했는데, 그게 어떤 종류의 일이었는지는 명확하지 않다. 어떤 때는 위생 및 기술 관리 얘기도 했고, 또 어떤 때는, 코텔니치의 세빵 공장이 대체 무슨 이유로 프랑스어 통역이 필요했는지는 모르겠지만, 어쨌든 통역 일을 한다고 하기도 했다. 그러고 보니 내가 〈트로이카〉에서 제빵 공장 소장 아나톨리를 처음 만났을 때, 그가 취기로 불분명해진 목소리로 건배를 들자고 제의했던 것이 기억난다. 그는 프랑스-러시아 간의 우의뿐아니라, 아프리카 시장에 파고든 그 자신의 성공에 대해서도 건배하자고 했었고, 그때 나는 이제는 세네갈이나 잠비아에서도 코텔니치에서 제조된 빵들을 먹을 수 있게 되었구나, 하는 생각을 했었다. 어쨌든 이처럼 외국과 접촉하는 경우가 있었기 때문에, 아나톨리가 아냐를 처음 사샤에게 소개했을 때, 사샤는 그녀에게 해외 무역을 할 수 있는 허가를 받았냐고 엄하게 물었다. 갈리나 세르게예브나에 따르면, 심지어 그녀를 체포하겠다고 위협까지 했다는데, 이는 농담이었고, 또 그녀를 유혹하려는 수작이기도 했다. 그는 겁을 주는 척하고, 그녀는 겁을 먹는 척하며 둘이서 장난을 쳤던 거고, 그다음 날에는 함께 강가로 놀러 갔다. 그들은 우리가 보트 유람을 할 때 아냐가 〈사랑의 봉우리〉라고 자랑스럽게 소개했던, 그리고 코텔니치의 연인들이 다정하게 사랑의 맹세를 나눈다는 장소인 그 조그만 언덕을 올랐고, 거기서 처음으로 키스를 했다.

일이 복잡해지기 시작한 것은 이 산책 중에 아냐가 사샤에게 자신은 절반은 프랑스 사람이고, 어머니는 출산 중에 사망했으며, 자신은 아직도 파리 근교에 집이 있어서 종종 거기에 간다고 말했을 때였다. 그렇잖아도 그녀의 프랑스어 실력에 깊은 인상을 받았던 사샤는 이 말을 듣고 더욱 깊은 인상을 받는다. 그녀를 처음 만났을 때 내가 그랬던 것처럼, 사샤는 아냐가 낭만적이고, 코텔니치에서 볼 수 있는 다른 여자들과는 뭔가 다르다고 느꼈고, 갈리나 세르게예브나의 말에 따르면 이때부터 그녀에게 푹 빠져 버렸다고 한다. 단 며칠 만에 자기 아내와 딸을 버리고 나와서는 이제 그가 프란추젠카, 다시 말해서 〈귀여운 프랑스 아가씨〉라고 부르게 된 여자와 같이 살게 되었다. 아냐는 이 사실을 자기 어머니에게 털어놓았고, 어머니는 그에게 모든 걸 밝히라고 충고했다. 자기 가족의 존재를 숨기고, 오랫동안 계속될 거짓말의 수렁에 빠져들고 싶지 않다면 선택의 여지가 없었기 때문에 그녀는 체념하고 새 애인을 비아트카로 데려와 갈리나 세르게예브나에게 소개해 주기에 이른다. 출산 중에 사망했다던 어머니가 부활하여 나타나자 사샤는 무척 당황했고, 평소 입이 건 갈리나는 그를 한 번 실컷 골려 먹기로 작정한다. 아, 그래서 우리 보스 양반, 자네가 내 딸에게 바짝 겁을 주고, 또 수갑을 채우겠다고 위협하면서 장난을 쳤단 말이지? 자넨 자업자득으로 당했을 뿐이야. 이번에는 저 애가 자넬 놀려 먹은 거라고. 프랑스, 파리 근교의 집, 이런 걸 보고 저 애에게 홀딱 넘어갔나? 하지만 사샤, 잘 생각해 봐! 만일 저 애가 파리 근교의 집이 있다면 뭐 하러 이 코텔니치 구석에 남아 있겠어?

그는 비밀 기관에서 일하고, 불신하고 의심하는 것을 업으로 삼아 온 사람으로서는 너무나 순진했던 거고, 애인의 어머니에게서 그런 조롱을 받아도 할 말이 없는 상황이었다. 하지만 갈리나의 이야기나 이틀 후에 사샤가 내게 직접 들려준 이야기에서 분명히 드러나는 것은 이렇게 모두가 웃는 가운데 사실이 밝혀진 후에도 그는 아냐에 대한 신비감에서 벗어나지 못했다는 점이다. 그는 여러 차례 이렇게 물었다고 한다. 갈리나 세르게예브나, 진실을 얘기해 봐요, 당신이 정말로 아냐의 어머니예요? 그녀가 아무리 그렇다고 말해도 그는 의심을 떨치지 못했고, 이 의심은 역설적으로 아냐에게는 득이 되었다. 그녀는 속인 것을 고백함으로써 애인을 잃게 될까 봐 무척 두려워했었다. 만일 그녀가 그녀 자신에 불과하다면, 다시 말해서 프랑스어를 잘한다는 것 말고는 다른 내세울 게 없는, 부자도 아니고 예쁘지도 않은 여자에 불과하다면, 사샤 같은 남자가 금방 싫증을 느끼리라고 걱정하는 것도 무리는 아니었다. 하지만 그는 더 이상 믿지는 않으면서도, 그래도 계속해서 조금은 믿었다. 그들이 자기에게 모든 것을 밝히지는 않았다고, 이 프랑스어와 프랑스 여행의 이야기 뒤에는 자기에게 감추는 뭔가가 있을 거라고, 한마디로 아냐가 어떤 특별한 여자 행세를 하면서 자신을 완전히 속인 것은 아니라고 믿었다. 그녀는 실제로 프랑스어를 구사했다. 그녀의 프랑스어 수준을 평가할 수 있는 방법이 그에게는 전혀 없긴 했지만 말이다. 또 그녀는 실제로 프랑스 여행을 했다. 그녀의 여권에 붙은 비자가 그걸 증명해 주었고, 그는 종종 서랍에서 그걸 꺼내어 들여다보면서 몽상에 잠기곤 했다. 또 그녀는 실제로 어떤 프랑스 여자 친구로부터 편지나 프랑스 샹송 카세트를 받곤 했다. 나는 사샤가 이 모든 것을 자랑스러워했으며, 그 뒤에 숨겨져 있을 것들을 상상하기를 완전히 포기하진 않았다고 생각한다.

그는 40일제 날 아침, 코텔니치에서부터 도착했다. 승합차를 직접 몰고 왔는데, 갈리나에게 가져온 아냐의 물건들이 가득 실려 있었다. 옷가지가 든 종이 상자들이 있었지만, 또 비닐종이에 싸여 있어 어떤 법정 증거물처럼 음산하게 보이는 그녀의 기타와 콧구멍만 한 원룸에 들여놓는데 죽을 고생을 해야 했던 주방 가구도 하나 있었다. 갈리나 세르게예브나는 사샤의 주위를 빙빙 돌며 이 갑작스러운 침범에 대해 항의했지만, 그는 신경도 쓰지 않고 아직 약간의 자리가 남아 있는 방의 유일한 장소에 이 모든 것들을 아슬아슬하게 쌓아 놓았다. 털외투 아래로 검은 옷을 입은 그의 얼굴은 창백한 빛이었고 부어 있었다. 지금 약을 한 주먹씩 먹고 있어요, 하고 그는 내게 설명했다. 아냐가 죽고 나서 며칠 동안 그는 심각하게 탈선했었다. 권총을 들고서 시내를 돌아다니며 살인범이 갇혀 있는 감방에 쳐들어가 원수를 갚겠다고 떠들고 다녔고, 결국 3주 동안 어떤 병원에 보내져 수면 치료를 받았다. 그는 얼마 전에 FSB에서 나왔다는데, 나는 그가 자의로 사임한 건지, 아니면 불안정한 행동 탓에, 혹은 보다 구체적인 의혹 때문에 억지로 밀려난 건지에 대해서는 물어보지 않기로 했다. 그 역시 우릴 보고 가슴이 뭉클해졌는지 우리를 열렬히 포옹했다. 이 틈을 타서 필리프는 이 엄숙한 날에 그를 촬영하는 것을 허락해 주겠느냐고 물었다. 그는 하늘색의 눈을 들어 올려, 필리프가 열어도 된다는 신호만 기다리듯이 덮개를 만지작거리고 있는 카메라 렌즈를 쳐다보았다. 그러고는 웃었는데, 내가 살아오면서 들어 본 중 가장 슬픈 웃음이었다. 그는 대답했다. 이제 찍든 말든 무슨 상관이겠어요? 원하는 대로 찍어요. 이때 나는 그의 장모가 그를 고발했던 내용이 생각났고, 만일 그가 지금 연극을 하고 있는 거라면 기가 막히게 잘한다고 느꼈지만, 연극을 하고 있다고는 전혀 믿어지지 않았다. 내 머릿속에는 우리가 호기심을 느꼈고, 몰래 촬영하려고 했던 그 거만하고도 비밀스러운 FSB 요원이 떠올랐다. 잔꾀를 부려 뒤에서 비스듬히 잡은 각도로 그의 영상 몇 개를 뽑아낸 그날 저녁, 우리는 얼마나 스스로를 대견해했던가! 그런데 지금 우릴 마치 아주 오래된 친구처럼 꼭 끌어안고 있는 이 초췌한, 이 망가져 버린 사내를 보면서 난 깨달았다. 그 전전날에 의심을 품긴 했지만, 의심하면서 유치하고도 불온한 흥분을 느끼긴 했지만, 그에게 있어서 우리는 바로 이런 사람들이, 그의 끔찍한 밤들과 그 어마어마한 슬픔 외에는 더 이상 다른 것은 생각하지 않고 그를 꽉 안아 주는 아주 오래된 친구들이 되었다는 것을.

공동묘지에는 갈리나의 남동생 세르게이 세르게예비치가 나와 있다. 쉰 살가량의 이 남자에 대해 갈리나가 얘기해 준 바에 의하면, 그는 2년 전에 시내 한복판에서 어떤 낯선 사내들이 그를 차에서 강제로 끌어내려 죽도록 패고는 구덩이에 던지고 간 이후로 — 그들은 그에게서 단 1코페이카도 빼앗지 않았고 단지 재미로 그랬단다 — 사람이 완전히 달라졌다고 한다. 또 하사관으로 체첸에서 복무하고 있는 그녀의 아들 세료자도 만난다. 전투복 차림에 머리를 박박 민 세료자는 걸핏하면 세상이 떠나갈 듯 껄껄 웃어대고, 아무나 몸을 툭툭 치고, 이런 상황에서는 좀 어울리지 않게 느껴져 놀랍기까지 한 상냥함을 마구 뿜어 댄다. 영하 30도의 혹한이므로 의식은 최대한 약식으로 진행된다. 양초 두 개에 불을 붙여 눈에다 꽂고, 바구니에서 보드카 한 병과 소시지 얇게 썬 것 몇 조각을 꺼내어 재빨리 삼킨다. 그러고 나서 모두들 차 속으로 기어들어 가 몸을 녹이는데, 만일 갈리나 세르게예브나가 혼자 무덤 주위에서 꾸물거리고 있지 않았다면 곧바로 출발했을 것이다. 그녀는 계속 그 주위를 맴돌며 구슬피 신음하고, 장갑 낀 손으로 눈을 담아 와 기계적으로 쌓는다. 그런 그녀의 모습이 차창을 통해 보이는 승합차 안에는 나뿐 아니라 차주인 사샤와 세르게이 세르게예비치도 앉아 있는데, 세르게이는 가족이 겪은 상(喪)들을 체념 어린 어조로 주절주절 늘어놓기 시작한다. 자신의 두 아들은 하느님께 감사하게도 아직 살아 있지만, 그의 세 누이의 여섯 자녀 중에서 오늘까지 살아남은 사람은 군인 세료자가 유일하단다. 집안의 젊은 세대 전체라고 할 수 있는 다른 다섯 명은 모두가 급사했단다. 아프가니스탄에서, 머리에 종유석이 떨어지는 바람에, 술 취해 싸우다가, 체첸에서, 그리고 도끼에 맞아 죽은 아냐까지.

핸들 앞에서 꾸벅꾸벅 졸고 있는 것처럼 보였던 사샤는 불쑥 내게 고개를 돌리더니 묻는다. 엠마뉘엘, 솔직히 얘기해 줘요. 아냐는 프랑스어를 잘했어요?

나는 네, 잘했죠, 아주 잘했어요, 하지만 그건 외국인으로서 잘하는 수준이었어요, 하고 대답한다.

외국인으로서라고요? 프랑스인으로서가 아니고요? 그녀를 프랑스 사람으로 생각해 볼 수는 없었나요?

미안하지만, 아닌 것 같아요. 그가 내 대답에 실망했다는 게 분명히 느껴진다.

하지만 그녀가 프랑스어를 아주 잘하지는 않는 척했다고 생각하지는 않나요?

잘하지 않는 척한다고요? 아니, 왜요?

의심받지 않으려고요.

무슨 의심이요?

그러니까…… 프랑스 사람이라고 의심할까 봐…….

난 조금 어리둥절해져서 그를 쳐다본다. 그러고는 네, 어쩌면, 어쩌면 그럴 수도 있겠네요, 하고 말한다.

이 외에 무슨 말을 할 수 있겠는가?

그 뒤로 서너 시간 동안 이어진 식사가 진행됨에 따라 갈리나 세르게예브나는 심하게 취해 간다. 하지만 모든 걸 좋게 끝내리라 결심하고는 처음에는 물만 마신다. 동생과 아들이 자길 지켜보고 있다는 걸 아는 것이다. 그녀는 잘 처신하고 싶어 하고, 손님들을 제대로 접대할 줄 아는 점잖은 부인처럼 행동하고 싶어 한다. 이렇게 처음 30분 동안은 이 역할에 충실하려고 노력하지만, 사샤가 이제 건배해야 할 때가 됐다고 생각한 순간부터 그녀는 빗나가기 시작한다. 하지만 이 사샤에 대해서는 사람들이 그녀에게 특별히 주의를 준 바 있었다. 이틀 전에 우리가 들은 그에 대한 비난은 우리뿐 아니라 모두에게 쏟아 냈던 모양으로, 사람들은 그녀에게 입을 다물고 있으라고 명령했는데, 이는 단지 예의상 그런 것만이 아니라, 무엇보다도 골치 아픈 문제가 생길까 걱정이 됐기 때문이다. 비록 지금 사샤는 해고된 신세이기는 하나, 아직도 가족들의 눈에는 FSB 요원이고, 이 때문에 두려움의 대상인 것이다. 그래서 하루 종일 그녀는 그에게 키스하고, 사슐랴, 사슐렌카 등 온갖 애칭으로 불러 가며 비위를 맞췄던 것이나, 그가 일어서서 잔을 쳐들면서 요즘 복용하는 약 때문에 무기력하고도 느릿해진 목소리로 아냐에 대한 자신의 사랑과 그들 상호 간의 사랑에 대해 긴 연설을 시작했을 때, 그녀는 참지 못하고 중간중간 끼어들며 신랄하게 빈정거린다. 하지만 사샤는 모범적인 남편처럼 굴지도 않았고, 그들 커플을 잉꼬부부로 묘사하지도 않았다. 오히려 후회하는 말들을 하고, 자신은 진심으로 아

나를 사랑했지만, 그녀를 그 가치에 걸맞게 사랑해 주지는
못했노라고 고백한다. 또 사람은 자기가 소유했다고 생각
하는 것을 소홀히 하고, 그것을 잃고 나서야 슬퍼한다고 말
하고 나서는 울기 시작하는데, 내게는 그 모습이 진실하고
도 뭉클하게 느껴진다. 내게는 그렇지만 갈리나 세르게예
브나에게는 아닌 모양으로, 그녀는 두 마디가 끝날 때마다
끼어들어 대놓고 그를 야유하고, 위선자라고 욕한다. 아직
자기 딸을 살해했다는 말까지는 하지 않고, 다만 그녀를 내
팽개치고 돌보지 않았다, 불행하게 만들었다, 그리고 무엇
보다도 미치광이들의 도시인 이 코텔니치에 살게 했다고
비난한다. 그 불쌍한 헝가리인의 이야기도 코텔니치에서
어떤 종류의 일들이 일어나는지를 보여 주기 위한 좋은 예
로 동원되는가 싶더니, 얼마 안 있어 무슨 말인가를 하는데
팔라치(살인 청부업자)라는 말이 내 귀에 들어온다. 그리
고 마침내 발동이 걸렸다. 아뉴토치카와 레보치카를 죽인
것은 팔라치라는 것이다. 두 사샤는 지금까지 수없이 들었
고 이제는 더 이상 고쳐 줄 엄두가 안 나는 넋두리를 듣는
사람들처럼 괴로운 표정으로 고개를 절레절레 흔든다. 세
르게이 세르게예비치 역시 이런 말을 귀가 닳도록 들은 모
양으로, 한숨을 쉬면서 끼어든다. 누나, 누난 지금 말도 안
되는 소릴 하고 있어. 만일 누나 딸이 백만장자이거나, 어떤
고위층 인사라면 또 모르겠지만, 걔는 이 코텔니치의 일개
가정주부에 불과한데, 누가 걔를 죽인단 말이야? 이에 갈
리나는 폭발하듯 대답한다. 세르게이 세르게예비치, 너 지

금 누구 옆에 앉아 있지? 세르게이 세르게예브나는 사샤 카모르킨 옆에 앉아 있었기 때문에, 나는 속으로 이제 그저께 했던 소리를 또 늘어놓겠군, 그리고 당사자 앞에서 그런 말을 하면 잘못하다가는 큰일이 벌어질 수도 있겠군, 하고 걱정한다. 하지만 그녀는, 저 사람에게 적들이 없다고 생각해? 그에게 원한을 품은 사람이 아무도 없다고 생각하느냐고? 하고 말을 잇는다.

이번에는 다른 식으로 말하는 것이다. 사샤가 아냐와 레프를 죽였다는 게 아니라, 그를 겨냥하여 그들을 죽였다는 건데, 사샤는 아무 말 없이 듣고만 있다. 그는 고개를 푹 숙이고는 떨리는 손으로 자신의 커다란 잔에 보드카를 따르며 소나기가 지나기만을 기다리고 있는데, 그게 얼마나 죄책감에 어쩔 줄 몰라 하는 모습인지 난 문득, 바로 이거다, 하는 생각이 든다. 적들은 그에게 복수하고 싶었던 거고, 가족들을 학살함으로써 그를 쳤던 것이다. 그리고 가장 고약한 것은 그도 이 사실을 알고 있고, 이에 대해 전혀 반박할 수 없다는 사실이다. 그는 내게 얼굴을 돌리고 꺼져 가는 목소리로 묻는다. 엠마뉘엘, 갈까요? 코텔니치로 돌아갈까요?

나도 떠나고 싶었고 술도 그만 마시고 싶었지만, 식사는 아직 끝나지 않았고, 갈리나가 준비한 다른 음식들이 있어서 이런 식으로 내빼기는 힘든 상황이다. 잠시 후 세료자가 건배를 외칠 차례가 된다. 그는 군복 아래로 가슴을 한껏 벌리고 벌떡 일어났는데, 고인들을 추모하는 말을 시작하기가 무섭게 그의 어머니는 욕설을 퍼부어 댄다. 하지만 그를 빈정거리는 것은 아니다. 그녀가 하는 말은 아들이 한 말과는 아무런 관계가 없고, 그녀 자신의 절망과 분노와 부끄러움이 제멋대로의 형태들로 입에서 쏟아져 나오는 것이다. 그녀는 마치 식탁 위의 접시들을 집어 벽에다 집어던지듯이 깩깩 소리 지른다. 더 이상 아무도 자신을 원치 않는다고, 자기는 버려진 고물 신세가 되었다고, 이제는 구석에서 뒈지는 수밖에 아무 쓸모 짝이 없다고, 자기는 가난하고 추하고 해로운 노파이기 때문에 아무도 자기 장례식에 오지 않을 거라고 소리 지른다. 아냐와 레프가 살해당한 것은 내 탓이야, 왜냐하면 걔들이 코텔니치에 가는 것을 내가 막았어야 했기 때문이야, 하고 소리 지른다. 세료자는 쓰레기 같은 놈이야, 왜냐하면 저놈은 나를 내팽개쳤을 뿐 아니라, 자기 마누라와 자식들도 내팽개쳤기 때문이야, 저놈은 겨울철에 대비하여 땔감은 해오지 않고 체첸의 병영에서 폼이나 잡고 있어, 하고 소리 지른다. 탱자탱자 놀고 싶어서, 그리고 땔감을 해오기 귀찮아서 체첸에 처박혀 있다는 논리는 너무도 괴상한 것이라서 세료자 자신을 위시하여 모두가 웃음을 터뜨렸고, 그녀는 자신이 웃기는 얘기로 청중의 관심을 사로잡았다는 것을 느끼고는 거기서 멈추지 않고 계속 다른 말들을 덧붙이는데, 자칫하면 식탁 위로 뛰어올라 가 춤이라도 출 기세다. 그러더니 갑자기 입을 뚝 다물고는 의자에 쪼그라지듯 주저앉아 울음을 터뜨리면서 아주 조그만 목소리로 〈왜?〉라고 혼자서 중얼거린다.

그러자 세르게이 세르게예비치가 말한다. 자, 마지막 잔을 마시고 이만 일어섭시다. 우리는 잔을 들어 올려 입에 보드카를 털어 넣는다. 동생이 하는 말을 놓친 갈리나 세르게예브나는 지금 무슨 일이 일어나고 있는지, 왜 사람들이 술을 마시고는 다시 외투를 걸치면서 서로 키스를 나누기 시작하는지 이해하지 못한다. 마치 누구나 떠나기 전에 하는 행동들을 하고 있는 우리가 듣도 보도 못한, 도무지 이해할 수 없는 어떤 일을 하고 있다는 듯이 그녀는 처음에는 어리둥절해했고, 그러고 나서는 깜짝 놀란다. 마침내 그녀는 상황을 이해했고, 이해하고 나서는 너무나도 힘들어한다. 그녀는 우리에게 조금만 더 있다 가라고 간청한다. 한 사람 한 사람 소매를 당겨 붙잡으려고 하고, 아직 먹을 게 너무 많이 남아 있다고 말한다. 난 이런 식으로 떠나는 게, 손님 수보다 세 배나 많은 양으로 준비한 음식들과, 술로 흐릿해진 정신과, 수치심과 슬픔만을 안고 홀로 남게 될 그녀를 두고 떠나는 게 몹시 가슴이 아프다. 그녀를 배려하고 싶다면, 저녁까지 남아서 더 먹고, 뒷정리하는 것을 돕고, 그녀가 우리에게 싸줄 식료품 꾸러미들을 받아 드는 게 바람직하리라. 그러나 사샤는 원하지 않는다. 당장 코텔니치로 돌아가기를 원한다.

아마도 마침내 벗어났다는 안도감 때문이리라. 사샤는 차 안에서 몹시 명랑한 모습을 보여 준다. 네 시간 동안 온갖 비난과 욕설, 그리고 그로서는 앞의 것들만큼이나 부담스러웠을 그녀의 애정 표현을 견뎌 내야 했던 그는 비로소 긴장이 풀리는 모양이다. 그는 가면서 먹을 소시지 하나와 보드카 한 병을 챙겨 나왔고, 이제 그걸로 꿀꺽꿀꺽 병나발을 불면서, 샹송 「언제나처럼Comme d'habitude」을 프랑스어로 고래고래 부르기 시작한다. 아냐의 프랑스 샹송 카세트들을 가져오지 않은 게 유감이네요, 하고 그는 아쉬워한다. 엠마뉘엘, 생각나요? 우리가 트로이카에서 처음 만났던 저녁이? 그날 아냐는 특별히 당신을 위해 그것들을 가져왔답니다. 우린 클로드 프랑수아, 아다모의 샹송들에 맞춰 춤을 추었죠…… 「눈이 내리네」, 「선생님, 괜찮으시다면」……. 이 노래들의 몇 부분이 생각나는지 그는 불러 보려고 애쓰기도 하고, 우리에게도 같이 부르자고 청하기도 한다. 나는 이 돌아오는 밤길에서 그날 밤이 그날 오후만큼이나 고된 시간이 될 것임을 예감하고는 잠시 눈을 붙여 보려고 했던 게 기억난다. 하지만 사샤는 내가 자는 것을 원치 않았고, 계속 노래하고 얘기하고 싶어 했다. 그는 우리가 자기에게 쥘리에트 비노슈나 소피 마르소 같은 타입의 프랑스 여자들을 만날 수 있게 해줄 거라고 기대한단다. 또 쥘리에트 비노슈나 소피 마르소 자신을 소개해 주지 못할 것도 없잖아요? 난 비노슈도 마르소도 개인적으로 모르기 때문에, 그들을 소개해 줄 수 없다고 고백하여 그를 실망시켰다. 내 가치가, 그리고 어쩌면 내 조상이신 부지사님의 가치가 내려가는 것 같았다. 얼마 후, 그는 뇌리를 떠나지 않는 그 문제를 다시 끄집어냈다. 아냐가 프랑스 사람이었다는 게 정말 불가능한 일인가요? 하지만 그는 이 문제를 가지고, 그리고 아침부터 계속 똑같이 나오는 내 대답을 가지고 시간을 끌지 않았다. 사실 그에게는 다른 할 말이 있었던 것이다. 우리에게 밝힐 사실이 하나 있단다. 우리가 자기를 비웃지 말았으면 좋겠고, 자신도 이게 말도 안 되는 얘기이고, 이게 거짓일 가능성은 99퍼센트라는 사실을 잘 알고는 있지만, 그 남아 있는 1퍼센트의 불확실성 때문에 마음이 자꾸만 흔들린단다. 그것은 그들이 처음 만나고 나서 얼마 되지 않았을 때 아냐가 그에게 들려준 어떤 일, 그녀의 부모가 70년대 말엽에 주둔군 신분으로 머물렀던 동독에서 일어난 어떤 일이었단다. 아이들을 바꿔치기한 일이었단다. 그의 이야기를 내가 다시 재구성해 보자면, 갈리나 세르게예브나와 그녀의 남편은 당시 아주 어린 나이였던 딸을 한 프랑스 가족에게 맡기고, 대신 프랑스 여자아이를 하나 받았다. 그리고 아냐라는 이름으로 양육된 이 프랑스 여자아이는 스파이가 되도록 계획된 아이였다. 프랑스 비밀 첩보 기관이 꾸민 이 아이 교환 공작의 목적은 단 하나, 바로 그것이었다. 그녀는 한 소련군 하사관의 가정에서 성장했고, 나중에는 군사 통역 학교에서 공부했는데, 이렇게 해가는 내내 자신의 고국에 각종 정보를 넘겼다. 물론 사샤와의 만남도 그녀의 임무의 일부였다. 서방의 스파이에게 FSB의 간부급 요원만큼 좋은 먹잇감이 있을까? 나도 사샤도 취해 있었고, 난 이 모든 이야기를 흐릿한 정신으로 들었지만, 들을수록 점점 더 입이 딱 벌어져 갔다.

나는 개인적 경험과 그녀의 어머니가 해준 얘기들을 통해 아냐가 약간 허언증 성향이 있다는 것은 알고 있었지만, 베 갯머리에서 사샤에게 이런 말들을 하고, 특히나 그로 하여 금 이런 이야기를 믿게 했다는 것은 상상도 할 수 없었던 일이었다……. 그 자신은 아니라고 부인은 하지만, 그의 마 음의 일부분은 — 아주 작다고는 할 수 없는 부분은 — 여 전히 그녀의 이야기를 믿고 있는 것이다. 자기는 프랑스 스 파이이며, 코텔니치 FSB의 보스는 프랑스 비밀 정보기관 에 극히 중요한 표적이므로 그에게 유혹되는 척하면서 사 실은 자신의 그물 안으로 끌어들였다는 그런 황당무계한 소리를, 단지 그녀의 말만 듣고서 그대로 믿고 있는 것이 다. 그녀가 결국 이렇게 비밀을 털어놓는 것은 사랑에 빠졌 기 때문이고, 이 미친 듯한 사랑이 그녀의 임무보다도 강했 단다……. 이렇게 진실을 밝히는 것은 그녀를 고용한 이들 을 배신하는 거고, 엄청난 위험을 무릅쓰는 거였단다…… 사샤 자신도 스파이와 사랑에 빠지면서 그의 조직 내에서 위험에 처하게 되었단다……. 정말이지 내가 처음 만났을 때부터 그들이 몽상적이라고 느낀 것은, 또 농담 삼아 그녀 를 코텔니치의 마타 하리라고 부른 것은 틀린 게 아니었다. 그들은 한 편의 소설을 스스로에게 들려주며 그 안에서 살 았던 것이었다. 그녀는 그 주동자였고, 그는 소설을 지어 가는 그녀를 따랐으니, 내가 진즉부터 눈치챘거니와, 그도 이게 좋았기 때문이었다. 그리고 지금도 그는 아내와 아들 의 죽음이 이 이야기와 모종의 관계가 있다고 믿고 있는 것일까? 난 차마 이것은 물어보지 못했다.

  코텔니치에서 사샤와 함께 더 보낸 사흘에 대해서는 얘
기할 거리가 그리 많지 않다. 우리는 그가 FSB 사무실에서
짐을 싸서는, 그것은 비극이 일어났고, 그 후로 그가 칩거
해 지내는 조그만 원룸으로 옮기는 것을 도왔다. 저녁이면
우리는 프랑스 샹송 테이프를 들으며 술을 마시곤 했다. 그
는 우리에게 체첸에 대해 얘기해 주었다. 그러다가 어느 순
간 내가 수련하는 태극권과 그가 수련하는 가라테 중에서
어느 게 더 효율적인가를 가지고 입씨름을 했던 게 생각난
다. 쉽게 결론이 나지 않았던 것이, 우리 둘 다 술에 진탕 취
해 있었기 때문이다. 나는 그에게 〈취권〉이라고 불리며, 주
정뱅이의 흐트러진 동작들을 흉내 내다가 별안간 엄청나게
효과적인 한 방을 날리는 어떤 중국 무술이 있다고 알려 주
었다. 우리는 이 취권을 조금 실연해 보면서 웃었고, 그러고
는 또 술을 마셨고, 울었다. 이따금 술을 더 사오기 위해 밖
으로 나가기도 했다. 기온은 영하 35도였고, 오후 3시밖에
안 됐는데도 밤처럼 컴컴했다. 자정 녘에는 비아트카 호텔
로 돌아갔다. 호텔의 난방 상태는 제로에 가까웠으므로 우
리는 장화와 파카를 포함하여 옷을 다 껴입은 채로 이불
몇 장을 둘둘 말고 잤다. 아침에는 하얗게 서리가 덮인 창
문 앞에서 꾸무럭거렸는데, 거기서 헐벗은 나무들 사이로
기차가 지나가는 것을 바라보곤 했다. 난 기차들을 바라보
았고, 내가 잠을 잔 형편없는 객실을 돌아보았고, 나를 여

기까지 데려온 그 알 수 없는 여정을 떠올려 보았다. 그리고 내가 무엇을 찾아 이 코텔니치에 왔으며, 또 여기서 무엇을 찾아냈는지를 자문해 보았다.

난 이렇게 생각했다. 난 그 불확실한 죽음이 내 삶을 짓눌러 온 한 남자에게 무덤을 만들어 주기 위해 여기 왔고, 결국은 또 다른 무덤, 나와는 아무 관계가 없었지만 지금은 나도 애도하고 있는 한 여자와 한 아이의 무덤 앞에 서게 됐어.

어쩌면 이게 바로 그 이야기인지도 모르겠다.

제7부

나는 이게 바로 그 이야기*histoire*인지도 모르겠다고 말하지만, 확실히는 모르겠다. 이게 바로 그 이야기인지도, 혹은 어떤 이야기의 일부인지도 확신할 수 없다. 난 내 삶 가운데의 2년과 코텔니치와 내 할아버지와 러시아어와 소피에 대해 서술하면서, 그 정체를 알 수 없는, 하지만 내 속을 갉아먹고 있는 무언가를 포착하기를 원했다. 하지만 난 여전히 그 정체를 모르고, 그것은 여전히 내 속을 갉아먹고 있다.

12월의 여행에서 돌아온 나는 카미유와 함께 영화 편집 작업을 재개했다. 그것은 더 이상 흩어진 순간들의 혼돈이 아니라 하나의 영화였다. 나는 그 1주일 동안 일어난 일들의 대부분을 그 순간순간에는 놓쳤지만 — 난 너무 취해 있었고, 모든 게 너무 빨리 지나갔기 때문이다 — 이 짧고도 강렬했던 경험 가운데서 필리프가 촬영한 영상들은 남았고, 이 영상들은 아주 자연스럽게 하나의 서사물*récit*로

짜여졌다.[30] 영화는 아냐에 대한 애도와 우리의 잇따른 코
텔니치 체류들과 거기서 우리에게 일어난 모든 예상치 못
했던 일들의 서사물이 되었다. 딱 한 가지, 내가 러시아로
떠나기 전에 영화에 집어넣으려고 했던 것만 빠져 있었다.

어느 날 아침, 아직 작업을 시작한 지 얼마 되지 않았을
때였는데, 내가 한 번도 내 자장가에 대해 얘기해 준 적이
없는 카미유가 스튜디오에 들어오면서 이렇게 말하는 것이
었다. 난 오늘 꿈을 하나 꿨어요. 그런데 내가 무슨 꿈을 꿨
는지 알아요? 글쎄 선생님이 러시아어로 어떤 노래를 부르
면서 영화를 끝맺는 거예요.

난 웃었다. 좀 터무니없이 느껴졌기 때문이다. 하지만 그
로부터 석 달 후 나는 스튜디오에서 내 외조부의 운명에 대
해 간단하고도 명확하게 이야기하는 문장 10여 개를 녹음
한 다음, 나의 자장가를 부르고 있었다. 그를 위해, 아냐와
그녀의 아들을 위해, 나의 어머니와 나 자신을 위해. 이것
이 영화의 엔딩이었고, 내게는 어떤 승리처럼 느껴졌다. 지
금까지 한 번도 공개적으로 말해진 적이 없는 무언가가 마
침내 말해진 것이다. 이 남자는 이름이 말해졌고, 애도되었
고, 장례식이 치러졌다고까지는 할 수 없어도 마침내 죽었
다고 선언되었다. 나는 망령을 쫓아낸 것이고, 마침내 살
수 있게 된 것이다.

30 〈이야기〉, 〈서사물〉에 각각 해당하는 원문 *histoire, récit*는 모두 우리
말로 〈이야기(하다)〉로 번역될 수 있겠지만, 엄밀히 구별하자면 *histoire*는 서
사물의 내용, 나아가서는 서사로 연결되는 사건들을 관류하는 〈의미〉를 뜻하
고, *récit*는 이 *histoire*를 이야기하는 틀을 말한다.

첫 번째 시사회 때 나는 부모님을 초대했다. 난 그분들의 바로 뒤에 앉았다. 어머니는 감정을 드러내는 사람이 아니었지만, 마지막 엔딩 크레디트가 지나가고 있을 때 내게 몸을 반쯤 돌렸다. 나도 그쪽으로 몸을 기울이니까 내 팔을 꽉 붙잡고는 속삭였다. 〈그래, 알겠다. 네가 나를 위해 이 영화를 만들었다는 걸 알겠어.〉 다시 조명이 들어오자 아까 어스름 속에서 빛나던 눈물 자국은 더 이상 보이지 않았다. 그녀는 다시 냉정을 되찾았고, 아버지와 얼른 그곳을 떠났다.

그러고는 더 이상은 일언반구 말이 없었다.

단편이 발표되고 우리가 파경에 이른 그 여름 이후에도 나는 계속해서 소피와 만났다. 때로는 뜨거운 연인으로, 때로는 우리의 관계에 대해 불안해하며 떠들어 대는 분석가로 만났다. 나는 늘 그렇듯이 미적거리고 있었다. 헤어진 이후로 그녀는 혼자 살고 있었지만, 난 아르노가 여전히 그녀를 기다리고 있다는 것을, 다시 말해서 그녀가 나와 정말로 결별하기를 기다리고 있다는 것을 알고 있었다. 또 그녀가 여전히 나를 사랑하고, 나도 그녀를 여전히 사랑한다는 것을 알고 있었지만, 나는 그녀에게 다시 합쳐 살자고 선뜻 제안할 수 없었다. 나 자신을 믿을 수 없었고, 내가 지킬 수 없는 약속을 하게 될까, 또 그녀로 하여금 나의 사랑보다도 더 확실하고 더 올바른 사랑을 포기하게 함으로써 그녀를 불행하게 만들까 두려웠던 것이다. 그녀는 벌써 몇 달 전부터 두 남자 사이에서, 그러니까 지칠 줄 모르고 기다리는 남자와, 자신을 믿지 않는 게 좋다고 역시 지칠 줄 모르고 되풀이하며 그녀를 기다리게 하는 남자 사이에서 망설이고 있는 이 상황을 무척이나 힘들어했다.

하지만 난 다른 남자가 되고 싶었다. 더 이상 이런 남자로 남아 있고 싶지 않았다. 난 결정적이고도 해방적이라고 생각되는 방식으로 영화를 끝냈고,[31] 사랑의 영역에서도 같은 의미를 갖는 제스처를 보여 줄 수 있다고 생각했다. 하여 나는 반지를 하나 샀다. 매우 아름다운 옛날 반지를 하나 사서는, 내가 약간 신비스럽게 예고한 데이트에서 소피의 눈을 감게 하고는 손가락에 끼워 주었다. 약간 거창한 분위기였고, 난 그 거창한 분위기가 좋았다. 난 더 이상 빼지 않고 그녀에게 내 아내가 되어 달라고 말했다. 난 그녀가 눈물을 흘리기를 기다렸고, 과연 그녀는 눈물을 흘렸다. 하지만 그녀는 완전히 허물어지지는 않았다. 그녀에게서 뭔가 꺼리는 기색이 느껴졌고, 나는 그녀가 반지가 별로 마음에 들지 않는 건지, 아니면 나의 갑작스러운 변화를 반신반의하는 건지 알 수 없었다. 나는 그녀에게 진심과 진실은 서로 다른 거라고 하도 많이 말해 왔기 때문에 그녀가 이처럼 곧바로 무장 해제하지 않는 것을 원망하기 힘든 처지였다.

지금 생각해 보면, 이날 저녁, 그러니까 내가 우리의 약혼식이 되기를 바랐던 이날 저녁, 내 소설 『적』을 각색한 연극의 초연에 그녀를 데리고 가기로 한 것은 참 희한한 생각이

---

31 엔딩에 외조부에 대해 언급하고, 비극적인 모든 운명들을 위해 자장가를 부른 것.

었던 것 같다. 물론 내 자부심이야 만족하겠지만, 내 감정의 진정성을 보여 주기 위해서는 보다 나은 다른 것들이 있었을 텐데 말이다. 공연이 계속되는 내내, 나는 소피의 손을 잡고 있었다. 내 손가락들에는 반지의 감촉이 느껴졌다. 연극의 끝이 가까워졌을 때, 장클로드 로망이 자기 정부를 살해하기 며칠 전에 그녀에게 선물을 하는 장면이 나왔다. 그 선물은 어떤 반지로, 내가 소설에서 묘사했고, 지금 배우도 그 묘사를 낭송하고 있는데, 그것은 자잘한 다이아몬드들로 둘러싸인 에메랄드가 박힌 백금 반지였다.

소피는 자신의 손을 내려다보았다.

나도 내려다보았다.

그녀의 손가락의 끼워진 것은 그것과 똑같은 반지였다.

난 그녀에게 장클로드 로망의 반지를 선사한 것이다.

내가 대체 왜 그것을 골랐는지는 영원한 수수께끼로 남을 것이다. 내가 그것을 의식적으로 생각한 것은 물론 아니다. 내 소설의 그 디테일한 부분은 기억조차 못했으니까. 하지만 둘 다 얼어붙은 채로 끝까지 견뎌 낸 연극이 종료된 후에 소피가 내게 말했듯이, 세상에는 무의식이란 게 존재한다. 어떻게 이 말을 반박할 수 있겠는가? 〈난 네게 날 믿어 달라고 부탁하지만, 날 믿지는 마, 난 거짓말하고 있어〉라는 뜻을, 이 반지를 선사하는 것보다 어떻게 더 극명히 말할 수 있겠는가?

얼마 지나지 않아서 그녀는 아르노와 함께 떠나 버렸다.

그리고 이듬해, 그들은 아이를 하나 낳았다.

그녀는 한 번도 내 단편을 읽지 못했고, 이 단편은 끝끝내 배달되지 못한 편지로 남을 것이다.

가을에 나는 다시 비아트카로 갔다. 작고한 아냐 말고 영화에 관련된 다른 이들에게 그것을 보여 주기 위해서였다. 코텔니치 주민들을 위해 성대한 파티 겸 영사회를 개최하겠다는 애초의 계획은 더 이상 의미가 없어졌다. 그들은 영화에 등장하지 않고, 영화의 내용과도 관계가 없다. 이제는 갈리나 세르게예브나와 사샤 카모르킨만이 관련되어 있을 뿐이다. 난 그들이 어떤 반응을 보일까 걱정했었다. 갈리나 세르게예브나의 반응은 예상했던 대로였다. 그녀는 텔레비전 화면에 자기 딸이 나타나자 울음을 터뜨렸고, 혼란과 분노와 취기에 허우적대는 자신의 모습을 보았을 때는 새된 비명을 내질렀다. 그녀는 내게 욕을 하기도 하고 축복을 하기도 했는데, 결국은 축복하는 쪽으로 굳어졌다. 사샤의 반응은 또 달랐다. 그는 별로 말이 없었고, 극히 주의 깊은 모습을 보여 주었다. 난 그에게 프랑스어로 된 대화나 설명 부분들을 내 역량껏 번역해 주었는데, 그는 여러 차례 영화를 중단하게 하고는 번역을 다시 반복하게 하거나, 자신이 제대로 이해했는지 확인하곤 했다. 그렇게 끝까지 다 보고 나서 〈좋네요〉라고 말했다. 특히 좋게 느껴진 부분은 당신이 당신의 외조부 이야기를, 다시 말해서 당신 자신의 이야기를 하고 있다는 점이에요. 당신은 우리의 불행을 영화에 담으려고 왔을 뿐 아니라, 또 당신 자신의 불행도 가지고 왔어요. 난 그 점이 마음에 들어요.

그 이후로 난 가끔 그에게 전화를 걸어 얘기를 나눴다. 대부분의 경우, 그는 술에 취해 있었고, 감상적이고도 절망적인 기분에 잠겨 있었다. 코텔니치에서의 그의 삶은 비참하다. 그의 딸과 전 부인은 상트페테르부르크로 떠나 거기서 산다. 그 혼자만 남아서 슬픔과 프랑스 샹송 카세트들과 아냐의 과거, 그가 아직도 신비스러운 것으로 믿고 있는 그녀의 과거에 대한 대답 없는 질문들만을 가슴에 안고 살고 있다. 이제 그는 법무 관계 보조역으로 일하고 있다. 그것은 하급직으로, 비록 그가 말하지는 않지만, 난 그가 접하는 사람들이 힘 있던 시절의 그에 대한 고약한 기억을 갖고서, 그가 밑바닥에 추락한 지금, 기회가 생길 때마다 그에게 한 방씩 먹인다는 것을 눈치챌 수 있다. 그는 아직 마흔 살도 안 됐지만, 술을 마실 때마다 자기가 죽기 전에 하고 싶은 일들에 대해 말하곤 하는데, 그것은 파리로 와서 나와 필리프와 마지막 키스를 나누는 거란다.

내가 마흔여섯 살이 되기 며칠 전에, 난 새 여자를 만났다. 내가 지금 소설을 쓰는 거라면, 작품의 수미상관을 위해 이 새 여자가 후지모리 부인의 그럴듯한 분신이 되도록 꾸밀 것이다. 다시 말해서 3년 전에 그로부터 모든 것이 시작된 꿈에서 가져온 이 기묘하고도 흥미로운 요소를 작품의 앞뒤에 배치할 것이다. 하지만 난 지금 소설을 쓰는 게 아니며, 현실 가운데서 그 여자의 이름은 엘렌이다.

우리도 얼마 전에 아이를 하나 얻었다. 딸이다. 그 애의 이름은 잔이다.

2006년 4월 19일, 니콜라 외삼촌의 장남 프랑수아가 자살했다. 사실 난 그를 잘 알지 못했다. 우린 최소한 15년은 서로 만나지 못한 사이였고, 소식을 들었을 때 내가 느낀 아주 깊고도 강렬한 감정은 그로 하여금 그의 14층 아파트 창문에서 뛰어내리게 한 견딜 수 없는 고통에서 왔다기보다는, 니콜라 외삼촌이 마주한, 그리고 삶이 끝날 때까지 마주하게 될 그 견딜 수 없는 고통에서 온 것이었다. 다음 날, 난 그와 전화로 대화를 나눴다. 오열로 간간히 끊기는 그의 떨리는 목소리에는 슬픔과는 전혀 다른 무엇이 있었다. 바로 소름 끼치는 공포였다. 그가 했던 말이 생각난다. 이건 가문의 저주야. 엘렌 누나와 나는 절대로 자식을 갖지 말았어야 했어. 누나는 그 불행한 세 명을, 나는 두 명을 낳았지. 오래전부터 나는 너희 다섯 중 하나가 자살할까 봐 두려웠어. 난 그게 너일 줄 알았는데, 프랑수아가 그런 거야.

그는 이 말을 거의 똑같이 어머니에게도 했고, 어머니는 극도의 고통으로 삼촌이 빠져든 이 비극적이고도 숙명론적인 관점에 온 힘을 다해 저항했다. 어머니는 말했다. 우리 아버지는 자살하지 않았어. 그는 자살할 성격이 아니었어. 프랑수아의 자살은 큰 불행이긴 하지만, 거기에 아버지는 아무 상관이 없어. 그 의미를 밝히기 위해 그 애의 할아버지까지 올라갈 필요는 전혀 없단 말이야. 아마도 그녀의 말이 맞을 것이고, 또 사실은 누구보다도 미신적인 그녀가 이 말을 반복하면서 주술적 사고에 맞서 싸우고 있는 것처럼 보인다. 하지만 나는 여기서 문제가 되는 것은 주술적 사고라기보다는 가족사이고, 또 두 세대의 무의식 가운데의 어떤 은밀한 흐름이라고 생각한다. 두려움과 수치심에 차 있고, 어떤 망령에 사로잡혀 있는 우리 다섯은 모두, 아니 이제 넷이 된 우리는 모두 불행한 것이다. 할아버지의 그림자가 우릴 짓누르고 있는 것이고, 나는 니콜라 외삼촌의 말처럼, 그리고 어머니의 생각과는 반대로, 아니 어머니가 생각하고 싶어 하는 것과는 반대로, 내 사촌이 자살했을 때 바로 이 그림자가 더 확장되었다고 생각하지 않을 수 없는 것이다.

엄마,

내가 이 책의 최종적인 마침표를 찾기 위해 돌아간 코텔니치에서 이 편지를 써요. 난 겨울 하루를 사샤와 함께 보냈어요. 정오부터 자정까지 술을 마시고 또 마시면서 보냈지요. 그는 점점 더 상태가 나빠지고 있지만, 그래도 새 여자를 하나 얻었답니다. 예쁘고 온유하고 영리한, 밤마다 술에 떡이 된 그를 잠자리에 눕혀 주는 그야말로 천사 같은 여자지요. 그는 취해도 아주 고약하게 취해 가지고는 부드럽게 구두끈을 풀어 자기를 침대에 눕혀 주고 있는 그녀를 창녀 취급한답니다. 사샤가 어떻게 됐는지에 대해서는 엄마는 별로 흥미가 없겠지만 말이죠, 그 사람은 엄마에 대해 무척 관심이 많아요. 러시아 TV에서 본 적도 있답니다. 엄마를 무척 존경하고, 언젠가 엄마와 함께 러시아의 앞날에 대해 대화를 나누고 싶대요. 그는 내가 엄마 전화번호를 알려줬으면 하죠. 전에 쥘리에트 비노슈나 소피 마르소의 전화번호를 원했던 것처럼 말이에요. 난 그러겠다고 약속했지만, 걱정 마세요, 취중에 일어난 일이라 이 약속은 금방 잊혔어요.

나는 오후 2시경에 비아트카 호텔의 내 방에서 잠이 깨었어요. 지금은 눈이 내리고 있네요. 난 창문 앞 탁자에 앉아 있어요. 오늘 저녁, 모스크바로 돌아가는 기차를 탑니다. 난 이게 마지막 번이라는 것을, 더 이상은 코텔니치에 돌아오지 않는다는 것을 알고 있어요.

이 책을 쓰면서 빠져든 깊고 깊은 우울감 속에서, 나는 프랑수아의 자살로 이야기를 끝맺고, 엄마의 아버지의 망령이 이겼다고, 또 그가 나도 이겼다고 인정하는 것을 생각해 봤어요. 내겐 그의 음성이 들렸어요. 내가 한 번도 들어 보지 못한 그의 육성이 아니라, 글로 써진 음성, 그의 편지들에서 솟아나는 음성 말이에요. 그 음성은 이렇게 말하고 있었죠. 넌 믿었지. 소피의 사랑이, 러시아어가, 내 삶과 내 죽음에 대한 조사(弔詞)가 널 해방시켜 줄 거라고, 네 것이 아니지만 네 것이 아니라는 바로 그 이유 때문에 더욱 집요하게 네 안에서 반복되는 과거를 청산할 수 있게 해주리라고 믿었어. 하지만 사랑은 네게 거짓말을 했고, 넌 여전히 러시아어를 못하고, 내 안의 돌이킬 수 없이 망가진 부분은 계속해서 너희들을 망가뜨리고 있고, 너희들, 내 손자들을 하나하나 죽여 가고 있어. 죽기 위해서는 굳이 창문으로 뛰어내릴 필요조차 없는 것이 다른 녀석들도 너처럼 산 채로

413

아주 잘 죽어 가고 있단 말씀이지. 네게 해방이란 것은 없어. 네가 어디를 가든, 무엇을 하든, 공포와 광기는 널 기다리고 있어. 내 어린 매 새끼야, 실컷 지랄하고 난리를 쳐봐, 넌 결코 벗어날 수 없어. 코텔니치로 가서 기차들을 촬영해봐! 모든 것을 끝내 버리고, 다른 것으로 넘어가 마침내 살 수 있기 위하여 이 책을 쓴다고 믿어 보라고! 그렇게 믿으면서 지랄하고 난리를 쳐봐! 여전히 우리는 여기 있을 거야. 우리는, 네 어미와 나는 우리의 불행을 짊어지고서 널 짓누를 거야.

난 다시 코텔니치로 떠나기 전에 이와 비슷한 말을 썼지만, 이것이 이 책의 마지막 말이 될 수 없다는 것을 이미 알고 있었어요. 이것은 진실이 아니라는 것을, 어쨌든 이것이 완전히 진실은 아니라는 것을 알고 있었죠. 또 다른 것이 있다는 것을 알고 있었어요. 다른 것, 그것은 물론 엘렌과 잔이고, 또 가브리엘과 장바티스트이지만, 난 여기에 대해서는 잘 쓸 수가 없네요. 다섯 달짜리 딸아이와 몇 시간이고 함께 놀고, 그 얼굴에 내 얼굴을 가까이 가져다 대고, 그렇게 한 번, 두 번, 열 번을 가져다 대고, 또 아이를 웃게 하면서 느끼는 기쁨은 내 능력으로는 도저히 표현할 수가 없네요. 이게 언젠가는 바뀌겠지만, 글쎄 잘 모르겠지만요, 내가 가진 단어들은 다만 불행을 말하는 데만 쓸모가 있네요.

이번에도 쓸모가 있었죠. 난 창문으로 뛰어내리지 않았거든요. 난 이 책을 썼거든요. 이 책이 엄마를 아프게 했겠지만, 그래도 차라리 이편이 나았다는 걸 인정하실 거예요.

　그런데 말이죠, 내가 항상 궁금해하는 것이 하나 있답니다. 엄마의 하루는 아침 7시부터 자정까지 꽉 차 있어요. 사람들과의 약속, 학술회의, 여행, 읽고 써야 할 책들, 손주들(어떻게 그렇게 시간을 내어 녀석들을 따뜻이 돌봐 줄 수 있는지 나로서는 도무지 알 수 없는 일이지요), 학술원, 리셉션들, 각종 공연의 초연(初演)들, 만찬들……. 그리고 이 꽉 찬 일정표에는 단 하나의 틈도, 단 한순간의 고독과 침잠도 존재하지 않아요. 엄마의 정신은 끊임없이 뭔가로 바쁘죠. 내가 만일 엄마가 하는 것의 4분의 1만 하더라도, 1주일 만에 탈진해 쓰러질 거라는 생각이 들 정도예요. 하지만 저녁에 엄마가 귀가하여 잠자리에 들었을 때, 불을 끄고 나서 잠이 들 때까지의 그 시간 동안에 무슨 생각을 하시죠? 아마도 정신없었던 하루에 대해, 다음 날 기다리고 있는 일들에 대해, 엄마가 처리하고, 말하고, 써야 할 것들에 대해 조금 생각하겠지만, 이것만은 아니겠죠? 난 그렇게 생각 안 해요. 그렇다면 무슨 생각을 하시죠? 엄마의 아버지에 대해? 엄마가 이따금 편지들을 읽기도 하고, 또 돌아오는 것을 가끔씩 꿈꾸기도 하는 아버지에 대해? 엄마의 아들에 대해? 엄마가 너무나도 사랑했고, 또 엄마를 너무나도 사랑했던, 그리고 지금은 엄마에게서 아주 멀리 떨어져 있는 아들에 대해? 어렸을 적의 엄마, 그 작은 계집아이 푸시에 대해? 너무나도 힘들었지만 결국 승리를 쟁취해 낸 엄마의 삶에 대해? 엄마가 이룬 것들과 이루지 못한 것들에 대해?

어쩌면 내가 틀렸을지도 모르지만, 엄마 혼자서 자신을 대면하게 되는 이 드문 순간들에, 엄마는 괴로워한다고 난 생각해요. 그리고 말이에요 엄마, 이런 생각은 어떤 면에서는 날 안심시켜 준답니다.

내가 이 편지에서 엄마에게 얘기하고 싶었던 것은 바로 이것, 우리의 고통에 대해서예요. 밤의 어둠이 내리고, 나의 창문 아래 거리에는 행인들의 발길이 드물어지고, 맞은편 식료품 가게는 곧 문을 닫고 불을 끄겠지만, 난 떠나기 전에 아직 한 시간이 남았어요. 엄마, 내 생각을 한번 말해 볼까요? 엄마는 아주 이른 나이에 끔찍한 고통을 마주해야 했는데, 그 고통은 단지 할아버지의 비극적인 실종만이 아니라, 그의 모든 것들, 다시 말해서 그가 겪은 끔찍한 고통, 그의 어두운 생각들, 그리고 엄마도 잘 알고 있는 삶에 대한 그의 공포였어요. 엄마가 세상에서 가장 사랑했던 남자는 자신을 돌이킬 수 없이 썩어 버린 어떤 것으로 여겼죠 (나 역시 그렇게 생각하는 때가 있답니다). 엄마는 이것을 짊어져야 했어요. 그리고 엄마는, 역시 아주 이른 나이에, 고통을 부정하겠다는 선택을 했지요. 단지 고통을 감추고, 엄마 자신이 인생의 모토로 삼았던 말, *Never complain, never explain*(절대 불평하지 말고 절대 설명하지 말라)을 적용하는 것만이 아니라, 고통을 깡그리 부정해 버리는 거였어요. 그건 영웅적인 선택이었죠. 난 엄마가 영웅적이었다고 생각해요. 내가 사진으로 보는 것을 너무나도 좋아하는 그 가난하면서도 아름다운 소녀로부터 지금의 이 사회적 절정에 이르기까지, 엄마는 나로서는 이따금 믿겨지지 않는 그 놀라운 결의와 용기로써 한 치의 흔들림도 없이 외길을 걸어왔지만, 그러는 과정에서 주위에 많은 피해를 남겼어요. 엄마는 고통받는 것을 스스로에게 금했지만, 엄마 주위 사람들에게도 그것을 금했습니다. 그런데 할아버지는 고통을 받았고, 저주받은 인간으로서 지독한 고통을 받았는데, 이 고통에 대한 침묵이 그의 실종에 대한 침묵보다도 그를 우리 모두의 삶을 짓누르는 망령으로 만드는 결과를 가져온 거예요. 엄마의 동생 니콜라 외삼촌도 고통을 받고 있어요. 나의 아버지, 엄마의 남편도 고통을 받고 있어요. 나 역시 고통을 받고 있어요. 그리고 나의 누나들도 — 내가 여기서 그들을 대신하여 말할 권리는 없지만요 — 마찬가지고요. 엄마는 우리를 부인하지 않았어요. 아뇨, 엄마는 우릴 사랑했죠. 우릴 보호하기 위해 엄마가 할 수 있는 모든 것을 했어요. 하지만 엄마는 우리에게 고통을 느낄 권리가 있음을 부정했고, 우리의 고통은 엄마를 에워싸게 되어 결국에는 어느 날 누군가가 그 고통을 떠맡아 그것에 목소리를 부여해야 할 시점에 이른 거예요.

엄마는 내가 작가가 된 것을 자랑스러워했어요. 엄마가 보기에 그것보다 더 좋은 일이 없었죠. 내게 책을 읽고 사랑하는 것을 가르쳐 준 이는 바로 엄마였으니까요. 하지만 엄마는 나 같은 종류의 작가는, 내가 쓰는 것 같은 종류의 책들은 좋아하지 않았어요. 엄마는 — 나도 알고 있어요 — 내가 에릭 오르세나 같은 작가가 되기를 원했죠. 행복한 작가, 혹은 행복해 보이는 작가 말이에요. 나 역시 그렇게 되고 싶어요. 하지만 난 다른 선택이 없었어요. 난 공포와 광기, 그리고 이런 것들을 얘기해서는 안 되는 금지를 유산으로 받았어요. 하지만 난 그것들을 얘기했죠. 이건 하나의 승리예요.

나는 이 마지막 페이지들을 쓰고 있고, 이 책이 출간된 몇 달 후에 이 페이지들을 읽고 있을 엄마를 상상해 봐요. 아마 앞의 내용들도 엄마에게 고통을 주었겠지만, 내가 아무 말 하지 않았음에도 불구하고 내가 이것을 쓰고 있다는 걸 엄마도 알고 있었던 요 몇 년 동안, 엄마는 더 큰 고통을 느꼈으리라 생각해요. 우리는 서로에게 이에 대해 말하지 않았어요. 거의 얘기하지 않았죠. 엄마는 두려워했고, 나도 두려워했어요. 자, 이제는 끝났어요. 써버렸다고요.

난 엄마에게 어린 시절의 추억 하나를 들려주고 싶어요. 그것은 여름 방학 때, 햇볕이 내리쬐는 어느 풀장에서 일어난 일이었어요. 난 그때 대여섯 살쯤 되었을 거고, 수영을 배우고 있었죠. 수영 강사는 나를 붙들어 주면서 그 조그만 풀장을 건너가게 했어요. 엄마는 풀장의 저쪽 끝, 두 발을 물에 담그고 계단에 앉아 있었고, 강습을 받고 있는 동안 내게서 눈을 떼지 않았어요. 그때 엄마는 검은색과 흰색 줄무늬가 있는 원피스 수영복을 입고 있었죠. 엄마는 젊고 아름다웠고, 내게 미소를 짓고 있었죠. 풀장을 건넌다는 것은 바로 엄마에게로 간다는 의미였어요. 엄마는 내가 다가오는 것을 바라보았고, 난 턱을 수면 위로 쳐들고, 받쳐 주는 수영 강사의 손에 배를 얹은 채로 나를 바라보는 엄마를 바라보았어요. 난 이렇게 헤엄을 쳐서 엄마에게로 다가가는 게, 헤엄치고 있는 나를 엄마가 쳐다보는 게 엄청나게 자랑스러웠어요.

이상한 일이지만, 이 책을 쓰면서 난 그 잊을 수 없는 느낌을 다시 느꼈답니다. 엄마에게로 헤엄쳐 가는 느낌, 엄마에게 닿기 위해 풀장을 건너는 느낌 말이에요.

이제 떠나야 할 시간이네요. 난 이 노트를 덮고, 불을 끄고, 객실 열쇠를 반환할 겁니다. 어제 도착했을 때 마치 나를 오래된 지기처럼 맞아 주었던 접수대 직원은 분명히 웃으면서 *do skorogo*, 그러니까 〈다음에 또 봐요〉라고 말하겠죠. 그러면 나도 *do skorogo*라고 대답하겠지만, 사실 그건 거짓말이에요. 내가 눈 덮인 코텔니치의 거리들을 걸어 역까지 걸어가는 것은 이번이 마지막이 될 거예요. 난 거기서 기차가 도착하기를 기다릴 거예요. 내일 아침, 난 모스크바에 있을 거고, 모레에는 파리에서 엘렌과 잔과 내 아들들과 함께 있을 거예요. 난 계속해서 살아가고, 또 싸울 거예요. 이제 책은 끝났어요. 이걸 받아 주세요. 이 책은 엄마를 위한 거예요.

옮긴이의 말

『러시아 소설*Un roman russe*』은 프랑스에서 2007년에 출간되었다. 따라서 이 작품은 지금까지 한국에 소개된 엠마뉘엘 카레르의 다섯 작품, 즉『콧수염*La Moustache*』(1986), 『겨울 아이*La Classe de neige*』(1995), 『적*L'Adversaire*』(2000), 『나 아닌 다른 삶*D'autres vies que la mienne*』(2009), 『리모노프*Limonov*』(2011),* 중에서 시기적으로『적』과『나 아닌 다른 삶』사이에 위치하는 작품이라고 할 수 있다.

제목에도 불구하고, 이 책은 전혀 〈소설〉이 아니다. 이 책은 작가의 삶의 한 시기에 일어난 일련의 사건들을 서술한 자전적 이야기이다. 이 이야기는 크게 두 갈래로 나뉘는데, 하나는 제2차 세계 대전 때 실종되었다가 50여 년이 지나 다시 발견된 한 헝가리 병사의 자취를 따라가 보자는 다큐멘터리 촬영이 계기가 된 러시아 여행기이고, 다른 하나는 작가의 사랑과 그 파국에 관한 이야기이다. 이 러시아 여행과 사랑은 별개의 사건이지만, 작가에게 있어서는 하

* 모두 원작의 출간 연도임.

나의 동일한 기도(企圖)로 연결되어 있다. 작가의 설명은
이렇다.

나는 나의 상황을 머릿속에 그려 보기 위해, 이런 종류
의 이야기들에 도움을 청했다. 아이였을 때 이런 이야기
들을 즐겨 들었고, 나중에는 내가 사람들에게 들려주었
다. 이런 이야기들을 책들로 읽었으며, 나중에는 직접 그
런 책들을 쓰게 되었다. 오랫동안 난 이것을 좋아했다.
난 나로서는 뭔가 특이하게 느껴지는, 그리고 나를 작가
로 만든 이런 방식으로 고통받는 것을 즐겼다. 지금은 더
이상 그것을 원치 않는다. 이런 음울하고도 한결같은 시
나리오에 갇히는 것을 더 이상 견딜 수가 없다. 나로 하
여금 또다시 광기와 얼어붙음과 감금의 이야기를 만들
게 하고, 나를 기진맥진하게 만들 덫의 도면을 그리게 하
는 출발점이 무엇이든 간에 항상 똑같은 이런 시나리오
에 말이다. 몇 달 전, 나는 책을 한 권 출간했다. 『적(敵)』
이라는 제목의 이 책에 나는 7년 동안 갇혀 있었고, 탈진
하여 빠져나왔다. 나는 생각했다. 이젠 끝났어. 이제 난
다른 것으로 넘어갈 테야. 난 바깥으로, 다른 사람들에
게로, 삶으로 가겠어. 그러기 위해서는 다시 르포르타주
를 쓰는 것이 좋겠어. (『러시아 소설』, 17쪽)

작가의 전작들을 살펴보면, 일상적 현실의 외피에 미세
한 균열이 생길 때, 거기서 소름 끼치는 공포와 광기가 분

출되어 나와 현실을 점령하고 마침내 현실 전체를 허물어 뜨리는 도식을 볼 수 있다. 예를 들어 『콧수염』에서는 우연히 콧수염을 자른 행위가 마르크의 정체성 상실을 초래하고, 『겨울 아이』에서는 어린 니콜라의 어렴풋한 공포와 악몽이 끔찍한 방식으로 실현되며, 『적』에서는 사소한 거짓말 하나가 거대한 거짓말의 그물이 되어 장클로드 로망의 삶 전체를 옴짝달싹할 수 없게 옭아맨다. 요컨대 삶은 우리를 광기와 악몽에 빠뜨려 그 소름 끼치는 혼돈의 공간 속에 길을 잃게 만드는 덫과 함정으로 가득하다. 이런 삶의 외피 속에 도사린 어두운 힘에 대한 공포와 매혹, 다시 말해서 억누를 수 없는 호기심이 카레르의 글쓰기를 이끌어 온 원동력이었거니와, 자신을 탈진시키는 이런 시나리오에서 이제는 벗어나고 싶다는 것이다. 이제는 이런 광기와 혼돈과 망상과 〈실종〉의 세계에서 빠져나와 이성과 소통이 지배하는 〈바깥〉으로, 〈현실〉로, 〈타인〉에게로 건너가고 싶다는 것이다.

그 방법은 두 가지이다. 하나는 소피와의 사랑이고, 다른 하나는 러시아 여행이다. 우선, 사랑하는 여자와 조화로운 관계를 이룰 때, 편집증적 망상이 지배하는 자신만의 세계에서 빠져나올 수 있지 않겠는가……. 다음은 러시아 여행인데, 이 러시아 여행이 출구로 상상되는 것은 자신의 어두운 정신의 근원일지도 모르는 외조부의 망령에서 벗어나기 위해서 외조부와 마찬가지로 실종된 헝가리인의 도정을 따라가 볼 필요가 있기 때문이다. 이 헝가리인-외조부가 흘러들어 간 코텔니치에 가본다면, 그 신비스러운 실종의 비밀을 발견할 수 있지 않겠는가? 그래서 외조부라는 불가해한 괴물을 비로소 이해하고, 어쩌면 그와 화해를 이룰 수도 있지 않겠는가? 더구나 러시아는 자신의 근원이기도 하니, 그 〈어머니의 땅〉에선 행복한 화해가 기적처럼 이뤄지지 않겠는가?

행복한 기대요, 행복한 상상이다. 그야말로 〈소설〉이다. 카레르는 이 행복한 〈러시아 소설〉에 대한 몽상들에 계속 빠져든다. 러시아 미녀와 러시아어로 밀어를 나누는 섹스. 유모 냐냐가 들려주는 감미로운 코사크 자장가…… 그리고 현지에서 만난 러시아인 커플 사샤와 아냐에게도 그 지극히 낭만적인 환상을 투사한다. 또 『르 몽드』지에 실린 단편도 이 완벽한 러시아 소설의 프랑스-포르노 버전으로 볼 수 있을 것이다.

하지만 결말은 소설이 아니었다. 실제의 러시아는 음울한 혼돈의 땅이었고, 다큐멘터리 촬영도 실패로 돌아간다. 헝가리인의 삶은 절망 그 자체였다. 또 하늘 높은 줄 모르고 까불었던 포르노 쓰기가 오히려 계기가 되어 소피와의 사랑은 파국으로 치닫는다. 여자는 끝을 알 수 없는 거짓말쟁이였고, 카레르는 다시 지옥 같은 고통에 빠져든다. 마지막으로 사샤와 아냐의 〈러시아 소설〉도 참혹한 비극으로 막을 내린다.

자, 이것이 이 책의 결론이다. 현실은 고통이요 비극이고, 〈러시아 소설〉은 헛된 환상일 뿐이다. 일테면 카레르는 다시 원점으로 돌아왔다고 할 수 있다. 공포와 광기가 지배하는 삶으로 말이다. 결국 그는 패배한 것일까? 작가는 이렇게 말한다.

> 엄마는 내가 작가가 된 것을 자랑스러워했어요. 엄마가 보기에 그것보다 더 좋은 일이 없었죠. 내게 책을 읽고 사랑하는 것을 가르쳐 준 이는 바로 엄마였으니까요. 하지만 엄마는 나 같은 종류의 작가는, 내가 쓰는 것 같은 종류의 책들은 좋아하지 않았어요. 엄마는 ─ 나도 알고 있어요─ 내가 에릭 오르세나 같은 작가가 되기를 원했죠. 행복한 작가, 혹은 행복하게 보이는 작가 말이에요. 나 역시 그렇게 되고 싶어요. 하지만 난 다른 선택이 없었어요. 난 공포와 광기, 그리고 이런 것들을 얘기해서는 안 되는 금지를 유산으로 받았어요. 하지만 난 그것들을 얘기했죠. 이건 하나의 승리예요. (『러시아 소설』, 417~418쪽)

카레르의 글은 에릭 오르세나 같은 글, 즉 행복한 글이 아니다. 그의 글은 고통스러운 글이다. 하지만 이 고통을 기록하는 고통스러운 글은 패배가 아니라 〈승리〉이다. 왜냐하면 침묵을 강요당해 원혼으로 떠도는 세상의 모든 고통들에 비로소 〈목소리〉를 부여하기 때문이다. 원혼들로 하여금 저마다의 한(恨)을 이야기하고, 그 한에서 해방되게 해주기 때문이다.

요즘 세상에는 행복한 글들이, 〈러시아 소설〉들이 범람한다. 사람들의 환상에 영합하여, 행복하게 해주고 즐겁게 해주고 취하게 해주는 글들이다. 세상에는 엔터테인먼트로서의 소설만이 가득하고, 진실을 용기 있게 마주하고 파헤치는 책은 찾아보기 힘들다. 카레르의 작품들은 어둡고 고통스럽고 때로는 절망적이지만, 독자로 하여금 끝까지 눈을 떼지 못하게 하는 마력이 있는 것은 바로 이 순수하고도 강력한 진실의 힘 때문이 아닌가 한다.

이 시대에도 아직 문학의 힘이 살아 있음을 느끼게 해준 이 책의 번역은 옮긴이에게도 고통스러웠지만, 또한 더없이 신선한 문학적 체험이었음을 고백한다.

번역 대본으로는 folio 판 Emmanuel Carrère, *Un roman russe*(2008)를 사용했다.

2016년 7월
남양주에서
임호경

옮긴이 **임호경** 1961년에 태어나 서울대학교 불어교육과를 졸업했다. 파리 제8대학에서 문학 박사 학위를 취득했으며, 현재 전문 번역가로 활동하고 있다. 옮긴 책으로는 피에르 르메트르의 『오르부아르』, 요나스 요나손의 『킬러 안데르스와 그의 친구 둘』, 『셈을 할 줄 아는 까막눈이 여자』, 『창문 넘어 도망친 100세 노인』, 베르나르 베르베르의 『신』(공역), 『카산드라의 거울』, 조르주 심농의 『리버티 바』, 『센 강의 춤집에서』, 『누런 개』, 『갈레 씨, 홀로 죽다』, 앙투안 갈랑의 『천일야화』, 로렌스 베누티의 『번역의 윤리』, 스티그 라르손의 〈밀레니엄 시리즈〉, 파울로 코엘료의 『승자는 혼자다』, 기욤 뮈소의 『7년 후』, 아니 에르노의 『남자의 자리』 등이 있다.

러시아 소설

발행일 **2017년 5월 30일 초판 1쇄**

지은이 **엠마뉘엘 카레르**
옮긴이 **임호경**
발행인 **홍지웅 · 홍예빈**
발행처 **주식회사 열린책들**

경기도 파주시 문발로 253 파주출판도시
전화 031-955-4000 팩스 031-955-4004
www.openbooks.co.kr

Copyright (C) 주식회사 열린책들, 2017, *Printed in Korea.*
ISBN 978-89-329-1794-8 03860

이 도서의 국립중앙도서관 출판예정도서목록(CIP)은 서지정보유통지원시스템 홈페이지(http://seoji.nl.go.kr)와 국가자료공동목록시스템(http://www.nl.go.kr/kolisnet)에서 이용하실 수 있습니다.(CIP제어번호 : CIP2016020270)